붉은 달의 비

붉은 달의 비 4

초판 1쇄 찍은 날 | 2016년 10월 27일
초판 1쇄 펴낸 날 | 2016년 11월 15일

지은이 | 류도하
펴낸이 | 예경원

편집 | 유경화 · 안유진

펴낸곳 | 예원북스
등록번호 | 제396-2012-000132호
등록일자 | 2012. 7. 25
YRN | 제1-0169호

주소 | 경기도 고양시 일산동구 호수로 646-24 위너스 21-Ⅱ 206A호 (우) 10401
전화 | 031-819-9431 팩스 | 031-817-9432
http://cafe.naver.com/yewonromance
E-mail | yewonbooks@naver.com

ISBN 979-11-5845-255-1 04810
ISBN 979-11-5845-251-3 (세트)

※ 이 도서의 국립중앙도서관 출판시도서목록(CIP)은 서지정보유통지원시스템 홈페이지(http://seoji.nl.go.kr)와 국가자료공동목록시스템(http://www.nl.go.kr/kolisnet)에서 이용하실 수 있습니다.

4

류도하 장편 소설

GOLDLINE ROMANCE STORY

붉은 달의 비

LINE GOLD

❖ 目次 ❖

제 44 장

저주 받은 성

철컹. 끼이익—

범명성의 성문이 열렸다.

"……!"

섭낭은 연이은 충격에 정신이 혼미해지고 있었다.

본인이 오문 공주라고 말하고 있는 앳된 인형은 사람이 분명했다. 생기 있는 뺨과 활기찬 목소리 어디에도 귀기가 느껴지지 않았다. 하지만 공중에 떠 있지 않나! 가까이서 봐도 그녀는 성벽에 발을 딛고 있지 않고 훨씬 더 위에 있었나.

게다가 성안으로 들어오라며 문이 열리는데, 들어가고 싶은 것을 보면 분명 귀신에 홀린 기분이었다. 적의 진지로 제 발로 걸어 들어가는 미친 장수가 어디 있단 말인가!

들어가는 순간 목이 잘릴 게 눈에 선한데, 알면서도 들어가게 될 것만 같았다.

'어차피 이렇게 된 거, 죽기 아니면 까무러치기다.'

이미 허무하게 지휘장을 잃은 순간 자신들의 패배가 정해진 것이나 다름없었다.

'하나, 아직 삼천의 병사가 있고 곧 지원군이 올 것인데, 이래도 될까?'

아직 제가 살아 있으니, 정신만 똑바로 차린다면 완전히 패했다고 할 수는 없는 게 아닌가.

혼란스러워하는 섭낭의 머리 위로 다시 그녀의 낭랑한 음성이 들렸다.

"이야기를 나누고 싶다 하지 않으셨습니까? 안으로 들어오시지요."

"저, 정말 사람입니까?"

순진한 청년의 물음에 오문은 우스운 듯 맑은 웃음을 터트렸다.

섭낭은 밤하늘에 흩어지는 그녀의 웃음소리를 눈으로 볼 수 있다면 별빛처럼 반짝일 거라고 생각했다.

'그래. 귀신이라면 저리 청아하고 맑은 기운을 가질 수가 없다.'

그는 잠시 뒤를 돌아 손을 흔들어 보였다. 괜찮다고, 안심하라고, 저는 제정신이라고, 그런 뜻에서 부하들에게 신호를 보냈으나 어둡고 멀어서 다들 알아들었을지는 알 수 없었다.

그렇게 다시 몸을 돌린 섭낭이 오문에게 정중한 태도로 물었다.

"제가 들어가도 되겠습니까?"

"물론입니다. 그럼 안에서 뵙겠습니다."

명쾌하게 대답한 그녀는 말이 끝나자마자 갑자기 하늘로 날아 올라갔다.

"헉!"

섭낭은 제 눈을 의심했다. 공중에 떠 있는 것도 놀라운데 그녀의 몸이 호를 그리며 날아올랐다가 이내 아래로 떨어졌다.

제 뒤에서 병사들의 공포와 경악에 찬 비명 소리가 들렸다.

그런데 섭낭은 병사들과 다른 의미로 경악했다.

"조심하십시오!"

스스로 사람이라 하지 않았던가. 그런데 하늘을 날고 있으니 섭낭은 저도 모르게 그렇게 외쳤다.

그러나 그녀는 공중제비를 돌고는 아무렇지않게 하늘에 앉아서 동그란 눈으로 저를 내려다보고 있었다.

섭낭은 그녀가 저를 이상한 눈으로 보자, 제가 했던 말이 후회되어 얼굴이 빨개졌다.

"이, 일단 들어가겠습니다! 들어가면 공주님을 뵐 수 있겠지요!"

부끄러움을 이기고자 호기롭게 외친 섭낭은 문 안으로 들어가자마자 귀신처럼 나타난 사내에게 가로막혔다.

"……!"

끼이익. 쿵.

그리고 그 즉시 등 뒤에서 육중한 문이 닫히는 소리가 들렸다.

"공주를 만나기 전에 나부터 만나야지."

섭낭은 저를 가로막은 사내가 누구인지 한번에 알아차렸다. 눈을 크게 뜨고 볼 정도로 잘난 면상을 가졌으며, 또한 그만큼 재수 없게 느껴지는 데다, 사람을 깔보는 위압적인 거만함을 갖고 있는 것이, 딱 소문이 자자한 태자였던 것이다.

"태, 태자 전……."

"전하!"

섭낭의 말은 명랑한 여인의 목소리에 묻혀 이어지지 못했다. 그의 눈에 하늘이 아니라 제대로 계단을 밟으며 뛰어 내려오는 한 여인이 보였다.

"전하! 제가 한 명 낚았습니다!"

자랑스럽게, 뿌듯한 음성으로 외치며 날려오는 그녀는 분명 아까 그 하늘을 날던 선녀 같은 분이었다. 한데 어째서 이렇게 달라 보이는 것일까.

낚았다니? 저더러 하는 말인가?

신비로운 분위기는 온데간데없고, 말괄량이처럼 경쾌한 발걸음으로 달려오고 있지 않나.

'그래. 내가 정말 낚였구나!'

하지만 대체 어떻게 하늘을 난 것인지는 여전히 알 수 없었다.

마침 달려오는 오문을 보고 태자는 뒷짐을 진 채 나무라듯 말했다.

"겨우 한 명 낚으려고 이 짓을 했단 말이냐!"

"에이! 엄밀히 따지면 두 명이었습니다. 그것도 머리만요!"

역시나 낚았다는 것은 그런 의미였던 모양이었다. 게다가 낚은 머리는 아마도 저와 죽은 지휘장을 말하는 것이리라. 섭낭은 입안이 씁쓸했다.

"그 대가리 하나 때문에 네가 불타 죽을 뻔한 것은!"

"대가리……."

섭낭의 중얼거림은 아무도 듣지 못한 것 같았다.

"어머나! 전하가 있는데 무슨 걱정이랍니까?"

"그러니까! 내가 아니었으면 어쩔 뻔했느냐!"

"하지만 전하가 옆에 계셨잖아요!"

이대로 두면 두 사람이 밤새 똑같은 이야기를 반복할 것 같은 예감이 들었다.

"저……."

섭낭이 손을 들어 올리며 두 사람을 중재하려 하는데 갑자기 대화가 또 달라졌다.

"이곳에 나만 있었느냐!"

"그건 또 무슨 말씀이십니까?"

"내가 이래서 반대했던 것이다! 줄을 타고 귀신 놀음을 하자고 할 때, 불길했다."

줄이라니?

섭낭이 의아할 틈도 없이 오문의 항변이 이어졌다.

"뭐가 불길하단 말씀이십니까? 다 잘되지 않았습니까? 저도 안 다쳤고요!"

"저놈 눈빛을 봐라!"

"……!"

돌연 저를 지적하는 태자의 손가락질에 섭낭은 움찔 놀라 저도 모르게 뒷걸음쳤다.

"저분 눈빛이 왜요! 맑고 선한 분이시네요!"

"저 눈이 어찌 귀신에 홀려 온 자의 눈빛이냐! 사랑에 빠져 넋이 나간 게 아니냐! 대체 얼마나 눈웃음을 쳤으면!"

"그게 무슨……!"

"예? 저, 저는……!"

오문도 억울했지만 섭낭은 더했다. 잠깐 선녀 같은 신비로움에 빠지긴 했으나 그것은 경외심과 호기심 같은 것이지, 결코 사랑 같은 것이 아니었다. 하지만 이번에도 섭낭은 말을 다 잇지 못했다. 내사의 옆에 있는 장수가 버럭 소리를 질렀기 때문이다.

"손님을 불러놓고 두 분은 뭐 하고 계십니까!"

손님은 저인 듯한데, 섭낭은 그것보다 다른 게 신경 쓰였다.

방금 소리 지른 장수의 말투에는 지긋지긋함과 억눌린 짜증이 묻어나 있었다. 아무래도 오랫동안 옆에서 지금 이와 비슷한 대화를 들어온 듯했다. 즉, 태자의 측근이란 말이었다.

대체 여기는 어디인가.

범명성이 맞는가.

범명성이 맞는다면 범명성의 장수들은 다 어디 가고, 태자의 측근들과 공주만 보이는가. 아니, 것보다 줄을 탔다고 했던가? 비운의 공주가? 그리고 지금 이렇게 정신을 쏙 빼놓는 괴상한 맥락의 대화들은 다 뭐란 말인가.

섭낭은 혼이 나갈 지경이라, 정말로 귀신에게 홀린 기분이었다.

그런데 장수의 꾸지람을 들은 태자가 돌연 제게 다가와 어깨에 한 손을 얹고는 힘을 꽉 주었다.

"자네, 내가 누군지는 알겠지?"

"예, 예……. 그것이 아마도…… 태, 태자 전하…… 이신 듯하옵니다."

"안다니 단도직입적으로 말하겠네."

"예, 예!"

드디어 저를 이곳에 부른 본론을 들을 수 있게 되었다. 섭낭은 정신을 바짝 차리고 태자의 말에 귀를 기울였다.

"오문을 한 번만 더 그런 눈으로 봤다가는 내가 그 두 눈을 파버리고 말 것이니, 조금 전에 본 것은 잊는 것이 신상에 좋을 것이야."

"……."

이런 얘기를 듣고자 죽음을 무릅쓰고 성 안으로 들어온 게 아니었다. 허무함이 지나간 뒤에는 억울해지기 시작했다.

하나, 이 상황에서 가장 난감하고 부끄러운 사람은 오문이었다.

"전하, 그만 좀 하십시오!"

오문이 붉어진 얼굴로 소리쳤지만 사실 무호는 이번만큼 진지한 적이 없었다. 오문의 줄 타는 모습을 보고 반하고 만 제 경험상 다른 놈들이 그런 것을 보게 되는 걸 원치 않았기 때문이다.

하지만 무호가 한 가지 간과하고 있는 게 있었으니, 예전 오문이 지붕에서 줄을 탈 때는 십여 명이 넘는 사내가 함께했었다. 그런데도 저 혼자 반했다는 것은 모르는 것 같았다.

"저, 저는 이미 다 잊었습니다! 정말입니다!"

섭낭의 말은 사실이었다. 지금 공주의 모습을 보면 좀 전에 본 것은 환각이었던 것처럼 기억이 흐려지고 있었다.

"자네를 위해서는 참으로 다행한 일이군."

"예. 예! 하, 한데, 저를 왜 보자 하셨습니까?"

"아, 그렇지. 그 얘기부터 해야지."

"……."

섭낭은 조금 묘한 기분이 들었다. 죽을 각오로 출정한 군사들이 성 밖에서 기다리고 있는데 이곳 범명성 안의 분위기는 너무나 긴장감이 없었다. 특히나, 태자가 그랬다. 마치 자신들은 안중에도 없다는 듯한 그 태도가 섭낭은 조금 서운한 기분마저 들었다.

"자네들의 출정 목적은 태자와 오문 공주를 구하고 범명성을 차지하는 것이지?"

"예? 예. 그, 뭐, 비, 비슷합니다."

태자가 당연한 것을 묻는데 어쩐지 불안한 마음이 드는 것도, 아마 그의 이런 가벼운 태도 때문이리라.

"그래. 그럼 이제 됐다."

"예? 뭐가 됐단 말씀이십니까?"

“자네가 범명성을 차지했네. 물론 우리도 구했지.”

“저, 저는 아직 아무것도…….”

“자, 이제 깃발을 꽂고 저 밖에 군사들을 전부 안으로 들이면 된다.”

“당최 무슨 말씀이신지…….”

섭낭은 어지러울 정도로 혼란스러웠다. 불러서 왔을 뿐인데, 제가 전공을 세웠다니, 어이가 없었다.

“의심이 가거든 둘러보시게. 이 안에 부안의 병사는 단 한 명도 없으니.”

“……!”

그러고 보니 성벽 주변에 군사라고는 없었다. 죄다 백성들이고, 몇 명의 장졸은 아무리 봐도 태자의 친위대 정도로 보였다.

“다, 다른 곳에 숨어 있는 게 아닙니까? 그래서 저희가 모두 안으로 들어오면 성을 포위하고…….”

따지려던 섭낭이 말을 멈추었다. 제가 생각해도 그것은 말이 안 되기 때문이다. 범명성은 국경의 방어선이라 매우 견고하고 긴 성벽을 갖고 있었다. 그게 아니라 해도 공성전에서는 수성이 훨씬 유리한데 범명성을 내주고 자리를 바꿀 리가 없지 않나. 그러니 제가 말하면서도 말 같지도 않은 소리라 입을 꿰매고 싶을 정도였다.

“자, 대충 상황 파악이 됐으면 병사들에게 신호를 보내거라.”

태자는 성격이 급한 분인 듯했다.

“전혀 파악되지 않았습니다. 게다가 제 병사들은 지금 제가 귀신에 홀려 이 성에 들어온 줄 알고 있을 텐데, 누가 들어오려 하겠습니까!”

그러자 태자가 혀를 찼다.

“쯧. 장난 좀 친 걸 가지고……. 겁들은 많아서는…….”

그 말에 섭낭은 크게 발끈했다.

"전쟁이 장난인 줄 아십니까!"

자신들은 그럼 장난질에 지휘장을 잃었다는 것인데, 이 얼마나 굴욕적인가.

"장난이든 뭐든, 나는 목적을 이뤘다. 전쟁은 과정보다 결과가 중요한 게 아닌가?"

"목적이 무엇이었습니까! 저를 끌어들이는 것입니까? 아니면 지휘장을 죽이는 것이었습니까!"

별로 존경하던 상관은 아니었지만, 그래도 용감하게 달려 나간 사람을 장난으로 끌어들여 죽였다는 것에 섭낭은 분노했다. 비록 그가 권력을 탐해 전장에 나아갔으나, 비장하게 전사한 것을 웃음거리로 만들 수는 없지 않나.

섭낭의 이글거리는 눈빛을 받은 태자는 당황은커녕 싸늘해진 얼굴로 대답했다.

"그런 거라면 염려 마라. 네 지휘장은 장난으로 죽인 것이 아니다."

"의도했다는 뜻입니까!"

"의도한 바는 없지만, 그놈이 감히 오문을 불태워 죽이려 했으니, 나에 대한 도전이나 다름없지 않는가! 그놈을 곱게 죽여준 것이 그나마 내가 적장에게 베푸는 최고의 호의였다."

"……!"

섭낭이 잠시 얼어 있는 사이에 오문이 배시시 웃으며 보란 듯이 태자의 팔에 매달렸다.

"자꾸 윽박지르지만 마시고 들어가서 차나 한잔 마시면서 천천히 얘기해 보는 게 어떻겠습니까?"

"흥! 차는 무슨. 전시에 한가하게 차나 마시고 있을 때냐?"

사실 그 말은 섭낭이 해주고 싶은 말이었고, 태자가 그렇게 말하니 속에서 무언가가 울컥 올라오는 것 같았다.

"전하께서는 어찌 매사에 그렇게 화만 내시는지 모르겠습니다. 고운 얼굴에 주름이 가지 않습니까? 나중에 나이 들면 인상이 험악해진단 말입니다."

"나는 인상이 좀 더러워질 필요가 있다."

자신감 넘치는 말에 섭낭은 또 한 번 울컥했으나 잘 참아 넘겼다. 아직은 이곳이 적진이니, 참아야 했다.

"어련하시겠습니까. 그렇지만 전하 얼굴을 보고 살아야 하는 절 생각하셔서 좀 웃어주십시오."

"네 얼굴을 매일 보면서 살고 싶은 날 위해서 이제 줄타기는 그만한다고 약조해다오."

"전하께서 평소에도 이러고 계시는 것, 그만하시면요."

오문이 무호가 종종 불만 어린 얼굴로 사람을 대하는 표정을 흉내 냈다. 무호는 그 모습이 저라는 것을 믿고 싶지 않은지, 오문의 코를 비틀었다.

꽁냥거렸다가, 투닥거렸다가, 다시금 자신들의 세상에 빠져 있는 두 사람을 보고 섭낭은 힘이 쭉 빠져 버렸다. 그때 누군가 자신의 등을 툭 치는 느낌에 뒤돌아보았다.

"나는 태자 전하의 친위대 대장 장우라고 하네. 저분들과 이야기를 나누다 보면 미쳐 버릴지도 모르니, 설명은 내가 해주는 게 어떻겠나?"

딱 미쳐 버리기 일보 직전이 아니었던가. 섭낭은 천생 장수였다. 사내들과 함께 거친 말로 위로하고 전우의 애를 다져 온 그런 자였다.

'도저히 못 들어주겠다.'

그는 저런 대화에 면역이 없었다. 태자만 아니면 면상을 후려치고 싶다, 적진만 아니면 때려눕히고 싶다, 아니, 큰소리라도 한번 쳐보고 싶었던 터였다. 하마터면 미친 척하고 했을지도 모른다. 섭낭은 아까 태자에게 그랬던 것처럼 장우의 제안을 의심하고 따지려 들지 않았다.

"고맙습니다. 그렇지 않아도 말이 통하는 사람이 있었으면 했습니다."

제 마음을 알아주는 사람이 있다니, 얼마나 다행인가. 섭낭은 망설임 없이 장우를 따라갔다.

"자, 얼마든지 둘러봐도 좋네."

장우는 일부러 군사들이 숨어 있을 만한 곳 위주로 섭낭을 데려갔다.

작은 마을에는 백성들이 잠도 자지 못하고 긴장한 표정으로 두 사람을 지켜보고 있었고, 어디에도 군사들이 숨어 있는 기색은 없었다. 사람은 숨을 수 있지만 말을 숨기는 것은 쉽지 않기 때문이다.

"정말 철수한 것입니까?"

"부안국의 왕이 동 장군을 잡아들이려 하기에 동 장군이 먼저 반역을 일으키러 떠났네."

"예? 예?"

너무 어마어마한 이야기를 들어버린 섭낭은 자신이 지금 매우 위험한 곳에 발을 디뎠음을 깨달았다. 장난처럼 전쟁을 하는 태자나, 반역을 일으키는 것을 고향에 내려간 것처럼 간단히 말하는 자나, 다들 똑같은 무리였다.

섭낭은 어째서 태자가 전쟁을 장난처럼 했는지 깨달았다. 그들에게는 이 모든 일이 장난처럼 쉽고 간단한 일이었기에, 그럴 만한 능력을 가지고 있었기에, 이토록 거침없을 수 있었던 것이었다.

"내가 굳이 설명하지 않아도 사실 자네가 이미 본 대로일세."

"……."

“단왕은 모두를 속이고 있고, 경우에 따라서는 혈육도 내치는 냉혈한이지. 아니, 사실 우리는 오문 공주가, 공주가 아닐 거라 생각하고 있네.”

“예? 그건 또 무슨 말씀이십니까?”

“우리도 지금 그것을 밝혀낼 길이 없고 시간도 촉박해, 단왕이 공주라 하는 것을 믿는 척하고 있지만, 사실 공주 본인도 아니라고 확신을 하고 있지.”

“하면, 단왕께서 왜 공주라고 거짓을 발표하여 일을 이 지경까지 오게 한 것입니까? 단왕께 좋은 일이 하나도 없지 않습니까?”

“좋은 일이 없지. 그래서 우리는 더 확신하고 있어. 그가 상황을 모면하기 위해 오문을 공주로 내세웠고, 그 뒤에 없앨 생각인 듯해. 한데, 거짓은 더 큰 거짓을 불러오고 언젠가 탄로나기 마련이지.”

“그게 무슨 말씀이십니까? 무슨 상황을 모면하려 했다는 것입니까?”

“귀문과 결탁한 상황.”

“……!”

“우리가 쓴 벽보가 다 진실은 아니지만 전부 거짓도 아닐세. 태자께서 그동안 살수들에게 목숨을 위협받아 온 것은 자네도 알겠지.”

“예. 하나, 그것은 예전 일 아닙니까. 정말로 단왕께서 귀문과 결탁해 이번 일을 꾸몄다 해도 태자 시해범으로 몰아가는 것은…….”

“우리 역시, 그 예전까지 끌고 올 생각은 없네. 물론 그것도 충분히 의심스럽지만 그것은 차차 알아갈 일이지. 단왕이 귀문과 결탁한 사실을 덮기 위해서 오문을 공주로 내세웠다는 것에 주목해 보게.”

“오는 길에 크게 위험했다 들었습니다. 단왕께서 제때 나서서 구해주지 않으셨다면 큰 변고가 있을 뻔했다고……. 혹시, 그게 모두를 속인 거란 말씀이십니까?”

섭낭은 제발 그것만은 아니길 바랐지만 아무래도 장우의 말을 들어보면 그것인 듯했다.

“그전에도 우리는 몇 번이나 살수들을 만났고, 알고 보니 모두들 오문이 지닌 옥패를 찾고 있었지.”

장우는 옥패와 산호에 관한 길고 복잡한 이야기를 들려주었다. 그 이야기를 듣는 동안 섭낭의 얼굴은 점점 굳어갔다.

“아마 은도명의 집에 불을 지른 것 역시 단왕의 소행이겠지.”

“하면, 옥패의 주인이 지금의 산호 아가씨라는 그간의 거짓 행각을 감추기 위해 옥패를 가진 오문을 죽이려 하다가 그것이 태자 전하로 인해 여의치 않게 되자, 구구절절 거짓 사연을 만들었다는 말입니까?”

“우리는 그것을 확신하고 있네. 또, 오문 말로는 그 옥패가 어머니 것이라 했고, 어머니란 사람이 정신을 놓고도 오문을 무척 아꼈다 하니, 어쩌면 오문이 진짜 은산호일지도 모른다는 생각을 하는 중일세. 물론 거기까지는 아직 오문에게도 말하지 않았지만.”

“어째서 확신하시는 겁니까? 오문 공주가 거짓을 말하는 것일지도 모르지 않습니까? 만약에 정말 왕야의 공주라면요? 왕야의 말이 사실일 수도 있지 않습니까? 그저 정치적으로 비정한…….”

“아니, 태자 전하께서 이미 그것을 알아보았네.”

“예?”

“하나, 전하께서 알아내신 그 방법을 알려주려면 자네가 확실히 우리 편이 되고 난 후여야 해.”

장우는 아직 영춘과 산호가 황제를 만났을지 모르는 상황이니, 가짜 옥패 이야기는 말을 아끼는 편이 좋다고 생각했다.

“그러나 나는 자네가 우리말을 믿어줄 거라 믿네.”

"……."

섭낭은 대답할 수가 없었다. 장우의 말대로 믿지 않을 수가 없는 상황 아닌가. 범명성의 동신조가 태자와 오문을 납치해 갔다 했으나, 오히려 이 두 사람이 성을 차지하고 자유롭게 활개치고 다니는 것을 똑똑히 보지 않았나. 이것만 보아도 단왕의 변명은 거짓임이 확실했다.

"하나만 묻겠습니다. 정말로 단왕께서 귀문의 살수를 보내 오문 공주를 납치해 죽이려 했다면, 어째서 하필 두 분이 이곳 범명성에 있게 된 건지가 이해가 가지 않습니다. 동신조가 두 분을 구한 것이 사실이란 말입니까?"

"하아……. 설명하기 귀찮은 것을 자꾸 묻는군."

"예?"

장우는 이마가 지끈거렸다. 왜 여기서 있느냐를 설명하려면 또 꺼내야 할 이야기가 너무 많지 않나.

동신조가 복수한답시고 은산호를 납치하려는 것을 귀문이 도왔고, 그 와중에 귀문은 도와주는 척하며 은산호가 아니라 오문을 납치하도록 했다고. 이렇게 간단히 설명하면 꼼꼼한 듯 보이는 섭낭은 분명 그 과정에 얽힌 사연까지 물어볼 게 뻔했다.

'하필 이렇게 꽉 막힌 놈을 낚으셨군!'

이제 보니 귀찮은 일을 저한테 떠맡기고 싶어서 두 사람이 평소보다 더 징글맞게 군 게 아닌가 하는 생각이 들었다.

확실히 장우는 오랫동안 태자와 함께한 사람다웠다. 그는 무호에 대해 잘 파악하고 있었다. 사실 무호가 그렇게 의도했던 것은 아니지만, 장우가 섭낭을 데리고 가준 덕에 그는 매우 홀가분함을 느끼고 있었다.

"귀찮은 것들이 사라졌으니 이제 우리는 우리가 할 일을 하자."

"우리가 할 일이라니요?"

오문은 이제 줄도 타지 말라 했으면서 무슨 할 일이 있나 의아해했다.

"지금은 앞을 내다볼 수 없는 전시 상황이다."

"앞을 내다보고 자신만만하게 이 같은 전술을 구사하신 게 아니었습니까?"

무호는 오문의 질문을 못 들은 척 무시하고 제 할 말만 했다.

"사람이나 짐승이나, 생명의 위기가 닥치면 후손을 보고자 하는 욕구가 생기는 법이다."

"어? 그렇습니까? 전 처음 듣는 얘기입니다. 여인들은 먹고살기도 힘든데 애까지 줄줄이 딸렸다고 욕만 하던데요."

오문은 빨래터에서 하소연하는 여인들의 이야기를 생생하게 기억하고 있었기 때문에 태자의 말이 잘 이해가 안 갔다.

"멀리 내다볼 줄 모르는 여인들이군. 살아 있는 것들이라면 두 발이든 네 발이든, 헤엄을 치든 걸어 다니든 간에, 제 피를 나눈 후손을 세상에 남겨 그 명맥을 이어가고자 하는 것이 자연의 이치다."

"당장 먹고살기 바쁜데, 자연의 이치가 뭐가 중하답니까? 내가 죽게 생겼으니 내 자식을 남기고 가겠다. 이건 뭐, 남은 사람만 힘든 거잖습니까? 이건 아무래도 수컷, 아니, 사내들의 이기적인 욕망인 것 같습니다."

무호는 오문이 이렇게 한마디도 지지 않고 옳은 말을 할 때가 제일 얄미웠다. 제가 읽은 수천 권의 서적이 어째서 오문을 설득할 때는 아무 도움이 되지 않는 것인가.

"그들도 사랑하기에 자식을 낳아준 것이다. 혹 부군을 잃으면 부군을 닮은 그들의 자식을 바라보며 마음을 달래고 자식에게 의지하면서 살 수 있지 않겠느냐."

"흠……. 그런가요? 마음도 힘든데, 몸까지 힘들 것 같은데……. 볼 때마다 더 괴롭고, 차라리 잊고 새 출발 하는 게……."

"거기까지."

"예?"

무호는 오문의 입에서 새 출발 어쩌고 하는 현실적인 말이 나오자, 더는 이런 말로 설득하기 어렵다는 것을 깨닫고 그녀의 말을 막았다.

"단도직입적으로 말하마."

"언제는 안 그러셨습니까?"

"아이가 갖고 싶다."

"왜요?"

어찌 보면 가슴 떨리는 고백이었으나, 오문은 한 치의 망설임도 없이 퉁명스럽게 물었다.

그러나 태자도 그런 반응에 익숙했다.

"생각해 보니, 그동안 폐하께 너무 불효를 한 듯해. 이번에 큰 선물을 안겨주고 싶구나."

오문은 무호의 그런 말에 넘어갈 정도로 순진하지는 않았다.

"그건 선물이 아니라 더 불효 같습니다. 폐하께서 가뜩이나 저를 탐탁지 않게 여기실 텐데, 애를 배서 가자고요?"

"폐하께서는 너를 좋아하실 것이다. 그리고 아마 회임을 해서 가면 더욱 좋아하실 게다."

"뭘 믿고 그리 자신하시는지 모르겠습니다. 그리고 걸핏하면 역모를 입에 담으시는 분이 갑자기 효도가 웬 말입니까? 믿을 만한 말씀을 하셔야지요."

"그래, 좋다. 다 집어치우자. 나는 그냥 아이가 갖고 싶다. 아니, 가져야겠다. 어떠냐? 이러면 나와 함께 날마다 합방을 하겠느냐?"

태자는 성질이 급했고 생각난 것은 바로 실행에 옮겨야 직성이 풀렸다.

"갑자기 왜 이러십니까? 전시 상황이다 어쩐다, 그런 말씀은 마시고 솔직히 말씀해 보십시오."

"정말 몰라서 이러느냐!"

사실 무호는 내심 꽤 기대하고 있었다. 아기가 생기면 오문이 도망치지 않겠다 한 말을 온전히 믿을 수 있을 것만 같았다.

"우리가 함께했던 밤이 하루 이틀도 아닌데!"

"저희가 함께한 날이 뭐 그리 많지도 않습니다. 손가락으로 다 세고도 남을 걸요? 몇 년씩 살아도 아기가 안 생기는 경우가 얼마나 많은데요."

"하룻밤에도 아이를 갖는 이들도 수두룩하다!"

"흐음― 아기는 하늘이 점지해 주시는 건데, 전하께서 하늘에 밉보이신 모양입니다."

"그럴 리 없다. 하늘께서 나를 이렇게 완벽하게 세상에 내려 보내주셨으니 나를 아끼고 계실 것이다."

오문은 고개를 절레절레 저었다.

"하면 하늘께서 저는 미워하셨나 봅니다. 요만큼만 자라게 하신 걸 보면요."

"그거야 하늘께서 다 생각이 있으신 게다."

"무슨 생각요?"

"너를 내 품에 쏙 들어오도록, 내가 더 사랑해 주라고 그리 만드셨나 보지. 하늘께서는 실수가 없으시니까."

간지러울 정도로 듣기 좋은 말에 오문은 눈을 깜빡거리며 말했다.

"저 키 얘기 한 거 아닌데요?"

그리고 무호는 한숨을 푹 내쉬었다. 이제 그만 그쪽에 대한 집착은 포기했으면 좋으련만 오문은 불가능한 것에 몹쓸 희망을 안고 있었다.

"안다. 알지만 내 손에 다 들어오게 만드셨다는 말은 아무래도 하늘께서 실수하신 것 같아 모르는 척한 것이다."

"실수가 아니라 저를 미워하신 게 분명합니다. 이렇게 차별을 받다니! 누구는 다 가지고, 누구는 남들 가지는 만큼도 못 가지게 만드시고!"

갑자기 서러움이 폭발한 오문의 외침에 무호도 화를 내듯 소리쳤다.

"너는 대신 다 가진 나를 가지면 될 게 아니냐!"

"……!"

오문은 태자가 지금까지 했던 어떤 고백보다 방금 그 말에 가슴이 쿵 내려앉았다. 나를 가져라, 라고, 선심 쓰듯 자기 자신을 내주겠단다. 그가 저를 가지겠다고 말하는 게 아니라 저를 주겠다고 하니, 존중받는 기분이 들고, 제가 뭐라도 되는 것처럼 우쭐한 기분이 들었다. 그래서 그를 사랑하지 않을 수 없구나, 그의 아이를 가지고 싶구나, 그런 욕심이 들고 말았다.

"왜? 왜 갑자기 그런 눈을 하고 있느냐?"

"제 눈이 어떤데 그러십니까?"

"어떻긴, 내 눈을 보는 것 같다."

사랑에 빠진 두 사람의 눈에 별이 촘촘하게 박혔다.

품에 쏙 들어온다는 오문은 그와 함께 나란히 그들의 둥지로 걸어나갔다.

벅차오르는 감격으로 충만해진 묵직한 가슴이 오히려 그녀의 걸음을 가볍게 만들었다. 하지만 그들은 작은 보폭으로 천천히 걸어나갔다.

좋은 것은 아껴야 더 오래 간직할 수 있으니, 서두르지 말고 천천히 가자고 오문은 나긋나긋하게 속삭였다.

◈

"이런 거였군요."

섭낭은 성벽 위에 설치된 검은 줄을 보고 허무해했다. 어두운 밤에 검은 줄을 타고 있으니 공중에 떠 있다고 착각할 수밖에 없었다. 물론 그렇다 해도 줄을 타는 실력은 놀라운 것이었다.

"기예단이라니……. 들을수록 믿기 어려운 것투성이입니다."

북소리는 군사들이 아니라 백성들을 동원해 큰 북을 여러 개 친 것이었고, 북을 치는 동안 동신조의 군사들이 성 뒤로 빠져나갔던 것이다.

귀신 흉내도, 북소리도, 모두 적을 기만하기 위함이었던 것이다.

태자가 병사들의 목숨을 장기 말처럼 쓰지 않았으니 누구보다 더 깊이 고심하지 않았겠는가. 자신들을 속인 기술도 대단하지만 태자가 생각해낸 전술을 듣고는 입이 다물어지지 않았다.

싸우지 않고 이기는 수법.

섭낭은 태자에게 전쟁이 장난이냐 소리쳤던 것을 후회하고 있었다. 진지하기에 이런 수법을 쓴 것이다. 그러지 않고 서로 공성전을 벌였다면 필시 많은 사람들이 죽었을 텐데, 태자야말로 사람의 목숨을 함부로 쓰지 않은 것이다.

하지만 이다음부터가 문제였다. 이야기로만 들었을 때는 불가능해 보이지 않았지만 과연 그게 뜻대로 될 것인가?

섭낭의 마음을 읽었는지, 장우가 그를 재촉했다.

"이제 곧 날이 밝을 것이니, 더 이상 이런 수는 통하지 않아. 그러니 자네가 가서 군사들을 데리고 오게."

"저를 어찌 믿고 보내주신단 말입니까?"

"믿을 수밖에. 자네들의 적은 우리가 아니니까. 군사들을 모두 몰고 와도 이미 싸울 군대는 없고 우리만 남았네. 그런데도 자네의 군사들이 우리를 공격하려 한다면 애초에 태자 전하와 오문을 죽이러 온 군대겠지."

"하나, 어젯밤 일로 잔뜩 겁을 먹고 있습니다. 저 혼자 가서 설득한다고 될 일이 아닙니다. 아마도 제가 귀신이 들렸다고 생각할 겁니다. 제 생각에는 태자 전하께서 저와 함께 가시는 것이 좋을 듯합니다."

"음……."

"저를 믿는다 하셨으니, 끝까지 믿어주십시오. 저는 태자 전하께 위해를 가할 만큼 간이 큰 놈이 못 됩니다."

장우는 고개를 끄덕였다. 그가 보기에도 섭낭은 전형적인 군대 체질이라, 단왕부의 장수지만 단왕부가 속해 있는 제화국의 태자에게 반하는 짓은 하지 못할 듯했다.

"하면 지금 전하를 모시고 함께 가는 게 좋겠습니다. 모두들 저를 기다리고 있을 테니, 빠를수록 좋을 듯합니다."

장우와 섭낭은 함께 태자를 모시러 처소로 갔다.

그러나 결국 섭낭은 그 길로 바로 떠날 수가 없었다.

흐트러진 머리카락과 대충 여민 의복을 입고 잔뜩 얼굴을 찌푸린 채 밖으로 나온 태자가 무슨 일이냐 묻는데, 별일 아니라고 말하고 만 것이다.

물론 별일도 아닌데 중요한 순간에 불러냈다며 온갖 욕설을 들어먹어야 했다.

섭낭은 태자가 말한 중요한 순간이 무엇인지 알 것 같았다. 그러나 지금 안에서 하는 일이 아무리 중요한들, 전쟁보다 중요할까 의구심이 들었다.

문이 쾅 하고 닫힌 후에도 섭낭은 아찔한 욕설이 귀에 맴돌아 한동안 움직일 수 없었다. 대신 장우를 스윽 쳐다보는데, 그는 어깨를 으쓱하며 섭낭을 위로했다.

"원래 입이 거친 분일세. 내지르고 나면 뒤끝은 없는 분이시니, 그러려니 하시게."

"하면 어쩌면 좋습니까?"

"본인 입으로 말하지 않았나? 별일 아니라고."

"그거야……."

"피곤해 보이는데 한숨 자고 일어나는 게 어떻겠나?"

섭낭은 이곳에 온 지 몇 시진 만에 저 역시 이 괴상한 분위기에 물들어버린 것 같았다. 모든 일이 다 잘될 것 같고, 긴장감이 스르르 사라지고 있었다.

"후……. 저는 어디서 자면 되겠습니까?"

범명성 밖의 단왕부 진영은 큰 혼란에 빠진 채 밤을 꼴딱 새웠다. 귀신인지 인형인지가 재주넘듯 한 바퀴 공중제비를 돈 뒤에 장군이 성에 잡아먹히는 것을 보았기 때문이다. 물론 열린 성문으로 섭낭이 스스로 들어가는 것을 다들 보았지만, 꼭 그렇게 보였다.

또 무슨 일이 일어날까 싶어 밤새 긴장하고 잠도 자지 못한 병사들의 얼굴은 매우 초췌해졌다.

"이제 어쩌지? 철수해야 하는 거 아닐까?"

"이대로 도망가면 왕야께서 위로라도 해주실 것 같아? 귀신이 웬 말이냐고 벌을 받지 않으면 다행일텐데……. 후……."

"그러니까 말이야. 그렇다고 성을 칠 수도 없는 노릇이고."

저희들이 믿을 사람이라고는 이제 부관밖에 안 남았다. 한데, 그 부관 역시 갈팡질팡하고 있는 상태였다. 두 장수가 연이어 성으로 달려갔다가 돌아올 수 없게 되었으니, 어찌할 바를 모르고 있는 것이었다. 보다 못한 병졸이 슬그머니 말을 건넸다.

"저…… 일단 왕부에 알리는 것이 좋지 않겠습니까?"

"뭐라 알린단 말이냐? 두 장수께서 귀신에 홀려 죽었다, 그리 알리란 말이냐?"

병졸은 머리를 긁적이며 중얼거리듯 말했다.

"그래도 어쩔 도리가 없지 않습니까. 원인 모를 적의 계책으로 장수들을 잃었으니 지원군을 요청한다고 하면 되지 않을까요? 어차피 더 많은 병력을 순차적으로 보내준다 했으니, 우선 지휘장이라도 보내달라 하시는 건 어떨까요?"

"그럴까? 한데 그분들이 온들 해결이 될까?"

"사실 귀신인지 아닌지 확실한 것도 아니지 않습니까. 그러니 높은 분들께서 오셔서 확인해 주시면 슬쩍 책임을 떠넘길 수도 있고요."

병졸은 부관보다는 머리가 좋은 듯했다.

"네 말이 맞다. 일단 그렇게 해야겠다."

그래서 부관은 얼른 장계를 써 파발을 보냈다.

귀신같은 계책으로 순식간에 두 장수를 잃고, 남은 군사들이 매우 불안해하고 있다. 적의 계책을 밝혀내지 못한다면 더 많은 지원이 오더라도 이기기 힘들지도 모른다.

그런 식으로 은근히 적이 대단한 듯 포장해서 글을 보내며, 능력 있는 장수가 와주기를 기대했다.

"오늘 밤에 또 귀신들의 공격을 받을지 모르니, 북소리가 들리지 않는 곳까지 진영을 뒤로 물리는 것이 좋겠다."

병사들은 부관의 말에 찬성하고 진영을 옮기기 위해 분주하게 움직이기 시작했다. 다들 한시바삐 이곳에서 벗어나야겠다는 생각에 정신없이 짐을 싸고 천막을 거두는데 누군가가 소리쳤다.

"어! 저, 저기 좀 봐!"

그자뿐만 아니라 또 여기저기에서도 거의 비슷한 시기에 외침이 터져 나왔다.

"헉! 사람이 나왔다! 사람이 나왔어!"

"다들 저기 좀 봐!"

범명성의 문이 열리고 말을 탄 두 사람이 달려 나오고 있었다. 병사들은 또 귀신을 본 것처럼 대낮에도 화들짝 놀라 사색이 되었다.

"저, 저 사람은!"

한 사람은 모르겠지만 한 사람은 저희들이 아는, 무척 반가운 얼굴이었다.

"자, 장군……? 장군님이시다!"

"헉! 정말 섭 장군님이 살아오셨어!"

"부관님! 장군께서 오셨습니다!"

병사들이 하던 일을 멈추고 그를 맞이하러 달려 나갔다. 특히 부관이 누구보다 반가워하며 그를 불렀다.

"장군! 얼마나 걱정했는지 아십니까! 잘못된 줄 알고 얼마나 마음을 졸였는지 모릅니다!"

말을 멈춘 섭낭이 가볍게 고개를 끄덕인 후 말했다.

"걱정 끼쳐서 미안하다."

눈빛이 퀭한 병사들을 보니, 전날 밤 너무 푹 잔 것이 미안해지고 있었다.

"아닙니다. 살아 돌아오신 것만으로도……. 그, 그런데 옆에 분은 누구……?"

"아, 태자 전하시다."

깜빡했다는 듯 뒤늦게 태자를 소개하는데 부관은 그대로 굳어버리고 주변의 병사들도 침묵했다.

"귀신에 홀린 게 아니다. 정말 태자 전하시다."

그들의 반응을 이해한다는 듯 섭낭이 다시 한 번 강조했다.

그런데 막상 태자는 병사들의 인사를 받는 것은 안중에도 없는지 주변을 둘러보고 있었다.

"뭘 하던 중이었느냐?"

마침 제 앞에 얼빠져 보이는 놈 하나가 있기에 물었다.

"지, 진영을 오, 옮기던 중이었…… 사옵니다."

병사는 생에 한 번 만나기 힘들다는 태자가 진짜 태자인지는 모르겠지만, 일단 장군이 그렇다 하니 극존칭으로 대답했다.

"그래? 잘됐구나."

"예?"

"빨리 짐을 싸서 저 성 안으로 옮기거라."

"예에?"

"이제부터 너희들이 귀신 들린 성의 귀신이 될 것이다."

"……!"

병사들은 그대로 얼어붙었다. 태자의 말이 '너희 모두 죽어 귀신이 될 것이다'로 들렸기 때문이다.

섭낭이 깊은 한숨을 푹 내쉬었다. 기껏 같이 왔는데, 이렇게는 같이 온 의미가 없지 않나.

"후! 전하! 누가 그런 말에 순순히 따라오겠사옵니까?"

"왜? 같이 귀신 놀이를 하자는데 뭐가 잘못됐단 말이냐?"

"문제가 많이 있사옵니다! 후."

섭낭은 숨을 한번 크게 고르고는 크고 낭랑하고 위엄 있는 목소리로 일장 연설을 시작했다.

"다들 보았느냐? 이분은 제화국의 태자 전하이시고, 저 성안에는 오문 공주도 무사히 계신다!"

"오오—!"

"또한 범명성에는 지금 부안국의 병사가 단 한 명도 남아 있지 않다!"

"……!"

여기저기서 웅성거리는 소리가 들렸다.

"우리가 범명성을 차지했다! 아니, 정확히는 여기 계신 태자 전하와 오문 공주께서 범명성을 차지하시고 우리를 불러들이셨다."

"자, 장군님?"

부관은 도무지 믿기지 않는 소리를 들어서 섭낭의 정신건강이 무척 의심스러웠다.

그러나 섭낭은 총기가 가득한 눈으로 부드러운 미소를 지으며 모두가 알아듣기 쉽도록 장우에게 들은 이야기를 들려주었다.

긴 이야기였지만, 제대로 알아들은 병사들은 분기탱천하며 범명성으로 들어왔다.

곧 범명성에는 선발대가 가져온 단왕부의 기가 꽂혔다. 귀신 놀음이 아닌 보다 쉬운 방법으로 지원군을 성안으로 불러들이기 위해서였다.

이틀이 채 지나기 전에 부관이 보낸 파발 덕에 지원군이 도착했고, 그들은 텅 빈 진영과 성에 꽂힌 단왕부의 기를 보고 크게 기뻐했다.

그렇게 의기양양한 걸음으로 지원군은 아무 의심도 없이 범명성으로 들어왔고, 태자와 오문을 보고 놀랐다.

회의실로 들어간 장수들은 태자와 장우의 설명을 듣고는 자신들이 속았다는 것을 깨달았다. 적진에 제 발로 들어왔던 것이다. 동신조와 힘을 합쳐 단왕부와 부안국 양쪽 모두를 적으로 삼고 있다니 적진이 아니고 뭐겠는가.

하지만 동신조에게 인질로 붙잡혔다는 태자와 오문이 오히려 상황을 지배하는 것을 눈으로 보지 않았던가. 단왕부의 신하 역시 제화국의 신하였다. 태자를 따를 수밖에 없었다.

따르지 않으면 또 어쩌겠는가.

먼저 태자의 편에 선 섭낭의 군대와 자신들의 군대가 성안에서 전쟁을 벌이기라도 한다면 그것이 더 큰일 아닌가. 게다가 병사들은 이미 하나가 되어 싸울 의지를 잃고 있었다.

군영에 밥 짓는 냄새가 고소하게 풍겨 왔다.

소속에 상관없이 사이좋게 둘러앉아 행복한 모습으로 밥과 국을 먹고 있는 병사들에게 서로 죽이라 할 수 있겠는가. 게다가 단왕의 죄가 명백하다면 그를 따르다가 개죽음당할 수는 없었다. 태자의 계책대로라면 단왕부에 있는 가솔들 역시 안전할 것이다.

"장군님들은 식사 안 하십니까?"

"아…… 공주님……."

장군들은 허리를 숙이며 공주가 직접 자신들의 식사를 챙기는 것을 죄송스러워했다.

"어휴. 뭘요. 진짜 공주도 아닌데요."

오문은 그렇게 너스레를 떨며 궁녀들과 함께 가져온 식사들을 탁자에 놓기 시작했다. 병사들이 먹는 것과 똑같이 밥과 국. 그게 다였다.

조촐해도 너무 조촐한 식탁에 몇몇은 눈살을 찌푸리며 태자의 눈치를 살폈다.

"어흠."

"큼."

뭔가 불편한 듯 목을 가다듬는 장수들을 보고는 오문이 걱정스럽게 말했다.

"어휴. 너무 급히 오시느라 흙먼지를 많이 드셨나 봅니다. 그럴 것 같아서 제가 미역국을 끓였습니다."

"직접…… 말입니까?"

믿기지 않는다는 듯이 섭낭이 물었다.

"아, 저 혼자는 힘들어서 밥하는 취사병의 도움을 받았습니다."

장수들은 취사병이 다 하고 오문이 살짝 거들었을 뿐일 거라 생각했다.

"미역…… 뿐입니까?"

한 중년의 장수가 어렵게 물었다.

"아! 굴도 잘게 다져서 넣었습니다. 워낙에 입이 많으니까 다지는 것밖에 방법이 없더라고요. 어서 드셔보세요."

오문이 생긋 웃으며 미역국을 권하는데 다들 표정이 굳었다. 병사들과 같은 음식이라 강조할 건 없지 않나. 자신들은 그렇다 치고 태자 전하가 계신……!

다들 같은 생각을 하고 동시에 태자를 바라보다가 다 함께 흠칫했다.

태자가 밥과 국을 너무나 맛있게 먹고 있었기 때문이다. 태자뿐만 아니라 친위대장인 장우 역시 별말 없이 먹고 있었다.

"입에 맞으십니까?"

"오랜만에 네가 해주는 걸 먹어보는군."

"그래서 맛이 없으십니까?"

태자는 대답하지 않고 탁자를 둘러보다가 수저는 안 들고 멀뚱히 저를 보고 있는 장수들을 발견했다.

"저자늘이 먹을 생각이 없는 듯하니, 이리 다오. 내가 먹겠다."

그러자 장수들이 당황하며 수저를 들었다. 마치 공주가 만든 음식을 먹지 않아 무안하게 만든 것을 나무라시는 듯했기 때문이다.

"아, 아니옵니다. 지금 막 먹으려던 참이었습니다."

"예. 전하께서 먼저 드시길 기다렸나이다."

그렇게 장수들이 허겁지겁 먹기 시작하자 태자가 아쉬운 듯 오문에게 물었다.

"더 없나?"

"왜 없겠습니까? 잔뜩 있긴 한데, 서두르지 않으면 병사들이 다 먹어 치울지도 모릅니다."

"그럼 진작 내 건 더 담아 왔어야지!"

태자가 나무라는 말에 오문은 혀를 배꼼 내밀며 말했다.

"제가 누굽니까? 안 그래도 따로 더 담아 두었습니다."

그러자 갑자기 장수들이 말했다.

"저…… 저도 더……."

"허기가 지는지, 저도……."

"그러게 말입니다. 크흠. 정말 목이 좀 괜찮은 것 같기도……."

장수들은 헛기침까지 핑계로 대며 더 먹고 싶어 했다. 그러고 보니 창밖의 병사들이 유난히 밥을 맛있게 먹는다 했었다. 장수들은 희멀건 미역국이 이렇게 맛있는 거였구나, 새삼스러운 사실을 깨달았다.

고작 작은 미역국 앞에서 모두들 큰일을 앞둔 것을 잠시 잊고 긴장을 풀 수 있었다.

제 45 장
날로 먹어야 제맛

아직 새까만 밤이었다. 도성의 성문은 굳게 닫혔고, 성문을 지키는 병사들은 수상한 일행에게 경계심을 보내며 달가워하지 않았다. 그러나 영춘은 저희들을 바라보는 그런 눈빛에도 아랑곳하지 않고 도성의 육중한 문 앞에서 큰절이라도 하고 싶은 심정이었다.

겨우 한 계절을 떠나 있었을 뿐인데, 눈물이 날 만큼 반가운 것은 어째서일까. 태자와 함께한 시간은 사건사고가 끊이지 않아 하루하루가 힘들었기 때문에 한 계절이 십 년은 되는 것처럼 오래된 듯 느껴졌다.

"누구냐!"

"나는 태자 전하의 호위무사 영춘이라고 하네. 단왕부에서 산호 아가씨를 모시고 오는 길이니 길을 열어주게."

"뭐! 정말 태자 전하 일행이 맞으시오?"

"전하께서는 함께 오시지 않으셨네. 전하의 서찰을 갖고 있으니 나를 폐하께 좀 데려다주게."

황성의 문이 열렸다.

꾀죄죄한 몰골들이 태자 일행이라 여겨지진 않지만 죄인처럼 묶인 사람들까지 수레에 타고 있으니 무언가 일이 벌어진 듯했다.

황제는 본래 잠이 없는 편이었다. 그는 영춘이 태자도 없이 혼자 산호를 데리고 왔다는 말에 광분하여 의복도 제대로 갖춰 입지 않고 영춘을 만나러 갔다.

"폐하!"

영춘은 물기까지 묻어나는 감격적인 음성으로 황제를 불렀다.

그러나 황제는 반가움의 표현을 발길질로 했다.

퍼억—

"컥!"

영춘은 황제의 발에 걷어차여 나뒹굴었다.

"어째서 네놈 혼자 온 게냐!"

"커헉! 헉……. 저, 전하께서……."

숨이 잘 쉬어지지 않았지만 더 얻어맞지 않으려면 얼른 태자가 전하라고 한 것을 전해야 했다. 영춘은 콜록거리면서 품속에 고이 간직하고 있던 서찰을 꺼냈다.

그러자 황제의 호위가 그것을 가져가 황제께 전했다.

황제는 영춘을 한 대 더 차 주고 싶어 발이 근질거렸지만 일단 태자가 보낸 것을 펼쳤다.

"……!"

서찰을 든 황제의 손이 부들부들 떨렸다. 그의 눈동자가 더 이상 커질 수 없을 정도로 커졌고 마구 흔들리기 시작했다.

'주혜령! 주혜령을 어떻게!'

황제는 혹 태자가 주혜령을 찾은 것인가, 그녀가 아직 살아 있는 것인가, 흥분했다. 그러나 곧 그 아래 적힌 글귀를 보고 또 한 번 충격 받으며 자신의 어리석음을 탓했다.

'그래. 태자가 주혜령을 만났다면 그녀가 이렇게 아직도 앳될 리가 없지…….'

하지만 실망만 할 일이 아니었다. 주혜령을 어머니라 부르며 자란 아이가 있다지 않나. 그렇다면 주혜령이 그 불길 속에서 죽은 건 아니라는 얘기다.

'그리고 그 아이가 진짜 은산호, 산호 그 아이겠군.'

태자가 굳이 제게 이것을 알리려 했다면 지금 온 산호는 가짜라는 말이었다. 가짜 산호를 데려와 자신이 구했다고 주장한 단왕의 속셈이 수상하기 짝이 없으며 그 불 역시 단왕이 지른 게 아닌가 싶었다.

"산호는 어디 있느냐?"

이제 좀 통증이 가라앉은 영춘이 엉금엉금 기어와 황제의 앞에 무릎을 꿇으며 말했다.

"그전에 전하께 아뢰어야 할 것이 많사옵니다."

"산호의 옥패를 먼저 보고 싶구나."

그러자 영춘은 제 품에서 산호의 옥패를 꺼냈다.

"네가 왜 그것을 가지고 있느냐?"

"산호 아가씨께서 본인의 물건이 아닌 것 같다 하시며 돌려주셨습니다."

황제는 영춘에게서 옥패를 받았다. 그것은 분명 산호 것이 아니라 자신이 태자에게 준 것이다.

"산호가 이것이 가짜라고 말했다는 것이냐?"

"아니옵니다. 그것이 아니라, 자신이 산호가 아닌 것이 확실하다 폐하께 고해 달라 했습니다."

"흥! 눈치가 빠른 녀석이군."

"폐하. 실은 오는 길에 문제가 생겼습니다."

"문제가 생겼겠지. 그러니 태자가 달랑 이 서찰 하나만 쥐여 주고 너를 보냈을 테지!"

"해서 폐하, 저는 어서 그간의 일을 고하고 전하를 모시러 가야 할 것 같사옵니다."

"얘기가 길어질 듯하니, 일단 안으로 들어오너라."

범명성은 이제 군사들이 더 들어찰 수 없을 만큼 가득했다. 첫 번째 지원군을 받은 날, 태자는 단왕부에 승전을 알리는 파발을 보내도록 했다.

범명성을 차지하고 깃발을 꽂았으니 이곳을 기점으로 삼고 도망간 동신조를 잡아 태자를 구하겠다는 내용이었다. 그렇게 단왕으로부터 태자는 두 번 지원군을 더 받아냈고, 실제로 섭낭의 부대를 동신조에게 보냈다.

물론 동신조를 치려는 게 아니라 동신조를 돕기 위함이었다.

또한 가장 중요한 일이 바로 단왕과의 연락책을 끊어놓는 일이었다.

우선은 부안의 왕이 단왕부에 지원을 요청하지 못하도록 했다. 단왕부는 동신조가 밀리고 있다고 생각해야 하니, 단왕부로 가는 길목에 진을 치도록 했다.

그뿐 아니라 각 병영마다 이탈자가 없도록 철저하게 서로를 감시하도록 했다. 한 사람당 두 명을 감시하도록 했고, 그 한 사람 역시 두 사람에게 감시를 당하는 식이었다. 단왕이 심어놓은 자가 있을지도 모르기 때문에 자신의 위치를 이탈한 자는 가차 없이 벌했다.

그렇게 엄중한 분위기에도 병사들은 아무도 불만이 없었다. 태자의 말만 잘 들으면 싸우지 않아도 아군의 수가 늘어났다. 게다가 날이 갈수록 자신감이 붙고 실제로 전투가 벌어진다 해도 도저히 질 것 같지 않았다.

자신들을 이끄는 태자는 상벌이 확실한 사람이었고, 이렇게까지 해야 하나 싶을 정도로 강도 높은 훈련을 받았지만 그 뒤에 오는 보상이 늘 확실했다.

"오늘은 닭을 삶는다고 했었지?"

"그럴 거야. 태자 전하께서 닭이 드시고 싶다 하셨다니까."

범명성의 장수부터 병사들에 이르기까지 매끼 같은 종류의 식사를 했다. 주로 태자가 뭐가 먹고 싶다고 하면 그 음식이 올라왔다. 대부분 태자 치고는 매우 소박한 주문이었고, 오문은 공평하게 같은 음식을 병사들에게 베풀었다.

얼마나 다행인가. 태자가 매번 제비집 같은 것을 먹겠다 했으면 자신들은 멀건 죽만 먹게 되었을 것이다. 식비로 내정된 군영의 예산이 많을 리가 없으니 말이다. 아무튼 병사들은 고된 훈련이 끝나면 맛있는 음식을 배불리 먹을 수 있게 된 것이 좋았다. 음식에 뭘 넣는지, 집으로 돌아가면 군영 밥이 그리워질 것 같았다.

무엇보다 자신들을 위해 태자가 허물없이 함께하는 것이 무엇보다 감동적인 일이라, 태자에 대한 신망이 높아지고 있었다.

그러나 병사들이 모르는 게 있었다. 태자는 사실 그들을 위해 자신의 욕심을 버린 것만은 아니었다. 바로 지금처럼 태자는 종종 먹고 싶은 것을 말했지만 오문이 들어주지 않고 있었다.

"국수라니요? 저 면 뽑다가 팔까지 뽑히는 걸 보고 싶으십니까?"

수천 그릇의 소면을 만들려면 면을 뽑기는커녕 반죽하다가 팔이 떨어져 나갈 것이다.

"내 것만 하면 될 게 아니냐!"

"치사하게 먹는 걸로 그러시면 안 됩니다. 한솥밥 먹는 사람들끼리 누구는 저거 먹고 누구는 이거 먹고 그러면 얼마나 서러운지 아십니까?"

"내가 뭐 대단한 음식을 해달라는 것도 아니고, 고작 국수 한 그릇 먹고 싶다는데 병사들까지 생각해야 한단 말이냐?"

오문은 팔짱을 끼고 태자에게 찌릿 눈을 흘겼다.

"고작 국수 한 그릇이라니요? 소면 명인의 국수를 우습게 생각하시는 겁니까?"

"언제는 명인이 아니라더니 많이 뻔뻔해졌구나."

"누구와 함께 있다 보니 그리되었네요."

"정 병사들이 마음에 걸리면 그놈들은 고기를 줘라. 생고기를 던져 줘도 좋다 할 놈들이다."

"다른 사람 입맛을 그렇게 무시하는 거 아닙니다. 사람은 다 똑같습니다. 맛있는 거 맛없는 거 구분할 줄 안단 말입니다."

"글쎄, 고기 싫어하는 놈들은 없다지 않아!"

이렇게 심심치 않게 유치한 입씨름을 벌리곤 했다.

"오늘 뭘 먹을지보다 더 중요한 사안이 있는데, 언제까지 그러고 계실 것입니까?"

장우는 이 의미 없는 다툼에 끼어들고 싶지 않았지만 어쩔 도리가 없을 만큼 중대한 일이 벌어졌다.

"무슨 일이냐?"

"단왕부에 심어둔 놈이 어마어마한 소식을 가져왔습니다."

잠시 후, 장우의 이야기를 들은 모두가 크게 놀라고 말았다. 그리고 태자는 눈살을 찌푸리며 투덜거렸다.

"하필, 그 멧돼지 같은 놈이……."

서강에는 뛰어난 장수들이 많았다. 태수인 구자서도 젊은 날에는 전장을 호랑이처럼 누비고 독수리처럼 멀리 내다보는 용장이자 지장이었다.

그리고 무호는 말할 것도 없으며, 무호 이전에 이름을 떨친 장군이 있었으니 바로 현 대장군 막우담이었다.

막우담은 무호가 오기 전에는 서강에서 가장 힘이 세고 가장 용맹하며 자긍심 높은 장수였다. 그러나 태자는 늘 속으로 또는 부하들 앞에서 그를 이렇게 불렀다.

멧돼지.

그것은 그의 우락부락한 외모 때문이 아니라 그가 태자만 보면 성난 멧돼지처럼 씩씩대며 들이받지 못해서 안달이었기 때문이었다. 물론 그는 평소에도 자주 불같은 화를 내는 자였지만 마음대로 되지 않는 태자 때문에 화를 억누를 길이 없어 더욱 씩씩거리곤 했다.

그런 막우담이 지금은 뭐가 그리 좋은지 헤죽거리고 있었다.

"그러니까, 단왕부가 우리 서강의 군대는 받아들일 수 없다, 이거지?"

"예. 성문을 굳게 닫고 돌아가라 하고 있습니다."

"우리는 엄연히 태자 전하를 모시러 왔다 전했느냐?"

"예. 한데, 전하께서는 지금 부안국의 동신조에게 잡혀 있다고, 조금 전에도 말씀드렸습니다만……."

막우담은 믿기지 않는지 계속 부하에게 같은 것을 물었다. 그리고 마침내 부하의 말이 사실이라고 인정하는 순간 미친 듯이 큰소리로 웃어 젖혔다.

"크하하하하하!"

"자, 장군님……."

"아이고, 배야! 그렇게 잘난 척을 하시더니 고작 동신조 같은 놈한테 잡혀? 크하하하하!"

부하는 동신조가 고작이라고 불릴 만큼 애송이가 아니지 않냐는 말이 튀어 나갈 뻔했지만 잘 견뎠다.

"저…… 장군님. 웃음소리가 너무 크십니다. 병사들이 듣겠습니다."

대장군이야 태자 무호에게 쌓인 것이 많지만 서강의 병사들은 그렇지 않았다. 대부분의 병사들은 무호를 여신, 아니, 사신처럼 경외하고 떠받들지 않았던가. 그런데 지금 그가 위험에 처해 있고, 단왕부는 자신들이 개입하는 것을 꺼려해 성문 가까이 가지도 못하고 있는 상황이었다. 좋은 일이 하나도 없는데 장군이 큰 소리로 웃고 있는 것은 좋아 보이지 않았다.

"대체 네놈들은 누구의 병사들이냐! 나 대장군이냐! 태자 전하냐!"

"장군님. 흥분하셨습니다. 당연히 태자 전하의 부하들이지요."

"이놈이! 누가 그걸 몰라! 누구 편이냔 말이다! 어째 하나같이 무호에게 홀렸는지 원."

"장군님. 무호라니요. 태자 전하이십니다."

"이놈이! 어디서 따박따박 따지고 있어! 내 밑에 있던 놈인데 하루아침에 태자랍시고 가버리지 않았느냐! 원 적응이 돼야 말이지. 없는 데서 편히 말하는 것이 뭐가 문제란 말이냐!"

"내가 있으니 문제지."

"뭐?"

대장군 막우담이 표정에서 웃음기를 지우고 반말을 지껄인 병사를 노려보았다. 그러나 병사도 영문을 모르겠다는 표정이었다. 그러고 보니 음성이 달랐다.

"누구냐!"

막우담은 그 소리가 천막 밖에서 들렸다는 것을 깨닫고 소리쳤다.

"나다."

상대는 거리낌 없이 천막을 열어젖히고 안으로 들어왔다.

"헉!"

그리고 그 잘난 모습을 보는 순간 막우담의 심장이 쿵 내려앉았다.

"태, 태자 전하!"

"왜? 날 모시러 온 자가 어째서 날 보고는 그리 똥 씹은 표정인가?"

"저, 전하께서 이렇게 직접 오실 거라고는……! 아, 아니, 동신조에게 잡혀 있다고 들었습니다만!"

"내가 고작 동신조 따위에게 잡혀 있다는 말을 믿다니, 쯧쯧……."

"예? 아, 아니, 저는 그저 단왕이 그리 말했다기에……."

"뭘 그리 쩔쩔매시나? 어차피 밑에 있던 놈인데, 편히 대하시게. 여기 누가 있다고? 황제도 없고 태수도 없는데, 안 그런가?"

"저, 전하. 너, 너무 마음에 담지 마시옵소서. 저는 그저……."

막우담이 죽을상을 하고 있는 것을 보고 태자가 그의 어깨를 툭툭 치며 말했다.

"걱정 말게. 못 들은 것으로 해줄 테니. 내가 별로 뒤끝은 없는 편이라네."

"가, 감사합니다. 전하."

"그건 그렇고…… 아직 여기 상황에 대해 아는 게 없는 것 같으니, 귀찮지만 설명을 좀 해줘야겠군. 들어오너라."

그러자 밖에서 장우까지 들어왔다.

"오랜만입니다, 장군."

"오! 그렇지. 자네도 있었구만!"

막우담은 아끼던 장우를 다시 만난 것을 매우 반가워했다. 장우 역시 오랫동안 함께 해온 상관을 다시 만난 것이 감격스러웠으나 태자가 두 사람의 끈끈한 재회의 순간을 싹둑 잘랐다.

"대충 인사가 끝났으면 시작하지."

"예."

그렇게 시작된 이야기는 꽤 길고 복잡했으나, 벌써 여러 번 같은 것을 설명했더니 장우는 꽤 능숙하게 이야기를 압축할 수 있게 되었다.

그리고 마침내 상황을 파악한 막우담이 속으로 욕설을 지껄였다.

'무호 저놈은 어딜 가나 그저 사고만 치고 다니지! 결론은 계집 하나 찾겠다고 전쟁을 일으키질 않았나!'

허구한 날 국경을 넘더니, 개 버릇 남 못 준다고 어디서나 망나니짓을 하는구나, 하고.

불행히도 막우담의 표정은 남들에게 잘 읽히는 편이었다.

태자는 막우담의 표정이 썩어 들어가는 것을 보면서, 씩씩거리며 콧김을 내뿜지 못한 탓에 속이 문드러지나 보다 생각했다. 한때 제 상관이었던 그가 조금 안쓰럽기도 해서 태자는 그에게 공을 세울 기회를 주기로

했다. 물론 막우담이 그것을 원할지는 알 수 없는 일이었다.

“내가 특명을 내려주지.”

“무슨……?”

특명이란 말이 매우 불안하게 들렸지만 지금 막우담이 거절할 상황이 아니었다.

“별건 아니고, 단왕부로 들어가기만 하면 되네.”

“단왕부로…… 들어가라니요?”

“그대들은 지금 태자인 나를 모시러 온 것일 테지?”

“예. 태수께서 폐하의 서찰을 받고 저를 보내셨습니다. 폐하께서는 이런 일이 생길 줄 어찌 아셨는지, 정말이지 선견지명에 탄복하고 있사옵니다.”

“선견지명은 무슨. 내가 사고 칠 걸 예상하신 게지.”

“사고를 치신 거였습니까?”

본인도 자신이 저지른 행동이 잘못됐다는 걸 안다는 것인가, 막우담이 꼬투리를 잡고 날카롭게 물었다.

“사고는 쳤지만 잘못은 없네. 잘못된 걸 바로잡으려다 보니 사고를 친 것이지.”

“아…… 예…….”

서강에서도 무호는 늘 그랬었다. 나는 잘못이 없다, 어쩔 수 없는 일이었다. 제 아들놈이 이랬다면 죽도록 패주었을 것인데, 황제께서 너무 오냐오냐 키우신 것 같아 불만스러웠다. 무호가 그 말을 들었다면 무척이나 억울해했을 것이다.

“하여간, 황명을 받고 온 그대를 단왕이 홀대하고 비협조적으로 대하는데, 큰소리는 쳐봐야 할 게 아닌가.”

"단왕과 태수께서 오랫동안 척을 지셨으니, 도리가 없지 않사옵니까. 큰소리를 친다고 문을 열어줄 것 같지는 않사옵니다. 그렇다고 아예 정보를 주지 않은 것도 아니고, 함께하지 않겠다고 하는데 그걸 어쩌겠습니까."

"큰소리가 통하지 않으면 어쩔 수 없지. 그때는 무력행사를 해야지."

"무력행사라니요? 이곳은 단왕부입니다. 여기서도 싸움을 붙이려 하십니까?"

"정당한 무력행사일세. 또한 난동을 부릴수록 좋아."

"전하! 방금 제가 어쩔 도리가 없다지 않았사옵니까. 정당한 행사가 아니옵니다. 저희는 지금 전하를 구하러 가는 길이니, 범명성으로 가는 것이 매우 자연스럽고 옳다고 봅니다."

"아니지. 단왕의 말을 무조건 믿을 수 없으니 단왕부에서 조사를 하겠다 하시게."

"단왕이 잘도 그것을 들어주겠습니다!"

거꾸로 단왕이 군사를 이끌고 폐하의 명을 받고 서강을 조사하러 오겠다 하면 태수께서 그들을 받아주지 않을 것이다. 아무리 황명이라 해도 그 자리에서 싸우다 죽으면 죽었지, 순순히 그들을 들일 수 없었다. 이것은 자존심 문제였다.

"황명을 받고 온 군사를 단왕이 죽이기야 하겠는가? 단왕이 비협조적으로 나오는 것이 수상하니, 조사하겠다고 하시게. 뭐, 성문을 부수고 들어가는 게 영 별로라면 성문 앞에서 버텨보는 방법도 있지."

"예?"

"어차피 여기 진을 쳤으니, 그냥 눌러 앉아 단왕부에서 나가는 군사들을 막으라는 말일세. 길을 막고 있으면 들어오라 하든지, 화살을 날리든지, 뭔 수를 내지 않겠나."

"왜 자꾸 일을 크게 만드십니까. 누가 봐도 서강의 군사들이 단왕부에서 협잡질을 한다 여길 겁니다. 전쟁을 할 것이라면 그냥 저희도 같이 범명성으로 가서 합류하는 게 좋지 않겠습니까?"

예서 군사들이 움직일 길을 막는 것은 별 의미가 없었다. 일단 지금 단왕부는 잘못된 정보로 인해 범명성을 차지했다고 믿고 있다. 그러니 지원군을 보내는 일이 그리 급하지 않을 것이다. 태자를 구하러 가지 않고 단왕부에 들어가겠다고 하는 자신들이 더 수상해 보일 게 아닌가.

그걸 모를 리가 없는데 태자는 고개를 저었다.

"범명성에 자리가 없네."

"예?"

"그 좁은 성에 군사가 바글거리니 보기만 해도 지긋지긋해."

"……."

한마디로 저희가 꼴 보기 싫으니 오지 말라는 얘기였다. 막우담은 이대로 군사를 돌리고 싶은 충동이 느껴졌다.

"그래서 나도 여기 있을까 하네."

"……."

여기서 뻗대고 앉아 저를 괴롭히겠다는 심산이리라. 도대체 어떻게 돼먹은 머리인지, 상황 파악을 못하는 것 같지는 않은데 아무 생각 없이 행동하는 것처럼 보였다. 그런데도 항상 결말이 좋은 것은 운이 좋아 그리 된 것인지 알 수가 없었다.

"왜 아무 말도 안 하시는가."

"아, 아직 범명성과 단왕부의 전쟁이 끝나지 않았습니다. 동신조 역시 부안국의 왕과 전쟁이 한창 아니옵니까. 전하께서 거기 계셔야지요."

"내가 적당히 싸움을 붙이고 이기는 법도 알려줬는데 그 흙먼지 날리는 곳에 더 있을 이유가 있는가? 내가 직접 칼을 들고 설치기라도 해야 한단 말인가? 태자가 이 정도 했으면 충분하다고 보는데."

적당히 끝날 일을 판을 제대로 키워놓고 자기는 귀찮아서 뒤로 빠지겠다니, 얄밉기 그지없었다. 어째서 그럴 때만 태자임을 내세우는가. 애초에 멋대로 국경을 넘고 전쟁을 일으키는 것은 태자가 해도 괜찮은 짓인가 말이다, 하나 지금은 태자가 제 윗사람이니 따질 수 있겠는가.

"그, 그건 그렇습니다만, 솔직히 말해주십시오. 진짜 범명성에 있기 싫어 저와 함께하겠다 하시는 겁니까?"

"왜? 내가 그대를 괴롭히고 싶어 여기 있겠다는 줄 아는가?"

물론 잠깐 그렇게 생각했었지만 막우담은 시치미를 떼고 말했다.

"전하, 제대로 된 이유를 말씀해 주지 않으시면 저는 죽어도 그리 못 하겠습니다."

"말하지 않았는가. 나는 단왕부를 조사해야겠네."

"그것은 저희가 하겠습니다."

"아니, 그대들이 못 하는 일일세."

막우담은 자신을 무시하는 듯한 말은 참을 수 없었다.

"전하, 제가 전하만큼 뛰어난 장수는 못 될지라도 그렇게 못 믿을 정도로 무능력한 놈은 아니라 여겨집니다."

"자신감을 갖는 것은 훌륭한 자세일세."

"아니, 자신감이 아니라 신은 정말로……."

"아무튼 그건 자네들이 못 해. 내가 직접 해야 할 일일세."

"정확히 무엇을 조사하고 싶으십니까?"

"단왕부와 귀문의 관계."

"헉! 전하! 그것은 너무 위험합니다!"

막우담은 펄쩍 뛰며 만류했다. 그런 것이라면 더더욱 태자가 가서는 안 되는 것 아닌가.

"자네는 귀문의 살수를 만난 적이 있는가?"

"예?"

"나는 여러 번 만나보았네. 때문에 그들의 기척을 느낄 수 있어. 그러니 지금 나만큼 귀문을 잘 찾아낼 수 있는 자가 없다고 봐야지."

"……."

막우담도 귀문에 대해서는 많이 들어보았기 때문에 할 말이 없었다.

귀문의 살수들은 평소에는 보통 사람과 똑같이 행동하고 매우 평범해 보인다고 했다. 심지어 이웃 사람이나, 자주 가는 단골 가게 주인이 귀문의 살수여도 알 수 없다고 하니, 그런 자들을 제가 어찌 찾아낼 수 있단 말인가. 아니, 많이 만나보았고, 몇 번 이겼다 해서 태자 역시 그들을 찾아낸다는 보장도 없지 않나.

"단왕부에는 전하를 알아보는 이도 많을 텐데……. 단왕부에 들어간다 하더라도 조사하는 것은 무리가 아닐지……."

단순히 싸움을 잘하는 것과 귀문의 살수를 상대하는 것은 다르기 때문에 막우담은 태자의 안위가 걱정되어 어떻게 해서든 말리고 싶었다.

"그렇겠지. 워낙 내가 눈에 띄는 용모이기도 하고. 그래서 변장의 귀재를 데려왔네."

"예?"

"들어와라!"

무호가 부르자 천막을 열고 소년 같은 어린 병사가 들어왔다. 분명 서강의 병사 옷인데, 막우담의 기억에 저렇게 어린놈은 없었다.

"너는 누구냐?"

"저는 오문이라고 합니다!"

"변성기도 안 지난 녀석이 왜 여기 있느냐?"

"변성기는 죽을 때까지 안 올 것 같습니다."

"뭐?"

그러자 태자가 오문의 어깨를 감싸 안으며 말했다.

"내 반려일세."

"……예? 죄송합니다만 다시 한 번만……."

막우담은 들어선 안 될 말을 들은 것 같아 자신이 잘못 알아들었다고 생각했다.

"귀가 어두운가? 내 반려라고 했네."

"허억! 전하! 겨, 결국……! 결국 그런 것이었습니까! 대를 이어야 할 일국의 태자께서 어찌, 어찌……!"

막우담이 차마 말을 잇지 못하고 비통해했다.

태자는 그런 그의 반응을 예상은 했지만, 마치 이럴 것 같았다는 말이 불쾌했다.

"결국이라니? 내가 남색을 밝힌다, 그 말이 하고 싶은가?"

"아이고, 전하. 저도 그렇게 믿고 싶지는 않사옵니다. 이게 대체 무슨 일이란 말입니까."

"무슨 일이긴! 변장의 귀재인 내 반려가 자네들 병사로 분해 온 것이지! 남장을 했다 이 말일세!"

"예?"

어리둥절한 막우담이 오문을 다시 훑어보았다. 아무리 봐도 곱상하게 생긴 소년인데, 반려라니!

오문은 방긋방긋 웃으며 태자에게 말했다.

"대체 군 생활을 어찌하셨기에 다들 취향을 의심하시는 겁니까?"

"필요에 따라 살짝 웃음을 흘리긴 했다만 아무 일도 없었다."

"미인계 말씀이십니까?"

"뭐 그리 말할 수도 있겠지."

"그럼 전하! 어차피 이렇게 된 거 진짜 미인계 한번 안 해보시겠습니까?"

"무슨 소리냐?"

그러자 오문이 주변의 눈치를 살펴보더니 작게 말했다.

"전하, 귀 좀……."

무호는 허리를 숙여 오문에게 귀를 갖다 대주었다. 그러자 오문이 손으로 소리가 새어나가지 않게 막고는 매우 작은 목소리로 속닥거렸다.

"미인계 해보시겠다고 약조해 주시면 저도 새로운 경험을 하게 해드릴게요."

"새로운 경험?"

무호는 무심코 그 말을 뱉고 말았다.

"전하! 목소리가 크십니다! 이러면 제가 소곤거린 의미가 없지 않습니까!"

오문은 얼굴이 빨개져 있었다.

막우담은 이제야 오문이 세집애처럼 보이기 시작했다. 그리고 그 새로운 경험이 무엇인지는 정확히 모르지만 부끄러워하는 걸 보면 남녀 사이의 일임은 분명한 듯했다.

"네가 부끄러워만 하지 않았다면 새로운 경험이 어떤 종류의 경험인지 눈치채는 사람이 없었을 것 같구나. 예를 들면 인상 깊었던 내 첫 경험은 몰래 담을 넘어 만두 명인의 만두를 먹은 것이지. 경험이라는 것은 여러 종류의 것이 있다."

"어휴! 일부러 예시까지 들어서 설명하지 마십시오!"

저만 적응이 안 되는 건지, 힐끗 보니 장우는 매우 흥미로운 표정으로 가만히 듣고 있을 뿐이었다.

하지만 막우담은 별로 그것을 알고 싶지 않았기 때문에 젊은 사람들의 일은 나가서 따로 봐주었으면 하는 심정으로 헛기침을 했다.

"크흠! 큼."

듣기 불편하니, 어서 작전 회의부터 하자는 뜻이었으나 장우가 남몰래 피식 웃으면서 말했다.

"장군님께서 목이 많이 안 좋으신 듯하니 미역국이라도 끓여 드려야겠습니다."

◈

단유천은 요즘 겉으로는 표현 못해도 속으로는 싱글벙글이었다. 태자가 잘난 척하고 오문을 데리러 간 덕에 전쟁이 터져 주었다. 거기다가 단왕부가 승승장구하고 있으니 높은 태자의 콧대를 꺾은 것 같아 속이 다 후련했다.

'좋아. 차라리 태자가 전쟁 중에 죽어버리는 게 더 낫겠다. 그래야 내가 손쉽게 그 자리에 앉을 수 있지. 물론 산호도.'

아직 산호의 변한 마음을 알 리 없는 단유천은 산호가 태자비가 되기만 하면 상대가 누구든 상관없다 여기는 줄 알고 있었다.

'가만. 이럴 게 아니라, 귀문을 움직여 태자를 죽이는 것도 나쁘지 않

겠군.'

전쟁 중이니 태자를 죽이기 딱 좋았다. 단유천은 제 계획을 단왕에게 보고하기로 했다. 그러나 이야기를 들은 단왕의 표정은 펴지지 않았다.

"왜 그러십니까? 지금이 기회가 아닙니까. 지난번처럼 무턱대고 귀문을 끌어들이겠다는 것이 아니라……."

"내가 보내지 않았을 것 같으냐?"

"예?"

"지원군을 보낼 때마다 살수들을 병사들로 위장해 함께 보냈다."

"전부 실패했단 말입니까?"

단유천은 믿을 수 없다는 듯 물었다.

"그럴지도 모르지."

"그게 무슨 뜻입니까?"

"무턱대고 태자를 죽이라고 보낸 것이 아니었다. 정황을 보고해 오라 했는데, 아무도 돌아오지 않고 있다. 연통 하나 보내는 이가 없어."

"……!"

"소식을 들을 수 없으니 뭔가 잘못되고 있는 것은 분명한데……."

"별일 아닐 것입니다. 전시다 보니, 경계가 엄중하고 단독으로 행동하기 힘들어 소식을 전하기 힘든 것일 겁니다. 범명성에서는 소식이 오지 않았습니까. 부안의 군사와 힘을 합쳐 산성으로 도망친 동신조를 압박하고 있다고. 곧 불자가 떨어져 항복할 거라는 소식이 온 것으로 압니다."

단유천이 아무리 좋게 얘기해도 단왕은 꺼림칙해했다.

"첫 승을 거둔 그때가 가장 이상하다."

"어째서 그렇습니까?"

"섭낭이라고 했나? 기지를 발휘해 범명성을 차지하고 도망치는 동신조를 추적한 장수. 그자가 어떤 자인지 좀 알아봐야겠어.”

“충성스러운 장수라 했습니다. 사리사욕도 없고 꽉 막힌 놈이라 시키는 대로만 한다고 들었습니다.”

단유천은 자신이 이미 알아본 것들을 자랑스럽게 말했다.

“흠…….”

“믿으십시오.”

“공격하라 한 적이 없다. 한데 보고를 보면 동신조 쪽에서 먼저 지휘장을 죽이고 교란을 시켰다 했다.”

“도망치려 한 게 아니겠습니까?”

“내가 왜 공격하지 말라 했는지 진정 모르겠느냐?”

단왕은 한심한 눈으로 단유천을 바라보았다.

갑작스러운 단왕의 질문과, 어깨를 움츠러들게 하는 눈빛에 단유천은 당황했다.

“예? 그, 그야 확실한 승리를 위해 지원군을 기다리신 게…….”

“아니다. 내가 태자라면 공격해 오는 단왕부의 군사들을 설득하려 했을 것이다. 그러기에 마주치지 않게 하려고 공격하지 말라 한 것이지. 한데, 교란만 시켜놓고 동신조와 함께 성을 버리고 도망을 쳤다?”

“설득이 쉽겠습니까? 그 많은 군사와 장졸들에 자신이 태자라고 밝히는 것도 힘들 것입니다. 게다가 목숨을 건 전시상황에 무턱대고 적의 말을 믿을 리도 없지요.”

대부분의 장수들은 동신조가 사람을 보내 태자인 척하고 군사들을 동요시킨다고 믿을 것이다. 사실 태자 역시 그것을 알기에 섣불리 나서지 않고 귀신 놀음까지 해가며 한 명만 불러들인 것이다. 다수를 설득하긴 힘들지만 한 명을 마주 보고 진실을 알려주면 쉽게 넘어가기 때문이다.

그리고 그 한 명이 수뇌부일 때는 몇 만 명의 군사라도 설득할 수 있다.

태자의 수법을 알 리 없는 단왕은 단유천의 말이 옳다고 여겨지면서도 좀처럼 마음을 놓을 수가 없었다.

"흐음……."

"무엇이 그리 불안하신 겁니까? 귀문의 연통이 없는 것이 불안하시다면 제가 한번 방법을 연구해 보겠습니다."

"일이…… 너무 잘 풀리는 것이 불안해."

"아니옵니다. 제 생각에는 아버님께서 태자를 너무 높이 평가하고 계시는 것이 불안의 원인인 듯하옵니다."

단유천이 조금 서운한 듯한 목소리로 말하자 단왕이 그를 지그시 바라보았다.

'그래. 그럴지도 모르지. 태자가 유천이 이 아이보다 어린데, 나는 어째서 귀접까지 오른 아이보다 태자를 더 높이 평가하고 있는가.'

아들의 실력은 확실했다. 어릴 때부터 호되게 가르치고 교육시켰다.

그 때문에 자만하고 가벼운 경향이 있지만 그렇다 하더라도 실력 하나는 손색없는 아들이다. 태자가 제 아들보다 못한 놈이라 생각하니 한결 마음이 편안해졌다.

"아무래도 내가 저 서강 놈들 때문에 잠깐 생각이 많아진 듯하다."

"범명성으로 가라 했으니, 곧 떠날 것입니다. 너무 마음 쓰지 마시고 오늘은 푹 쉬시는 것이 어떻겠습니까?"

황제가 서강을 움직였다. 명분은 그동안 태자가 위험한 일을 많이 겪었으니 돌아오는 길에 호위해 줄 군사들을 보낸다는 것이었다.

태자의 힘을 과시하려는 의도는 알겠으나 황실의 군대를 움직이지 않고 더 멀리 있는 서강의 군대를 보냈다. 태자가 서강에 있었기 때문이라는 핑계는 아무래도 좀 궁색하지 않은가.

"황제의 생각이 궁금하구나. 태자가 동신조에게 잡혔다는 소식을 들으면 또 어찌 나오실까?"

그즈음, 황제는 단왕부에서 보내온 장계를 받았다. 정확히 영춘이 도착하고 닷새 후였다.

"폐하! 당장 부안국의 동신조를 잡아들여 엄벌하셔야 하옵니다!"

"이보게! 지금 그게 문제인가! 우선은 태자 전하께서 무사한지부터 알아봐야 할 게 아닌가!"

"그게 그 말입니다! 동신조를 잡아 태자 전하를 구해야지요!"

"그것이 지금 단왕부가 하는 짓과 뭐가 다른가!"

"그렇습니다! 전하의 안위가 달렸는데 단왕부는 마치 기회라는 듯이 범명성을 공격하고 있습니다. 어서 단왕부에게 공격을 멈추라 명하시옵소서!"

"예. 폐하! 한시가 급한 줄로 아옵니다. 단왕부에는 그리 명하시고 따로 범명성으로 사람을 보내 태자 전하를 구할 협상이라도 하는 것이 좋을 듯하옵니다."

대신들의 중론이 어느 정도 모아지자 황제가 그답지 않게 천천히 입을 뗐다.

"뭐, 지금 태자를 구한다고 방법이 있겠는가?"

"폐하!"

대신들은 화들짝 놀라 할 말을 잃고 황제만 불렀다.

"아니, 내 얘기는 우리가 구하러 가는 것은 너무 늦었다는 것이지. 다른 뜻은 없네."

"폐하. 전하께서는 아직 무사하실 것이옵니다. 무신이라 불렸던 분이십니다! 포기하시긴 이르오니……."

"모두들 듣거라."

황제는 신하들이 더 이상 말하지 못하도록 했다.

"예. 폐하!"

모두 일제히 대답하자 황제가 위엄 있는 음성으로 말했다.

"내 아들이 부족한 탓에 아비로서 늘 근심이 많았다. 해서 그대들에게는 참으로 미안하네만, 내가 이미 이런 일이 생길 것을 염려하여 훨씬 전에 태자를 호위하라 군사를 보냈으니 동요하지 말고 기다려 주시게."

그러자 여기저기서 웅성거리다가 한 신하가 말했다.

"폐하. 외람됩니다만, 혹 서강의 군대가 북으로 향한 것이 그 때문이옵니까?"

그 많은 군대를 몰래 출병시키기란 어려웠다. 이미 여기저기서 서강의 군대를 보았다는 말이 들렸지만 황제가 이에 대해 침묵하고 있었다.

"단왕부에 보내는 군사인데, 황제가 직접 군사를 보냈다 하면 아무래도 내가 단왕부를 견제하여 트집을 잡으려 한다 생각할 게 아닌가. 해서 사이가 좋지 않은 서강의 군대를 움직였네. 서로가 서로를 견제하니 나라가 삼등분이 날까 늘 조마조마했는데 이번 기회에 사이도 돈독해지라 보낸 것이니 내 맘대로 처리했다고 너무 서운해하지 마시게."

"폐하! 서운하다니요! 폐하의 선견지명은 늘 놀라울 뿐이옵니다!"

"예. 폐하! 폐하께서 이번에도 태자 전하를 살리셨사옵니다!"

모두들 앞을 내다보는 황제를 찬양했지만 한 가지는 의도적으로 말을 피하고 있었다.

'사이가 돈독해지기는! 싸우라고 보내신 거구만!'

'누가 이기든 싸움이 길어질수록 단왕부만 피해를 볼 테니, 황제께서는 가만히 앉아서 단왕부를 찍어 누르시겠구나.'

황제 역시 대신들의 속마음을 읽고 있었지만 모르는 척해 주었다.

'쯧. 태자 그놈이 계집 하나 때문에 멋대로 국경을 넘은 걸 알아도 다들 그런 얼굴을 할 수 있을지 궁금하구먼.'

그 일만큼은 태자가 무사한 것을 알게 될 때까지만이라도 숨겨야 했다. 되도록 영원히 그것을 숨기는 편이 좋았다.

영춘의 말을 듣고 자칫 영춘을 때려죽일 뻔했으나 태자가 구하러 간 아이가 옥패의 주인이라는 것을 알고는 이성을 붙들 수 있었다.

게다가 가짜 산호라는 아이가 단왕이 태자를 죽이려 한 정황을 증언해 준다 했으니 이제 단왕부를 쓸어버리는 것은 하나도 어렵지 않았다.

태자만 무사하다면 모든 것이 다 잘될 것인데, 이곳에 앉아서 결과만 기다려야 한다니 속이 타들어 가고 있었다.

'하아……. 아무 일도 없어야 할 것인데.'

대신들이야 황제가 약은 수를 쓴다고 하지만 사실 황제야말로 직접 달려가고픈 심정이었다. 태연한 척하고 있지만 태자이기 이전에 하나밖에 없는 귀한 아들 녀석이다. 제가 너무 잘못 키워 제멋대로 자랐나 싶어 후회도 되었다.

'미친놈. 거기가 어디라고 담 넘듯이 넘어가!'

황궁 담을 넘기 시작했을 때 다리를 부러트려 놓을 만큼 크게 혼을 냈어야 했다. 하지만 태자가 살아 돌아온다면 황제는 이번에도 그를 야단칠 수 없을 것만 같았다.

'은산호. 산호를 데리러 간 게 아닌가. 내가 처음부터 산호를 데리고 오라 했고, 진짜 옥패의 주인은 반드시 궁으로 데려오라 했지. 내가 잘못

한 것이다.'

일이 이렇게 될 줄은 황제도 몰랐으나 한편으로는 가슴이 뛰었다.

태자는 역시 제 아들이었다. 자신이 주혜령을 사랑했듯, 진짜 산호를 찾아 목숨을 걸고 사랑하고 있었다. 사내라면 마땅히 그래야 했다. 늘 제 아들에게 그런 뜨거운 열정이 부족하다 안타까워했는데, 그게 다 제대로 된 짝을 만나지 못해서였다.

'내가 진짜 주혜령의 딸을 보게 되는구나. 은도명, 혹 자네가 보고 있다면 자네 딸과 태자를 지켜주어야 하네.'

황제가 애끓는 부정으로 태자와 오문의 안위를 걱정하는 그때, 잠시 범명성으로 돌아간 태자는 뜨거운 열정이 아니라 뜨거운 화를 다스리고 있는 중이었다.

"미인계가 이런 거라고 하지는 않았다!"

분명 태자의 목소리가 들렸지만 방 안에 태자는 없었다. 대신 오문의 앞에 여인이라기엔 기골이 장대한, 그러나 매우 화려한 미모의 여인이 있었다.

"미인계가 미인계죠! 왜 못 알아들으십니까? 그리고 아주 잘 어울리십니다!"

불행히도 황제의 바람과 달리 하늘에 있는 은도명은 태자를 지켜줄 수 없었다. 그는 아마 자신의 딸을 지켜주는 것만으로도 온 힘을 쏟고 있을지도 모른다. 오문이야말로 어디로 튈지 모르는 위험한 인물 아닌가.

"당연히 잘 어울리겠지! 그래도 그렇지. 나더러 이런 꼴을 하고 밖을 나돌아 다니란 말이냐!"

미모의 여인, 아니, 태자는 오문과의 약조 때문에 어쩔 수 없이 짙은 화장을 참아 냈다. 하지만 오문의 욕망으로 만들어진 커다란 가짜 가슴을 차고 치마를 입는 모욕을 겪는 동안, 태어나서 처음으로 수치심이라는 것을 경험했다.

"이 꼴이라뇨? 제가 얼마나 공들여서 예쁘게 화장해 드렸는데 그리 말씀하시면 서운하지요!"

"화장에만 공들일 것이지, 이 가슴은 또 뭐냐!"

"혹시 어색한 부분이 있을까 봐 가슴을 강조한 것이죠! 사람들이 가슴에 시선이 가서 다른 건 잘 못 볼 게 아닙니까."

"그럴 리가! 게다가 사내대장부가 자존심도 없이 치마를 입고 보란 듯이 나갈 수 있겠느냐!"

"아니, 저도 남장을 하고 돌아다녔는데 그럼 저는 어찌 그 꼴로 다녔단 말입니까! 상황이 바뀌었을 뿐입니다!"

"너는 눈에 띄지 않지만 나는 너무 아름답지 않아! 이러고 다니면 온갖 놈들이 기분 나쁜 눈으로 나를 쳐다볼 게 아니냐!"

오문은 태자의 잘난 척으로 인해 못난이가 된 듯한 기분이 들었다.

"그럼 추녀로 변장해 드릴까요? 어차피 키도 크시겠다, 뭐 원하시면 세상에서 제일 못생긴 여인으로 만들어 드리겠습니다."

그러자 태자는 조금 흠칫하며 믿을 수 없다는 듯 말했다.

"그게 가능하단 말이냐? 이 얼굴이 어찌 못나질 수 있단 말이냐?"

태자는 경대로 제 얼굴을 이리저리 비춰 보며 감탄하듯 반문했다.

평소에도 뭇 사내들의 마음을 설레게 했던 얼굴 아닌가. 어깨가 좀 넓은 것이 흠이지만 키도 커서 별로 이상해 보이지 않았다. 몸집이 크고 호리호리한, 자신감 넘치면서도 날카로운 인상의 미녀가 거울 속에서 만족스러운 표정을 짓고 있었다.

"예. 가능합니다. 코 평수도 넓히고, 왕점도 하나 갖다 붙이고 눈썹을 좀 지우고 하면 될 겁니다."

"아서라. 너무 대공사가 될 것 같구나. 괜히 너만 힘들다."

"제 걱정은 안 하셔도 됩니다."

오문은 별로 오래 걸리지 않을 거라며, 어떻게 해서든 태자를 추녀로 만들어주고 싶었다.

그렇게 두 사람이 투덕거리고 있는데 밖에서 엿듣고 있던 장우가 참지 못하고 그냥 문을 벌컥 열고 들어왔다.

"……!"

그 순간 세 사람 모두 움찔 놀라며 얼어붙었다.

장우는 순간 태자를 알아보지 못했다. 이 방에 태자와 오문 단둘밖에 없다는 것을 알면서도 눈치채지 못한 것이다.

은은한 색상의 화려한 꽃문양 치마를 입은 태자는 이미 여인이 되어 있었다. 본래도 턱 선이 곱상하고 목이 길었던 태자는 더욱 희고 고아졌다. 긴 속눈썹은 더욱 풍성하고 짙어져서 우아해 보였고, 짙게 칠한 붉은 입술과 치켜 뜬 크고 예리한 눈매는 도발적으로 느껴질 만큼 뇌쇄적이었다.

키가 큰 데다가 무인으로 단련된 태자의 몸이 과연 여장이 될까 했는데, 강조할 곳은 강조하고 가릴 곳은 감추었더니 놀라울 정도로 감쪽같았다.

허리까지 내려오는 탐스러운 가발이 듬직한 등을 가리고, 넓은 어깨는 너구리 털로 가렸다. 군살 없이 매끈한 몸이라 허리를 질끈 동여매고 가슴을 강조했더니, 모습이 영락없이 아름다운 여인이 아닌가.

놀란 장우의 얼굴을 보고 태자는 미간을 찌푸렸다.

"왜 멋대로 들어오는 것이냐!"

장우는 웃음을 참느라 힘들었다.

"지금이 아니면 언제 이 모습을 볼 수 있을까 염려되어 일단 들어와 봤습니다."

"걱정 마라. 일단은 이대로 가볼 생각이니."

태자는 싫다고 하면서도 오문이 하자는 대로 해주고 있었다.

"대단하십니다. 큰 결심을 하셨습니다."

장우는 태자의 용기를 크게 칭송했다.

"놀리는 것 같군."

"진심입니다!"

"하면 너도 용기를 펼칠 기회를 주겠다."

"아닙니다. 저는 용기라고는 없는 놈입니다."

장우는 얼마든지 제 자신을 깎아내릴 수 있었다. 치마만 입지 않을 수 있다면 얼마든지.

"어차피 너 역시 우리와 함께 단왕부로 가려면 변장을 해야 한다. 설마 친위대장이 나를 버리고 갈 셈이냐?"

태자는 혼자 죽지 않겠다는 심보로 장우를 물고 늘어졌다.

"당연히 따르겠습니다. 하지만 저는 전하처럼 미모가 출중하지 못해 여장은 안 될 것 같습니다."

그리고 장우는 태자의 화술에 넘어가지 않기 위해 정신을 똑바로 차리고 정중히 거절했다.

"변장의 귀재가 있는데 무슨 걱정이냐? 너는 추녀로 변장하면 된다."

"한 명은 경국지색에 한 명은 추녀라니, 사람들의 이목이 무섭습니다. 그래서야 일이 제대로 될 것 같지 않습니다."

두 사내의 실랑이를 흥미롭게 지켜보던 오문이 손뼉을 '짝' 쳤다.

그러다 두 사람의 시선이 오문에게 집중되었다.

"제가 방금 기가 막힌 생각을 했습니다!"

"……?"

"밖에서 정보를 모아 봐야 얼마나 모으겠습니까? 어차피 변장까지 했는데, 아예 왕궁으로 들어가는 건 어떨까요?"

오문의 대담한 작전을 들은 태자의 반응은 심드렁했다.

"단왕이 기거하는 궁을 직접 뒤져 보잔 말이냐?"

"네, 네!"

"물론 나도 어느 정도 확신이 서면 단왕을 직접 잡을 생각이었다만 여장을 하고 궁으로 들어가는 것은 더 무리다."

아무리 무모한 태자라도 지금 이 상황에 왕궁에 숨어든다는 것은 무모한 문제가 아니라 아예 불가능했다.

"아닙니다! 가능합니다!"

"어떻게?"

"서강에서 오신 그 대장군님 말입니다. 그분이 저희를 단왕에게 바치면 됩니다."

오문은 제 머리로 생각해 낸 묘책이 기특해서 활짝 웃으며 뿌듯해했다.

그러나 장우와 태자는 서로를 마주 보며 묘한 표정을 지었다. 가능할 것 같긴 한데, 하고 싶지는 않은…… 그래서 반박할 말이든 더 좋은 생각이든 내보라며 서로에게 눈짓을 보낼 뿐이었다.

제 46 장

마라한의 미녀

산호는 궁 안쪽 가장 후미진 곳에 머물고 있었다. 말만 궁이지, 사실 궁이라고 부르기 힘든 곳. 오랫동안 주인 없이 버려진 것이나 다름없다 보니 어딘가 음습한 기운마저 감돌았다.

태자비가 될 여인을 이런 곳에 머물게 한다는 것은 사실 무리가 있었다. 명목상은 궁에 있는 것이지만 굳이 하고 많은 멀쩡한 궁을 놔두고 이러는 것은 다분히 의도적으로밖에 보이지 않았다. 게다가 새로운 궁녀도 보내주지 않고 단왕부에서 데려온 식솔들과 생활하도록 했다.

산호 아가씨를 그렇게 찾으실 때는 언제고 왜 이렇게 홀대하시는가, 황궁의 궁녀들은 황제께서 그녀를 이런 곳에 머물게 한 데는 필시 무슨 사연이 있으리라고 수군거렸다. 심지어 산호가 머무는 궁을 빙 둘러 병사들이 지키고 섰으니 감옥이나 다를 바 없었다.

산호의 식솔들은 가뜩이나 수레에 갇혀 죄인처럼 끌려온 데다가 이런 수모까지 당하니, 서럽기도 하고 앞날이 두려워 펑펑 울어댔다.

하지만 산호는 개의치 않았다. 낯선 곳에 왔으니 사람이 없는 한적한 곳이 오히려 적응하기 편했다. 자신이 머물던 단왕궁의 화려한 화원을 생각하면 황무지 같은 이곳에도 꽃씨를 뿌리고 꽃을 가꾸고 싶었지만 하지 않기로 했다. 무료한 시간을 달래는 데는 좋겠지만 저는 곧 궁에서 쫓겨날 테니 남의 집에 손을 대고 싶지는 않았다.

'쫓겨나기만 하면 다행이지.'

하마터면 태자를 죽일 뻔했다. 지금도 그 일을 생각하면 간담이 서늘해졌다. 몰랐다고는 하지만 지금 이대로도 미수범이나 마찬가지였다.

"차 한 잔 더 하시겠습니까?"

산호는 영춘에게 차를 권했다.

영춘은 배를 만지고 고개를 절레절레 저으며 말했다.

"벌써 몇 잔째인지, 물배만 채웠습니다."

산호와 마주 앉아서 달리 할 게 없었기에 그녀가 차를 권할 때마다 넙죽넙죽 받아 마셨다.

그러던 것이 이제 한계다.

황궁에 오면 되도록 산호와 말을 섞지 말고 그녀 가까이에는 얼씬도 말겠다고 결심했건만, 영춘은 산호를 감시하라는 명을 받았다.

태자를 찾으러 달려가고 싶은 마음이 굴뚝같아 발이 근질거려 몇 번이나 황제를 찾아가 호소했으나 돌아오는 답은 매정했다.

「이놈이 매가 부족했나! 다리를 분질러서 산호 앞에 앉혀 놔야겠느냐?」

영춘은 그 말이 그냥 하는 말이 아니라는 것을 잘 알았다. 그래서 그 뒤로는 꼼짝도 않고 이 궁에 머물고 있는 중이었다.

같은 담을 쓰고 있을 뿐이지, 궁 안에도 영춘이 먹고 자고 할 곳은 있었다. 그런데 산호는 기어이 밖에 있는 영춘을 안으로 불러 같이 밥을 먹거나, 차를 마시거나 하자고 했다. 그러고는 쉽게 내보내 주지도 않았다.

찻물로 배를 채울 정도면 할 만큼 하지 않았는가.

영춘은 산호가 대단하다고 생각했다. 하루 종일 아무것도 않고 우아하고 고상하게 앉아 차를 마신다.

정말 그게 다였다.

아침에 일어나 몸단장을 하고 잠들기 전에 씻는 것 외에는 정말 아무것도 하지 않았다. 그렇다고 차를 마시면서 수다를 떠는 것도 아니다.

말을 안 할 거면 도대체 왜 같이 차를 마시고 밥을 먹어야 하는 건가?

오문과 투덕거리며 울화통 터지던 그때가 그리울 만큼 산호가 머무는 궁은 지루한 정적밖에 없었다. 하도 심심해 보여서 읽을거리나, 자수 할 거라도 갖다 줄까 했더니 산호가 거절했다.

「심심하니 공부하고 심심하니 바느질을 하란 말씀이십니까? 심심하면 안 됩니까?」

그런 현자 같은 반문을 해오니 말문이 막혔다.

'무료함을 즐기실 거라면 혼자 하시란 말입니다. 저는 그냥 밖에서 병사들하고 수다 떠는 게 더 좋단 말입니다.'

속으로는 할 말이 많았지만, 해선 안 될 말이니 대답할 수가 없었던 것이다. 황제께서 다리를 부러트리겠다는 협박만 하지 않았어도 또 가서 아뢰고 싶었다.

산호 아가씨는 그냥 내버려 둬도 된다고. 도망치는 법도 모르는 분이라고. 세상 물정에 어두워 오문처럼 약은 데도 없고 도망칠 의지도 없는 분인데 왜 제가 지키고 있어야 하냐고.

하지만 이제 영춘도 거의 포기하고 운명을 받아들이고 있었다. 지금처럼 배가 빵빵해질 정도로 차를 마시거나 찻물이 떨어질 때를 틈타 자연스럽게 나가는 방법도 터득했다. 영춘은 배를 만지며 어제 그랬던 것처럼 오늘도 자연스럽게 엉덩이를 뗐다.

"차도 충분히 마셨으니……."

"그럼. 좀 주무십시오."

그런데 갑자기 산호가 말을 걸어 다시 의자에 엉덩이를 붙여야만 했다.

"예?"

"전에 보니, 많이 피곤하신 것 같던데 개의치 마시고 주무십시오."

산호는 단왕부에서 영춘이 낮잠을 자는 것을 보았던 데다가 그가 하는 일이 꽤 피곤해 보여서 낮잠을 권했다.

그런데 영춘은 꽤 발끈했다.

"제가 그리 약골은 아닙니다. 전하께서 피곤하게 만드신 것이지!"

"하면, 저는 피곤하게 굴지 않았습니까?"

"……."

영춘은 산호의 눈이 이렇게 반짝이는 것은 처음 보는 듯했다. 뭔가 잔뜩 기대하는 눈이라 섣불리 대답할 수가 없었다.

"솔직히 말씀하셔도 됩니다."

'솔직히' 라는 말이 더 무서웠다.

"왜 갑자기 그런 걸 물으십니까?"

"저는…… 궁금합니다. 제가 어떤 사람인지가."

"예?"

"그렇지 않습니까? 저는 지금까지 태자비가 될 산호, 그렇게만 불렸습니다. 태자비를 빼고 나면 제가 어떤 사람인지, 사람들이 저를 어떻게 보는지, 무엇이 남는지가 궁금합니다."

"……."

산호는 황성으로 오는 동안 사람들과 함께한다는 게 어떤 건지를 느꼈다. 사람마다 다 어떤 사람인지 선명하게 보였다.

금은 활달하고 성격이 급하고 가벼웠지만 의리는 있어서 남을 잘 도왔다. 상은 꾸미는 걸 좋아하지만 성격은 털털한 데다가 불의를 보면 불같이 화를 냈고 정도 많았다. 첨도, 화도, 친위대원도, 영춘도, 모두가 각자만의 성격을 갖고 있었다.

그래서 저들은 저를 어떻게 보는 것일까? 저는 어떤 사람인가? 이런 것들이 궁금해지기 시작한 것이다.

"제 주변에는 저를 보살펴 주는 궁녀들과 선생들, 그리고 단왕 부자밖에 없었습니다. 궁녀들은 저를 보살피는 것 외에 다른 말은 하지 않았습니다. 단왕 부자와는……."

산호는 잠시 눈살을 찌푸리고 말을 멈추었다가 대답했다.

"대화가 즐겁지 않았습니다."

영춘은 그녀의 말에서 지독한 외로움을 느꼈다. 그래서 저도 모르게 이렇게 묻고 말았다.

"그럼 저와 대화하는 건 즐겁습니까?"

"예."

"……!"

서슴없이 그렇다는 대답에 영춘은 깜짝 놀랐다.

"저와 하신 대화라고는 차를 권하신 게 다인 것 같은데요?"

"예. 그래도 즐겁습니다."

"……."

차를 마시며 예의상 주고받은 몇 마디 중 어디가 즐겁다는 건지 도통 알 수가 없었다.

그 마음을 읽었는지 산호가 묻지도 않았는데 대답하듯 말했다.

"적어도 제게 뭔가 바라지 않으시니까요. 저를…… 보살피려고도 않으시니까."

영춘은 산호의 손가락이 찻잔을 두드리는 것을 보고는 그녀가 어떤 사람인지 조금은 알 것 같았다. 지금까지는 그녀를 태자비로만 여기고 사람들이 모두 어려워하고 다가오길 꺼려했으나, 영춘은 그녀 앞에서 격이 없었다. 아마도 그런 것을 말하는 것 같았다.

"솔직히 말씀해 달라 하셨지요? 솔직히 귀찮습니다."

"……역시……. 그럴 것 같았습니다."

산호는 조금 실망한 것 같았지만 기분 나빠하지는 않았다.

"귀찮긴 합니다만 피곤하지는 않습니다."

"……?"

"몸에 좋은 차도 많이 주시고, 앉아서 쉴 수 있는데 피곤하지는 않습니다. 제가 귀찮다고 느끼는 건, 저한테 뭘 바라고 자꾸 부르시는지 몰랐었기 때문입니다. 한데 이제 보니 그냥 말벗이 필요하신 거였군요."

"아……."

산호는 본인 입으로 차마 나오지 않았던 말벗이라는 말에 속마음을 들킨 것 같아 조금 수줍어했다.

"아가씨의 마음을 잘 알겠습니다."

영춘은 산호의 초롱초롱한 눈을 바라보며 뿌듯한 음성으로 말했다.

"폐하께 말씀드려서 내일부터 상과 화를 불러들이겠습니다."

"……!"

"오는 길에 이미 친해지신 듯하니, 그 아이들과 함께하시면 꽤 즐거울 것입니다."

"아……. 예. 감사합니다."

산호는 상과 화가 싫지 않았다. 그런데 그녀들이 오고 영춘이 오지 않는다니, 어쩐지 좀 실망스럽고 씁쓸했다.

영춘은 그녀의 반짝이던 눈빛이 다시 어둡게 가라앉는 것 같아 이상했지만, 제 착각일 거라고 생각하고 그 길로 당장에 황제께 허락을 받으러 나갔다.

❖

막우담의 부대가 단왕부와 부안국의 길목을 가로막은 지 며칠째. 지원군을 보내는 일이 급하지 않다 했는데, 상황이 달라졌다. 파발이 오지도 가지도 않으니, 단왕부는 완전히 고립되고 만 것이다.

오지 않은 소식을 마냥 기다리고만 있을 수 없으니 파발을 보내려 하는데, 막우담의 부대가 성문 앞을 가로막고 검문을 하는 통에 지나갈 수가 없었다. 장사로 먹고사는 백성들의 원성 또한 자자했다.

"제발 지나가게 해주십시오. 먹고살아야 하는데 이러시면 어쩝니까?"

"이놈이! 가라고 하면 갈 것이지!"

한 상인이 다리까지 붙잡고 애원하자 막우담의 병사들이 그를 어디론가 끌고 갔다.

이를 지켜보던 사람들은 겁이 나서 감히 지나가겠다고 말하지 못했다. 게다가 성문을 지키는 병사들도 서강의 병사들을 막지 못하고 지켜만 보고 있으니, 왕부에 대한 불신이 점점 쌓여만 갔다.

단왕은 백성들의 삶에 대해 잘 모르고 있었다. 단 며칠이라도 일을 못하면 생계가 끊어지는데, 이를 모르고 서강의 부대를 무시하면 그만이라 생각했던 것이다. 물론 이들이 태자를 찾으러 범명성으로 가지 않고 이렇게까지 행패를 부릴 줄 예상하지 못했기 때문이었지만.

한편 그렇게 끌려간 상인은 막우담의 험악한 인상을 보고 자신은 죽은 목숨이라고 생각했다. 아무래도 본보기로 저를 죽일 생각인 것 같아 제발 살려달라고 애원했다.

"장사로 먹고산다고?"

"예? 예! 집에 자식들이 줄줄이 여섯이나 되고…… 부인은 병이 들었습니다. 첫째 딸이 저를 돕고는 있지만 제가 일하지 않으면…… 아, 아닙니다. 그냥 성안에서 장사를 하겠습니다. 아무 데도 안 가겠습니다. 살려만 주십시오. 두 번 다시 나가지 않겠습니다. 제가 죽으면 저희 가족들은……."

"물건을 보자."

막우담은 저만치서 무릎을 꿇고 공포에 질린 장사꾼을 내려다보며 이게 뭐 하는 짓인가 속으로 한숨을 쉬었다. 사실 그는 제 바로 등 뒤, 병풍 뒤에 숨어 있는 태자가 하는 말을 앵무새처럼 따라 하고 있을 뿐이었다.

"예?"

"가지고 있는 물건이 쓸 만한 건지 보잔 말이다."

"……저, 전부 드리겠습니다. 살려만 주신다면……."

"이놈이!"

갑자기 벌떡 일어난 막우담이 크게 화를 내며 있는 힘껏 소리를 질렀다.

"히익!"

장사꾼은 양팔을 들어 얼굴을 막으며 죽는 소리를 냈다.

"누굴 뒷골목 건달로 아는 것이냐!"

사실 지금 막우담의 화는 태자를 향한 것이고 태자를 향해 하는 소리였다. 제 꼴이 이게 뭐란 말인가! 백성들 돈을 뜯어먹는 무뢰배로 만들고 있지 않나!

"아, 아닙니다! 그것이 아니라!"

"얼마면 돼!"

"예?"

"네가 갖고 있는 이 보따리를 얼마에 살 수 있냐 물었다!"

"그, 그것은 왜……."

"사실대로 말하지 못할까!"

결국 장사꾼은 눈물까지 흘리며 값을 후려쳐서 원가도 안 나오게 불렀다. 그러자 막우담이 그 두 배의 값을 쳐주고는 장사꾼을 내쫓았다.

호랑이 굴에서 살아 나온 장사꾼은 후들거리는 다리로 성안으로 들어와 털썩 주저앉았다.

"이봐, 괜찮아? 매라도 맞은 거 아니야?"

"제기랄! 뭐 이런 경우가 다 있어! 고래 싸움에 새우등 터진다고, 왜 애꿎은 백성들을 못살게 구냔 말이야!"

장사꾼이 끌려갈 때부터 걱정스럽게 지켜보던 사람들이 그에게 몰려와 분통을 터트리거나 걱정스러워했다.

"이 식은땀 좀 봐! 이봐, 뭐라 말 좀 해봐. 거기서 무슨 일이 있었던 거야! 어?"

한 사람이 어깨까지 흔들며 물어보자 정신이 퍼뜩 들면서 나가기 전, 막우담이 했던 말이 떠올랐다.

「소문을 내도 좋다. 나 막우담이 백성들의 물건은 사줄 것이니 얼마든지 찾아오라 해라.」

미처 정신이 없었는데 제 손에 든 돈주머니가 꽤 묵직했다.

"……!"

자신이 말한 것보다 배는 쳐준 것 같았다.

갑자기 장사꾼이 주머니를 열어 보자 사람들 역시 안에 든 은전을 보고 의아하게 생각했다.

"뭐야, 그건? 설마 사람을 패고서는 매 값이라고 준 건 아니겠지?"

"그러게? 꽤 돼 보이는데?"

장사꾼은 탐욕스러운 사람들의 눈빛과 웅성거림에 얼른 주머니를 여미고 말했다.

"저, 저기, 장군님께서 장사를 하려거든 자신에게 오라 하셨네!"

"뭐?"

"정말이라니까? 멀리 갈 것 없이 장군님한테 팔면 된다니까!"

"그게 사실이야?"

"이 돈을 보면 몰라? 이 사람들이! 그렇게 의심스러우면 가보면 알 게 아닌가."

장사꾼은 벌떡 일어나 씩씩하게 걸어나갔다. 사지 멀쩡한 모습을 보여

주면 저를 믿을까 해서였다.

정말로 사람들은 반신반의하며 성문 밖을 내다보았다. 그리고 개중 정말로 생계가 어려운 몇몇 사람이 움직이기 시작했다.

"이래 죽으나, 저래 죽으나!"

그리고 잠시 후, 막우담의 천막에는 장사꾼들이 줄지어 서 있는 진풍경이 펼쳐졌다.

물론 막우담은 병풍 뒤에 있는 태자만 아니면 당장 천막을 걷고 이 귀찮은 짓에서 해방되고 싶은 심정이었다.

깊은 밤. 막우담의 부대에서 범명성을 향해 차례차례 수레가 떠나고 있었다. 단왕부의 장사꾼들이 팔고 간 물건들이 수레마다 가득가득했다.

이를 보는 막우담의 근심도, 그의 주름도 깊어졌다.

"이래도 되는 건지 모르겠습니다."

"안 될 게 뭐가 있나?"

무호는 아무 걱정이 없어 보였다.

"남의 성에 있는 재물을 허락도 없이 빼 쓰는데 당연히 안 되는 일이지요."

"내가 누구 허락을 받아야 할 그런 위치인가? 아, 폐하는 빼고."

"어쨌거나 동신조의 것입니다. 아무리 전하라 하셔도 남의 재물에 손을 댄 것은 맞지 않습니까?"

막우담은 그 많은 장사꾼에게서 물건을 살 만큼 어마어마한 재력가도 아닐뿐더러 재물을 짊어지고 이 먼 곳까지 올 이유도 없었다. 그래서 처음에 무호가 장사꾼들에게서 생필품 위주로 물건을 사라 했을 때 불가능하다 단칼에 거절했다.

그런데 거절하기 무섭게 장우가 탁자 위로 탁 하고 커다란 금은보화 상자를 올려놓았고, 그것이 범명성에서 가져온 걸 알고도 어쩔 수 없이 무호가 시키는 대로 해야만 했다.

"썼다기보다 바꾼 것이지. 전쟁에는 물자가 필요한 법일세. 우리가 그들의 쓸모없는 금덩이를 전쟁물자로 바꾸어주었으니 오히려 고마워해야 할 일이지."

동신조가 시키지도 않았고, 원치도 않았을 테고, 물어보지도 않은 일을 저질러 놓고 무호는 시종일관 뻔뻔하게 생색을 냈다.

그러나 이제 막우담은 너무 지쳐서 따질 기력도 남아 있지 않았다.

'그래. 내가 동신조 걱정까지 해줄 필요가 있겠나.'

막우담은 앞으로의 일만 생각하기로 했다.

"이제 어쩌실 생각이십니까. 단왕부에서 더는 두고 보지 않을 것입니다."

"그렇겠지. 안 그래도 이제 돈이 떨어져서 더는 이 짓을 할 수 없으니, 슬슬 움직이는 게 좋겠지."

태자가 사악한 미소를 짓는 것을 보고 막우담은 절대 태자를 적으로 두지 않겠다 결심했다. 아마 지금쯤 단왕은 이성이 조금씩 갉아 먹히는 기분을 느끼고 있을 것이다.

단왕부는 벽보 사건 이후로 하루가 멀다 하고 민심이 뒤숭숭했다. 그러다가 서강의 부대가 성문 밖에서 시위 아닌 시위를 하면서부터 백성들의 불만과 불안은 걷잡을 수 없을 지경이 돼 버렸다.

사실 단왕부가 서강의 부대를 성문 밖에 내친 이상 그들을 그곳에서 몰아낼 명분이 없었다. 물론 길을 막고 사람들을 지나가지 못하게 하고 있으니 그것으로 무력행사를 할 수는 있었으나, 단왕은 그들이 곧 스스로 물러날 거라 생각하고 내버려 두었다.

동신조와 태자가 수세에 몰려 산중에서 수성을 하고 있다고는 하지만 그 연락을 들은 후로 소식이 오지 않으니 단왕은 소심할 정도로 신중해졌다. 가뜩이나 예민한 정세에 서강의 부대와 충돌을 일으켰다가는 사태가 걷잡을 수 없이 커질지도 모르는 일 아닌가.

그렇다고 서강의 부대를 순순히 안으로 들였다가 태자의 비보라도 전해지거나 하면 칼을 품은 적을 궁 안으로 들인 것이나 다름없게 된다. 단유천이 황제에게 입후(입양)되고 태자가 되는 것을 구자서가 두고 볼 리 없지 않나. 저 또한 단유천이 태자가 되면 서강을 갈아엎을 것이니 피차 마찬가지인 것이다.

며칠이라도 버티겠나, 태자의 소식을 듣기 위해서라도 떠나겠지 하고, 그들의 횡포를 내버려 두었던 단왕은 한 가지 사실을 간과했다.

제화국으로 장사를 하러 떠나는 상인들이나, 급한 일로 떠나야 하는 개개인의 사정들쯤은 우습게 안 것이다. 백성들의 원성이 들렸으나 대신들도, 단왕도 곧 괜찮아질 거라고만 생각했다.

그런데 갑자기 막우담이 상인들의 물건을 사들이기 시작했다. 그때까지만 해도 단왕은 그것이 큰 파탄을 불러일으킬 줄은 몰랐다.

종종 물건을 실은 수레들이 범명성으로 향했다는 보고를 듣고, 일부 군사들은 태자를 찾으러 갔다고만 생각했다. 그 물건들은 서강의 부대가 군수물자로 쓰겠거니 했고, 그들 역시 범명성에 있는 단왕부의 부대와 함께할 것이니 나쁠 게 없다 여겼다.

문제는 단왕이 지금까지 간과했던 곳에서 터졌다.

바로 상인들이었다. 막우담이 물건을 팔아준다는 소문이 자자해지자,

장안에는 일순 활기가 돌았다. 왕부도 차라리 잘됐다고 생각했다. 자신들이 해결하지 않아도 저절로 해결이 되는 듯했기 때문이다.

그런데 그것이 점점 과열 현상으로 번져 갔다.

막우담에게 물건을 팔면 멀리 가지 않아도 좋은 값을 쳐주는 데다 물건의 질도 따지지 않고 닥치는 대로 사주니, 상인들은 너도 나도 막우담에게 물건을 팔았다. 팔 것이 없으면 웃돈을 얹어 닥치는 대로 사서 팔았다. 그러다 보니 이제 왕부에서도 더는 두고 볼 수 없는 지경에 이르고 말았다. 장안의 생필품들이 품귀현상이 일어난 것이다.

일반 백성들뿐만 아니라, 귀족들까지도 원성이 자자했다. 왕부에 상소를 보내며 이 사태를 해결해 달라 아우성이었다.

뒤늦게 무언가 잘못되었음을 깨달은 왕부는 급히 성문을 걸어 잠그고 더 이상 생필품이 밖으로 나가지 못하게 막았으나, 그 때문에 정작 나가야 할 사람들까지도 나가지 못하게 되고 말았다.

서강의 부대가 길을 막은 것도 기가 막힌데, 왕부에서 백성들을 감금한 꼴이 되고 만 것이다. 민심은 완전히 돌아섰고, 일을 이 지경으로 만든 왕부를 무능하다 욕하기 시작했다.

"전하! 일단은 왕부의 재물을 풀어 급한 대로 백성들의 민심을 달래야 할 것 같사옵니다."

"지금 그것이 문제요! 언제까지 왕부의 재물을 풀어 백성들을 구휼한단 말이오! 원인인 서강의 부대를 몰아내는 것이 먼저 아닙니까!"

"그들을 쳐서 이기지 못할까 봐 지금까지 싸우지 않은 겐가! 가뜩이나 지금 부안과 전쟁을 일으켰는데 서강을 건드려서 좋을 게 뭐가 있단 말인가!"

"우리가 건드렸습니까! 저들이 우리를 건드린 것입니다!"

"누가 먼저든! 전쟁 후에 벌어질 일들을 감당해야 할 거 아니오!"

상황이 긴박한지라 대신들은 너도나도 목소리를 높이며 다투었다.

단왕은 그들의 소리를 듣고만 있을 뿐 아무 말도 하지 않았다.

"하면 차라리 서강의 부대를 들어오게 합시다. 이 정도 하는 걸 보면 저들도 간곡히 할 말이 있는 게 아니겠소!"

"할 말은 무슨! 저들의 꿍꿍이는 뻔하오! 태자 전하께서 이미 잘못되었을지도 모르니 그 자리에 오를 세자 전하를 해하고 그 자리를 탐낼 생각이겠지!"

왕부의 왕성 호위를 맡은 왕부지휘사가 발끈하며 속에 품고 있던 말을 뱉어내자 다른 신하들이 화들짝 놀라 그를 나무라기 시작했다.

"말조심하시오! 감히 그런 말을 어찌 입 밖으로 낸단 말이오!"

"다들 속으로는 그런 생각들을 하고 있지 않소! 이참에 허심탄회하게 말해보잔 말입니다!"

"이 사람이 지금 뭐 안전이라고! 당장 죄를 청하지 못하겠는가!"

왕부지휘사의 어긋난 기개는 단왕이 역심을 품고 있다고 말하는 것과 다름없었다. 그러나 그는 크게 뉘우치지 않고 말했다.

"전하! 소신이 함부로 말한 것은 인정하옵니다. 하나, 이는 간과할 수 없는 중요한 문제이옵니다. 사실상 태자 전하가 잘못되신다면 세자 저하께서 태자의 보위에 오르실 것은 자명한 일 아니옵니까! 이를 어찌 역심으로 보겠나이까!"

"이 사람이 그래도!"

"그런 말이 왕부에서 오고간 것만으로도 역심을 품었다 의심을 받을 수 있다는 것을 왜 몰라!"

"이런 말이 오고간 것을 황성에서 어찌 안단 말입니까!"

"허허!"

다들 혀를 끌끌 차며 고개를 저었으나 지휘사는 거침없었다.

"전하! 서강의 부대를 들여서는 아니 되옵니다! 저들이 무슨 꼬투리를 잡아 황성에 보고를 할지 모르는 일 아니옵니까? 서강의 태수는 위험한 인물이옵니다!"

"누가 그것을 모르는가! 그래도 그렇지 그런 말을 어찌 전하께……!"

"그런데……."

대신들의 끝나지 않을 것 같은 싸움을 묵묵히 지켜보던 단왕이 조용히 입을 열었다.

"……!"

그의 묵직한 음성에 모두 다툼을 중단하고 조용히 고개를 숙였다.

"막우담은 그 많은 재물을 어디서 가져왔을까?"

"……!"

그제야 대신들이 화들짝 놀라 서로를 마주 보았다.

"보통은 먼 길을 오면서 그렇게 많은 재물을 가져오지 않을 것인데……?"

단왕의 혼잣말 같은 질문은 모두에게 화두를 던져 준 것이었다. 신하들은 각자 고심에 빠져 잠시 토론이 중단되었다.

잠시 후 단왕부의 신하 중 가장 나이가 많고 가장 높은 관직이라 할 수 있는 우장사가 신중하고 조심스럽게 대답했다.

"전하. 아무래도 막우담을 만나보시는 것이 좋을 듯하옵니다."

우장사의 말에 지휘사는 묵직한 한숨을 내쉬었으나 더 이상 반박할 수가 없었다. 우장사는 모두가 침묵하자 망설이지 않고 천천히 설명했다.

"사실 지휘사의 말이 틀리지 않았다는 것을 우리 모두 인정해야 합니다. 하나, 그렇다고 해서 저들이 왕세자께 위해를 가할 거라 보는 것은 무리가 있지 않겠사옵니까? 애초에 황제께서 태자 전하의 신변에 일이 있을 것을 염려하시어 태수를 끌어들였으니, 저는 태수의 입장에서 생각해 보았습니다."

"구자서 그 너구리 같은 약은 놈의 생각이라? 재밌군. 어디 계속해 보시게."

단왕은 비아냥거리긴 했지만 계속해 보라는 듯 우장사의 말을 재촉했다.

"저들도 알 것입니다. 이 나라에 태자 전하가 아니라면 왕세자 전하밖에 안 계시다는 것을요. 이미 태자 전하를 구할 방도가 없다 여기고 이럴 때를 대비해 태수께서 다른 꿍꿍이를 품었을 수도 있다는 생각이 드옵니다."

"그 자존심 센 구자서가 우리와 손을 잡으려 할지도 모른다?"

"아무리 그가 고고하다 해도, 돌아가는 정세를 모를 만큼 머리가 둔한 자는 아니라 여겨지옵니다. 태수가 대장군을 이리로 보낼 때 저 많은 재물을 함께 보낸 것만 보아도 눈치챌 수 있는 문제였나이다. 저들은 이미 일이 이렇게 되어버렸으니, 만약을 대비해 우리와 화친을 맺고 싶은지도 모르옵니다."

연륜이 높고 현명하며 온화하고 단정한 품성으로 평판이 좋은 우장사의 말이었다. 모두가 고개를 끄덕이며 그의 말이 일리가 있다고 생각했다.

단왕 역시 이 골치 아픈 문제를 해결할 방법은 막우담을 직접 만나보는 것밖에 방법이 없다 여기고 있었던 터라 그의 말이 매우 끌리고 있었다.

하나, 단왕은 의심이 많았다. 그는 작금에 일어난 모든 일이 어딘가 개운치 않았다. 자잘하면서도 빈번하게 일이 터지거나 제가 이해할 수 없는 일들이 벌어지고 있었다.

귀문의 가장 큰 장점은 사실 정보력이라 할 수 있었다. 단왕부의 성문을 지나지 않고도 귀문의 살수들은 성을 빠져나갈 수 있었다. 한데 나가더라도 돌아와야 정보를 들을 수 있을 게 아닌가. 단왕은 지금 자신이 눈과 귀가 멀어버린 것처럼 답답하고 불안했다.

"만약 저들이 진정 그럴 생각이었다면 이런 식으로 행패를 부릴 것이 아니라 좀 더 간곡하게 청을 해왔어야 했다. 그러지 않은가?"

"하나, 서강과는 뿌리 깊은 증오와 자존심이……."

우장사는 더 말하지 못했다. 밖에서 다급한 목소리가 들렸기 때문이다.

"전하! 서강의 대장군 막우담이 전하를 뵙길 간곡히 청해 왔사옵니다. 어찌하면 좋겠사옵니까?"

"……!"

매우 이른 시각이었다. 성문을 굳게 잠근 지 아직 하루도 되지 않았다.

우장사와 대신들의 얼굴에 화색이 돌았다.

"전하! 드디어 막우담이 버티지 못한 것 같사옵니다."

"그렇사옵니다. 우장사 어르신의 말대로였나 봅니다. 그저 자존심 좀 세워 보겠다고 버틴 모양입니다."

"허허! 이 시각에 청을 해오다니 저들도 밤새 고민한 모양입니다."

"아예 성문을 걸어 잠가 버리니 다급해 진 게 아니겠습니까? 자신들의 횡포마저도 통하지 않으니 더 버틸 자신이 없어진 게 분명합니다."

"전하! 저희가 먼저 손을 내밀지 않아도 되었으니, 아량을 베푸는 척 불러들이는 것이 좋을 것 같사옵니다."

"예! 하마터면 우리가 아쉬운 소리를 할 뻔했습니다. 어서 그를 들라 하시옵소서!"

대신들이 한 목소리로 잘되었다 하자, 단왕도 그제야 머리가 맑아지는 기분이 들었다.

'내가 요즘 귀문의 일로 신경이 예민해진 모양이군. 너무 어렵게 생각했다. 설마 이 단왕이 구자서의 얕은 계략에 말려들 리가 없지 않나.'

단왕은 고개를 끄덕였다.

"좋다. 허락하지. 하나, 서강의 군대를 전부 단왕부로 들일 수는 없다. 구자서와 그를 보좌할 장졸 다섯 명만 들이도록 하라."

이야기를 듣는 데 군사들 전부는 필요 없다.

단왕은 누가 우위에 있는지 단호하게 못을 박았다.

막우담은 단왕부의 성문 앞에서 군관과 작은 실랑이를 벌였다.

"문을 열어라!"

"아니 됩니다! 분명 왕야께서 보좌하는 장졸 다섯 명만 들이라 했습니다. 정 저들을 데리고 가시려면 명사는 둘만 데리고 가셔야 합니다."

"자네는 눈이 삐었는가? 아니면 왕야의 말씀을 잘 못 알아듣는가!"

"예?"

"어딜 봐서 이 계집늘이 장졸로 보이느냐 말일세!"

"아니, 그런 뜻이 아니라 장졸 다섯 명, 그러니까 장졸만 다섯 명 아닙니까!"

"어허! 이 답답한 사람! 장졸 다섯 명, 그러니까 장졸은 다섯 명이란 뜻 아닌가!"

"그게 어찌 그리 해석되십니까!"

"자네야말로 말귀를 그리 못 알아먹고 어찌 군 생활을 하고 있는가! 나 원 참!"

군관은 남의 상관에게 꾸지람을 듣자 더욱 기분이 나빠졌다.

"제 군 생활은 제가 알아서 할 것이니 당장 저 계집들은 두고 오십시오!"

군관은 뒤에 있는 두 명의 여인과 한 명의 곱사등이 소년을 쏘아보며 다시 한 번 단호하게 외쳤다. 아까부터 저보다 머리 하나는 큰 것 같은, 면사포를 쓴 이국의 여인이 저를 노려보는 게 섬뜩해서라도 절대 들여보낼 수 없었다.

"이 사람이! 내 그럼 이들을 여기 두고 가서 왕야께 고하겠네! 왕야께 드릴 선물을 가져왔으나 눈치 없고 융통성이라고는 쥐뿔도 없는 군관 나부랭이 때문에 두고 왔다고!"

"아니…… 저는 그저……."

군관은 말문이 막혀 당황했다.

막우담은 기세를 몰아 더욱 세게 다그쳤다.

"내 가서 반드시 따지고 말 것이네. 단왕께서 고작 마라한의 계집들이 해코지를 할까 두려워하시는 줄 몰랐다고 말일세!"

"제가 언제 그런 소리를 했다고 억지를 부리십니까!"

"그런 소리가 아니면 뭔가! 단왕께서 저 계집 둘과 꼽추도 들이지 말라 할 이유가 있느냔 말일세!"

"저는 그저 명대로……."

군관은 뭔가 막우담에게 말리고 있는 것 같았지만 더 반박할 수가 없었다. 다시 살펴보니 막우담의 뒤에 말없이 서 있는 세 사람은 같이 들어가도 별로 문제될 것 같지 않았기 때문이다.

마라한의 왕족이라는, 키가 훤칠한 여인은 눈빛이 사나운 게 꺼림칙했지만 이국의 신비로운 아름다움이 느껴졌다. 그리고 그녀의 유모라는 체격 좋은 계집은 뭐가 그리 불만인지 대놓고 불퉁한 표정을 짓고 있어서 오히려 경계하지 않아도 될 것 같았다. 그러나 등이 굽어 보통 사람의 허리밖에 오지 않는 곱사등이 소년은 굳이 왜 데리고 가야 하는지 수상했다.

"하면 저 아이는 왜 데리고 가야 합니까? 계집도 아니지 않습니까?"

"이 두 여인이 말을 못하네. 마라한의 왕이 목숨을 구걸하고 바친 마라한 최고의 미녀지만 어릴 때 목소리를 잃어 수화를 할 줄 아는, 말 못하는 유모와 함께 컸네. 그래서 우리한테 올 때 수화로 통역할 수 있는 아이를 함께 보내준 것이지."

수화를 할 줄 안다는 말에 군관이 새삼스러운 눈으로 소년을 살피자 소년이 시선을 느끼고 고개를 들었다.

"……!"

군관은 소년의 더벅머리로 가려진 얼굴에 곰보자국이 가득한 것을 보고 저도 모르게 눈살을 찌푸렸다.

그러자 곱사등이 소년은 어수룩하고 순진한 표정으로 활짝 웃어 보였다.

"마라한의…… 미녀라고?"

단왕은 막우담이 데려온 기묘한 세 사람을 보고 눈살을 찌푸렸다.

"예. 본래 마라한 사람들이 남녀 모두 장신들이 많습니다."

막우담의 뻔뻔한 거짓말은 태자의 머릿속에서 나온 것이지만 제법 아무렇지 않게 잘해 나가고 있었다.

"흠……. 면사포를 벗겨보겠는가?"

막우담이 곱사등이 소년에게 눈짓했다.

소년은 미녀를 톡톡 쳐서 저를 보게 하더니 손가락을 열심히 움직였다.

그러자 마라한의 미녀가 스르륵 면사포를 벗었다.

"아!"

대전에 모인 대신들의 입에서 짧고 나직한 탄성이 흘러나왔다.

마라한의 왕족이라는 여인은 건강미가 흘러넘치면서도 품위가 있었고 어딘가 냉담해 보이는데, 제화국의 여인들에게서 볼 수 없는 매력이 느껴졌다.

"흠……. 마라한에 대해 들어본 적이 있는 듯한데, 여인의 키가 이리도 크다는 말은 처음 듣는군."

"보통은 이렇게까지 크지 않습니다만, 왕족 중에서도 가장 키가 큰 여인이옵니다. 말을 못한다는 이유로 천대받다가 결국 태수께 바쳐졌지요."

이 또한 태자가 알려준 거짓말이었다.

단왕은 청산유수 같은 막우담의 말에도 의심을 했다.

"그렇군. 한데 이자들을 단왕부에 선물하는 것이 무슨 의미가 있나? 마라한의 왕족이 볼모의 가치가 있는 것도 아닐 텐데."

"볼모라니요. 그게 가당키나 하겠습니까? 그저 선물일 뿐이옵니다. 이국의 여인, 그것도 아주 미녀입니다. 자고로 영웅이 미녀를 얻는다 했으니, 태수께서 단왕부에 더 어울린다 하시며 보내신 것이옵니다. 부디 태수의 성의를 받아주시옵소서."

단왕은 그 듣기 좋은 말을 곧이곧대로 듣지 않았다.

"설마 이 선물을 내게 주겠다고 여태 가지 않고 기다린 것인가?"

"선물은 태수의 마음과 정성이옵니다. 이를 알아주십사 하고……."

막우담이 은근한 목소리로 말끝을 흐렸다.

이 정도면 알아듣지 않냐는 듯 어울리지 않는 눈웃음까지 흘려가며.

그러나 단왕은 불같이 화를 냈다.

"그게 무슨 말인가!"

"예?"

"무엇이 중한지 모르시는가! 폐하의 명을 받고 태자 전하를 구하러 온 이들이 어찌 여기서 고작 이따위 선물을 핑계로 대고 미적거리고 있었는가 말일세!"

"그것이……."

"전하를 구하는 일을 소홀히 하고, 단왕부를 어지럽힌 죄가 얼마나 큰지 몰라서 이러는가!"

단왕은 선물을 전하러 온 손님을 대하는 태도가 아니라 제 신하를 꾸짖듯이 호통치고 있었다.

그러자 마라한의 미녀, 아니, 태자 무호는 속이 뒤틀렸다.

'지랄……'

어차피 말도 못하는데 속으로 무슨 욕을 못할까. 충신인 척하는 단왕의 가식적인 모습도, 한번 굽히고 들어갔다고 벌써부터 제가 세상의 주인이라도 된 것처럼 남의 신하를 꾸짖는 모습들이 무척 못마땅했다.

"저…… 안 그래도 그리 생각하실까 봐, 태수께서 보내주신 재물로 범명성에 물자를 보냈사옵니다. 저는 왕야를 만나뵙고 직접 말씀을 전해 드리고 싶어 이렇게 남았을 뿐이옵니다. 부디 오해는 마시옵소서."

"어찌 오해를 하지 않을 수 있겠는가! 가뜩이나 태자 전하께서 위험에 빠지신 일로 단왕부 안팎에 단왕의 짓이라는 음험한 말들이 돌고 있는데, 그대들이 여기서 선물까지 가져오면 내 입장이 뭐가 되느냔 말인가!"

노기 어린 단왕의 말에 막우담이 화들짝 놀라며 전혀 몰랐다는 듯이 말했다.

"헉! 그럴 리가 있겠습니까? 아니, 정말로 그런 소문이 돈단 말입니까? 어찌 그런……."

"소문의 근원지를 알 수는 없으나 범명성에서 그런 소문을 퍼트렸다 의심하고 있는 중이지. 겨우 그 소문을 잠재우나 했더니, 서강이 또 한 번 호사가들에게 좋은 이야기를 만들어주었군. 단왕이 벌써부터 제 세상을 만난 듯 위세를 부린다고 말일세!"

무호는 속으로 콧방귀를 꼈다.

'이미 그러고 있지 않나.'

곱사등이로 변장한 오문은 남몰래 무호의 옆구리를 쿡쿡 찌르며 표정 관리를 하라고 눈치를 주었다.

그러는 동안 막우담은 태자가 알려준 대로 대화가 진행되는 것을 보고 매우 놀람과 동시에, 그의 말을 기억하느라 진땀을 빼고 있었다. 하지만 식은땀을 흘리는 그의 모습이 오히려 단왕의 앞에서 쩔쩔매는 것처럼 보여 자연스럽고 의심스럽지 않았다.

"누, 누구든 그런 말을 지껄인다면 이 막우담이 용서치 않을 것이옵니다. 부디 노여움과 오해를 푸시고 조금만 더 관대히 봐주시옵소서. 태수께서는 다만 오랫동안 척을 지고 오해만 쌓아 왔던 단왕부와의 관계를 호전시키고 싶어 하셨을 뿐이옵니다."

"그게 왜 하필 지금이란 말인가!"

"아시다시피 서강과 단왕부는 그 거리가 매우 멀리 떨어져 있나이다. 게다가 폐하께서 늘 서강의 움직임을 주시하고 계시니 단왕부와 연통을 하고 싶어도 하지 못했사옵니다. 사실 태수께서는 늘 단왕부와 힘을 합쳐야만 제화국의 번영과 안정을 이룰 수 있다고 입버릇처럼 말씀하셨사옵니다."

그런 적은 단 한 번도 없었다. 꿈에서도 없었고, 가능성을 점쳐 본 적조차 없었다. 태수는 속을 알 수 없는 단왕을 늘 의심하고 견제했고, 단왕은 태수가 가진 군사력을 줄여야 한다고 주장해 왔다.

게다가 두 사람은 조상 대대로 쌓인 크고 작은 원한이 있었다.

단왕은 어떨지 모르지만 태수 구자서는 골수까지 무인이었다. 무인의 자존심상 죽는 한이 있더라도 한번 적으로 삼은 자는 조상 대대로 굽힐 수 없고 처단해야 한다 생각하고 있었으니, 이렇게 먼저 굽힐 리가 없지 않나.

하지만 단왕은 막우담이 데려온 미녀도, 재물도, 태수가 미리 챙겨 보내지 않으면 하늘에서 뚝 떨어졌다고밖에 볼 수 없으니 그들의 말이 점점 신빙성 있게 들리기 시작했다.

"폐하께서 직접 저희를 보내신 지금이 아니라면 이 먼 거리를 달려와 왕야를 뵙는 기회가 결코 돌아오지 않을 것 같았사옵니다."

결국 단왕은 간곡한 막우담의 설득에 넘어갔다.

"알겠네. 하면 선물은……."

주혜령에게 사랑받지 못한 단왕은 여인을 품을 때마다 주혜령이 떠올라 증오가 피어올랐다. 보복하듯 아무 여인이나 안고 몇 번 죽일 뻔한 이

후로는 의도적으로 여색을 탐하지 않게 되었다. 때문에 단왕부에 저 기묘한 미녀를 두는 것이 무슨 이득이 있는지, 저들을 어디에 두고 어디에 써야 할지조차 알 수 없었다.

"일단은 잘 받겠네."

그렇게 해서 선물을 받은 단왕부는 서강의 대장군인 막우담을 손님으로 극진히 대접해 줄 수밖에 없게 되었다.

서강에서 여기까지 힘들게 온 노고를 치하한다 어쩐다, 막우담이 거하게 상을 받는 동안 마라한의 미녀 일행은 궁녀들의 안내로 예전에 산호가 쓰던 전각으로 들어갔다.

인기척을 느끼는 데 예민한 세 사람은 전각 주변에 아무도 없다는 것을 안 후부터 본색을 드러내기 시작했다.

"그래도 전에 한 번 와본 곳이라 다행입니다. 그렇죠?"

오문은 혹을 매단 채 내내 굽어 있던 등을 뒤로 쭉 펴며 개운한 목소리로 말했다.

그러자 퉁퉁하고 건장한 어깨를 가진 유모에게서 장우의 단정하고 딱딱한 목소리가 튀어나왔다.

"어딜 가든 무슨 상관이냐! 이 꼴을 하고 어디든 숨을 수 있으면 그만이지!"

장우는 자신이 추녀의 모습으로 태자의 유모 역을 맡은 것이 매우 불만스러웠다. 이런 건 영춘이 해야 할 일 아닌가. 이럴 줄 알았다면 제가 산호를 데리고 황궁으로 갔을 것이다.

그리고 신비로운 마라한의 미녀는 다리를 벌리고 어깨를 뒤로 젖힌 채 세상을 다 가진 듯 거만하고 방만한 자세로 투덜거렸다.

"어째서지? 난 당장 단왕의 침실로 끌려갈 줄 알고 기대하고 왔는데?"

"기대라니요? 무슨 기대요?"

오문은 질색한 표정으로 물었다.

"몰라서 물어?"

"아니, 왜, 왜…… 그, 그런 기대를 하시는 겁니까? 저를 놔두시고! 저, 저런……!"

오문이 무슨 말을 하는지 뒤늦게 알아들은 무호가 진심으로 화를 냈다.

"너야말로 제정신이냐? 날 어디다 갖다 붙여!"

"제가 한 말입니까! 전하께서 그리 말씀하셨잖습니까! 기대하셨다면서요!"

"목적을 잊었느냐? 단왕의 침전으로 가야 뭘 알아낼 게 아니냐!"

"그럼 그렇게 말씀하시지, 침실, 기대, 뭐 그런 말을 하시면 어쩝니까! 가뜩이나 과거도 의심스러운 분이……."

사실 누가 들어도 지금 무호의 복장으로 그런 말을 하면 오해의 소지가 있을 만했지만, 옷만 벗으면 무호는 건장한 사내 아닌가. 그러니 멀쩡한 자신을 두고 그런 오해를 한다는 것이 불쾌한 데다가 과거까지 운운하니 어이가 없었다.

"뭐라? 내 과거가 의심스러울 게 뭐란 말이냐!"

"제가요, 그래도 전 전하를 믿었거든요?"

"하!"

무호는 오문이 무슨 말을 하려는지, 이제 기대되기 시작했다. 저를 바라보는 한껏 가늘어진 눈초리에 실망감과 한심함이 깃들어 기가 막혔다.

"그런데 다 들었습니다."

"무엇을?"

"서강에서 울린 사내가 한둘이 아니라면서요."

"뭐?"

"전하가 색기가 흐르는 눈웃음을 치고 사내들을 홀리고 다녀서 병영이 하루도 조용한 날이 없었다던데요, 뭐!"

무호는 도끼눈을 하고 장우를 바라보았다. 장우는 그 눈빛에 주눅 들지 않고 진지하고 간결하게 대답했다.

"저 아닙니다."

그러자 무호가 발끈 소리치며 일어났다.

"막우담! 이 멧돼지가 어디서 입을 함부로 놀려!"

오문은 팔짱을 끼고 살살 무호를 약 올렸다.

"찔리는 게 많긴 많으신가 봅니다. 아니면 아닌 거지, 그렇게 화를 내시는 걸 보면?"

"말 같지도 않은 소리! 대체 그놈은 왜 그런 헛소리를!"

"제가 먼저 여쭤 본 겁니다. 전하께서 먼저 미인계니 뭐니 말씀하시니 궁금해서 말입니다!"

"그 미인계는 그저 내가 원하는 것을 얻기 위해……."

무호는 제가 왜 이런 것을 변명해야 하는지조차 억울하고 화가 나는데 오문은 말을 끝까지 들으려고도 하지 않았다.

"그래서 어디까지 가셨습니까?"

"그 멧돼지 놈이 무슨 소리를 지껄였는지 모르겠다만 나는 네가 생각하는 그런 행위들에 대해서는 결백하다!"

"하! 결백하다니요? 어떻게 그런 소리를 하실 수 있는지 모르겠습니다."

"너야말로 무슨 근거로 막우담의 헛소리로 나를 몰아가는지 모르겠구나!"

"저는 경험자 아닙니까! 전하께 당해본 경험자!"

"내가? 내가 널 어찌했단 말이냐!"

"제가 남장하고 다닐 때 전하께서 제 입술을 훔쳐 가신 것은 기억 안 나십니까? 전 그게 처음이었습니다! 처음인데 사내의 모습으로 입을 맞춘 제 충격이 얼마나 컸는지 아십니까?"

오문은 숲속 계속에서 무호에게 붙잡혀 불시에 입맞춤을 당한 것을 따졌다.

"알맹이는 사내가 아니지 않아! 그리고 충격은 무슨! 너는 분명 좋았다고 하지 않았느냐!"

"저야 엄연히 여인이니 그럴 수 있지만, 아무튼 전하께서는 사내인 제 모습에 반한 게 아닙니까!"

오문은 제가 유리한 쪽으로 말을 바꿔가며 무호를 황당하게 만들었다.

"그것은 내 본능이……! 잠깐!"

무호가 잘 걸렸다는 눈빛으로 오문을 바라보았다.

"이제 보니, 적반하장도 유분수지. 사내들 목욕하는 모습을 실실 쪼개며 훔쳐보던 계집이 누구더러 과거를 운운해!"

"그거랑 무슨 상관입니까! 그건 단순한 호기심입니다!"

오문은 찔리기도 하고 부끄럽기도 해서 더 큰소리를 쳤다.

"호기심은 개뿔! 한두 번 보고 의도적으로 따라와 지켜보는 것이 어째서 호기심이냐! 밝힘증이지!"

"다 못 봤으니까 그렇지요!"

"대체 그 호기심은 어디까지 봐야 충족되는 것이었느냐!"

"진작에 흥미 떨어진 지 오래이니, 걱정 마십시오. 이제 하나도 안 궁금하니, 전 밝힘증이 아닌 거죠! 그리고 너무 불공평한 거 아닙니까?"

"뭐가 어째? 넌 도대체 뭐가 그리 매사에 당당한 게냐?"

"사내들은 책방에 들어가서 아무 때나 가슴이 이만한 여인들 그림을 보는데, 여인들은 그러지 못하니 호기심이 생길 수밖에요!"

"그건 또 무슨 소리냐! 어디서 뭘 보고 다녔어!"

"친위대 형님들이 다 보여줬단 말입니다!"

무호는 도대체 오문이 제가 안 보이는 곳에서 누구랑 무슨 짓을 하고 어울렸나 싶어 친위대장인 장우를 노려보았다.

아까부터 눈을 감고 있었지만, 열린 귀는 제 맘대로 닫을 수가 없어 울화가 치밀어 오르던 장우가 태자의 찌릿한 시선을 느꼈다. 그는 빠드득 이를 갈고는, 한 자 한 자 힘주어 말했다.

"저 아닙니다."

제 47 장
매혹의 덫

단왕부의 궁에서는 요즘 연일 조촐한 연회가 열렸다. 사실 요즘 같은 시기에 연회를 여는 것은 옳지 않았지만, 막우담을 살피기 위한 일종의 탐색전 같은 자리였기에 신하들도 단왕의 생각을 반대하지 않았다.

게다가 신하들은 거의 대부분 빠지지 않고 다들 열일을 제쳐두고 참석했다. 막우담을 만나기 위해서라기보다 그 연회 자리에 함께하고 있는 마라한의 미녀 때문이었다.

마라한에서 온 미녀가 매우 독특한 매력과 신비로운 아름다움이 있다고 소문이 퍼져 나가 너도 나도 기회만 되면 만나보고 싶어 했다.

그런데 단왕이 그녀를 후궁으로 삼지 않고 공물로 바쳐진 노비 정도로 여기는지, 연회에 불러 아끼는 신하의 옆에 앉히거나 했다. 연회에는 궁 안의 기녀나 다름없는 무희들이 빠지지 않았으니, 단왕이 마라한의 미녀 또한 기녀로 삼았음을 알 수 있었다.

오늘도 연회를 연 단왕은 간단히 식사를 마친 후에 술자리에서는 은근슬쩍 빠져나갔다.

상황이 이렇게 흘러가니, 무호는 뜻대로 되지 않아 짜증이 났다.

'단왕 네놈이 나를 감히 이런 식으로 취급해?'

단왕의 후궁은 고사하고, 하룻밤은커녕 가까이 올 기회조차 주지 않아, 자존심이 상하고 있었다.

'이럴 거면 여장을 한 의미가 없지 않나!'

궁에 오는 것은 쉬웠으나 그다음에는 여장을 하고 있는 것이 더 불편했다.

사실 단왕을 만날 기회가 오지 않을 때를 대비해 다른 작전을 세워 두었었다. 어둠을 틈타 병사의 옷을 빼앗아 입고 단왕의 침전에 잠입할 계획이었는데 연회에 불려 다니느라 그조차도 여의치 않고 있었다.

게다가 본래 무호는 연회 같은 자리를 좋아하지 않았다. 술도 거나하게 마시는 것은 질색했고 별로 어울리고 싶지 않은 사람들과 한자리에 오래 앉아 있는 것을 곤욕스러워했다. 그런데 지금은 곤욕스러움을 넘어 죽을 맛이었다.

무호는 모두의 관심을 한 몸에 받고 있으나 다들 얕잡아보는 처지에 있었고, 그렇다고 성질대로 난동을 부릴 수도 없는 상태였다. 듣지도, 말하지도 못한다는 설정이기에 한 바탕 욕을 퍼부어 줄 수 없는 것이 무엇보다 가장 참기 힘들었다. 술에 취해 음풍한 농을 던지거나 제 몸에 손을 대는 중늙은이들의 희롱에도 당하고만 있어야 하니, 무호로서는 충분히 괴로울 만 했다.

오늘 제 상대가 된 좌장사란 대신은 그중에서도 최악이었다. 허리, 엉덩이, 허벅지 등 손을 대지 않은 곳이 없다. 한 번은 가짜 가슴에 손을 대려는 통에 화들짝 놀라 그의 손등을 쳐내기까지 했다. 심지어 입술을 들이댈 때도 있었는데 그때는 아예 그의 얼굴을 손으로 막아내야만 했다.

"……!"

무호는 또 한 번 제 허벅지를 쓰다듬는 손길에 흠칫하며 그 손을 쳐냈다. 하마터면 그 손을 부러트릴 뻔했다. 병영 시절에도 종종 손목을 반대로 꺾어놓지 않았던가.

"오호! 마라한의 미녀는 날카롭기가 바늘 같구먼. 허벅지도 단단한 것이 야들야들한 맛이 없어!"

"왜요? 그래도 그리 움찔하는 것이 겁먹은 고양이 같아 귀엽지 않습니까?"

"저 큰 키가 귀엽습니까? 하하. 고양이가 아니라 호랑이지요. 하하하하!"

다들 무호를 두고 이런저런 말로 놀려대자, 듣다 못한 막우담이 은근한 목소리로 겁을 주듯 말했다.

"그렇지요. 고양이가 아니라 호랑이일 겁니다."

그 말에 전부 의아해하며 막우담을 바라보았다.

"마라한은 작은 나라라 여인들도 말을 타고 활과 검을 다루는 전사들입니다. 조심하시는 게 좋을 겁니다. 길들이는 데 오래 걸렸습니다만 아직 성질이 죽지 않아서 말입니다."

태자가 제 몸에 손만 갖다 대도 쳐내고 있긴 하지만 허벅지가 튼튼하다는 말이 나왔으니 의심을 살 수 있는 상황이었다. 막우담은 재치 있는 대답으로 앞으로 일어날지도 모르는 일까지 미연에 방지했다.

그러나 이때가 아니면 언제 태자에게 욕을 해보겠는가 싶어 사심을 담아 욕을 한 것과 다름없었다. 공물로 바쳐진 계집은 좋게 봐줘도 노비나 다름없었기에 거침없이 막말을 지껄였다.

무호는 그가 진심을 담아 성질이 더럽다고 말한 것을 알아차리고 찌릿하게 막우담을 노려보았다.

그러나 막우담은 기회를 이용해 손가락질까지 하며 실컷 태자의 약을 올렸다.

"저, 저, 눈빛 좀 보십시오. 듣지도 못하면서 욕하는 건 귀신같이 알아차리지 않습니까? 하하하하!"

막우담의 조롱에 다함께 한바탕 호탕한 웃음을 터트렸다. 웃음이 잦아질 때쯤 한 젊은 군관이 물었다.

"하하……. 활과 검을 쓴다니 그것참 궁금합니다. 훈련받은 계집의 실력이란 게 어느 정도인지 본 적이 있어야 말이지요."

"그러게 말입니다. 뭐 가끔 무가에서는 여식에게 무예를 가르친다고는 하지만 전장에 나가 싸울 정도는 아니니 실전에 강한 마라한의 미녀는 어느 정도인지 보고 싶긴 하군요."

대신 중 특히 무신들이 강한 호기심을 보이자 막우담이 고개를 저었다.

"욕은 잘 알아들으면서 다른 건 대화가 통하지 않습니다. 정말 못 듣는 건지, 못 알아듣는 척하는 건지, 시켜도 안 할 겁니다."

막우담은 기회를 봐서 오문을 불러들이라는 지시를 잊지 않고 말이 통하지 않는다는 것을 강조했다.

그런데 여태 점잖게 앉아 있던 우장사가 조용한 음색으로 말을 꺼냈다.

"수화로 대화를 나눈다고 들었습니다. 밖의 아이를 부르는 것은 어떻겠습니까?"

"아! 그 곱사등이 아이가 수화로 통역을 한다 했지요!"

"그렇지! 그 아이를 부릅시다."

사람들은 악공의 음악도 멈추게 하고 무희들의 춤도 멈추게 한 뒤에 아이를 불렀다.

그렇지 않아도 밖에서 이제나저제나 기다리고 있던 오문이 신이 나서 안으로 들어왔다.

"부르셨습니까!"

오문은 애써 사내아이의 목소리를 흉내 내며 굽실거렸다.

"어서 들어오너라. 들어와서 우리 말을 전하거라. 무예 실력을 확인하고 싶다고 말이다."

"예, 예! 잠시만 기다려 주십시오!"

오문이 머리가 땅에 닿을 정도로 숙이고 들어오는 것을 보고 무호는 잔뜩 인상을 찌푸리며 현란하고 빠른 수화를 펼쳤다.

사실 수화를 익히는 사람이 흔하지는 않았다. 거의 전무하다 봐야 할 정도로 찾기 힘들었다. 무호가 수화를 배운 것은 계기가 있었다. 중장대의 대원 중 말 못하는 자가 있었는데, 제 말을 한번에 알아듣지 못하는 게 답답해서 그냥 제가 배워 버린 것이었다.

'왜 그렇게 비굴하게 구는 것이냐?'

'어휴! 평생 천대받던 곱사등이 아이입니다! 이렇게 하는 게 자연스럽지요!'

오문도 마찬가지로 수화가 빨랐다. 오문은 쓸데없이 기억력이 좋아 귀문에서 배운 것을 잊지 않고 있었다.

'그렇게까지 안 해도 괜찮다!'

'전하야말로 경각심을 좀 가지십시오! 표정! 지금 표정이 어떤지 아십

니까!'

'흥! 무예 실력을 보여주기 싫어서 그런 줄 알 테니 상관없다! 난 날카롭고 도도한 여인이니!'

'그 무예 실력 말인데요, 진짜 실력 행사 하실 건 아니지요? 적당히 하십시오.'

'대체 우리가 여기서 뭘 하고 있는 것이냐!

무호가 거친 손짓으로 수화로도 전해질 만큼 화를 내자 누군가 헛기침 소리를 냈다.

"커흠."

그 소리에 잠깐 틈이 생기자 여기저기서 불만이 터져 나왔다.

"거 참! 무슨 말이 그렇게 긴 것이냐!"

"하라면 할 것이지! 제 주제를 이리도 몰라서야!"

"그러게 말입니다. 한참 흥이 올랐구먼, 판을 깨고 있어!"

그러자 오문이 급히 고개를 굽실거리면서 대답했다.

"그래도 한때는 공주님이셨던 분이라 자존심이……. 다, 다시 잘 설득해 보겠습니다."

"얼른 해라! 협박이라도 해!"

오문은 이마의 진땀을 훔치는 시늉을 하며 '헤헤' 어색하게 웃고는 무호에게 고개를 돌리자마자 눈을 부라렸다.

'뭘 하고 있긴요! 몰라서 물으십니까? 잠입이요! 잠입!'

'잠입은 진작 했다! 행동을 해야 할 게 아니냐! 이러고 앉아서 머리에 똥만 찬 이 멍청이들 술판에 재롱이나 부리란 말이냐!'

'방법이 있긴 합니까! 왜 그렇게 예쁘게 생기셔 가지고 술자리에 불려 다니고 그러시는 겁니까! 이게 다 전하 때문이지, 저 때문입니까!'

'네가 여장을 하자고 한 탓에 이리되지 않았냐!'

'제 탓이 아니라 제 덕입니다! 아니면 궁에 들어올 수라도 있었겠습니까! 무턱대고 담 넘는다고 다 되는 게 아니란 말입니다!'

'그래서 방법이 뭐냐! 내가 여기서 재롱을 떨고 나면 무슨 수가 생기는 것이냐!'

'누구 하나라도 홀려서 일단 여길 빠져나가야지요!'

'오냐! 누가 걸릴지 모르지만 정신을 쏙 빼놓아주마!'

그 말이 끝나자마자 무호는 벌떡 일어나 제 머리에 꽂은 비녀를 뽑았다.

"……!"

허리를 비틀며 비녀를 뽑자, 검은 머리가 찰랑거리면서 허리 아래로 떨어지는 모습이 고혹적이었다.

그것만으로도 충분히 사람들의 넋을 빼놓을 것 같았지만, 오문은 그 순간, 그가 그러지 않을 것 같다는 확실한 예감이 들었다. 그래서 오문은 그가 비녀를 던지는 시늉을 하자 한 손으로 얼굴을 감싸고 절망했다.

그가 벼루와 문진을 던져 벽과 식탁에 꽂아 넣는 것을 보지 않았던가. 이어질 그림이 그보다 덜 충격적일 것 같진 않았다.

"……."

그런데 이상하게 '퍽' 하는 소리가 들려야 하는 순간에 아무 소리도 들리지 않았다.

"저, 저하!"

"저하!"

대신들이 단유천을 부르는 소리에 오문은 눈을 번쩍 떴다.

"헉!"

언제 왔는지, 단유천이 서서 무호가 던진 비녀를 잡고 서 있었다.

"저하! 다치신 곳은 없사옵니까?"

"크, 큰일 날 뻔하셨사옵니다!"

"별일 아닙니다."

단유천은 그 특유의 협객 같은 분위기로 등장해 인자한 미소를 지으며 은으로 만든 비녀를 만져 보았다.

"독이 묻은 것도 아니니, 놀라실 거 없습니다."

"천만다행이옵니다! 가슴이 철렁했사옵니다."

"신들은 그저 마라한의 미녀가 무예를 익혔다기에 좀 보여달라 했을 뿐이온데……."

대신들은 서로를 마주보며 쩔쩔맸다. 어쨌거나 자신들이 빌미를 제공했으니 휘말릴까 전전긍긍하고 있었다.

"그러니 말입니다! 설마 저하를 향해 비녀를 던질 줄은 꿈에도 몰랐나이다! 당장 끌고 가서 의도적이었는지 알아보겠사옵니다."

"하하하! 아닙니다. 설마 일부러 그랬겠습니까. 우연히 그리된 것이겠지요. 일부러 노렸다면 그것이 더 놀라운 일 아닙니까! 하하하."

오문은 팔짱을 끼고 불만스러운 표정으로 삐딱하게 서서 단유천을 노려보는 무호를 바라보았다.

'일부러 그러신 거겠지! 노리고 던지신 거야!'

아마도 밖에서 다가오는 기척을 노리고 우연을 가장해 문이 열리자마자 던진 것 같은데, 단유천이 그걸 잘 잡아내서 아쉬운 것 같았다.

"그나저나 저 여인이 이걸 던졌다니 참으로 대단하군요. 방심하고 들어왔다가는 자칫 비녀가 목에 박힐 뻔하지 않았겠습니까. 하하하."

단유천은 무호의 실력을 치켜세우면서 이 정도쯤은 아무것도 아니라는 듯 호탕하게 말했다. 그러나 나나 되니까 잡아냈다며 은근슬쩍 스스로를 높이는 것을 빼먹지 않았다.

'이건 뭐 태자 전하처럼 대놓고 잘난 척하는 것보다 더 재수가 없네.'

그러면서 오문은 제 곱지 않은 눈빛을 단유천에게 들킬까 봐 얼른 고개를 숙였다.

"저하. 참으로 식은땀이 나고 아찔한 일이옵니다. 한데도 이리 아무 일도 없었던 것처럼 용서해 주시다니, 몸 둘 바를 모르겠나이다."

"저하께서 이토록 너그러우시니 단왕부의 백성들에게는 참으로 복이 아니겠습니까?"

막우담마저 태자의 눈치를 보며 단왕에게 아부를 했다. 그러면서 한편으로는 찌릿한 눈빛으로 오문을 노려보았다.

'제대로 안 할 테냐! 전하께서 하기 싫다 하시면 네가 알아서 적당히 잘 둘러댈 일이지, 일을 이렇게 만들어!'

막우담이 눈을 부라려 뜻을 전했지만 오문에게는 잘 전해지지 않았다.

'뭐 노려보면 어쩌라고요. 전 더 죽을 맛이거든요.'

오문은 자꾸만 일이 꼬여가는 것이 불안했다. 태자의 성질을 간과하고 이런 걸 방책이라고 내놓은 자신의 고집이 후회스러워지기 시작한 것이다.

"왕세자께서는 이리도 너그럽게 용서해 주셨는데 저 마라한의 계집이 영 반성을 모르는 것 같으니 어쩌면 좋겠습니까!"

한참 단유천에게 아부를 하던 대신들이 다시 마라한의 미녀를 비난하기 시작했다.

"그러게 말입니다. 죽어도 할 말 없을 죄인을 이리 가벼이 용서해 주셨는데 저 표정 좀 보십시오."

어디 표정뿐일까. 무호는 아직도 팔짱을 끼고 불쾌하고 심드렁한 표정으로 삐딱하게 서 있었다.

"어허! 네 이년! 어째서 아직도 고개를 빳빳이 들고 있느냐! 어서 무릎을 꿇고 빌지 않고!"

옆에 있는 좌장사가 소리치자 무호는 어이없다는 표정을 지으며 좌장사에게 눈을 부릅떴다.

"이년이! 어디서 감히 눈을 그렇게 뜨는 게냐! 네가 한때 공주였을지는 모르나 지금은 궁녀보다 못한 신세이거늘! 손바닥만 한 속국의 공주 정도로 유세를 떨 자리가 아니다! 혼쭐이 나봐야 정신을 차리겠느냐!"

무호는 좌장사의 무릎을 부러트리고 싶은 충동이 느껴졌다.

'저 지랄 맞은 놈이 죽고 싶어 발광을 하는군.'

가뜩이나 오늘 밤 내내 저를 괴롭히던 놈이 무릎을 꿇으라 호통을 치니, 마음 같아서는 적진 한가운데고 뭐고 이 자리에서 태자임을 밝히고 결판을 짓고 싶었다.

그러나 다행히 무호는 그 정도로 사리분별이 없지는 않았다. 대신 오문을 쳐다보았다.

'처리해.'

오문은 또 저한테 떠넘기는 태자의 눈빛을 읽었다. 발끈하려던 오문은 단유천을 한번 힐끗 보더니 등을 돌려 무호의 앞에 섰다.

귀문의 사람인 단유천이 수화를 못 할 리가 없기 때문에 단유천이 보지 못하도록 하려는 것이었다. 단왕 부자 모두 수화를 할 줄 알 테지만 왕세자 교육에 포함되지 않은 것을 익히고 있으니 대신들에게는 비밀로 하고 있는 것 같았다.

무호와 오문은 사전에 계획했던 대로 단왕 부자 앞에서는 사사로운 대화를 하지 않았다.

“어허! 저것들이 또 무슨 작당을 하려고!”

단유천은 무슨 이야기를 하는지 궁금한지 슬쩍 목을 뺐다가 대신들이 저를 보고 있다는 것을 알고 뒷짐을 지고 딴청을 피웠다.

한편 오문은 대신들이 뒤에서 욕을 하거나 말거나 아랑곳 않고 태자와 다투었다.

‘그냥 이 정도는 알아서 대충 둘러대라. 일일이 나와 의논할 필요 없다.’

‘누가 의논을 하겠다 했습니까! 일을 치셨으니 책임을 지십시오. 아까 제가 한 거 보셨지요? 변장을 했으면 신분에 맞게 행동해야 이런 사달이 안 일어나는 겁니다.’

오문의 작은 손짓이 매우 빨라졌으나 무호는 그것을 놓치지 않고 전부 알아들었다.

‘그래서 나더러 무릎을 꿇으라고? 어림없는 소리!’

‘그럼 어쩝니까! 단유천이 용서해 준다고 할 때 깔끔하게 눈 딱 감고 한번 꿇으십시오! 제발, 네?’

‘제까짓 게 뭐라고 날 용서해! 그냥 적당히 둘러대라!’

‘적당히 뭐라고 둘러대란 말입니까!’

‘거짓말은 네 특기가 아니었느냐?’

‘이…… 잇!’

도무지 말이 통하지 않자, 오문은 이를 한번 갈고는 태자에게서 등을 돌렸다.

꿀꺽.

흉흉한 눈빛을 발하는 대신들은 오문의 입에서 무슨 말이 나오는지,

두고 보자는 듯이 잔뜩 벼르고 있었다.

그들 앞에서 마른침을 꿀꺽 삼킨 오문이 어색한 웃음을 흘리며 제 머릿속에 떠도는 한 가지 변명을 주절거리기 시작했다.

“저기…… 제가 이야기를 좀 해봤는데 말입니다……. 공주님께서 사정이 좀 있으시답니다.”

“대체 무슨 사정!”

“그 사정이 뭐기에 대죄를 짓고도 무릎을 꿇지 못한단 말이냐!”

“그러니까 그게…… 무릎이 좀 안 좋으시답니다.”

“…….”

역시 적당히 둘러대는 건 옳지 않았다. 순식간에 얼어붙은 분위기가 꽤 길게 느껴졌다.

적당히라는 건 듣는 사람에게도 그렇게 들리는 법이었고, 대신들의 분노가 끓어오르기 일보 직전이었다.

“뭐? 뭐가 어쩌고 어째?”

오문은 뺨을 긁적이면서 제가 한 말에 책임을 지기 위해 좀 더 그럴듯하게 덧붙였다.

“여기 오신 뒤로는 날이 추워서 그런지 뼈가 시리다고…….”

“허허!”

“이런…… 괘씸한……!”

머리가 희끗한 대신들은 뺨까지 실룩거리며 화를 냈다. 하지만 무호는 오문이 꽤 재치 있는 답변을 했다고 고개를 끄덕이며 만족해했고 그 때문에 대신들은 더 화가 났다. 꼭 자신들을 업신여기는 것 같지 않은가.

“저하! 마라한의 공주였든 뭐든 용서치 마시옵소서!”

“그렇사옵니다! 매를 쳐서 진짜 무릎이 아픈 게 어떤 것인지 본때를 보여줘야 두 번 다시 전하를 업신여기지 않을 것이옵니다."

"그때는 아마 뼈가 으스러져도 무릎을 꿇고 빌게 될 것이다! 어서 용서를 빌지 못하겠느냐!"

살벌한 말이 오가자 오문은 제 말 실수로 무호가 변을 당하게 될까 봐 겁이 나서 어쩔 줄 몰라 했다.

"아, 아닙니다! 정말로 공주님께서는 무릎이 안 좋으십니다. 앉았다 일어날 때마다 앓는 소리를 내시는데, 몸도 마음도 서러운 분이시니 그 정도쯤은 봐주실 수 있지 않습니까? 예?"

오문이 적극적으로 나서서 변호를 해주자, 무호는 조금 미안한 마음이 들었다.

'한 번 정도는 괜찮겠지.'

큰 결심을 한 그는 오문의 어깨를 툭툭 쳐서 자신을 돌아보게 했다.

'왜요? 나서지 말고 가만히 계십시오.'

오문은 무호가 또 사고를 칠까 봐 엄한 눈으로 주의를 주며 빠르고 조심스러운 손짓으로 당부했다.

'무릎은 못 꿇겠지만 사과 정도는 해줄 수 있다고 해.'

'예에? 정말, 정말로 사과하시게요? 단유천한테?'

태자가 사과를 하겠다니 믿기지 않는지 오문의 눈이 동그랗게 커졌다.

'뭐, 곧 죽을 놈한테 사과 정도는 해줄 수 있다. 고의는 아니었다고.'

무호가 선심 쓰듯 말했지만 오문은 그것이 얼마나 큰 변화인지 알기에 무척이나 기뻤다. 그래서 오문은 돌아서자마자 활짝 웃으며 모두에게 뿌듯한 음성으로 말했다.

"공주님께서 무릎은 꿇기 힘들지만 사과는 하시겠다고 합니다!"

"뭐?"

"사, 사과?"

대신들은 용서를 비는 것도 아니고 사과를 한다는 표현이 황당하기만 했다.

그런데 그들이 뭐라 할 틈도 없이 무호가 수화를 했고, 오문이 그것을 마음을 다해 말로 전했다.

"고의는 아니었습니다. 정말 죄송합니다, 라고 하십니다."

"……."

무호는 그런 오문의 뒤에서 서서 작게 고개를 끄덕이고는 손을 들어 보였다. 전혀 미안해 보이지 않는 태도였다. 더군다나 제 입으로 말하는 것도 아니니, 누가 사과를 하는 건지 알 수가 없었다.

매우 찜찜하고 속는 느낌이 드는 그런 사과였다.

그런데 무엇이 잘못된 건지도 모르는 듯한 두 사람의 표정을 보니 이 사과를 받아주어야 하나 어쩌나 망설이게 됐다. 그러는 동안 잠깐 정적이 흘렀고, 잠시 후, 씩씩대는 좌장사의 목소리가 쩌렁쩌렁 울렸다.

"고개도 숙일 줄 모른다더냐!"

잠시 후, 누군가 지적하자 오문이 또 그걸 수화로 무호에게 물었다.

'숙일 줄 모르시죠?'

'사과했으면 됐지. 적당히 둘러대.'

무호는 건성으로 대답하는 것 같았다.

'또 적당히입니까?!'

마음에 들지는 않았지만 오문은 또 그것을 잘 둘러댔다.

"목에 담이 걸려서 잘 숙여지지 않는다고 합니다."

그러나 그따위 천연덕스러운 말에 넘어가 줄 만큼 대신들은 녹록치 않았다.

"말 같지 않은 소리! 방금 전까지 고개를 잘만 끄덕거리지 않았느냐!"

"뭘 믿고 저리 겁 없이 구는지 모르겠지만, 저하께서는 용서해 주셔도 우리가 용서하지 못한다!"

"뭣들 합니까? 저년을 당장 끌어내서 본때를 보여줘야지요!"

"그럽시다! 당장 왕야께 끌고 가야 합니다!"

막우담은 겉으로는 노기 어린 표정을 유지하고 있었지만 속은 불안해서 다 뒤집어질 것 같았다.

'아이고. 내 이럴 줄 알았다!'

다들 죽일 듯이 분노하고 있는데 어째서 두 사람은 저리 태연한지, 아무것도 해줄 수 없는 막우담이야말로 가장 괴로운 상태였다. 그런데 막우담의 눈에 또 다른 태연한 사람이 들어왔다.

바로 단유천이었다. 그나마 단유천이 그렇게 분노하지 않는 것이 안심이 되었다. 그런데, 그의 눈빛이 일순 날카롭게 변하더니 손에 들고 있던 그 비녀를 대뜸 던지는 게 아닌가.

휘익—

비녀는 아직도 소리를 고래고래 지르고 있는 대신들 사이를 파고들며 날아갔다.

"……!"

무언가 살기를 느낀 무호와 오문이 대신들보다 먼저 그것을 보고 흠칫했다.

특히 무호는 비녀가 느리게 날아오는 것처럼 느껴질 정도로 확실하게 보고 있었으나 피하지 않았다.

"헉!"

오문은 비녀가 무호의 어깨에 닿는 순간 숨을 들이켰다. 끝이 송곳처럼 날카로운 것도 아닌데 비녀는 튕겨나가긴커녕, 무호가 입고 있는 옷을 찢고 살갗까지 뚫고 박혔다. 정확히 무호의 목에서 조금 비켜나간 어깨 부근이었다.

"허억! 저, 공주님!"

오문은 무호의 어깨에서 피가 흐르는 것을 보고 기겁해서 하마터면 '전하' 라고 부를 뻔했다.

다들 오문의 실수를 신경 쓰지 않았다. 아니, 들리지도 않았을 것이다.

그저 마라한의 미녀가 어깨를 붙잡고 고통을 참아 내느라 미간을 찌푸린 것을 안타깝게 바라보고 있었다. 어깨를 감싸 쥔 그녀의 손가락 사이에 비녀가 꽂혔으나 차마 뽑아 낼 엄두도 나지 않는지, 입술을 깨물고 가련하게 떨고 있지 않나.

매를 친다, 어쩐다, 무서운 말로 협박하긴 했으나 막상 이렇게 고개를 꺾고 피를 흘리며 고통을 감내하는 모습을 보니 안쓰럽다. 그녀가 주장한 말도 안 되는 변명들이 전부 사실처럼 느껴지고 왕세자 단유천의 손속이 너무 잔인한 것 같았다. 대범하게 용서해 준다더니, 속으로는 꽁해 있었던 게 아닌가 하는 생각마저 들었다.

게다가 마라한의 미녀는 엄연히 단왕께서 받은 선물인데 단유천이 그녀를 마음대로 벌할 수는 없었다. 그것도 몸에 흉을 남기는 거라면 더더욱.

'경솔하셨다!'

하지만 단유천 앞에서 그런 것을 표 낼 수는 없어서 다들 눈치만 주고받고 있었다.

"저런. 그냥 비녀를 돌려주려 했을 뿐인데, 오랜만에 호적수를 만난 듯해서 내가 너무 흥분했나 보군. 당연히 피할 수 있을 거라 생각하고 던졌는데."

"저, 저하. 대단한 실력이십니다!"

좌장사 역시 이것이 올바른 방법은 아니라고 여기고 있었지만 크게 감명받은 것처럼 말했다. 그러자 너도나도 단유천의 실력을 칭송하며 마라한의 미녀는 벌을 받을 만했다고 소리를 높였다.

"큰 교훈을 주셨습니다! 저하!"

그러거나 말거나 오문은 피를 보고 정신이 없었다.

"괜찮으십니까! 아프시죠! 이걸 어째!"

무호는 오문이 쩔쩔매며 걱정하고 안타까워하는 것을 보고 웃음을 참느라 입술이 씰룩거렸다. 마치 오문 자신이 다친 것처럼 아파하는 모습이 머리를 쓰다듬어 주고 싶을 만큼 귀엽지 않나.

손에 피가 묻지만 않았어도 그리해 주었을 것이다. 철사에 손목이 잘릴 뻔하고, 손목을 찔려 이보다 더 많은 피를 쏟아 냈던 녀석이 겨우 이런 것에 아프냐고 묻는 게 깜찍하기도 하고 기특하기도 했다.

"어쩜 좋습니까! 피가 계속 납니다!"

저는 지금 오문이 가르쳐 준 대로 상황에 맞게 변장한 인물에 걸맞게 흉내를 내고 있을 뿐이었다. 살이 뚫렸으니 아픈 거야 당연하지만 파르르 떨면서 아파할 정도는 아니었다. 비녀도 사실 그렇게 깊이 박힌 것도 아니어서 참을 만했다.

'이 정도는 받아줄 만하지.'

생명에 지장이 가지도, 팔을 못 쓰게 될 만큼 치명적이지도 않았다. 예전에 황궁에 숨어든 살수에게 일부러 칼을 맞아주었던 것과 비교하자면 긁힌 상처나 다름없었다.

피하지 못해서 피하지 않은 게 아니지 않나. 만약 단유천이 던진 것을 받아냈다면 단유천은 그것을 인정하지 않고 의심부터 할 작자였다. 사술을 쓴다거나, 정체가 뭐냐고 수상하다 몰아갈 게 뻔했다.

"안 되겠어요. 이, 일단 치료부터 하러 가야겠습니다!"

오문은 무호의 팔을 잡고 이 자리를 떠나려 했으나 갑자기 단유천이 다가와 앞을 막았다.

"……!"

"미안하게 됐다. 아까 비녀가 날아올 때 네 실력을 보고 널 너무 과대평가했던 모양이다. 물론 건방지고 천지분간 못하는 너를 벌줄 생각이 아예 없지는 않았다만, 그래도 나름 힘 조절을 했는데 설마 이 정도도 못 피할 줄은……. 그래도 상처가 그리 깊진 않을 것이다. 적당한 벌이 될 것이다."

"……."

사과를 하는 건지, 잘난 척을 하는 건지, 반성하라고 야단치는 건지, 대인의 풍모를 보이려는 말투에 사악한 면모가 엿보이니 더 듣기 거북했다. 오문은 속으로 욕을 퍼붓고 있었다.

'용서해 주겠다고 멋있는 척은 다 해놓고 이렇게 뒤통수를 쳐? 관대한 척해주면 알아서 꿇을 줄 알았나 보지? 모양 빠지게 여인을 상대로 힘 자랑 하는 거야, 뭐야! 살기였다고! 해할 각오로 사력을 다해서 던져놓고 피할 줄 알았다고 헛소리를 지껄여? 옹졸하고 재수 없는 놈 같으니!'

속말을 할 수 없어서, 할 말을 잃은 두 사람이 그래서 어쩌라는 건가 멀뚱히 서 있는 동안 분위기가 조용해졌다.

그 때문에 모두가 지켜보는 가운데 멋지게 마라한의 계집을 다스려 굴복시키려던 단유천의 입장이 무안해졌다.

"아, 참. 말을 못 한다 했지. 뭘 하고 있느냐? 어서 내 말을 전하지 않고."

분위기를 읽은 단유천이 오문을 재촉하며 체면을 세워 보려 했다.

하지만 오문은 겁먹은 듯 어깨를 움츠리면서도 단유천의 말을 전하지 않고 꾸물거렸다.

'자기도 할 수 있으면서…….'

오문은 화가 났다. 지금 그깟 말을 전하고 있을 때가 아니지 않나! 사람이 다쳤는데, 그것도 자기가 이렇게 만들어놓고 치료하러 가는 사람을 막는다. 물론 상황만 놓고 보면 자신들이 죄인인 것은 맞지만 그렇다고 단유천이 어딜 다친 것도 아니지 않나.

무릎 꿇고 빌지 않는다는 이유로, 자신의 무위를 과시하려는 목적으로 사람을 다치게 하고는 봐준 거니 감사하라는 식의 태도가 마음에 들지 않았다.

"왜 그러고 섰느냐? 어서 전하지 않고?"

오문이 어쩔 수 없이 수화를 하려고 할 때였다.

여태 잠자코 지켜보던 우장사가 나섰다.

"저하. 통역하는 아이가 아직 어리지 않사옵니까? 많이 두렵고 놀란 듯하니, 일단은 치료를 하게 보내주시고 나중에 불러 야단을 치시는 게 좋을 것 같사옵니다."

그 말에 오문은 일부러 눈을 글썽이며 겁먹은 얼굴을 모두에게 보여주었다.

"아……. 그, 그렇지. 일단은 가서 치료하고 오너라."

단유천은 차라리 우장사의 제안이 체면이 상하지 않는 선에서 해결할 수 있을 것 같아 이를 허락했다.

두 사람이 연회장 밖을 나가는 모습을 보고서야 막우담은 가슴을 쓸어

내렸다.

'아이고……. 말을 타고 시원하게 싸움질하는 게 낫지.'

육신의 노곤함이 전장보다 더하다는 사실에 서강의 흙먼지가 그리워지고 있었다.

연회장의 문을 열고 나오는 오문의 눈은 분노로 충혈되다시피 했다.

이를 본 무호가 그녀의 귓가에 아주 작게 속삭였다.

"인상 펴라. 누가 볼까 무섭다."

"많이 아프시지요?"

"별로."

"다 제 잘못입니다."

"무엇이?"

"제가 괜히 여장을 하자고 해서……."

"내가 다친 것 때문에 하는 말이라면 그럴 필요 없다. 맞아줄 만하기에 일부러 맞아준 것이다."

"후……. 제 앞에서까지 그렇게 허세 부리지 않으셔도 됩니다."

오문 생각에 갑자기 그렇게 빠르게 날아오는 비녀를 피한다는 건 신이나 가능한 일 같았다. 무호가 무신이나 사신으로 불렸던 것은 잊었는지 그런 것은 불가능하다고 생각했다.

"아니, 허세가 아니라……."

"네. 네. 허세가 아니라 제가 미안해할까 봐 그러시는 거잖아요. 그럴 거 없습니다."

"그게 아니라……."

"쉿! 그만 떠들고 어서 가요. 이러다 누가 듣겠어요."

무호는 억울했지만 더 말하지 않았다. 그런 게 아니라고, 제가 단유천 따위한테 당할 놈이 아니라고 설명하고 싶었지만, 그럴수록 더욱 저만 우스운 놈이 되는 것 같았기 때문이다.

장우는 분통을 터트리며 방망이를 휘두르는 중이었다.

'제길! 이러면 기껏 여장을 하고 온 의미가 없잖아!'

퍽. 퍽—!

감정을 담은 빨래 방망이는 빨랫감을 걸레로 만들고 있었다. 본의 아니게 무호의 유모가 되어버린 장우는 궁녀 하나 없는 전각에서 하루 종일 잡일을 해야 했다.

일을 하는 거야 뭐 그럴 수 있다 쳐도, 이렇게 틀어박혀서 조사도 할 수 없으니 분통이 터졌다.

한밤중에 청승맞게 빨래나 하고 앉았다니!

'그러게 그냥 유모 같은 거 말고 언니 정도였으면 좀 좋았을까!'

절대 여장은 하지 않겠다고 발버둥 쳤지만 태자가 여장을 감행하는 마당에 제가 무슨 수로 버틸 수 있었겠나.

여장만으로도 끔찍한데, 어째서 누구는 화려한 미녀가 되고, 저는 심술 맞은 외모의 추녀가 되어야 하는지 불만이 많았다.

물론 그럴 수밖에 없는 이유가 있긴 했다.

곱상하게 생긴 무호와 달리 장우는 잘생기긴 했으나 전장에서의 잔뼈가 매우 굵은 사내 중의 사내, 그런 외모였다. 아무리 오문이 변장을 잘한다 해도 뼈를 깎고 근육을 발라 내지 않는 이상 장우를 곱상한 여인으로 만드는 건 무리였다. 그렇다고 호위나 다른 이유로 장우를 남장한 채로 데려가기엔 위험부담이 컸기에, 어쩔 수 없이 체격 좋은 여인으로 만들어야 했던 것이다.

하지만 지금 장우가 뿔이 난 이유는 그런 것뿐만이 아니었다.

'대체 돌아다니지 못할 거라면 여장을 왜 하고 왔단 말인가! 차라리 다 집어치우고 한바탕 설쳐 대는 게 낫겠다!

장우 혼자 남겨지고 두 사람은 당당하게 궁을 활보하게 된 것이 부럽고 빨래나 하고 있어야 하는 자신의 신세가 한심했기 때문이다. 그러나 잠시 후 장우는 저 멀리서 다가오는 두 사람을 보고 일이 뭔가 잘못되었음을 직감했다.

연회가 끝나려면 아직 시간이 꽤 남은 듯 한 데다, 심지어 태자의 움직임이 어딘가 부자연스러웠다. 장우는 빨래 방망이를 집어 던지고 달려 나갔다.

"자— 알하셨습니다. 성과는커녕 몸에 구멍이나 내고 오시다니요."

장우는 무호의 어깨에서 비녀를 뽑아내며 시원하게 한마디 했다.

"다 생각이 있었다."

"무슨 생각 말입니까? 단왕에게 미인계가 안 통하니, 단유천을 유혹하시겠다는 생각 말씀이십니까?"

"뭐 그런 거지."

"세상 어떤 사내가 비수를 날린 여인에게 빠져든답니까? 아니, 그럴 수 있다 칩시다. 적어도 그랬으면 그 여인의 어깨에 비수를 꽂아주지는 않았을 겁니다."

"비녀였다."

"전하의 어깨에 박힌 것이 비녀든 비수든, 그게 뭐가 중요합니까!"

무호의 상처에 약을 바르는 장우의 손길이 그의 목소리가 높아질수록 거칠어지고 있었다. 장우는 당장 상처 때문에 속상해서 이러는 것만은 아니었다. 기껏 여장까지 하고 잠입했는데 앞으로가 막막해지지 않았나. 이러다가는 다 같이 불려가 심문을 받게 될 것만 같았다.

옆에서 쩔쩔매고 있던 오문은 기가 잔뜩 죽은 목소리로 말했다.

"저 때문입니다. 전하를 나무라지 마십시오. 처음부터 제가 이런 짓을 벌이지 말아야 했었습니다."

가뜩이나 저 때문에 태자가 이런 수모를 겪고 부상을 당했다는 것에 커다란 죄책감을 느끼고 있는데, 장우가 들으라는 듯이 태자만 나무라니 더 고개가 숙여졌다.

"괜찮다. 어차피 우리는 딱히 좋은 수가 없었다."

"그래도 좀 더 생각해 볼 걸 그랬습니다. 제가 경솔했어요. 후……. 흉터가 남으면 어쩌죠? 분명히 남겠죠?"

무호는 속상해하는 오문을 웃으며 위로했다.

"너도 봤다시피 내 몸에는 흉터가 많다."

"그래도요……."

"그리고 아까도 말했지만 내 상처에 대해서는 네가 신경 쓸 필요가 없다. 그놈이 의심할까 봐 실력을 들키지 않으려고 일부러 맞아준 것뿐이니까."

오문은 그 말은 못 들은 척하고 말했다.

"단유천, 그 나쁜 놈. 제가 잘난 것을 꼭 이렇게 보여주고 싶었을까요? 내가 너보다 잘났으니까 까불지 말라는 거잖아요. 고작 그런 일로 전하의 몸에 상처를 내다니, 정말이지 속상해 죽겠습니다."

무호도 오문에게 그것을 믿어달라 하는 건 완전히 포기하기로 했다.

"아무튼 단유천은 분명 나를 부를 것이다."

그러자 장우가 깐죽거리며 말했다.

"설마 단유천이 전하께 비녀를 선물했다고 여기시는 건 아니시지요? 그건 비수였습니다, 비수."

"비수든 뭐든 마라한의 미녀에 대해 강렬한 인상은 받았을 테지."

"설마 유혹을 동정심이나 죄책감 같은 것과 혼동하시는 건 아니십니까? 아니, 그렇다 하더라도 단유천이 잘도 미안해하겠습니다. 부르기야 부르겠죠. 불러서 매를 치지 않으면 다행이겠지만요!"

장우는 깔끔하게 붕대 감기를 끝내는 것과 동시에 소리를 높였다.

"영춘이 없으니 네놈이 말이 많아졌군."

"저도 후회 중입니다. 전하의 유모가 될 줄 알았으면 절대 오지 않았을 겁니다."

"잠깐!"

무호는 장우의 말을 막으며 바깥에 귀를 기울였다.

그러자 장우도 신경을 집중해 바깥의 기척을 살폈다.

"누가 오고 있습니다."

"헉! 설마 정말 단유천이 온 겁니까?"

오문은 다급하게 무호의 옷을 다시 입혀 주었다.

그러고 난 바로 직후, 정말로 발걸음 소리가 문 앞에까지 다다랐다. 한데 밖에 있는 사람은 단유천 같지 않았다.

그는 혼자였고 발걸음 소리를 보아 매우 성격이 느긋하고 온화한 사람 같았다.

"크흠."

밖에서 일부러 인기척을 내자 오문이 큰 소리로 물었다.

"누구십니까?"

“조금 전에 만났지만, 나는 단왕부의 우장사, 하도연이라 한다.”

“……!”

모두들 뜻밖의 손님에 놀라 서로를 마주 보았다. 단왕부의 좌우 장사 중 한 명인 우장사는 실질적으로는 단왕부의 대신 중 가장 명망 높은 자였다. 조금 전에 자신들을 보내준 지긋한 어르신이 우장사 아닌가.

“예…… 에? 어, 어르신께서 웬일로…….”

문으로 다가가는 오문은 말을 길게 빼며 무호와 장우의 눈치를 살피며 시간을 끌었다.

“별일은 아니고, 지나가는 길에 자상에 좋은 약을 가져왔는데 들어가도 되겠느냐?”

무호가 고개를 끄덕이는 것을 보고 나서야 오문은 문을 열어주었다.

덜컹. 문이 열리자 정말로 우장사 하도연이 약재를 들고 서 있었다.

오문은 뜻밖이라는 얼굴로 우장사를 바라보며 난감한 듯 말했다.

“드, 들어오십시오.”

“벌써 치료가 끝난 모양이군.”

우장사는 약간 무안해하며 약재를 건넸다.

“가, 감사하긴 합니다만, 이걸 왜…….”

오문은 무호와 태자도 궁금해하고 있는 것을 속 시원히 물어봤다.

“치료를 하러 간다는데 의원도 없이 가기에 걱정이 돼서 와봤다.”

“그러니까…… 저희가 지금 의원을 부르고, 뭐 그럴 처지가 못 되지 않습니까? 난데없이 왜 저희를 챙겨주시는지…….”

정말로 난데없는 일이었다. 태자가 누구 하나 홀려 보겠다더니 설마 우장사를 홀려 버릴 줄이야! 그런 모두의 당혹스럽고 의아한 표정을 읽은 우장사가 부드럽게 미소 지으며 말했다.

"귀하신 분의 옥체가 상했는데 대충 치료할 수는 없지 않사옵니까."

"……!"

정체가 들켜 버렸다. 모두 큰 충격을 받고 얼어붙었다. 대담하기로는 따를 수 없는 무호마저도 일격을 맞은 듯한 기분을 느꼈다.

그러나 무호는 오문이 심장이 벌렁거리고, 장우의 이성이 마비가 온 그 순간에 가장 먼저 정신을 차리고 입을 열었다.

"나를 아는군."

울림 있는 묵직한 사내의 음성에 우장사 하도연은 웃음을 머금었다.

치마를 입고 각을 잡고 앉은 모습만으로도 충분히 웃음이 터져 나올 상황이었다. 한데 정작 본인이 그닥 그것을 개의치 않고 당당하게 목소리를 내는 것이 신기할 정도였다.

"태자 전하를 뵈옵니다."

지난번, 정식으로 단왕부에 나왔을 때도 한 번 인사를 나눈 사이였기에 긴 인사는 생략했다. 하도연은 딱 필요한 만큼 정중한 태도를 보였다.

느긋하고 온화한 성품의 하도연과 달리 태자는 성미가 급하고 공격적인 사람이었다.

"그대 말고 누가 또 아는가?"

"그야, 저는 알 수가 없사옵니다."

"지금은 그대 혼자 단독으로 움직이고 있다는 뜻인가?"

"딱히 무슨 행동을 하려고 찾아온 것이 아니옵니다."

"그대의 의도가 궁금하네만, 그것보다 어찌 알았는가가 더 궁금하군."

"제 아들 녀석은 태어날 때부터 병을 앓아 말을 못 했사옵니다. 그때 아들을 가르치느라 함께 수화를 배웠던 것이, 이렇게 도움이 되었나이다."

"이런……!"

설마 수화를 하는 사람이 있을 거라고는 생각 못했었다. 대신들과 학자들은 기회가 있어도 배우지 않는 것이 수화였다. 그것을 익힐 시간에 책 한 권이라도 더 읽는 것이 시간을 아끼는 길이며, 평생 말 못 하는 사람과 대화를 나눌 일이 없을 거라 여겼기 때문이다. 즉, 그들이 말 못 하는 자들을 멸시하기에 수화라는 언어도 함께 멸시하게 된 것이다.

"물론, 지금은 쓸 일이 없어 전부 알아듣지는 못했으나 두 분의 대화는 아주 인상 깊게 들었습니다. 특히 머리에 똥만 찬 멍청이들이란 표현에 크게 감명받았나이다."

"그대를 포함해 한 소리였으니 은근슬쩍 발을 빼지 마시게."

하도연은 전혀 기분 나쁜 내색 없이 오히려 즐겁다는 듯 웃었다.

오문은 고개를 갸웃하고 조심스럽게 여쭈었다.

"저…… 지금 쓸 일이 없다는 말씀은……."

"수화를 배워도 소통할 사람이 없어 그랬는지, 크면서부터 통 밖을 나가려 하지 않다가 혼인마저 무산되자 자진하고 말았나이다."

"헉! 죄, 죄송합니다! 괜한 걸 여쭈었습니다!"

오문은 당황한 표정으로 미안해서 몸 둘 바를 몰라 했다.

하도연은 그런 오문에게서 진심으로 안타까워하는 인품이 느껴져 인자한 미소를 지었다.

"늙은이가 괜한 말로 공주님을 신경 쓰시게 만든 모양이옵니다."

"어휴. 아닙니다. 제가 눈치가 없었죠. 그리고 저 공주 아닙니다. 제가 공주가 아니라는 건 어르신도 잘 아시지요?"

우장사는 조금 놀랐으나 태연하게 물었다.

"어째서 그리 생각하셨습니까?"

"왕야와 오래 알고 지내신 분 아니십니까? 연회장에 모인 대신 중 가장 연륜이 느껴졌습니다."

연세도 많고 처세술도 훌륭했으며 세자도 함부로 하지 못할 만한 인물이라면 단왕과 함께해 온 세월이 만만치 않게 길지 않겠는가.

"그렇습니다만."

"하면, 아무리 왕실의 비사라 해도 공주의 존재에 대해 모르실 리가 없을 테니까요."

"왕야께서는 매우 이성적이고 금욕적인 분이시옵니다. 오죽하면 돌아가신 왕비님 외에 단 한 명의 후궁도 두시지 않았겠습니까. 주군을 의심하는 것은 옳지 않은 일입니다만 워낙 믿기 어려운 이야기라 혹시나 하고 왕비님을 돌보던 최측근 궁녀들을 찾아가 보았습니다."

"궁녀들이 수상하던가요?"

단왕이 그런 일을 꾸밀 때는 궁녀들을 비롯해 철저하게 입단속을 시켰을 것이라 오문은 별로 기대하지 않았었다.

"죽었습니다."

"예?"

"왕비님과 친자매처럼 가까이 지내던 세 명의 궁녀가 한날한시에 함께 죽었습니다."

"……!"

오문은 또 심장이 마구 떨렸다. 그녀들의 죽음과 단왕, 귀문, 이 세 가지가 고리처럼 연결된 기분을 지울 수가 없었다.

"어, 어, 어떻게 죽었다던가요?"

"세 사람이 서로가 서로를 찔러 죽이는 것을 많은 사람이 보았습니다."

"헉! 어, 어쩌다가 그 지경이……!"

"서로 크게 흥분해서 칼을 휘둘렀다 합니다. 한데, 제가 알기로는 그런 자들이 아닌지라……."

"하나, 사람 마음이란 한 치를 들여다보지 못하는 법일세."

듣고 있던 무호가 냉정하게 말하자 하도연이 고개를 끄덕였다.

"예. 그렇기에 오랜 시간 지켜본 주군의 마음 역시 제대로 들여다보지 못했습니다. 주군의 말씀과 달리 이렇게 두 분이 함께 활보하고 계시지 않습니까."

하도연은 씁쓸하게 읊조렸다. 동신조에게 끌려가 산성에서 목숨이 경각에 달렸다 알려진 두 사람이 여기 있다. 사람의 마음은 볼 수 없지만, 여기 이렇게 제가 믿어야 할 것이 너무나 분명하게 보이지 않는가.

"그래서 그대는 나를 도와주러 온 것인가? 아니면 그대를 도와달라 온 것인가?"

그리고 이렇게 속을 감추지 않는 태자의 허심탄회하고 대담한 모습이 단왕부의 충신인 하도연의 마음을 움직이고 있었다.

"저를 구해주십시오."

"……?"

도와달라도 아니고 구해달라니, 의아한 청이었다.

"제화국의 충신, 그리고 이 단왕부의 충신으로 남을 수 있도록 저를 구해주십시오."

제 48 장
미궁에 빠지다

하도연이 돌아가고 난 후, 일행은 잠시 각자의 생각에 빠졌다.

"하도연 그자를 믿을 수는 있을까요? 단왕에게 오랫동안 충성했던 자 아닙니까. 아주 올곧은 인물로 알려져 있습니다. 그를 배신한다는 게 믿어지지 않습니다."

"하도연은 우리에게 자신을 구해달라 했다. 그의 성정상 목숨을 구걸하는 것은 아닐 것이다. 아마 단왕에게 충성했었던 어리석은 자신의 선택으로부터 벗어날 수 있게 해달라는 것이었지."

"그런 거라면 다행입니다만 배신하는 척하고 실은 우리를 함정에 빠트리는 거라면……."

장우의 우려는 틀린 생각이 아니었다.

"그런 것이라면 우리가 이 싸움에서 진 것이다. 나는 하도연의 인품에 걸어보겠다. 그가 모셨던 주군은 훌륭한 주군이었겠지만, 그 주군이 어떤

자인지 알게 되었을 때 진정한 충심을 어디에 바쳐야 하는지 정도는 알 테지."

두 사람이 진지하게 의논하는 동안 오문은 먼 곳을 바라보는 듯한 눈빛으로 혼자만의 생각에 잠겨 있었다.

"오문."

"……."

의아하게 생각한 무호가 오문을 불렀으나 오문은 좀처럼 생각에서 깨어나지 못했다.

"오문!"

"아! 예, 예?"

태자가 큰 소리로 부르자 오문이 화들짝 놀라며 대답했다.

"무슨 생각을 그리하느냐?"

"아…… 저기…… 그냥 뭐, 별일 아닙니다."

"왜? 이상한 점이 있으면 말해보거라."

"아니오. 그냥 옛날 생각을 좀……."

무호는 오문이 무언가 감추려는 것 같았다.

"누굴 속이려고. 할 말이 있거든 속 시원히 해."

"됐습니다."

"혹시 귀문 때문이냐?"

"어……. 뭐……."

"궁녀들이 귀문에게 죽은 것 같아?"

"그거야 전하도 그리 생각하고 계실 텐데요, 뭐."

"하면 네가 감추는 게 무엇이냐? 옛날 생각이라면 귀문에 있었던 걸 생각한 모양이군."

"……."

오문은 더 말하고 싶지 않아 입을 다물어 버렸다.

그러자 답답했던 장우가 말했다.

"혹시 나 때문이냐? 네가 귀문에 있었던 일로 내가 널 믿지 못할까 봐 그러는 거라면 이제 그런 것은 상관없다."

"후……. 그런 게 아니라, 제가 괜한 억측으로 또 혼란스럽게 만들까 봐 그러는 겁니다."

오문은 한숨을 내쉬었다. 이번에 제가 태자를 위험하게 만든 것이 너무 죄송스러워 자신이 없어졌다. 저는 도망만 다니고 숨어들어서 옥패만 찾으러 와봤을 뿐, 이런 큰일은 어떻게 처리해야 하는지 아는 바가 없지 않나. 괜히 나서서 고집을 부린 것이 부끄럽기도 해서 이제는 말을 아끼려고 했다.

"너는 궁녀들이 서로를 찔러야만 했던 이유를 아는 것 같구나."

"전하께서는 제 속에 들어갔다 나오셨습니까? 어찌 그리 잘 아십니까?"

"말해 봐라. 이러면 궁금증만 커진다."

"하면 그냥 듣기만 하시고 너무 신경 쓰지는 마십시오. 실은 제 생각은 이렇습니다. 그 궁녀들은 아마 환각상태에 빠져 있었을 겁니다."

"그건 나도 그럴 거라 생각했다. 하나, 주방에서 일하는 궁녀도 아닌데 세 사람의 손에 모두 칼이 있고 서로를 찔러 죽인 점이 이상하구나. 모두 똑같은 환영을 보는 상태가 아니고서야 힘들지 않나."

"예. 그래서 저는 그게 그냥 환각이 아니라 누군가의 최면이라고 생각합니다."

"최면이라니? 그게 가능한 것이냐?"

"귀문에 딱 한 명, 최면술사가 있다고 들었습니다."

"딱 한 명?"

"예. 근데 그게, 이상하게 기억이 확실치 않아서, 제가 어디서 헛소리를 들은 것인지, 귀문에서 들은 게 맞는지 모르겠습니다."

"뭐가 됐든 좋으니 말해보아라."

오문은 인상을 찌푸리며 기억을 더듬어갔다. 생각을 떠올릴수록 머리가 지끈거렸지만 막상 이야기를 꺼내고 보니 희한하게 줄줄 연이어 기억이 풀려갔다.

"최면술사는 아무나 될 수가 없다고 합니다. 왜냐면 그 눈이 보통 사람과 많이 다릅니다. 타고나야만 해서 귀문에서도 지금은 딱 한 명밖에 없다고 들었습니다."

"어찌 다르단 말이냐?"

"음. 확실하진 않지만 눈이 세 개라고 합니다. 이마에 눈이 하나 더 있는 거죠."

"말이 되는 소리를……!"

장우가 반박하려는데 태자가 손을 들어 이를 막았다.

"흔하지는 않지만 아주 가끔 세 개의 눈을 갖고 태어난 아이가 있다고는 들었다. 어떤 나라에서는 그런 아이들을 신의 화신이라 여기고 떠받들기도 하지."

"예. 아주 가끔. 삼백 년마다 한 명 태어난다는 말이 있을 만큼요. 아무튼 사람의 눈에는 힘이 있는데 삼안은 그 힘이 보통 사람들보다 열배는 강하다고 합니다. 하지만 목숨을 위협하는 강한 최면이나, 이번 경우처럼 동시에 세 사람에게 최면을 거는 것은 약물의 도움이 필요합니다."

"그렇다 한들, 궁 안에 삼안을 가진 자가 한낮에 돌아다닐 수 있겠느냐? 이마를 가린다 해도 그런 복장을 하고 궁 안을 다니다간 금방 눈에 띌 것인데.”

“저도 그게 이상해서 말입니다. 그래서 제 생각에는 그 여인들이 칼부림을 하며 달려 나왔던 장소가 귀문으로 통하는 입구와 연결되지 않았을까 싶습니다.”

“그건 너무 근거 없는 억측이구나.”

“하지만 삼안은 본래 밤에만 다닙니다. 귀문의 살수는 특별한 지령이 없는 이상 밖에서 생활할 수 있는데, 삼안은 그렇지 않습니다. 바깥으로 나가는 일이 거의 없고, 심지어 삼안은…… 가엾게도 문주의 애완동물과도 같은 존재입니다.”

“뭐? 그건 또 무슨 소리냐?”

“묶여 있습니다. 늘. 문주가 풀어주어야만 바깥 세상을 구경할 수 있고 개처럼 길들여진 자입니다. 그런 자가 혼자 멀리 나갈 수는 없을 테니 귀문이 이곳과 가까이 있다는 뜻입니다. 게다가 귀문과 단왕부가 오랫동안 모종의 거래를 하고 있다면 연결된 통로 정도는 있지 않겠습니까.”

“흠……. 그럴듯하구나. 한데, 기억이 잘 나지 않는다는 것치고는 꽤나 자세하구나.”

태자의 지적에 오문이 머리를 긁적이며 말했다.

“그러니까요. 말하다보니 새록새록 기억이 나지 뭡니까.”

태자는 오문의 말을 대수롭지 않게 여겼고, 장우 역시 그 말을 귀담아 듣지 않았다.

“네 말대로라면 우리가 굳이 단왕의 처소에 들어가지 않고도 귀문과 단왕부의 거래를 밝혀낼 수 있다는 얘긴데……. 그 궁녀들이 기거하던 곳에 우리가 들어갈 방도를 찾아봐야겠다.”

"방도는 무슨. 몰래 들어가 봐야지."

무호는 마음이 다급했다. 오랜 시간 찾아 헤맨 귀문의 본거지가 눈앞에 있는 데다, 드디어 치마에서 벗어날 수 있겠다는 생각이 들었다.

하지만 오문이 반대했다.

"너무 서두르지 마시고요. 제 얘기에 너무 빠지지도 마십시오. 두 분께서도 생각이 있으셨을 테니, 그것을 충분히 검토해 본 후에……."

"우린 아무 생각이 없었다."

"그래. 그냥 단왕의 침전으로 들어갔다가 만약에 들키면 단왕을 붙잡고 빠져나갈 생각밖에 없었다. 그게 전하의 방식이지."

"……아주 쉬운 방식이네요."

오문은 대책 없는 두 사람에게 뭐라 해줄 말이 없었다.

"간단하고 쉽지. 물론 뒤처리가 좀 복잡해진다만. 그러니 지금으로서는 네 생각이 가장 훌륭하다. 움직여 봐서 손해 볼 건 없으니 지금 당장 궁녀들이 있던 곳부터 조사해 보자."

태자의 급한 성미가 발동했다.

"잠시만요."

오문은 일어서려는 그의 손을 잡아당겨 다시 앉혔다.

"왜? 또 뭐가 남았느냐?"

"후……. 생각해 보십시오. 만약 그렇다면 그곳 주변에는 늘 경계하는 사람이 있을 것입니다. 이대로 가다가는 바로 덜미가 잡힐 테니 좀 더 자연스럽게 그곳에 갈 수 있는 방법을 생각해 봐야 합니다."

"그게 될 것 같으냐?"

"그러니까 생각해 보자고요."

"저도 그게 나을 것 같습니다. 오문의 말대로 경계가 아주 심할 것입니다.”

무호는 얼굴에 불만이 가득했지만 일단은 생각이라는 걸 해보기로 했다.

세 사람이 각자 진지하게 골머리를 앓고 있을 때였다.

태자가 눈을 번쩍 떴다.

“……!”

“또 누가 옵니다.”

장우의 말에 오문도 고개를 끄덕이고는 숨을 죽였다.

“단유천…….”

태자가 낮게 읊조리자 오문이 깜짝 놀라 그를 바라보았다.

“정말요?”

“저 재수 없는 걸음걸이와 분위기가 딱 단유천이다.”

“귀가 되게 밝으신가 봅니다.”

“어떠냐? 내가 저놈이 올 거라 하지 않았느냐.”

“정말 제대로 물어오셨습니다!”

그 말을 끝으로 세 사람은 입을 다물었다.

그리고 잠시 후, 태자의 예상대로 단유천이 찾아왔다.

오문이 문을 열고 놀라는 표정을 짓자, 단유천은 그런 반응을 즐기며 능글맞은 얼굴로 안으로 들어왔다.

“그리 놀랄 것 없다. 마라한의 미녀와 차나 한잔 나눌까 하고 찾아온 것뿐이다.”

장우는 예전에 상관을 대접하느라 차를 몇 번 타봤지만 병영의 차라는 게 뭐 그리 대단할 게 없었다. 뜨거운 물로 우려내면 그만이라 지금도 그렇게밖에 해줄 수가 없었다.

탁.

유모로 변장하고 있는 장우는 투박하고 거칠게 차를 내서 단유천 앞에 놓았다.

차를 마시러 왔다던 단유천은 찻잔에 찻물이 튕겨 올라간 것만 봐도 눈살이 찌푸려져 차에는 손을 대지 않았다.

"의원을 불러줄까 했는데 벌써 치료가 어느 정도 된 모양이군."

오문이 수화로 태자에게 전하면 태자가 다시 수화로 답했다.

'이 정도 상처는 아무것도 아니다.'

태자가 수화로 대답하면 오문이 다시 말로써 이를 단유천에게 전했다.

한마디로 의미 없는 짓이었다. 세 사람 모두 말하고 들을 수 있으며, 세 사람 모두 수화를 할 수 있으니, 얼마나 쓸데없는 시간 낭비인가.

그 생각을 하니 열심히 통역을 하는 자신이 우스꽝스러워 힘이 빠졌다.

한데, 단유천은 뻔뻔하게도 정말로 수화를 모르는 사람처럼 태연하게 오문의 말에만 귀를 기울이고 대답했다.

"내가 너무 심한 것 같아 나를 원망하고 있는 게 아닌가 걱정했다."

'손에 사정을 두었음을 안다. 개의치 마라.'

"그렇다면 다행이구나. 사실 나는 네게 꽤 흥미가 갔다. 거칠게 대한 것은 너를 시험해 보기 위해서였다."

'기다리고 있던 바다.'

"역시. 너도 나를 시험해 보기 위해 그 비녀를 던진 것이었구나. 넌 내가 오는 것을 알고 일부러 문을 향해 비녀를 던진 거였다. 내가 사람을 잘못 보지 않았어."

'그래서 내가 너의 시험에 통과했는가?'

오문은 두 사람의 대화를 통역하면서 제가 태자의 수화를 잘못 해석하고 있나 의심스러웠다. 대화가 너무 널뛰고 있는데 둘은 말이 통하는 것 같아 신기했다.

"한 가지가 남았다."

무호는 말해보라는 듯 대답하지 않았고, 단유천이 무호의 날카로운 눈을 한참이나 들여다본 후에 말했다.

"마라한을 짓밟은 태자에게 원한이 많겠군."

"……!"

태자라는 말에 오문도 장우도 흠칫했지만 무호만 동요하지 않았다.

"듣자니, 정식으로 전쟁을 한 것도 아니고 몰래 숨어 들어와 얄팍하고 비열하게 장기 따위로 왕의 심기를 흔들어놓았다지. 원한이 깊을 만하겠군."

오문은 단유천이 안쓰러워졌다. 누구 앞에서 누굴 욕하나 싶었다.

'당신도 지금 그 얄팍하고 비열한 수에 당하고 있어.'

그리고 당사자인 태자는 뻔뻔하기로는 당해낼 자가 없었다.

'그쪽은 그런 비열한 태자를 더 나은 수로 이길 수 있다는 뜻인가?'

"물론. 그러니 원한을 갚고 싶다면 나와 손을 잡는 게 어떻겠느냐?"

오문은 경악한 표정을 지었다. 단유천이 스스로 삽을 들고 땅을 파고 들어 와주다니, 이렇게 가련한 놈을 봤나!

단유천은 그런 오문의 표정을 보고 피식 웃으며 경고했다.

"어린놈이 그래도 상황 파악은 되나 보구나. 이게 얼마나 큰일인지는 잘 알겠지? 주인 몸에 난 작은 구멍 하나에도 울먹거린 놈이니 알 것이다. 이 일을 발설하면 너희 모두 어찌 되는지 말이다."

오문은 크게 고개를 끄덕이며 겁에 질린 목소리로 사정했다.

"아, 압니다. 알고말고요! 부디 저희를 버리지만 말아주십시오!"

"물론. 너희들이 얼마나 쓸모가 있느냐에 따라 다르겠지."

그러자 태자가 말했다.

'나야말로 궁금하군. 내가 어디에 쓸모가 있기에 날 데려가려는지.'

그러자 단유천이 의자에 등을 기대며 웃으면서 숨을 한 번 들이마셨다.

"태자가 운이 좋아. 좋아도 너무 좋지. 방금 전 소식이 당도했다. 동신조의 군대가 우리 군의 후방을 치는 바람에 산성에서 내려와 항성에 자리를 잡았다는군. 범명성과는 지척인 성이지."

단왕이 의심하지 않도록 적절하게 전쟁의 승패를 조작해 보고하기로 한 것이 지금에야 소식이 들어간 듯했다.

"지금 동신조는 위기에서 벗어나 승패를 잡았다고 기고만장이라는군. 본래 여색을 밝히는 문란한 놈이기도 하지. 내 말이 무슨 뜻인지 알 텐데."

'막우담이 데려온 마라한의 여인이 도망치다 동신조의 군사들에게 붙잡혔다, 하면 되겠군.'

그렇게 가서 동신조든 태자든 암살하라는 뜻이었다.

"네가 머리가 나쁘지 않아 다행이다. 이렇게 시원하게 말이 잘 통할 줄이야."

'조건이 있다.'

"될 수 있는 한 무슨 조건이든 들어주마."

'돌아오면 내가 있을 자리.'

"아, 그런 거라면……."

'태자가 될 생각이라면 태자비는 내가 하지.'

오문의 표정은 썩어 들어갔다.

"……."

그리고 지금까지 여유로웠던 단유천의 가면이 무너져 내렸다.

"태, 태자비는……!"

'왜, 안 되나? 나도 엄연히 왕족이다. 신분으로는 꿀리지 않아.'

"그건 네가 돌아오면 다시 생각해 보는 게 어떨까? 나 혼자 장담할 수 있는 문제가 아니다."

'아직 아비의 그늘에서 벗어나지 못했나? 이런 일을 혼자 저지르는 놈 치고는 배포가 작군.'

그 말은 단유천의 열등감을 정곡으로 찔렀다. 얼마 전에도 단왕과 큰 소리로 언쟁을 벌이고 야단맞지 않았던가. 단유천은 귀문을 쓰지 말라는 단왕의 엄명에 그간 쭉 고심해 왔다. 아무리 생각해도 이렇게 혼란스러울 때야말로 태자를 죽이기에 딱 좋았기 때문이다.

그러다가 오늘 귀문 대신 쓸 만한 칼을 찾고 잔머리를 굴렸다. 그런데 그 칼이 주제도 모르고 조건을 거는 것이 못마땅해 망설였을 뿐인데, 저를 애송이 취급하니 발끈할 수밖에 없었다.

"모든 일에는 때가 있는 법이다!"

단유천이 갑자기 버럭 소리를 지르자 오문은 흠칫 놀라 어깨를 떨었다.

그러나 태자는 그를 비웃으며 말했다.

'지금이 그때다. 내가 도와주지. 그러니 너도 날 도와.'

오문은 도대체 대자가 왜 단유천과 어려운 협상을 벌이는지 이해가 가지 않았다.

'진짜 태자비 자리가 탐나는 건 아니실 테고, 왜 저러나 모르겠네.'

단유천이 난색을 표하는데 굳이 왜 이리 어려운 조건을 걸어 일을 망치려 하시는지 이해가 되지 않았다.

"다른 것은 몰라도 태자비 자리는 네가 넘볼 자리가 아니다! 거긴 이미 마음에 둔 이가 있다!"

'무슨 상관인가? 나도 어차피 네놈이 좋아서 태자비가 되려는 건 아닌데. 네가 후궁을 몇이나 들이든, 상관없다. 난 자리만 필요하다. 목숨을 건 내게 그 정도쯤은 해줘야 하는 게 아니냐?'

"대체 그 자리가 왜 그리 중한 것이냐!"

'하면 너는 왜 그리 태자가 되려 하느냐?'

"……!"

말문이 막힌 단유천은 못마땅한 듯 한숨을 쉬며 눈을 굴렸다. 그렇게 한참이나 고민하고 계산하더니, 단유천이 양손을 벌려 탁자 위에 턱 올려놓았다. 그러고는 날카로운 눈빛으로 무호를 쏘아보며 으름장을 놓듯 말했다.

"좋다. 그리하지. 네가 태자를 죽이고 살아 돌아온다면 태자비 자리는 네 것이다. 그럼 됐느냐?"

무호는 그제야 흐뭇하게 웃으며 말했다.

'한데, 내가 바보같이 그냥 그 말을 믿을 거라 여기는 건 아닐 테지?'

"또 뭐가 더 있단 말이냐!"

탁자를 짚은 단유천의 손이 주먹으로 변했다. 탁자를 부술 것처럼 힘을 준 주먹이 파르르 떨리고 있었다. 들어주겠다는데도 믿지 않으니 까다로운 마라한의 미녀 때문에 짜증이 난 것이다.

그 모습을 본 오문이 이제야 태자가 왜 저러는지 알 것 같았다.

단유천은 지금 태자의 심리전에 말려가고 있었다. 조금도 의심하지 못하고 안달 나게 만들게, 아주 어려운 조건을 들어 단유천으로 하여금 이 일을 꼭 성사시켜야 한다는 초조함을 심어주고 있는 것이다.

'당장 내 처소를 옮겨라.'

"뭐?"

'그럴싸한 곳으로 내 처소를 옮겨 달란 말이다.'

"지금 그게 뭐가 중요하단 말이냐!"

'네 아비와 사람들에게 내가 너의 총애를 받고 있다고 믿게 하란 말이다. 그래야 사람들이 앞으로도, 내가 돌아온 후에도 태자비가 될 나를 함부로 대하지 않을 게 아닌가? 태자비가 될 내가 오늘처럼 늙은이들 술이나 따르게 둘 것인가? 내가 돌아올 자리를 만들어놓지 않고서는 네 말을 들어줄 수 없다.'

무호는 그렇게 궁녀들이 기거하는 곳으로 들어갈 방도를 찾았다.

오문은 일이 이렇게도 풀리는구나, 감탄하고 기뻐했다. 지금 있는 곳은 산호가 쓰던 전각이고, 산호는 엄밀히 궁의 사람이 아니었기에, 궁의 가장자리 후원 쪽에 전각이 자리하고 있었다. 그래서 궁 안쪽 가장 깊숙하고 은밀한 곳, 바로 궁 안의 여인들이 기거하는 곳으로 몰래 숨어 들어가기가 골치가 아팠던 것이다.

한데 이렇게 단유천이 직접 자식들을 데리고 가준다니 얼마나 감사한 일인가.

"후……."

오문은 깊은 한숨을 내쉬는 단유천의 입을 뚫어져라 쳐다보았다.

'제발. 제발. 제발. 딱 한 번만 더 속아라. 제발.'

마치 최면 술사처럼 간절하게 빌고 있는데 마침내 단유천의 허락이 떨어졌다.

"내일 당장 옮겨 주지."

오문은 하마터면 '와! 됐다!' 라고 소리를 지를 뻔했다.

단유천의 경솔한 면이 이렇게 도움이 될 줄 누가 알았겠나.

◈

제화국의 황궁은 언제부터인가, 아주 삭막해져 갔다. 제화국에도 한때는 작지만 화원이 있었고, 궁 여기저기에 이름 모를 풀꽃들이 자라며 거대하고 차가운 궁에 소박한 청순미를 보여주었다. 그러던 것이 황후께서 안타까운 죽음을 맞이하신 뒤, 궁 안에 안주인이 없어지고 황제께서 직접 살림까지 맡아 하시면서 이 지경이 됐다.

"그러니까 꽃을 기르거나 기와 하나, 담장 하나를 고치는 데 돈이 든다 이거죠?"

상이 영춘을 붙잡고 따지듯이 묻자 영춘은 어쩔 수 없다는 듯 어깨를 으쓱했다.

"폐하께서 검소하셔서 비만 안 새면 기와를 고칠 필요가 없다고 생각하는 분이시라. 뭐, 틀린 말도 아니고."

상은 허리에 손까지 올리고 어이없다는 듯이 말했다.

"그게 왜 틀린 말이 아닌가요? 무슨 황궁이 이렇게 궁상맞아요!"

상의 말도 틀리지 않았다. 황궁에 화원이란 화원은 죄다 병사들의 훈련소가 돼 있질 않나, 잡초 한 포기 나지 않는 앞마당에 꽃씨라도 뿌리려고 하면 다들 팔을 걷어붙이고 말린다. 황궁의 주인이신 황제께서 싫어하신다는 이유로.

"궁상맞은 건 아니고, 그런 데 쓸 돈으로 다른 유익한 걸 하자고 하시는 거지."

"그게 궁상맞은 겁니다! 꾸미고 장식하는 데 돈을 쓰지 않는 건 사는 게 팍팍해서 그런 거라고요."

"아니, 뭐, 안은 괜찮잖아. 금칠도 돼 있고, 화려하고 고풍스럽고."

"그러니까 왜 금은 좋아하면서 꽃은 싫어하냐고요!"

"금은 전쟁이 나면 유용하게 쓰지만 꽃은 어디다 쓰겠어? 그리고 금은 사기만 하면 되지만 꽃은 누가 길러야 하는데, 그럴 시간에 다른 일을 하자는 거지."

"와! 전하께서 왜 저렇게 이상하신지 알 것 같네요."

영춘은 할 말이 없었다. 저도 궁에서 자라다 보니 그냥 별 불만 없이 살았는데 여인들이 보기에는 황제께서 황실 살림을 하시는 게 영 못마땅한 모양이었다.

"어휴. 태자 전하 씀씀이를 보면 궁색한 티가 하나도 안 나던데. 아니지, 생각해 보면 태자 전하치고는 별로 까탈을 부리신 적은 없으셨지. 후."

"그래. 검소한 건 좋지. 꽃은 그만두자."

실망할 줄 알았던 산호가 은은한 미소를 띠며 오히려 상을 달랬다.

그 모습에 영춘은 잠시 넋을 잃은 듯 아찔해졌다가 이내 고개를 흔들어 정신을 차렸다.

'저 아가씨가 점점 예뻐지시네.'

영춘은 산호의 얼굴에 표정이 하나씩 새겨질 때마다 신기해하고 있었다. 얼음인형 같았던 산호가 상이 온 뒤부터 달라지고 있었다.

'상을 불러오길 정말 잘했다.'

사실 황제께서 허락해 주실까 걱정했었다. 어쨌든 산호는 죄인의 몸으로 감금된 것이나 다름없었기 때문이다. 다행히 황제께서는 알아서 하라고 해주셨고 영춘은 크게 안도했다. 적어도 황제께서 산호를 크게 벌하실 것 같지는 않았기 때문이다.

어딘가 좀 이상한 아가씨이긴 했지만 아무것도 모르고 단왕에게 이용당한 가여운 여인이니, 아무 일 없길 바라고 있었다. 정작 본인은 죽어도 할 수 없는 일이라는 것처럼 초연해했는데, 그것이 가끔 영춘의 가슴을 찌르르하게 만들곤 했다. 이유는 알 수 없지만 그 찌르르함을 느낄 때마다 산호의 얼굴을 한 번 더 보게 되었다.

그리고 요즘 들어 그 얼굴이 어딘가 변하고 있음을 확실히 알 수 있었다. 특히 오늘처럼 상이 꽃을 심자고 조를 때는 어딘가 상기된 표정을 짓고 했는데, 그 얼굴을 보면서 안 된다고 말하기가 영춘도 힘들었었다.

하지만 이내 이렇게 또 새로운 미소를 보았다.

'꽃을 심으면 산호 아가씨가 더 기뻐하겠지?'

그녀가 기뻐하는 모습을 보고 싶어졌다.

영춘은 곧장 황제에게 달려가 비장하게 말했다. 궁이 너무 삭막해 제화국의 황궁이 단왕부의 궁보다 볼품없으니, 꽃이라도 심자고.

한 대 얻어맞긴 했지만 황제는 산호가 꽃을 심도록 허락했다.

그리고 그날 영춘은 환희에 찬 산호의 표정을 볼 수 있었다.

그 웃음을 보는 순간, 황제에게 맞은 자리가 하나도 아프지 않았다.

❖

단유천의 약조는 다음 날 즉각 이루어졌다.

전각을 옮겨 후궁들이 기거하는 내궁으로 들어서자, 제화국의 황궁에서는 결코 볼 수 없었던 진풍경이 펼쳐졌다.

이 추운 날에도 꽃이 만발하고 그 꽃을 돌보는 꽃 같은 궁녀들도 하나같이 얼굴에 미소를 머금고, 마치 봄처럼 환하게 어우러진 풍경이었다.

"와! 예쁘다!"

오문은 산호의 전각에서 작지만 아름다운 화원을 보았지만 그것과는 비교할 수 없는 많은 꽃과 아기자기한 조경을 보고 감탄했다. 수로를 내고 징검다리까지 놓으니 생동감마저 느껴졌다.

오문은 자신의 감동을 한껏 담아 수화로 물었다.

'전하! 단왕부가 이 정도인데, 황궁의 꽃밭은 더 넓고 화려하겠죠?'

'…….'

무호는 지금이라도 파발을 보내 황궁에 꽃을 심으라고 해야 하나 어쩌나 고민했다.

'왜 대답이 없으십니까?'

'꽃이 좋으냐, 금이 좋으냐?"

'어…… 금으로 꽃을 살 수 있으니까, 금?'

'그래. 그럼 됐다.'

무호는 파발을 보내지 않기로 깔끔하게 결론을 냈지만 오문은 무슨 소리인지 어리둥절했나.

'예? 뭐가요?'

'중요한 건 그게 아니다. 잘 둘러봐. 너 같으면 어디로 길을 내는 게 좋겠느냐?'

태자가 무엇부터 해야 하는지 환기시켜 주자 오문의 눈이 반짝였다.

'꽃밭은 사람이 너무 많이 다니니 꽃밭의 외곽을 주의 깊게 보겠습

니다.'

'어쩌면 버려진 우물가 같은 곳 아닐까?'

'거긴 귀신이나 나오는 곳이죠.'

'지하로 땅굴을 파기에는 우물만 한 곳이 없다고 보는데?'

'생각해 보십시오. 그 궁녀들이 뭐 하러 버려진 우물가에 있겠습니까? 제 생각에는 그리 인적 드문 곳에 길을 내지는 않았을 겁니다. 누구나 지나가지만 누구나 그냥 지나치는 그런 곳이 제격이죠. 그래야 늘 감시하지 않아도 되고요. 누군가 지키고 있으면 더 눈에 띄니까요.'

'어렵군. 역시 일일이 다 찾아보는 것밖에 방법이 없나.'

'음. 제 생각에는 귀문과 소통하기 위해 일부러 땅굴을 파서 길을 내는 건 무리가 있다고 봅니다. 것보다는 처음 궁을 만들 때부터 비상통로로 사용하던 그런 길이 있을 것 같습니다.'

'그건 그럴싸하군.'

장우는 수화를 할 줄 몰랐다. 때문에 태자와 오문이 수화로 열띤 토론을 하는 것을 봐도 알아들을 수 없기에 저 혼자 열심히 사방을 둘러보았다.

변방의 메마른 풍경에 익숙해져 있던 장우는 너무 다른 풍경이 사치스럽게 보여 눈살이 찌푸려졌다.

'쓸데없는 짓을.'

꽃이 문제가 아니었다. 꽃밭과는 어울리지 않는 꽤 큰 석상들이 여기저기 눈에 띄게 많았다.

커다란 용이나 사자 등, 화원을 꾸미기에 지나치게 많은 수의 석상이 었다. 사람보다 큰 기물을 궁에 놓는 것은 쓸데없는 짓이라기보다 어리석은 짓이었다. 몸을 숨길 곳이 많다는 건 암살자들이 좋아할 만한 일 아니겠는가.

'가만?'

그때 장우는 불현듯 한 가지 생각을 떠올렸다.

동시에 오문과 무호도 실마리를 잡아갔다.

'그러려면 꽤 오래전부터 있었던 것들을 먼저 찾아보는 게 좋지 않을까요? 뭐, 예를 들자면 오래된 정자라든가…… 아니면…….'

'오래된 것이라…….'

무호의 눈에 세월의 풍파에 닳아가는 석상들이 보였다. 오문도 장우도 동시에 석상들을 바라보았다. 그리고 모두 똑같은 생각을 떠올렸다.

'석상이 지나치게 많아.'

그날 밤. 세 사람은 자신들의 시중을 들어주는 궁녀들을 모두 잠재웠다. 다소 방법이 거칠었지만 오문은 어쩔 수 없다 여겼다.

그리고 이제 변장을 풀었다. 오늘 밤 찾아내지 못한다면 그냥 포기하고 성을 빠져나가야 했다. 문을 나서면서 오문은 과연 무사히 조사를 끝내고 빠져나갈 수 있을지 두려워지기 시작했다. 저의 망상 때문에 비밀통로를 찾는 것은 고사하고 발각돼서 일을 그르칠까 봐 심장이 떨리는 것이다.

"기분이 이상합니다."

"무엇이?"

"저는 이보다 더 위험한 일을 많이 겪었습니다. 끝이 보이지 않는 높고 험준한 계곡 사이를 줄을 타고 건넌 적도 있고 온갖 죽을 고비를 넘겨왔습니다."

무호는 그것이 귀문에서 도망치느라 그랬다는 것을 알 수 있었다. 오문은 제 옛날 일을 시시콜콜 떠벌리며 힘들었다고 칭얼거린 적이 없었다. 그렇기에 언제쯤 제게 그런 이야기를 해줄까 내심 기다리고 있던 참이었다. 하지만 무호는 내색하지 않고 퉁명스럽게 말했다.

"네가 그래서 겁이 없군."

"음……. 겁이 없다기보다는 최선을 다해서 발버둥 쳐도 안 되면 어쩔 수 없는 일이라고 생각했습니다. 언젠가, 아니, 얼마 살지 못하고 죽을 것 같았거든요. 그래서인지, 딱히 죽음이 두렵지는 않았던 것 같습니다."

"그래. 도망치면서 온갖 일을 하고 다닌 걸 보면 겁이 없는 게 확실하다."

"어차피 죽게 될 거, 사람들과 부딪치면서 사는 재미라도 느껴보자 했지요. 차라리 산속 깊이 들어가 숨어 지냈다면 귀문도 저를 못 찾았을 텐데, 그렇게 사는 건 아무 의미가 없지 않습니까. 제가 죽기 위해 태어난 게 아니라는 걸 증명해 보이고 싶었습니다."

"누구에게 그것을 증명해 보이고 싶었느냐?"

오문은 조금 수줍은 듯이 말했다.

"제 자신에게요."

하지만 무호는 그 대답에서 오문의 자긍심을 느낄 수 있었다.

"너는 충분히 증명해 보였다."

"사실…… 오히려 죽으면 편해지지 않을까, 그런 생각도 종종 했었습니다만, 그럼 지는 것 같았거든요."

무호는 오문과의 첫 만남을 떠올렸다. 아니, 정확히는 두 번째 만남이었을 것이다. 폭포를 두려워하지 않고 몸을 던진 오문이 이제야 이해가 갔다.

'죽어도 그만.'

그런 마음으로 뛰어내렸을 거라 생각하니, 절로 주먹에 힘이 들어갔다.

오문을 그렇게 만든 자들. 어린아이가 죽음을 편안한 영생인 양 착각하게 만든 자들. 그들 모두를 처단하고 싶었다.

고단했던 오문의 어린 시절을 자신이 함께하지 못했다는 것에 화가 치밀어 올랐으나, 그는 슬그머니 주먹에서 힘을 빼며 태연하게 물었다.

"그럼 지는 게 맞다. 네가 이겼다."

어두웠지만 오문의 뺨이 상기된 듯 보였다. 자신에게 증명하고 싶었다던 오문은 태자의 인정을 받은 것이 더 기쁜 듯했다.

"한데 지금 기분은 어떻기에 이상하다는 게냐?"

"저보다 훨씬 강하고 믿음직스러운 전하가 계시고, 여기 친위대장님과 대장군님이 함께하시는데도 이상하게 겁이 나고 긴장됩니다."

"다행이다. 네가 무서운 게 뭔지 알아서. 울 줄도 알고 무서운 게 뭔지도 아니, 이제야 철이 드는 모양이다. 얼마나 다행이냐?"

무호는 별일 아니라는 듯이 대수롭지 않게 말했지만 오문의 두려움은 좀처럼 사라지지 않았다.

"저는 어머니가 돌아가셨을 때도 울지 못했습니다. 한데 전하께서 절 울게도 하시고, 겁을 먹게 만드십니다."

"나 때문에 무섭단 말이냐?"

제가 너무 막무가내로 몰아붙여 오문을 두렵게 만든 것일까? 무호는 눈살을 찌푸리며 물었다.

"예. 이렇게 든든하신 전하가 저 때문에 잘못되실까 봐 저는 그게 너무 겁이 납니다."

찌푸렸던 미간의 주름이 펴지고 무호의 입가에 장난스러운 미소가 피어올랐다.

"아, 이제 네가 사랑도 할 줄 아는구나."

막우담과 그의 부하들이 이미 화원 쪽을 지키는 병사들을 처리해 놓고, 되도록 조금이라도 늦게 발각되기 위해 그 옷을 벗겨 입고 있었다.

"제때 맞춰 왔군."

태자의 첫마디에 막우담이 불만 가득한 음성으로 투덜거리며 준비해 둔 병사의 옷을 건넸다.

"시키시는 대로 하기는 했습니다만 영 내키지 않사옵니다. 비밀통로도 찾지 못하고 괜히 정체만 들통나면 지금까지의 고생이 전부 헛짓거리가 되는 게 아니옵니까."

그러자 병사의 갑주를 걸치던 태자가 대수롭지 않게 말을 던졌다.

"그대가 고생했다니 우습군. 연회에서는 누구보다 즐거워 보였다만."

"제 속이 속이었겠습니까! 확 술판을 엎고 싶은 걸 몇 번이나 참았습니다!"

"글쎄. 내가 추행당하고 희롱당하는 것을 즐기는 것 같았네만."

"제가 봐도 좀 그러셨습니다."

오문까지 거들고 나서자 막우담은 정말 멧돼지처럼 씩씩거리며 아니라고 우겨댔다. 그러는 동안 일행의 얼굴에서 긴장감이 사라졌다.

"어디부터 조사하면 되겠습니까?"

옷을 갈아입자마자 장우가 물었다.

"오문 네 생각은 어떠냐?"

오문은 왜 제게 묻냐 따지지 않고 석상들을 훑어보았다.

코끼리, 사자, 호랑이, 원숭이…… 용……. 그 밖에도 신화에나 나올 법한 기괴한 짐승들이 어떤 건 우스꽝스러운 표정으로, 또 어떤 건 이빨을 드러내며 무시무시한 얼굴을 하고 있었다.

오문은 그중 가장 사람들의 관심이 덜 가는 위치와 석상을 추려냈다.

우선 용으로 가서 이것저것 만져 보았다. 혹시나 하고 여의주를 돌려 보려고 애썼지만 전혀 움직이지 않았다.

막우담은 팔짱을 끼고 한심하다는 표정으로 오문이 하는 것을 불만스럽게 바라보고 있었다.

용에서 단서를 찾지 못한 오문은 이번에는 코끼리로 갔다. 코끼리 코를 당겨 보기도 하고 위로 밀어도 보았지만 역시나 소용없었다.

'흠……. 여기가 딱 정자에 가려져서 문을 찾기 좋은데…….'

바로 뒤에 낡은 정자가 있어서 몸을 숨겨 지나다니기가 좋았다. 오문은 포기하지 않고 코끼리와 용을 다시 한 번씩 살폈다. 눈을 찔러 보기도 하고, 발톱을 눌러 보기도 했다.

'아니야. 이런 건 아닐 거야.'

누구나 무심코 하는 짓을 열쇠로 만들지 않을 것이다. 간단히 열 수 있지만 무심코 열 수는 없도록 그런 방법이 있을 것이다.

"석상 밑에 길이 나 있을 거라니 정말이지 상상력이 너무 뛰어난 겁니다. 저 돌 좀 보십시오. 저게 민다고 밀리겠습니까?"

오문은 막우담이 연신 투덜거리는 걸 들은 척도 하지 않고 나뭇가지를 주워 왔다.

'혹시 모르니까…….'

그러면서 오문은 코끼리의 코에 나뭇가지를 찔러 넣었다. 아무도 하지 않을 것 같은 짓. 어린아이들이나 할 짓이었으나, 이곳은 어린아이도 엄히 다스리는 궁이니까.

"헉! 저게 무슨 해괴한 짓이랍니까! 코끼리 코를 파고 있지 않습니까!"

추잡스러운 장난 같은 짓에 박우담이 또 씩씩거렸다.

하지만 오문은 고개를 갸웃하며 반대쪽 콧구멍에도 나뭇가지를 푹 찔러 넣었다.

덜컹—

"……!"

모두가 똑똑히 그 소리를 들었다. 투덜대던 막우담도 어깨를 흠칫할 만큼 무언가 묵직한 것이 움직이는 소리가 났다. 정확히는 돌이 끌리는 것 같은 소리였다.

"……."

하지만 석상은 그대로 있었다.

가장 당황스러운 건 오문이었다.

"이상하네요. 분명히 안에서 뭔가 딸깍했는데……."

태자도 장우도 모두 코끼리상 주변으로 몰려들었다. 분명 소리가 났는데 아무 움직임이 없다는 게 이상했다.

"밀어 보자."

혹, 무언가 장치가 돼 있다가 풀리면서 석상이 쉽게 움직이는 건 아닐까, 모두 힘주어서 석상을 각기 다른 방향으로 밀어 보았지만 소용없었다. 더 힘을 주면 움직일 수는 있겠지만 이렇게 힘들게 문을 오고갈 리가 없지 않나.

이제 다들 초조해지기 시작했다. 문이 열리는 소리를 들었다. 한데 열리지 않았다. 이제 돌이킬 수 없게 되었는데 길을 찾지 못하고 있으니 답답했다.

그때였다.

"저……."

막우담의 부하 중 가장 어리고 계급이 낮은 병사가 조심스레 손을 들었다.

"무슨 일이냐?"

막우담은 이 중요한 시점에 왜 나서냐는 듯이 눈을 부라렸다.

그러자 더욱 주눅 든 병사가 말을 제대로 못하고 더듬거리며 손가락으로 어딘가를 가리켰다.

"저…… 저기가…… 워, 원래 저런가 해서요……."

"저렇다니 뭐가! 허억!"

신경질적으로 병사가 가리키는 곳을 본 막우담이 입을 벌린 채 침묵했다.

모두가 그곳을 바라보았다. 정자를 오르는 계단 바로 아래, 갑자기 검은 공간이 나타났기 때문이다.

"잘했다! 이놈!"

막우담이 병사를 크게 칭찬하자, 태자가 찬물을 끼얹었다.

"누가 코를 파는 해괴한 짓을 한 덕이지."

"……."

그래 놓고 태자는 오문의 손을 잡고 말했다.

"네가 가고 싶지 않으면 가지 않아도 된다."

그렇게 물을 만도 했다. 모두들 말은 안 했지만 저 검은 구멍 아래로 내려가고 싶은 생각이 들지 않았다.

어쩐지 매우 불길하고 귀기 같은 음습한 기운이 느껴져서 선뜻 발을 갖다 대기가 꺼려지는 것이다. 아무래도 성 밖으로 나가는 비밀통로가 아니라 그보다 더 큰 비밀을 열어버린 것 같았다.

그러나 오문은 마치 아무것도 느끼지 못한 것처럼 오히려 발끈하며 따졌다.

"예? 지금까지 같이하고, 제가 문도 열어드렸는데 저만 남으란 말씀이십니까?"

"생각해 보니 내가 널 위험 속으로 끌고 가는 것 같아 체면이 안 서는구나."

"제화국의 황실에는 체면 따위가 없지 않았습니까?"

오문이 그런 말을 고개까지 갸웃거리며 진지하게 물으니 무호는 웃음이 나서 너스레를 떨었다.

"너는 나와 황실에 대해 너무 많은 것을 알고 있다."

"그러니까 저만 놔두고 가시면 안 됩니다. 그런다고 없던 체면이 생기지는 않거든요."

"황실의 체면 말고, 사내로서의 체면 말이다. 이럴 때 너는 여기서 기다려라, 해야 하는 것 같아서."

오문은 고개를 절레절레 저었다.

"저더러 여기 남으라는 건 잡혀서 죽으라는 얘기와 똑같습니다."

"하긴, 물러설 곳도 없구나."

"그러니까 다음부터는 도망갈 구멍은 좀 만들어놓고 움직여 주십시오. 이렇게 무작정 전력질주로 달려가지 마시고요. 쫓아다니기 숨이 찹니다."

"말은 바로 하자. 내가 너를 쫓아간 것이다."

그것은 무호의 말이 맞았다. 항상 그가 그녀의 뒤를 쫓았고, 이제야 함께 걷기 시작했다.

오문은 그의 손을 꽉 잡았다.

조그마한 손에서 함께하겠다는 의지를 느낀 무호가 웃음기 없는 음성으로 말했다.

"그리고, 이제 다음은 없다. 나는 이것으로 끝장을 낼 것이다."

무호는 어느 때보다도 진지해 보였다.

막우담과 장우의 눈에도 그랬다. 서강의 전장에서보다 더 날카로운 예기를 뿜고 진중한 표정으로 각오를 다지는 무호의 모습은 거대한 바위산처럼 범접할 수 없는 기운이 느껴졌다. 장우는 그 모습이 싫지는 않았지만 낯설었다. 그래서 괜스레 태자를 재촉했다.

"자, 하면 전력질주를 멈추지 마시고, 하시던 대로 우리를 이끌어주십시오. 전하."

보통 이렇게 지하로 난 길은 함정이 있게 마련이다. 가뜩이나 어둡고 탁한 기운이 흐르는 곳에 누가 먼저 발을 넣을 것인가 눈치를 보고 있던 참에 장우가 얄밉게 태자의 등을 떠민 것이다.

그러자 무호가 방금 문을 발견한 어린 병사를 턱짓으로 가리켰다.

"너."

"예?"

"앞장서."

"제, 제가요?"

무호는 죽을상을 하고 있는 병사를 기어이 안으로 밀어 넣으며 사악하게 말했다.

"계급순으로 가야지."

장우는 변함없는 태자의 모습에 안도했다.

단왕의 침전은 매우 넓었다. 마치 황제의 침전마냥 넓고 화려한 침전은 항상 불이 꺼지지 않았다. 어김없이 사방 천지를 밝게 하고 침상에 누운 단왕은 잠이든 지 얼마 안 돼 갑자기 번쩍 눈을 떴다.

"누가 들어갔다."

"……!"

그 작은 중얼거림에 침전에서 유일하게 어두운 천장의 모서리로부터 흠칫 놀라는 인기척이 느껴졌다.

"문이 열렸어……."

단왕은 벌떡 일어나 앉아 눈동자를 굴렸다. 아무리 생각해도 있을 수 없는 일이 일어났다. 제 허락 없이 누구도 그 문을 열 수 없었다. 하지만 분명 잠금장치에서 신호가 왔다.

"누구냐. 누구냐, 대체!"

천장에 있던 검은 그림자의 인영이 그 호통에 안절부절못했다.

"예감이 좋지 않다. 당장 가서 알아보아라!"

"예!"

검은 그림자가 쏜살같이 사라진 후, 단왕은 문을 박차고 밖으로 나갔다.

"전하. 어째서 주무시지 않으시고……."

그를 호위하는 군관의 질문이 끝나기도 전에 단왕이 엄중한 목소리로 명했다.

"당장 가서 세자를 데려오너라."

"예, 예!"

군관은 어째서 이런 늦은 시각에 세자 저하를 찾으시는지 묻지도 못했다. 지금까지 한 번도 보지 못한 단왕의 노기 어린 표정 때문이었다.

그런데 단왕은 서둘러 돌아선 군관을 다시 불러 세웠다.

"잠깐!"

"예?"

"궁 안에 이상한 점이 없는지도 살펴라."

"예?"

여느 때와 다름없는 조용한 밤이었다. 군관은 노기 어린 단왕이 두려웠지만 무엇이 이상한지, 무엇을 살펴봐야 하는지 알 수 없어 머뭇거렸다.

"내궁 쪽부터 가서 살펴보고 오너라!"

답답했던 단왕이 결국 제 입으로 장소를 알려주자, 그제야 군관이 허둥지둥 떠났다.

한편, 지하 계단으로 발을 딛고 내려온 태자 일행은 아래로 내려갈수록 점점 밝아지면서 넓어지는 구조에 입이 벌어졌다. 그리고 마침내 마지막 계단을 밟자, 밖에서 '덜컹' 하고 문이 닫히는 소리가 들렸다.

"역시 그냥 밖으로 난 길이 아니었습니다."

장우는 바닥과 벽을 보고 감탄했다. 비상통로를 이토록 정교하게 네모반듯한 벽돌과 대리석으로 지을 리가 없지 않나. 그뿐 아니었다. 단순히 길인 줄 알고 내려온 그곳은 사방에 여러 갈래로 길이 나 있었다. 이래서야 노무시 어디로 가야 할지, 미로에 갇힌 것만 같았다.

"나가는 길이 있기나 한 건지 원!"

여기까지 와서 다시 나간다는 건 어림없는 소리였고, 눈앞에는 미로 같은 길이 펼쳐져 있으며, 그 길에 함정이 있을지도 모르니, 최악의 상황이었다.

"여긴 길이 아니다. 거대한 지하 궁이지."

"하! 왕궁 아래 또 다른 궁이 있다니! 무슨 의도로 이런 것을 몰래 지었는지, 꼭 밝혀내야겠습니다."

막우담은 그간 단왕부에 아부하느라 잔뜩 심사가 뒤틀려 있던 터라, 더 크게 흥분했다.

"의도를 밝히기 전에 우리가 어디로 가야 할지부터 밝혀줬으면 좋겠군."

태자의 침착한 지적에 막우담이 슬쩍 물러난 직후였다.

오문이 그의 손을 놓고 스르르 홀린 듯이 앞으로 걸어나갔다.

"오문?"

무호가 이상한 낌새를 채고 오문을 불렀지만 그녀는 아무것도 못 듣는 것처럼 걸어가며 벽을 쓰다듬었다.

"오문!"

결국 무호가 달려 나가 그녀의 팔을 붙잡았다. 그리고 동시에 오문의 손이 쓰다듬던 벽을 눌렀다.

철컥. 쾅.

"……!"

그러자 놀라운 일이 일어났다.

"헉!"

"뭐, 뭐야, 이게!"

쾅. 쾅.

수많은 갈림길 중 하나만 남고 위에서부터 철창이 떨어져 길이 막히기 시작한 것이다.

다들 경악한 얼굴로 오문을 쳐다보았다. 그러나 누구보다 놀란 사람은 바로 오문이었다. 오문은 눈도 깜빡이지 않고 넋이 나간 얼굴로 열린 길을 주시했다.

"이게 어찌 된 일이냐!"

"지금 무슨 짓을 한 것이냐!"

장우와 막우담이 오문을 다그쳤지만 오문은 파르르 입술을 떨 뿐 아무 말도 못하고 있었다.

무호는 아직도 벽을 짚고 있는 오문의 손을 잡았다.

그래도 오문은 무호를 보지 못하고 어딘가 먼 곳에 눈을 두고 있었다.

"오문."

무호는 오문의 뺨에 손을 대고 고개를 돌려 저와 눈이 마주치도록 했다.

"오문!"

사람의 눈에는 힘이 있다고 바로 어제 오문이 알려주지 않았던가.

태자의 눈을 마주 본 오문의 눈동자가 흔들리기 시작했다.

"정신 차려!"

"저, 저, 전하……."

"그래. 나다."

"전하……. 전하……. 저, 이상합니다. 저 좀 이상해진 것 같습니다."

"이상하지 않다. 진짜 이상해지면 이상해진 것도 모른다. 그러니까 안심해."

태자의 위로에도 오문의 상태는 나아지지 않았다. 오문은 잔뜩 겁을 먹고 떨고 있었다.

"하지만 전하……. 제가…… 제가 어떻게 여기를 아는 걸까요?"

"……."

"여기 오기 전까지는 아무것도 몰랐었는데……. 근데 왜 갑자기……

갑자기 왜…… 어째서……. 머릿속에 제가 있습니다. 제가 여기, 아니, 저기에 있습니다!"

오문은 제 눈앞에 어린 자기 자신의 모습이 보이는 듯 생생하게 떠오른 기억에 혼란스러워했다.

태자는 철장이 없는 길을 가리키는 오문의 손을 잡으며 달래듯이 말했다.

"하나도 이상하지 않다. 너는 귀문의 사람이고, 여기가 바로 귀문이니."

"……!"

오문의 눈이 더 커질 수 없을 만큼 커졌다.

다른 사람들도 마찬가지였다. 단왕부의 궁 아래 귀문이 있다는 것은, 단왕부가 귀문이라는 것과 다르지 않은 말이었다.

"그동안 기억하지 못한 것이 이상했던 것이다. 너는 이곳을 알아. 쓸데없는 것을 다 기억하는 네가 아무것도 기억하지 못한다는 것이 이상했던 것이다. 그러니까 안심해."

"하, 하지만 어떻게 그럴 수 있나요? 어떻게……."

"어떻게 그럴 수 있는지, 그것이 내가 알고자 한 것, 밝히고자 한 것이었다."

제 49 장

마물의 소굴

태자의 곧은 눈빛이 혼돈 속에서 허우적대는 오문을 붙잡았다.

"지금 네가 보는 것, 네가 기억하는 그것, 그것을 확인하고자 이곳에 온 것이다."

"……!"

오문의 떨리는 눈빛이 차츰 진정되기 시작했다. 하지만 놀람이 가신 것은 아니었다.

"잘 들어라. 궁 아래에 이 같은 장치들로 비밀에 싸인 미궁이 있다. 그리고 너는 이 길을 알고 있다. 그게 무슨 뜻인지는 네가 더 잘 알 것이다. 정신 똑바로 차리고 네 기억을 외면하지 마."

무호는 전에 없이 엄격하고 단호하게 오문을 대했다. 귀문의 사람이었던 오문이 이 길을 안다는 건 이곳이 곧 귀문이라는 의미였다.

단왕이 주혜령의 딸 산호를 구했다.

산호는 단왕부의 궁에서 자랐고, 같은 시기에 오문은 귀문에서 어머니와 함께 자랐다. 바로 같은 땅을 사이에 두고.

미친 여인인 오문의 어머니가 귀문에 함께 있었다는 사실이 전부터 이상하다 생각했었다. 답은 명확하게 나왔다.

귀문의 문주와 단왕이 동일인이라는 것.

단왕부가 귀문이라는 마굴의 소굴이라는 것. 그리고 단왕이 주혜령 모녀를 귀문에 가두고 그들의 삶을 유린했다는 것.

무호는 네가 바로 그 은산호다, 라고 말해주고 싶었지만 오문이 전부 기억해 내길 바라며 꾹 참고 있었다.

"……전부 다는 아닙니다. 전부 기억나는 건 아닙니다."

"……."

무호는 오문의 느린 말을 재촉하지 않았고, 다른 일행도 숨죽이며 오문의 말을 참고 기다려 주었다.

오문이 귀문에 몸담았다는 것을 모르는 막우담조차 오문을 둘러싼 커다란 비밀이 있음을 짐작할 수 있었다. 그리고 그것이 지금 저희가 알아내려는 일과 연관이 있다는 것도.

"하지만…… 저 앞으로 가면 또 무언가를 기억해 낼 수 있을 것 같습니다."

"하면 뭘 망설이느냐? 앞장서라."

"싫습니다."

"어째서? 네가 누군지가 궁금해서 살아왔다 하지 않았느냐? 그러니 너를 찾으러 가자."

"기분이 좋지 않습니다. 기분이 너무…… 너무…… 괴롭습니다."

엄살이 아니었다. 무언가가 묵직하게 가슴을 눌러 왔다. 앞으로 다가

갈수록 그 무게가 더 커질 것 같은 느낌이었다.

지금까지 기억하지 못하고 있는 거라면 제 스스로 기억을 묻어버린 가능성이 크다.

그것을 굳이 찾아낼 필요가 있을까?

뚜벅뚜벅.

갑자기 무호가 앞으로 나아갔다. 단 하나의 열린 길로 돌아보지도 않고 거침없이.

"……!"

오문은 어리둥절한 눈으로 무호의 등을 바라보았다.

그런데 무호는 좀처럼 멈출 생각을 하지 않고 앞으로 나갔다. 계속, 계속, 앞으로.

오문의 눈이 더 커질 수 없을 만큼 경악으로 물들더니, 무호를 부르며 달려 나갔다.

"전하! 안 됩니다!"

한 걸음 더 앞으로 나아가던 무호는 허리를 안으며 달려든 오문 때문에 그 자리에 멈춰 섰다.

"안 됩니다. 안 됩니다! 그리로 가시면 죽습니다!"

"가지 않겠다더니?"

"너무하십니다! 정말 너무하십니다! 제가 따라갈 수밖에 없다는 걸 아시면서!"

"그래. 너는 나를 따라올 수밖에 없다. 아무것도 모르고 함정 속으로 걸어가는 나를 그냥 두고 볼 수 없을 테니까. 그러니 무엇이 중요한지 생각해 보아라. 이미 지나간 괴로운 기억과 앞으로 일어날 괴로운 일, 너는 무엇이 더 못 견디게 괴로울 것 같으냐?"

오문은 입술까지 깨물고 태자의 협박을 원망했다. 제 가슴을 짓누르는 불쾌하고 무겁고 어두운 이 고통스러운 느낌을 알지도 못하면서, 그보다 더 끔찍한 괴로움을 감당해 볼 테냐 묻고 있다.

이런 곳에서 태자를 잃고 나면 저는 살지 못한다. 가슴이 찢겨서 더는 살지 못할 것이다.

"잔인하신 분입니다. 전하는."

"나를 적으로 두지 않았으니 얼마나 다행인가."

그 말 때문일까. 오문은 그가 제 과거의 고통을 덜어 줄 것만 같은 느낌이 들었다. 제가 아는 한 세상에서 가장 강한 그를 저는 제 편으로 두고 있다. 얼마든지 의지할 수 있고, 의지되는 이가 곁에 있는데 왜 겁을 먹은 것일까.

오문은 한숨을 쉬며 말했다.

"후……. 지금 전하께서 가시려던 길로 가시면 땅이 꺼져서 떨어져 죽습니다."

"그건 어찌 아느냐?"

"저는 어머니와 손을 잡고 가고 있습니다. 누군지는 모르겠습니다만 제 앞에 누가 있습니다. 얼굴은 보이지 않지만 그가 가면 안 된다고 말했습니다. 그리고 그가 여길 이렇게 누르니 왼쪽에 길이 생겼습니다."

오문이 또 벽돌의 한쪽을 눌렀다.

딸칵. 철컹—

일행이 걸어온 뒤로 닫혔던 문들이 다시 열리기 시작했다. 그리고 일행의 앞쪽에 있던 길들이 하나씩 닫히기 시작하더니, 왼쪽 통로만 문이 닫히지 않았다.

오문이 먼저 그 길로 들어섰다.

"꼭 제 머릿속에서 누군가 이리로 오라고 하는 것 같습니다. 누가 하라는 대로 하는 건 딱 질색이지만 일단은 가주죠, 뭐."

오문의 손이 움직일 때마다 미로가 길을 만들어갔다.

그러니 믿어볼 수밖에 없지 않나.

❖

부안국의 늙은 왕. 삶이라고 부르기도 민망할 만큼 가소로운 왕.

동신조는 자신의 왕이 보낸 군사들을 안타깝게 바라보았다.

투항하는 자는 살려주겠다. 부안국의 새로운 왕이 될 이 동신조가 무능한 간신들에게 고통받는 나라를 구제하겠노라.

그렇게 말했건만 늙은 왕의 장졸들은 두려움 가득한 얼굴로 제게 맞서고 있었다.

두려움을 안고 싸우는 군사는 이미 진 것이나 다름없는데도 저들은 기어이 왕명을 거역하지 못하고 있었다. 늙은 왕이 안겨 준 공포와 죄책감이 더 크기 때문이리라.

동신조는 왕을 원망하고 있었다.

그러게 저를 가만두지 그랬나. 그랬더라면 무호의 감언이설에 넘어가지 않았을 것이다. 사사건건 트집을 잡아 저를 죽이려 하지 않았더라면 제가 왕위를 넘볼 생각을 했을까. 부패한 왕족과 간신들의 등살에 죽어가는 백성들의 목소리를 조금만 들으려 했어도 제가 나라를 엎을 명분은 없었을 것 아닌가.

"투항할 시간은 충분히 주었습니다."

섭낭은 냉정하고 단호했다.

"하루만 더 기다려 주게."

동신조는 전장으로 끌려나온 제 나라 백성들에게 칼을 들이댈 수 없었다.

"감상에 젖어 계실 때가 아닙니다. 예서 시간을 끌면 태자 전하께서 위태로워지십니다."

적진 한가운데로 들어간 태자 일행을 도울 방법은 이제 한시라도 빨리 이곳을 정리하는 일밖에 없었다.

"그대와 나는 입장이 같으나 또 다르지."

"예?"

"그대는 그대의 주군을 배신하였으나, 나라를 배신한 것도 아니며 황제는 건재하시지. 오히려 그대의 주군이었던 자가 역적이지."

"무슨 말인지는 알겠습니다. 하지만 제가 알기로는 장군께서도 원하시던 것으로 알고 있습니다."

"내가 원하는 것은 부안의 저 가엾은 병사들을 죽이려던 게 아닐세. 그대와 내가 다른 것이 바로 그것이지. 그대는 그대의 나라 병사들에게 칼을 내밀지는 않겠지."

"……광견자라던 장군의 별호가 이제 보니 다 거짓이었나 봅니다."

"누구나 왕이 될 마음을 먹으면 성군이 되고 싶지. 백성들의 피로 물들은 왕좌에 누가 앉으려 하겠나? 나 역시 순한 개가 될 수밖에."

섭낭은 마음이 급해졌다.

동신조가 이토록 감상적인 사내일 줄이야!

동신조의 심정을 이해 못할 것은 아니나 인정에 끌려 거사를 망칠 수는 없는 노릇 아닌가.

사실 자신들이 압도적으로 승세를 타고 있는 것도 아니었다. 부안의 왕은 자신의 전군을 비롯해 황족과 귀족들의 사병을 전부 전장으로 내보냈다. 게다가 단왕부의 군사들은 단왕이 보낸 정찰자들을 감시하는 데만 전력을 다했다.

누가 단왕의 밀명을 받았는지 알 수 없기에 서로가 서로를 감시했으며, 조금이라도 수상한 자가 보이면 가차 없이 가두거나 도망치려는 자는 죽였다. 적어도 태자가 궁에 있는 동안은 단왕부에 정보가 새어 나갈 수 없기 때문에 적당히 그럴듯한 거짓정보를 흘리고 있는 중이었다.

즉, 선발대로 보내진 섭낭과 동신조의 부대만으로 부안국의 대군을 맞닥뜨린 상황이었고, 언제 단왕부에서 사실을 알아차리고 대군을 보낼지 모를 일이었다.

'하루빨리 태자 전하 쪽에서 기별이 와야 한다. 이대로 있다가는 제대로 손도 써보지 못하고 패하게 될 것이다!'

한시가 급한 이때에 지휘장인 태자가 적진에 숨어들었으니, 섭낭은 더욱 애가 탔다.

'꿈자리마저 뒤숭숭하니, 제발 별일이 없어야 하는데…….'

❖

단왕에게 불려 온 단유천은 오는 길에 이미 뭐가 잘못되었는지 깨달았다. 후궁들이 기거하는 화원 쪽에 병사들이 쓰러져 있다며 허둥거리는 자들을 본 것이다.

'제기랄!'

그 소란에 후궁들이 전부 뛰쳐나왔으나, 마라한의 미녀들만 보이지 않는다 했다. 그뿐만이 아니라, 막우담 일행 역시 사라졌다니, 누구 짓인지 뻔히 보이지 않는가.

'속았구나! 우리가 속았어!'

단왕에게 불려 간 단유천은 안에 들어서자마자 노기 어린 단왕의 음성을 들어야만 했다.

"네 이놈! 네가 무슨 짓을 저질렀는지 아느냐!"

"아버님…… 그건……."

"대체 무슨 소리를 들었기에 마라한의 계집들을 그곳에 들인 것이냐!"

"설마…… 그런 일을 벌일 줄은 꿈에도 몰랐나이다. 그 길을 어찌……."

"닥쳐라!"

단왕은 이성을 잃을 정도로 분노했다. 단유천의 변명이 틀리지는 않았다. 충분히 속을 수 있었다. 누가 감히 단왕부의 궁에서 귀문을 들어가려 하겠는가. 그런 생각을 떠올릴 사람이 누가 있겠는가. 그곳에 귀문의 지하 세계로 들어가는 통로가 있다는 걸 알지 않고서야 일부러 접근해 문을 찾으려 할 리가 없었다.

하나, 만에 하나 실수로 문을 열 수도 있다. 단왕이 후궁을 잘 들이지 않는 것은 그런 이유도 있었다. 되도록 사람들의 발길이 닿지 않도록. 꽃과 수로로 화려하게 꾸며 아무도 낡은 석상과 정자에 관심 갖지 않도록.

그렇게 애써 감춘 길인데 단유천이 경솔하게 그곳에 외부인을 들였다. 단왕이 화가 난 것은 그 때문이었다.

"네가 제정신인 게냐! 그깟 계집에게 홀려 일을 이 지경으로 만든 것이냐!"

"마라한의 그 계집이 태자에 대한 원한이 깊었습니다. 그럴 만도 하지 않사옵니까? 그래서 그 계집을 이용하려 했을 뿐이온데……."

"이용을 해? 네놈이 이용당한 것이다! 부끄럽지도 않으냐!"

단왕은 목에 핏대까지 세우며 외쳤다. 단 한 번도 외부인의 발길이 닿은 적 없는 귀문의 본진이 발각된 것도 화가 나지만 그것이 믿었던 아들 때문이라니, 실망감이 너무 컸다.

단유천은 고개를 숙였지만 분노로 파르르 떨며 입술을 깨물었다.

"제가…… 제가 처리하겠나이다. 들어가서 제 손으로 직접 처리하겠습니다. 막우담이 무슨 의도로 누구의 명을 받았는지, 우연인지 아닌지 철저히 조사하겠습니다."

"그럴 것 없다!"

"아버님!"

단유천은 고작 한 번 실수했다고 해서 기회조차 주지 않는 아버지를 원망하며 큰 소리로 불렀다.

"내 뭐라 했느냐! 시키는 대로만 하라고 했다! 한데, 내 하락도 없이 멋대로 일을 벌여! 경솔한 네놈에게 무슨 일을 맡기겠느냐!"

결국 단유천은 그동안 쌓아 두었던 열등감이 터져 나왔다.

"왜 항상 아니라고만 하십니까! 왜 항상 저는 아직 부족하다고 하십니까! 이번 일만 해도 그렇습니다! 저만 틀렸다 하지 마시옵소서! 애초에 아버님께서 제 말에 귀를 기울이시고 저를 도와주셨다면 이런 일은 일어나지 않았을 것이옵니다!"

"뭐, 뭐가 어째! 이놈……! 적반하장도 유분수지!"

"아버님께서도 항상 옳으신 건 아니지 않습니까? 아버님의 그 미온적인 태도 때문에 동신조 하나도 제대로 잡지 못하고 있사옵니다!"

"이 모자란 놈……!"

단왕은 아들의 속에 감춰진 진면목이 고작 이렇게 옹졸하고 나약한 애송이었다는 것을 깨닫고 더 이상 말도 나오지 않았다.

실수는 할 수 있다. 한데 무엇이 잘못인지도 깨닫지 못하는 것은 물론, 다른 사람에게 책임을 넘기고 있다. 얼마나 부끄러운 일인가.

"내가 너를 잘못 키웠구나!"

단왕은 더 이상 단유천을 꾸짖지 않고 자책하며 한탄했다.

"예! 저는 어리석은 놈입니다! 아버님께서 잘못 키우신 게 아니라, 제 그릇이 그것밖에 안 되는 것을 어쩌겠나이까. 아버님의 기대에 하나도 부흥하지 못하는 모자란 녀석이라 제가 전쟁으로 얻은 부안국의 땅이 고작 그것밖에 되지 않은 모양입니다!"

단유천은 제 공적을 들어 빈정거리며 화를 냈다.

단왕은 눈을 감고 깊은 한숨을 내쉬었다. 그러고는 단유천의 말에 대답하지 않고 등을 돌린 채 명령했다.

"부안으로 가라."

"……?"

"네게는 그 일이 더 적합할 듯하다."

"왜요? 머저리 같은 놈이 또 사고라도 칠까 봐 전장으로 보내시는 것입니까? 가서 칼이나 휘둘러 전공이라도 세우라고요?"

"귀문의 일은 내가 처리할 것이다. 너는 귀문을 잊어라. 귀문은 더 이상 네 명령에 움직이지 않을 것이다."

단유천은 단왕이 무슨 말을 하는 것인지 알아듣지 못해 인상을 찌푸렸다.

"전공을 세워 네 힘으로 당당히 제화국의 태자가 되어라. 누구도 너를 반대하지 못하도록. 너는 더 이상 귀문의 제자가 아니다."

"……!"

단왕은 이번 기회에 귀문과 단유천의 고리를 끊어내고자 했다.

단왕부의 지하에 귀문의 본거지가 있다는 것이 언젠가 세상에 알려질지 모른다. 이제 이 모든 것을 영원히 묻을 때가 왔다. 저는 괜찮지만 앞으로 제화국의 황제가 될 단유천은 귀문에서 내보내는 것이 옳다 생각했다.

“하, 하오나…….”

단유천은 얼떨떨한 기분이었다. 이런 때에 귀문에서 나오게 된 것이 마치 쫓겨난 것 같은 기분이 들었지만 아버님의 의도가 저를 위한 것임이 느껴졌기 때문이다.

특히, 황제가 되라는 말이 그랬다. 귀문의 왕으로는 어울리지 않을지 모르나 사람들에게 칭송받는 황제의 자리에는 어울릴지 모른다는 뜻 같았다. 그리 생각하니 또 아버지로부터 인정받은 듯한 기분이 들기도 했다.

“명…… 받들겠나이다.”

단유천이 마음을 가다듬은 듯하자, 단왕은 붉은 피로 물든 서찰을 건넸다.

“읽어 보아라.”

의아한 표정으로 서찰을 펼쳐 든 단유천의 얼굴은 뒤통수를 한 대 얻어맞기라도 한 것처럼 눈이 튀어나오고 표정도 딱딱하게 굳어버렸다.

“방금 전, 범명성에서 보내온 것이다.”

피로 쓴 서찰을 쓴 이는 단왕이 아끼는 심복 중 한 명이었다. 그의 피와 그의 필체가 분명했다. 그러니 서찰이 잘못될 리 없었다. 하나, 단유천은 도무지 믿을 수 없는 간결하고 강렬한 내용에 손이 떨려 왔다.

서찰의 내용대로라면 지금 지하에 숨어들은 이들은 태자와 그의 심복

들이 분명했다.

단유천의 부릅뜬 눈에 핏발이 섰고 꽉 다문 입술은 분노를 표현할 방법을 찾지 못해 씰룩거리기만 했다. 그 표정만으로도 온갖 욕설과 저주가 들리는 듯했다.

이를 본 단왕이 말했다.

"이제부터다. 태자의 간계를 네가 무너트려야 한다. 할 수 있겠느냐?"

단유천은 쉽게 답을 하지 못했다. 하나 그것은 자신이 없어서가 아니라, 빠드득 이를 갈며 각오를 다지느라 그런 것이었다.

놈에게 속았다.

그것도 철저하게 조롱당하며 속았다.

저를 얼마나 비웃었을까! 완벽한 패배였다. 조금 전, 아버지인 단왕의 질책은 아무것도 아니었다. 단유천은 지독한 패배감과 분노에 휩싸였다. 그러나 그는 귀문의 귀접이었다.

태자에 대한 분노가 강해질수록 그의 이성이 차갑게 식어 가기 시작했다.

"너는 황제가 돼라. 그것만 생각하거라. 더러운 일은 이 아비가 전부 하겠다. 그러니 귀문에 대해서는 내게 맡기고 너는 가서 수세에 몰린 단왕부의 군사를 승리로 이끌도록 해."

"반드시…… 반드시 놈들을 후회하게 만들겠습니다."

단왕은 나직이 읊조리는 단유천의 음성에 만족했다.

"나는 태자를 맡겠다. 너는 그놈에게 진짜 전쟁이 어떤 것인지, 놈이 만든 장기판이 얼마나 허술한지 보여주고 오너라."

❖

태자 일행은 벌써 다섯 개의 문을 통과 했다. 열린 문을 하나씩 들어갈 때마다 오문은 기억을 하나씩 떠올렸다.

"어머니가 제 손을 꼭 잡고 무슨 일이 있어도 동요하지 말고 가만히 있으라고 했습니다. 이상합니다. 우리 어머니는 미쳤는데, 하나도 미친 것 같지 않습니다."

중얼거리는 오문의 음성은 높낮이조차 없었다.

문을 하나씩 통과할 때마다 오문은 머리가 지끈거리고 가슴의 통증을 느꼈다. 누군가가 저에게 하나씩 하나씩 이야기를 들려주듯 머릿속에 기억을 심어주는 것 같았다. 실은 기억을 덮고 있던 장막을 한 꺼풀씩 벗겨내는 것일 테지만 오문은 그만큼이나 생소했다. 전혀 알지 못하던 것을 새롭게 알게 된 것처럼.

기억이 떠올라 반가운 것이 아니라, 이것이 제 기억이 맞는 것인가 의심스럽고 혼란스러웠다. 그러나 믿을 수밖에 없었다. 제 손이 열쇠를 찾아가고 있다. 한 번도 와본 적 없는 길을 알고 있다.

"그러고 보니…… 어머니 머리에 꽃이 있습니다."

오문의 목소리가 잘게 떨리는 것을 듣고 무호가 물었다.

"꽃?"

"제가 꽂아드린 꽃인데…… 그 꽃밭이…… 여기였나 봅니다. 여기…… 단왕부의 화원."

오문은 씁쓸한 미소를 지었다. 어머니와 함께한 얼마 안 되는 추억의 한 자락, 그 그립던 꽃향기가 이렇게 추악한 땅 위에서 있었던 일이었다.

따사로운 햇볕과 들판의 꽃.

어머니가 기뻐했었다. 햇볕 아래 어머니는 그대로 하얗게 부서져 버릴 것처럼 환하게 웃으셨다. 기억을 잃었음에도 그것은 잊지 못할 만큼.

그 평화롭게 빛나던 추억의 장소가 단왕부의 궁이었다는 게 힘이 빠질 정도로 허무하고 씁쓸했다.

그리고 슬펐다. 어머니를 생각하면 늘 그저 안타까운 정도였는데 지금은 감당할 수 없을 만큼 슬펐다. 미궁의 안으로 들어갈수록 더욱 무겁게 짓누르던 가슴속의 묵직한 응어리가 슬픔이었다.

제가 잊고 있던 기억. 어머니에 대한 것.

그래서 잊은 것일까? 이 괴로운 감정들로부터 도망치기 위해?

한데 이상하지 않은가. 떠올릴수록 머리가 아프고 점점 더 무거워지는 슬픔의 무게가 이상하다. 어머니의 미소가 이토록 따뜻한데 어째서 아픈가 말이다. 그 미소 뒤에 어떤 일이 있었기에?

앞으로 다가가기가 꺼려지고 겁이 나는 것은 그래서였다. 알면 알수록 괴로울 거라고 머릿속에서는 가지 말라 아우성쳤다.

하지만 오문은 멈추지 않기로 했다. 지금은 혼자가 아니니까. 고독 속에서 몸부림치며 고통스러워하지 않아도 된다. 위로해 주고 보듬어 줄 사람이 있으니, 두려울 게 없었다.

'어머니를 찾을 겁니다. 웃고 있는 어머니를 한 번이라도 더 보고 싶으니까요. 제게 당부하는 그 음성을, 멀쩡하신 어머니를 전 보고 싶습니다.'

뭔가 뜨거운 것이 눈을 데우고 있었다.

무호는 '그 꽃밭' 이란 게 무슨 소리인가 물으려다가 오문의 눈에 눈물이 글썽글썽 고인 것을 보고 품에서 손수건 하나를 꺼냈다.

"……?"

이게 뭐냐는 듯 오문이 손수건과 무호를 번갈아 보았다.

"나도 이런 걸 가지고 다닌다."

"예?"

"언제 쓸 수 있을까, 내내 기다렸다만."

오문은 그 말을 이해하는 데 한참이나 걸렸다.

"그러니까 제가 전하의 손수건으로 눈물을 닦길 바라셨다는 것이지요?"

무호는 지난번에 영춘이 오문에게 손수건을 빌려준 것이 내내 마음에 들지 않았었다는 말은 하지 않았다. 그저 오문이 눈물을 닦는 것을 흐뭇하게 지켜볼 뿐이었다.

그렇게 잠시 긴장을 풀고 다시 나아가려던 참이었다.

"……!"

모두들 전부 움찔하며 움직이지 못했다. 발바닥이 따끔거릴 정도로 날카로운 살기가 걸음을 멈추게 만들었다. 그리고 그 직후, '철컹' 거리는 소리가 사방에서 들려왔다.

"문이 열리고 있습니다."

저희들이 지나온 것과 똑같이 등 뒤에서 문이 열리고 닫히고 반복하고 있었다.

철컹. 철컹—

그뿐이 아니었다. 앞쪽에서도 역시 빠르게 다가오는 살기가 느껴졌다.

양쪽으로 압박해 오는 살기가 숨쉬기도 힘들 만큼 강렬해졌다.

"생각보다 늦게 오는군."

무호는 당황하지 않고 검을 뽑았다.

"저희가 뒤쪽을 맡겠습니다."

막우담 역시 검을 들고 무호 일행을 등지고 섰다. 장우는 태자의 앞에

섰고 오문은 한 발 뒤로 물러나며 당부했다.

"공간이 좁아서 검을 휘두르기 쉽지 않을 겁니다. 그리고 조심하십시오. 저들은 그냥 무인들이 아닙니다."

"안다. 지긋지긋하게 보지 않았더냐?"

"하지만 이곳에서는 저들이 더 유리할 겁니다."

"좋은 수가 있느냐?"

오문은 고개를 저었다.

"아뇨. 그냥 조심하시라고요."

그 말에 황당함을 느낀 무호가 오문을 쳐다보았다.

오문은 긴장감이라고는 없는 얼굴로 씨익 웃어 보이며 발칙하게 말했다.

"이제부터 시작이거든요. 설마 여기서 질 리는 없잖아요?"

"그래. 마굴에 발을 들였는데, 잔챙이에 발목이 잡힐 수야 없지."

무호가 어깨를 폈다. 저 안쪽 깊숙한 곳에 똬리 틀고 앉아서 저희를 비웃고 있을 마물의 면상이라도 봐야 하지 않겠냐고.

늦은 밤, 단왕부의 신하들은 단왕의 다급한 부름을 받고 헐레벌떡 등청했다.

"저하. 전하께서는 어디 계시옵니까?"

우장사 하도연의 질문에 단유천이 매우 어두운 표정으로 대답했다.

"전하께서는 지금 매우 유감스러운 소식을 듣고 몸져누우셨습니다."

그의 말에 대신들이 너 나 할 것 없이 탄식했다.

"예? 아니, 유감스러운 소식이라니요? 대체 그것이 무슨 일이기에 앓아누우셨단 말이옵니까?"

"허! 전하처럼 대범하고 강건하신 분께서 이 무슨 변고란 말이옵니까!"

"모두 조용히 하십시다! 저하의 말씀을 좀 들어봅시다!"

좌장사가 큰소리로 소란을 잠재우자 단유천이 노기 어린 음성으로 천천히 말하기 시작했다.

"섭낭을 비롯하여 범명성으로 떠난 장수들 모두가 반역을 일으켰소."

단유천의 간결한 말에 대전은 거대한 바위가 떨어진 것 같은 충격이 일었다.

"허억!"

"바, 반역이라니요? 저하, 설마 그럴 리가……!"

"그게 무슨 말씀이시옵니까? 어찌 그런 일이!"

"그럴 리가 없사옵니다. 저하, 그것은 있을 수가 없는 일이옵니다!"

대신들은 너 나 할 것 없이 단유천의 말을 믿으려 하지 않았다.

하지만 단유천은 대신들을 향해 호통 치지 않고 침착하게 말했다.

"그 있을 리가 없는 일로 왕야께서 쓰러지셨습니다. 해서 저는 전군을 출정시켜 반역의 무리를 단죄할 것입니다."

"저하! 어찌 된 일인지 사정부터 설명해 주시옵소서! 신들은 도무지 이해가 가지 않사옵니다!"

"예. 저하! 그들이 누구이옵니까. 용맹하기 이를 데 없으며 충심 또한 깊은 사들이옵니다. 그런 자들이 어째서 반역을 도모했다는 것인지, 이유라도 알려주시옵소서!"

단유천은 늘 점잖고 따뜻하게 대신들을 대해왔다. 그래서 지금도 그는 부드럽고 옅은 미소를 띠며 신하들의 질문에 반문했다.

"왜요? 이유가 타당하면 그들과 함께하시겠습니까?"

"저, 저하!"

"저하 어찌 그런 말씀을 하시옵니까……."

"예, 저하. 신들은 그저 하도 의아하고 믿기지 않아, 무슨 일이 벌어졌는가 궁금했을 뿐이옵니다."

자칫 반역의 무리와 엮일지도 모르는 일이라 대신들은 단유천의 지적에 머리털이 쭈뼛거렸다.

단유천은 금세 한발 뒤로 물러나는 졸렬한 대신들의 행태를 비웃으며 이죽거렸다.

"무슨 일이 벌어졌는지, 제가 거짓을 말하는지는 모두 함께 가보면 알지 않겠습니까?"

"모두 함께라니요?"

조용해진 가운데, 지금까지 가장 조용했던 우장사 하도연이 물었다.

"제 말을 믿지 못하시는 게 당연합니다. 해서 모두 사병을 이끌고 저와 함께 출정해 주셨으면 합니다."

"……!"

대신들에게는 청천벽력과도 같은 말이었다. 가솔들을 두고 사병과 함께 전장에 나가라는 말 아닌가. 애초에 무관이었던 자들이야 크게 안 될 일은 아니지만 문관 출신의 대신들에게는 아찔한 말이었다.

게다가 사병들을 이끌고 간다 해도 그들 역시 최고 지휘권을 가진 왕세자를 따를 것이니, 전쟁이 끝난 후에 사병을 돌려받을 수 있다는 보장도 없었다.

"왜 그런 표정들이십니까? 설마 제가 모두를 속인다 여기고 계십니까?"

"그, 그것이 아니오라……."

대신들은 난감한 기색이 역력했으나 단유천에게 제대로 맞서지 못했다.

그때 하도연이 다시 나섰다.

“저하께서도 아시다시피 사병들은 전장에 보내기 위해 키우는 자들이 아니옵니다. 하나, 나라에 중한 일이 생기면 사병들이라고 해서 전장에 나가지 못할 이유 또한 없사옵니다. 단, 저희가 그들을 설득할 수 있게 확실한 이유를 말씀해 주시옵소서. 도대체 그 역도들에 관한 이야기는 어디서 들으셨사옵니까?”

하도연의 부드럽고 이성적인 물음에 단유천은 크게 한숨을 내쉬었다.

“태자 전하와 오문 공주께서 실종됐다 합니다.”

“……!”

대신들이 다시 술렁이기 시작했으나 좀 전처럼 따지듯이 묻는 이는 없었고, 단유천이 말을 이어 나갔다.

“두 분이 변을 당한 것인지, 탈출하신 것인지는 아직 알 수 없습니다. 하나, 확실한 것은 전하의 실종에 그 반역의 무리가 관여됐다는 점입니다.”

“어째서 그리 확신하시는 것이옵니까?”

“그들이 동신조와 함께 부안국의 군사를 막고 있다 합니다.”

“허! 그럴 수가!”

“동신조라니! 그 미친개와 연합을 하다니요!”

좌장사와 왕부호위지사가 거의 동시에 분통을 터트렸다.

“모두 믿기 어려운 줄 압니다. 하니, 함께 가서 그들이 어쩌고 있는지를 확인하자는 것입니다. 저 또한 믿기 어려운 일투성이라 여러분을 설득할 자신이 없습니다. 그러니 어쩌겠습니까? 이대로 밀어붙일 수밖에요.”

하도연은 아직도 침착했다.

"하면 왕야께서 앓아누우셨으니, 왕부를 지킬 자들은 남겨놓으시지요. 무작정 전장으로 달려가는 것은 위험한 일이옵니다."

단유천은 고개를 끄덕였다.

"예. 물론 그래야지요. 그럴 생각이었습니다. 왕야께서는 너무 큰 배신감과 충격을 받으셨습니다. 전군의 출전 명령을 내리신 것은 제가 아니라 왕야이십니다. 하나 자식 된 도리로서 이대로 떠날 수는 없다 여기고 있었습니다."

"어찌하실 생각이시옵니까?"

"우장사께서는 여기 남아주십시오. 지금 왕야께 힘이 되어주실 분은 우장사밖에 없습니다."

"저 같은 늙은이가 전장에서 도움이 될 것 같지는 않사오니, 저야 아무래도 상관없사옵니다. 하나, 부디 잘 살펴주시옵소서. 신은 그들이 배신을 했다는 것이 선뜻 믿어지지 않사옵니다. 분명 무언가 잘못된 게 아니겠습니까?"

"저 또한 그들이 동신조와 진심으로 함께하는 것이 아니길 바라며, 또 아닐 거라 생각하고 있습니다. 하나 만약 그들이 배신한 것이 모두가 보기에도 확실하다면 결코 용서치 않을 생각입니다."

대신들은 단유천의 눈에 비친 강한 분노와 의지를 느끼며 몸을 떨었다.

단 한 사람, 하도연만 빼고.

하도연은 태자가 실종된 것이 헛소리라는 것을 잘 알고 있었다.

그리고 그는 태자에게 감탄하고 있었다.

「제가 무엇을 어찌하면 전하를 도울 수 있겠사옵니까?」

「곧 성이 빌 것이고 나도 사라질 것이다.」

「예?」

「그리되면 그대는 무슨 수를 써서라도 성에 남아 단왕부 인근, 각 성의 태수들에게 단왕부를 에워싸라 명하시게.」

「단왕부가 빌 것이라니요?」

「그것은 곧 알게 될 것이다. 서강의 기를 줄 것이니 태자의 엄한 군령이라 이르고, 이를 따르지 않는 성은 역도 단왕과 한 무리라 여기고 엄벌에 처할 것이라 전하시게.」

태자가 말한 때가 이토록 빨리 올 줄은 몰랐다.

하도연은 늘그막에 바빠진 것도 나름 나쁘지 않다고 생각했다.

◈

"헉, 헉……."

"하아……."

조용한 가운데 병사들의 거친 호흡이 좁고 긴 통로에 울려 퍼졌다.

널브러진 시신들이 발밑에 쌓여 갈수록 살아 있는 자들은 더욱 헐떡거리며 숨을 몰아쉬었다.

"망할! 지긋지긋하게 덤비는구먼."

막우담의 거친 음성이, 평소보다 더 힘이 들어갔다. 지치고 두려워하는 병사들을 독려하느라 애써 아무렇지 않은 척 목에 힘을 준 것이다.

"아직 더 가야 하느냐?"

장우도 조금 지친 것 같았다. 그도 그럴 게 좁은 통로에서 쉼 없이 앞뒤로 몰려오는 살수들을 연속으로 상대해 왔던 것이다. 그냥 칼을 들고 덤벼 오는 것도 아니고, 생전 처음 보는 병장기와 예상을 깨는 방향으로 공격해 오니 잠시도 방심할 수가 없었다.

"음…… 잘 모르겠습니다."

오문이 죽은 살수의 손에서 단검을 빼앗아 들며 대답하는 것을 보고 무호가 말렸다.

"아서라. 다친다."

"만약을 대비해서입니다."

오문은 모두가 싸우다 지쳤는데 저만 멀쩡한 게 마음에 들지 않았다. 게다가 안으로 들어가면 갈수록 살수들도 점점 강해지는 것 같았다.

"아직은 네 손을 빌려야 할 만큼 절박하진 않다."

"빌리셔야 할 것 같은데요."

그렇게 대답하면서 오문은 좀 전에 무호에게서 받은 손수건으로 무호의 손등을 싸매 주었다.

"……."

무호는 아무 말도 하지 않았다. 하도 피를 덮어썼더니 누구 피인지조차 구분 가지 않았고, 손등이 찢어진 건 지금에야 봤기 때문이다.

"조심하십시오. 이 손이 어떤 손인데 다치고 그러십니까."

"몰랐다."

무안했던 무호는 이 정도는 별거 아니라는 듯이 퉁명스럽게 말하며 딴소리를 했다.

"또 뭐가 생각나는 게 있느냐?"

"네."

"지금도 괴로우냐?"

"제가 괴로울 일이 뭐가 있겠습니까?"

오문은 태연하게 싱긋 웃어 보였다. 피를 덮어쓴 사내들 앞에서 멀쩡한 자신이 괴롭다고 하기에는 뻔뻔하지 않은가.

오문은 걸어가면서 떠오른 기억들을 중얼중얼 이야기했다. 그러나 어느 순간부터 차츰 말이 줄더니, 지금처럼 입을 아예 다물었다.

무호는 그것이 이상했다. 어떤 길 앞에서는 저리로 가면 제가 훈련받던 곳이 나온다고 얘기하고, 또 어디는 어머니가 갇혀 있던 곳이라고도 했다. 가끔 고개를 갸웃하기도 하면서 조각난 기억을 맞춰보던 오문이 갑자기 아무 말도 하지 않는 건, 전부 기억났다는 뜻이었다.

그리고 지금은 말하고 싶지 않은 것이다. 무호는 오문이 말해주기 전까지 묻지 않을 셈이었다.

"그만 쉬고 서두르자."

"예. 그래야겠습니다. 이제 정말 얼마 안 남은 것 같습니다."

다시 앞으로 나아가며 장우가 물었다.

"그렇다는 건 우리가 귀문의 살수들을 거의 없앤 것이냐?"

오문은 우습다는 듯 웃으며 대답했다.

"귀문의 규모가 얼마인지는 저도 모릅니다. 여긴 빙산의 일각이죠."

"하지만 단왕부의 궁 아래 있다는 건, 이곳이 본진 아니겠느냐?"

"귀문은 본진이 의미가 없습니다. 흩어진 지역 분타의 규모가 어마어마하니까요."

"그래도 의미가 없지는 않다. 적어도 머리는 박살 낼 수 있으니까."

염원하던 일을 눈앞에 둔 무호의 음성은 비장했다.

"그 머리가 도망칠 수도 있거든요."

"머리가 누구냐에 따라 다르지. 단왕이 귀문의 수장이라면 도망칠 수 없다. 우리를 전부 죽이고 입을 막아야 할 테니까. 단왕은 귀문을 얻겠다고 단왕부를 포기할 자가 아니지."

"제가 이상한 게 그거랍니다."

"무엇이?"

"제가 귀문의 수장을 만난 것 같거든요. 그리고 단왕도 봤잖아요. 그런데 두 사람이 같은 사람인지 확신이 안 섭니다. 어째서 만난 사람을 모를 수가 있죠?"

오문이 귀문의 수장을 만났다는 얘기에 무호는 더 이상 호기심을 감출 수가 없었다.

"어떻게 만난 게냐? 만났는데 얼굴이 전혀 기억이 안 나는 게냐?"

"어머니와 함께 누군가를 만났다는 건 알고 있었지만 똑똑히 기억났습니다. 이 길을 따라 저희를 데려간 사람이 그를 문주라고 불렀습니다. 전 그자가 얼굴을 가리고 있는 줄 알았었는데, 아니었습니다. 기억에 분명히 그냥 맨 얼굴입니다."

"그럼 단왕이 아니라는 게냐?"

"그게 이상하다는 겁니다. 얼굴을 봤는데, 얼굴이 어떻게 생겼는지 기억이 안 납니다. 정말 이상하죠? 보이는데 보이지가 않습니다."

"목소리는?"

"그것도요. 목소리도 또렷이 들었는데 모르겠습니다."

"무슨 조화인지 모르겠군."

"아마 제 기억에 문제가 있는 듯합니다. 까마득하게 잊고 있었던 일이 갑자기 한꺼번에 떠오른 것도 그렇고요. 기억을 못하는 게 아니라, 기억이 조작된 것 같습니다. 어쩌면 지금 이 기억이 조작된 건지도 모르지요."

"만약 그렇다면 그 누군가가 우리를 부르고 있겠군."

그러자 막우담이 불만 가득한 목소리로 투덜거렸다.

"전하께서 가자시니 가긴 갑니다만, 아무래도 함정이 아닌가 싶습니다. 오문이 귀문 출신이라니, 더더욱 믿음이 안 갑니다. 저 아이도 한통속일지 모르지요! 전하야 그렇다 치고 장우 네놈이라도 정신을 똑바로 차렸어야지!"

이 고생스러움이 다 오문 때문인데, 오문이 확실하지도 않은 소리를 기억이 났네, 어쩌네 하면서 저희를 끌고 가는 것도 수상하기 짝이 없었다.

부하들의 목숨을 바칠 일인가, 아니, 그걸 떠나서 태자가 위험해질지도 모르는데 장우는 어째서 태자를 말리지 않는가, 답답하던 속마음이 결국 입 밖으로 터져 나왔다.

막우담의 부하들도 이제라도 돌아가고 싶은지, 막우담의 불평에 고개를 끄덕이며 오문을 곱지 않은 눈으로 보고 있었다.

그러자 장우가 송구하다는 듯 말했다.

"드릴 말씀이 없습니다. 한데, 오문에게 속고 있다면 어쩔 수 없지만, 오문을 믿지 않을 수는 없습니다."

"뭐? 하! 저 어린 계집한테 다들 단단히 홀렸군!"

"오문은 어리지 않습니다. 열여덟이나 먹은 어엿한…… 은도명의 따님입니다."

더 이상 알면서도 모르는 척할 이유가 없었다.

태자는 당연히 알고 있었을 테고, 오문도 이제 알게 된 것 같아서 장우는 그냥 털어놓았다. 막우담이 한번 물고 늘어지기 시작하면 꽤 귀찮아지기 때문이다.

"뭐? 그게 무슨 소리야! 그럴 리가 있나!"

은도명이라니? 막우담도 잘 아는 이름이었으나, 지금 그 이름이 왜 나온단 말인가. 은도명의 딸 산호는 이미 제화국의 황궁으로 가지 않았던가. 더 이상한 건 아무도 그 말을 부정하지 않는다는 것이다.

"왜 안 믿으십니까? 저 열여덟 맞습니다."

오문은 입을 삐죽거리며 믿지 못하는 막우담에게 눈을 흘겼다.

"아, 아니. 몇 살인지가 문제가 아니라…… 그러니까 은도명이……."

무호는 막우담의 혼란스러움까지 해결해 줄 만큼 아량이 넓지 않았다.

"남의 집에서 너무 떠들지 말고 조용히 따라오시게."

남의 집에 무단으로 들어와 살육을 벌인 분이 할 말은 아니었지만, 막우담은 머리를 굴리느라 정신이 없어서 그의 말을 따질 틈이 없었다.

누구의 명이라고 어길까.

침묵 속에서 얼마간 걸어간 이들은 조금 전까지만 해도 끝없이 달려들던 살수들이 잠잠한 것이 의아했다. 아니나 다를까, 일행은 얼마 가지 못해 멈춰 서야 했다.

저 앞에서 한 사람이 뚜벅뚜벅 다가오는 것이 보였기 때문이다.

"혼자군."

퉁명스럽게 말을 뱉은 무호는 검을 쥔 손에 은근하게 힘을 주었다. 지금까지는 떼로 덤벼 왔는데 한 사람만 다가오니 더 경계심이 일었다.

반대로 그는 매우 편안한 자세로 걸어왔다.

깡마르고 허리가 조금 구부정했지만 목숨을 걸고 싸우러 가는 사람처럼 보이지 않았다. 검은 옷으로 온몸을 감싸고 이마까지도 검은 두건으로 가리고 있는 것이 누가 보아도 살수처럼 보이는 자였으나, 꽤 나이도 있어 보였다.

"밤에 보면 눈만 보이겠습니다."

태자와 장우는 주변에 아무런 인기척이 느껴지지 않자, 조금은 긴장을 풀었다. 아무리 날고 기는 놈이라 해도 저렇게 혼자라면 저희를 감당할 수 없을 거라 자신했기 때문이다.

그런데 오문은 긴장을 푼 정도가 아니라 아예 앞으로 한 발 나섰다.

"삼안……."

"……!"

무호는 오문의 중얼거림에 놀라 재빨리 그자를 다시 살피며 물었다.

"저 두건 뒤에 눈이 하나 더 있단 말이냐?"

오문은 고개를 끄덕였다.

"삼안을 만났었단 말이냐?"

"예. 어머니와 저를 데리고 간 자가 삼안이었습니다."

오문은 이미 많은 것을 기억해 내고 있었다.

삼안을 누군가에게 들은 이야기 속 인물로 생각했었다니! 기억보다 조금 늙었을 뿐 삼안은, 어린 시절 저와 함께 했던 그대로였다.

삼안은 오문과 서로 얼굴이 보일 만큼 지척에서 멈춰 서서, 오랫동안 가만히 서로를 응시했다.

삼안이 먼저 입을 열었다.

"많이 컸구나."

"별로……."

오문은 농을 나누듯이 가볍게 어깨를 으쓱하며 말했다.

그러자 삼안이 조금 어눌한 투로 말했다.

"오랜만에 봤더니 정말 커졌어. 오문. 아니, 산호."

"……."

신기한 일이었다. 오는 길에 조각처럼 떠오른 기억의 파편들이 하나로 맞춰지기 시작했다.

마치 잿빛으로 죽어 있던 기억들에 색이 스며들듯 서서히, 그러나 생생하게 떠올랐다.

삼안은 오문과 주혜령을 감시하도록 문주가 붙인 자였다.

그러나 삼안은 오문과 주혜령을 세뇌해야 할 임무를 수행하지 않았다. 그는 그녀들이 다른 귀문의 살수들처럼 망가지는 것을 보고 싶지 않았고 어느 순간부터 세뇌를 멈추었다.

「삼안은 왜 우리를 도와주는 거야?」

어린 오문이 저보다 한참은 어른인 삼안에게 맹랑하게 물었다.

삼안은 아이 같았다. 말하는 것도, 행동도, 나이에 걸맞지 않게 순수하고 세상일에도 무지했다.

귀문의 사람들은 그런 삼안을 무시하거나 그를 피해 다녔다.

삼안과 가까이 지내는 사람이라고는 문주와 저, 그리고 어머니 주혜령밖에 없었다.

삼안은 문주의 개라고 불릴 정도로 문주에게 충성을 다했다. 그가 죽으라면 두말 않고 죽을 정도로 길들여진 자였다. 그런 자가 자신들을 돕는 건 어린 오문의 눈에도 이해하기 힘들었다.

「내가 주혜령을 좋아하니까.」

「삼안은 문주도 좋아하잖아.」

「아니야. 문주는 좋아하는 게 아니라 충성하는 거야.」

「뭐가 달라? 좋아해서 충성하는 거 아니야?」

「달라. 난 충성하기 위해서 충성해. 주혜령은 좋아. 좋아서 좋아하는 거야.」

「무슨 말을 하는지 모르겠어. 그리고 어머니는 삼안을 안 좋아하는데? 아버지랑 나만 사랑한댔어.」

「상관없어. 주혜령은 날 사람으로 대해주니까.」

「삼안은 사람이잖아.」

「눈이 세 개인 사람은 없어. 난 괴물이야.」

「아니야. 어머니가 그랬어. 여기서 사람 같은 건 삼안밖에 없다고.」

삼안이 얼굴을 붉혔다.

어머니가 그를 사람 같다고 말해준 것만으로도 삼안은 세상을 다 가진 표정으로 행복해했었다.

적으로 마주 본 삼안과 오문 사이에는 세월을 뛰어넘는 기억이라는 다리가 놓였다. 두 사람은 예전처럼 편안하게 서로를 마주 보았고 그들만의 세계에는 무호도 끼어들 수가 없었다.

"삼안. 왜 내 기억을 지웠어?"

오문은 잃어버렸던 기억과, 지금 갑자기 떠오른 기억이 모두 삼안의 짓이라는 것을 깨달았다.

"네 기억을 지운 건 주혜령이 원해서야."

"어머니가 왜?"

"문주가 눈치채지 못하게 해야 했으니까. 주혜령이 머리를 들이받고 죽을 때 네가 울기라도 하면 넌 죽었어. 넌 철저하게 귀문의 다른 훈련제자처럼 보였고, 그래서 살 수 있었던 거야."

하지만 오문은 삼안의 말을 전부 믿지 않았다.

"어머니는 나한테 황궁으로 가라고 했어. 그런데 기억을 전부 지워 버리면 내가 어떻게 황궁으로 가? 어머니가 시킨 게 아니지? 아니, 어머니가 시켰다고 해도 나중에는 내 기억을 다시 찾아줬어야 했잖아. 왜 그러지 않은 거야?"

"……."

"왜 대답을 못해?"

삼안은 눈을 끔뻑거리며 멍청한 표정을 지었다. 마치 오문이 이렇게 똑똑했었나 하는 표정이었다.

"……."

"대답해!"

"너와 함께 있고 싶었어."

"뭐?"

"주혜령의 딸이잖아. 너마저 가버리면 난 또 괴물이 돼. 그래서 기억을 전부 지웠는데도 넌 도망쳤지. 이상해. 내 최면술보다 주혜령의 세뇌가 더 잘 먹힌 모양이야."

오문은 삼안의 태연한 중얼거림에 화가 치밀었다.

"네가 무슨 짓을 했는지 알아? 아무것도 모른 채 내가 어떻게 살았는지 알아?"

"……."

삼안은 멍한 눈으로 울분에 찬 오문을 쳐다보았다.

"내가 그렇게 사랑했던 어머니를 그냥 미친 여인이라고만 생각하고 살았다고! 내가 내 손으로 태자 전하를 죽일 뻔했다고! 너 때문에 내가 얼마나 비참하게 산 줄 알아! 내가 내 예쁜 이름도 기억 못하고 귀문에서 받은 저주받은 이름으로 살았다고!"

하나하나 쏟아 내고 보니 너무 억울하고 원망스러웠다.

"그래도 다 기억났잖아?"

"삼안!"

오문은 제 말을 알아듣지 못하고 뭘 잘못했는지도 모르는 삼안이 답답해서 미칠 것 같았다.

"좋아하는 사람한테는 그런 짓 하는 거 아니야! 좋아하는 사람이 아프잖아. 불행하잖아! 도대체 왜 그런 거야!"

"다 기억났잖아. 내 최면이 풀려서 그래. 내가 그렇게 했어."

"도대체 그건 또 무슨 소리야!"

"코끼리 코. 스스로 열쇠를 찾아서 문을 열면 기억도 하나씩 열리게 최면을 걸었거든."

오문은 어이가 없어서 말이 길게 나오지도 않았다.

"왜? 아예 모르고 살게 하지, 왜?"

"네가 커서 혼자 저 문을 열고 왔다 갔다 할 수 있게 되면 날 구해줄 수 있지 않을까 해서."

"뭐?"

"구해줘. 날."

"내가 왜 널 구해줘? 너 때문에 내가 어떻게 살았는데 널 구해!"

오문이 반박했지만 삼안은 못 들은 척 환하게 웃으며 말했다.

"날 죽여줘."

제 50 장
은산호

주혜령은 어떤 날엔 정신이 맑았고, 또 어떤 날엔 꿈을 꾸는 것 같았다. 꿈을 꾸는 동안은 마음이 편했다. 히죽히죽 웃음이 나기도 했고, 구름 위에 있는 것 같기도 했다. 그냥 마냥 세상이 즐겁기도 했다.

그러다가 정신이 들면 참을 수 없을 만큼 괴롭고 수치스러웠다. 심장을 뜯어내고 싶었고 주체할 수 없는 분노에 살의가 치밀거나 곡소리를 내며 울고 싶기도 했다.

왜 그런지는 어렵지 않게 알 수 있었다.

삼안이 세뇌를 중단했지만 이미 자신의 머리는 망가지고 있었다. 단왕을 사랑하라고, 사랑해야 한다고, 그와 몸을 섞으라는 저주 같은 명령이 머릿속을 헤집고 가고 나면 꼭 한동안은 정신이 나가 버렸다.

저는 미쳐 가고 있는 것이다.

그 목소리가 머릿속을 휘젓는 동안, 악을 쓰고 거부하면 머리가 깨지

듯이 아프고 혼이 나가 버리는 것 같았다. 곧 완전히 미쳐 버리거나 고통을 참느라 그 말을 따르게 될 것만 같았다.

'차라리 죽자. 죽는 게 나아.'

그러나 그럴 수 없었다.

"산호야, 넌 여기 있으면 안 돼. 꼭 도망쳐서 황성으로 가야 해."

산호. 은도명과 자신이 낳은 보물 같은 아이.

그 반짝거리는 아이의 눈이 젖을 갈망하며 배고픔에 입술을 오물거리는 걸 보면 아무것도 생각나지 않았다.

아이부터 살리자. 살리고 난 후에 생각하자.

몇 번이나 같이 죽을까도 생각해 봤지만 은도명이 아이를 지키지 못했다고 질책할 것 같았다.

나쁜 사람이다. 저는 자신들을 지켜주지 못했으면서…….

"황성에는 왜요?"

"옥패를 가지고 폐하를 만나러 가. 폐하께서 널 찾고 계실 거야."

그 아이가 이제 아홉 살이 됐다. 똑똑한 아이니까, 스스로 살아남을 수 있을 것이다. 단왕이 옥패에 대해 아무것도 모르는 지금 도망쳐야 한다.

"하지만……."

"하지만이 아니야!"

"어머니……."

"산호야. 살다가 보면 어쩔 수 없는 일이라는 게 있어. 예를 들면 네가 귀문에 들어온 게 그런 거지. 하지만 네가 나가지 못하는 건 어쩔 수 없는 일이 아니야."

"여긴 어머니도 있고……."

"없어. 곧 없을 거야."

주혜령은 어린 딸에게 모질고 잔인한 말을 했다.

단왕이 저희를 불렀다고 했다. 아니, 단왕이 아니다. 그런 자가 어찌 왕부를 다스리는 왕이 될 수 있겠는가. 마물이 사람의 껍데기를 쓰고 하늘 아래에 앉아 만인을 속이고 있으니 언젠가는 벌을 받게 될 것이다. 하늘이 그에게 천벌을 내리지 못하면, 은도명, 그가 벌해줄 것이다.

"어디 가시는데요?"

주혜령은 안타까운 표정으로 산호를 바라보았다.

산호는 사람을 죽이는 법을 배웠다. 귀문은 아이들에게 괴물이 되는 법을 가르치고 있었다. 그래서인지, 산호는 때로 감정 없는 사람처럼 말하곤 했다. 그때마다 주혜령은 아이가 걱정돼서 절대 사람을 죽이면 안 된다고 백 번, 천 번, 귀에 닳도록 얘기했다. 죽음과 늘 가까이 있는 아이는 제 말을 잘 이해하지 못할 때도 있었지만 적어도 죽음이 뭔지, 삶이 얼마나 숭고한 건지는 아는 것 같았다.

그리고 이제 그런 아이에게 다시 죽음을 가르쳐야 할 때가 왔다.

"내가 죽는 것도 어쩔 수 없는 일이야."

"어머니? 어머니가 죽는다고요? 왜요? 아뇨. 어머니, 죽지 마세요. 저랑 있어요!"

산호가 보통의 어린아이처럼 떼를 썼다. 늘 바라던 일이었다. 항상 아무것도 욕심내지 않고, 특별히 웃지도, 특별히 울지도, 특별히 화내지도 않는 아이가 걱정스러웠다. 그런 아이가 경기를 일으키듯 떼를 쓰는데도, 주혜령은 독기 서린 눈으로 어금니를 꽉 깨물고 말했다.

"어쩔 수 없어. 난 널 여기서 내보내야 하고, 그럼 내가 죽어야 해."

"싫어요! 안 갈래요. 전 안 나갈 거예요! 그건 어쩔 수 없는 일이 아니잖아요. 그건 내가 나가지 않으면 되는 거잖아요!"

산호는 뒤로 넘어갈 듯 발악했다. 주혜령은 부들부들 떠는 산호의 작은 팔을 꼭 붙잡고 참았던 눈물을 터트렸다.

"제발. 제발, 산호야. 네가 여기서 살수가 되고, 난 여기서 미친년처럼 목숨만 이어 가는 건 사는 게 아니야. 그럼 난 나중에 네 아버지를 볼 면목이 없어."

"나 때문에, 나 때문에 어머니가 죽는 거잖아요. 그럼 그건 나한테는 어쩔 수 없는 일이 아니잖아요!"

주혜령은 산호가 똑똑하다는 걸 잘 알고 있었고, 지금은 그것이 너무 안타까웠다. 차라리 말귀를 잘 못 알아듣는 그런 아이였으면 좋으련만, 아이치고는 지나치게 논리적이었다. 그래서 그만 주혜령은 웃음을 터트리고 말았다.

"아가. 우리 아가는 똑똑하기도 하지. 이렇게 예쁘고 똑똑한데 왜 이렇게 하나만 알고 둘은 모를까."

"어머니……."

"산호야. 난 너 때문에 어쩔 수 없이 죽는 게 아니라, 너 때문에 어쩔 수 없이 살아왔던 거야. 난 이미 죽은 사람이야. 너를 안고 이곳에 끌려왔을 때 이미 죽은 사람이었어."

울면서 웃는 주혜령의 모습은 처연했고, 산호 역시 따라 울기 시작했다.

"싫어요. 싫어요……. 나 혼자는 무서워요. 싫어요. 같이 있어요."

주혜령은 엉엉 우는 산호의 팔을 끌어당겨 품에 안았다.

아이는 외로움도, 두려움도 아는, 그냥 평범한 아이였다. 걱정하지 않아도 되는 거였다. 은도명과 저의 아이는 이런 곳에서도 멀쩡하게 자라주었다. 얼마나 다행인가. 다 잘될 것 같았다. 그래서 안심하라고 아이의 등을 토닥거려 주었다.

"우리가 이렇게 헤어지는 건 정말 어쩔 수 없는 일이야. 그렇지만 산호야. 난 아주 행복하게 살았어. 미련이 남지 않을 만큼 즐겁고 행복하게. 남들보다 짧게 살아도 후회 없을 만큼 사랑하고 사랑받았어. 그게 네가 해야 할 일이야. 얼마나 오래 사는가보다, 얼마나 행복하게 사는가, 그게 더 중요하단다."

"난 어머니랑 있을 때가 젤 행복한데요?"

주혜령의 입술이 울음을 참느라 파르르 떨렸다. 하지만 그녀의 눈은 웃고 있었다.

"그건…… 아닐 거야. 그건…… 좀 더 크면 알게 돼."

그 순간 주혜령은 화마에 잡아먹힌 은도명의 마지막 모습을 떠올렸다. 그리고 오열했다. 그가 미치도록 보고 싶어졌기 때문이다.

❖

삼안이 두건을 풀었다.

그의 세 번째 눈은 아직 감겨 있었지만 삼안의 이마에 눈꺼풀이 있는 것을 본 일행은 오문의 말이 거짓이 아니라는 것을 알 수 있었다.

"이것 봐. 난 아직도 괴물이야. 날 죽여. 넌 살수잖아. 사람을 죽이는 걸 좋아하지? 난 괴물이라서 죽이기 싫은 거야? 날 구해주기 싫어?"

"무슨 소리 하는 거야! 그리고 난 살수가 아니야!"

오문은 삼안의 말을 이해할 수 없었다. 구해달라면서 죽여달라니, 말이 앞뒤가 맞지 않았다.

"얘기 들었어. 너도 사람을 많이 죽였다고 했어. 귀문의 사람들이 너 때문에 죽었다고 했어."

"누가 그래! 그게 왜 나 때문이야? 날 죽이려 했기 때문이지! 난 도망만 쳤을 뿐이야!"

"그럼 나도 널 죽이려고 하면 죽는 건가? 난 죽는 게 겁이 나."

"삼안! 헛소리 작작해!"

"무서워. 내가 죽인 사람들은 다들 괴로워하면서 죽었어. 죽는 건 괴로운 거겠지? 그래도 죽어야 해. 죽어야 해. 왜냐면 머리가 아파. 계속 소리가 들려."

"……."

오문은 삼안이 미쳐 가고 있다는 걸 깨닫고 아무 말도 해줄 수 없었다.

삼안은 사람의 머릿속에 환영을 심어주고 그것을 진짜인 것처럼 믿게 만든다. 오문의 기억을 바꾸어놓은 것도 그런 것이었다.

쉬운 것처럼 보이지만 실은 그것이 자신의 정신도 갉아먹기에, 삼안은 나이가 먹어도 아이처럼 말과 생각이 어눌했다. 그러던 것이 이제는 그가 환영과 환청에 시달리게 될 지경까지 이른 모양이었다.

"죽여줘. 문주는 나를 죽이지 않아. 나는 죽기가 겁나. 주혜령은 머리가 부서졌어. 끔찍했지. 피가 사방으로 튀고 주혜령의 얼굴이……."

"그만해."

오문은 여기까지 오는 동안 어머니의 죽음을 수십 번 떠올렸다. 그녀가 죽는 순간을 기억하고 있었다. 하지만 그때와 지금은 달랐다. 어머니를 얼마나 사랑하고 있었는지, 그녀가 제게 얼마나 다정하고 헌신적이었는지, 그것들을 기억하지 못할 때였다.

한데 지금은 그런 그녀의 모습을 잊고 살았다는 것에 대한 죄책감까지 가슴을 짓누르고 있었다. 사랑했던 만큼, 좋았던 만큼, 슬픔은 수십 배나 크고 무거워졌다.

"주혜령은 예뻤어. 너도 알지? 그런데 얼굴이 없어졌어. 눈도, 코도……."

"그만하라고 했잖아!"

오문은 떠올리고 싶지 않은 끔찍한 광경에 몸서리치며 신경질적으로 외쳤다. 가슴이 울렁거렸다.

삼안 역시 말을 하며 괴로워했다. 그의 이마를 덮은 눈꺼풀이 열리고 시커먼 동공이 벌어졌다.

중얼중얼, 주문처럼 주절거리는 삼안의 목소리가 오문의 귓가에서 북소리처럼 크게 웅웅거려 속을 메스껍게 만들었다.

죽은 어머니가 피를 흘리며 원통하게 울부짖는 것 같았다.

'산호야. 그냥 너하고 둘이서 살 걸 그랬어. 죽는 건 괴로워. 나도 살고 싶었어. 산호야. 후회해. 아파……. 하아……. 나 좀 살려줘…….'

숨이 끊어질 듯한 신음 소리가 고통스러웠다. 살리기에는 늦었다. 차라리 어머니를 안고 함께 죽고 싶을 정도로 절망적인 기분이 들었다.

그런데 바로 그 순간!

퍼억!

"……!"

태자의 주먹이 삼안의 이마에 꽂히고 삼안이 피를 흩뿌리며 멀리 나가 떨어졌다.

오문을 괴롭히던 어머니의 목소리가 거짓말처럼 흩어졌다.

그제야 오문은 제가 어느새 삼안이 만든 환영 속에 있었다는 것을 깨달았다. 아마 조금만 늦었더라면 벗어날 수 없었을 것이다.

저를 도와주던 삼안이 저를 죽음으로 몰아갔다는 게 믿어지지 않아서 오문은 멍한 눈으로 죽은 듯 쓰러진 삼안을 쳐다보았다.

태자는 손을 털며 말했다.

"매를 버는 놈이군. 죽고 싶으면 알아서 할 일이지, 누구 손에 피를 묻히려 해?"

"……."

오문이 태자를 바라보자 그가 물었다.

"귀문에는 쓸 만한 사람이 없나? 어째 하나같이 어딘가 모자라서 말이다."

"그러게 말입니다. 생각보다 시시합니다. 힘 빠지게. 혼자 당당히 오기에 뭐라도 되는 줄 알았더니."

장우가 거드는 동안 막우담은 친히 쓰러진 삼안 앞에 쪼그려 앉아 그를 살폈다.

"뭐 하러 살려두셨습니까? 죽겠다는 놈을."

"죽여달라는 놈을 죽이는 게 무슨 재미가 있겠나."

막우담은 고개를 절레절레 흔들었다.

"눈 하나가 완전히 뭉개졌으니, 이제 네놈은 삼안은 아니겠다."

그러면서 손을 털고 일어난 막우담이 오문을 보며 말했다.

"자, 산호 아가씨. 마저 안내해 주시지요."

호화로운 단왕의 침전은 평소와 다를 바 없어 보였다. 넓은 방을 가득 채워주는 밝은 불빛과 평화로운 고요함. 단왕이 몸져누웠다는 것 외에는 평소와 다름없는 풍경이었다.

하지만 침상에 일어나 앉은 단왕의 주변은 그렇지 않았다. 그의 주변에 평소 그를 모시던 시종들과 궁녀, 그리고 호위들의 시신이 잔뜩 너부러져 있었던 것이다.

대신 그의 주변에는 그가 진정으로 아끼는 심복들이 있었다.

"문주님의 예상대로였습니다."

심복 중 하나가 보고를 올리자 병들었다던 단왕이 힘찬 목소리로 분노했다.

"삼안 그놈이 뒤에서 몰래 그런 짓을 해? 개가 주인의 고기를 탐내다니 죽어 마땅하지."

사실 단왕은 꽤 오래전, 오문이 도망을 친 순간부터 삼안을 완전히 믿지 못하고 있었다.

주혜령에게 술법이 먹히지 않은 것은 그렇다 칠 수 있었다.

가끔 의지가 강하고 지독한 자들은 삼안의 술법에 잘 걸려들지 않았다. 대신 그들은 미쳤다. 주혜령이 그랬다. 주혜령은 확실히 미쳤었다. 가끔 정신이 드는 것 같았지만 술법에 한번 걸려들면 저를 사랑하지 않겠다고 발악하다가 눈빛이 초점을 잃는 것을 저도 보았기 때문이다.

하지만 오문은 아이다.

오문은 다른 아이들과 똑같이 살수 교육을 받았고, 주혜령과도 자주 만나지 못하게 했었다. 실제로 주혜령이 죽을 때 오문은 그것을 똑똑히 보고 있었지만 조금 놀랄 뿐 크게 동요하지 않았었다.

완벽하게 살수가 되어가고 있다고 여겼는데, 도망을 쳤다. 제 스스로의 의지로 살행을 거부한 것이다.

그 두 모습은 상당히 모순적이었다. 둘 중 하나는 거짓이라는 뜻이고 삼안이 아니면 그렇게 완벽하게 세뇌된 모습을 만들 수 없었을 것이다.

그뿐이 아니었다.

오문에게 길을 알려준 것도 삼안의 짓이라고밖에 볼 수 없었다. 그 길은 살수라 해도 아무나 다니는 길이 아니었다. 주혜령이 가끔 꽃구경을 할 수 있도록 제가 배려해 주었으나 길을 알려주는 것은 금지했다.

삼안이 오문의 머릿속에 길을 심어놓은 것이 확실했다.

"그렇지 않아도 곧 쓸모가 없겠구나 했다만, 아직은 쓸 수 있었는데 좀 아깝군."

단왕은 삼안의 죽음을 도구로서 아까워했지만 태자에게 보냈다. 그간 삼안을 의심하면서도 죽이지 못한 것은 쓸 수 있을 때까지 쓰고 버릴 생각이었기 때문이었다. 또한 자신의 위엄을 과시해 줄 짐승이 필요하기 때문이기도 했다. 삼안같이 희귀하고 위험한 짐승을 찾아내 굴복시키기란 쉽지 않은 일이기에.

하나, 이제 배신의 증거가 확실한 이상 곁에 둘 이유가 없었다.

"이제 어찌할까요?"

태자에게 간 이상 삼안은 죽었을 것이다.

"어찌하긴? 다른 삼안을 구할 때가 되긴 되었지."

"삼안은 찾아보라 명했습니다."

삼안을 보낸 것은 일종의 미끼 같은 것이었다. 궁금한 점이 다 해결되었으니 이제부터는 망설일 필요가 없었다.

"태자께서 나를 보러 친히 오시는데 영접해 드려야지. 심심하지 않으시게 최선을 다해 모시거라."

"예!"

◈

지금까지 오문 일행은 벽돌로 다듬어진 정교한 통로를 지나왔다. 한데 삼안을 버려두고 지나오는 동안 차츰 벽돌이 사라지고 시커먼 암벽이 들어난 공혈이 나타나기 시작했다. 지금까지 좁고 복잡했던 미로 같은 길들이 전부 공혈로 통했다.

공혈은 인위적으로 만들어진 곳이 아니라 자연 그대로의 모습을 하고 있었다. 넓은 지하 동굴은 중간 중간 남아 있는 돌기둥이 오랜 시간 부식되어 왔음을 보여주고 있었다.

"갑자기 분위기가 달라졌군."

무호는 아는 게 있냐는 듯 오문을 쳐다보다가 그녀의 상태가 심상치 않다는 것을 느꼈다.

"오문?"

오문은 처음 기억을 떠올렸을 때처럼, 아니, 그보다 더 격하게 숨을 몰아쉬고 있었다. 겁에 질린 눈동자가 벌어지고, 그녀의 작은 손이 자신의 목을 손톱으로 긁어내리며 괴로워하고 있었다.

"오문!"

놀란 무호가 그녀의 손을 낚아챘다. 오문의 목은 자해로 인해 시뻘겋게 물들고 손톱 밑에 피가 비쳤다.

"이게 무슨 짓이냐!"

"하아……. 하아……. 저, 전하. 어머니를 살려주세요."

삼안이 오문의 기억을 돌아오게 하는 과정은 자연스럽지 못했다. 왜곡되고 균열이 간 기억들은 조각이 맞춰지는 과정에 심하게 삐거덕거리는 것 같았다.

"오문! 정신 차려!"

"어머니가…… 어머니가…… 저러다 죽어요. 그런데 제가 가만히 있어요. 어머니를 말리지 않고 가만히 있어요! 죽든 말든 신경도 안 쓰고 있어요. 제가!"

다행히 무호는 오문이 무슨 말을 하는지 알아들을 수 있었다.

"삼안이 한 짓이다! 방금 삼안이 말하지 않았느냐! 아니, 네 어머니 주혜령이 부탁한 일이다! 네가 모른 척할 수 있도록 해준 것이다!"

무호가 강한 어조로 사실을 말해주는데도 오문은 세차게 고개를 저으며 그의 말을 부정했다.

"아니에요. 아, 아닌 것 같아요! 제가 겁이 나서 일부러 모르는 척하는 것 같아요! 제가 살겠다고 어머니가 죽는 걸 외면하는 거라고요! 어떻게 모를 수가 있겠습니까! 어머니인데……! 겁이 나서…… 삼안의 술법에 넘어간 척한 거예요……. 그래 놓고 지금까지 잊은 척하고 있었단 말입니다."

오문은 또 제 목을 조르고 싶은지 태자의 손에서 벗어나려고 안간힘을 쓰며 부들부들 떨었다.

"어머니는 삼안의 술법에도 넘어가지 않았단 말입니다! 아버지를 너무 사랑하셔서 잊을 수 없다 하셨단 말입니다. 저도 어머니를 사랑했어요. 그러니까 잊은 게 아니라, 살려고 잊은 척한 게 분명하지 않습니까!"

오문은 환영처럼 보이는 기억과 죄책감이 섞여서 자기 자신을 믿지 못하고 혼란스러워하고 있었다. 삼안이 최면을 걸어서 어머니를 그냥 미친 사람이라고 여겼던 게 아니라, 자신이 어머니의 죽음을 외면했던 게 아닌가, 의심을 넘어 확신하는 듯했다.

그러자 무호는 싸늘해진 표정으로 오문의 흔들리는 눈동자를 가만히 응시했다.

"그래서?"

엄하고 차가운 음성에 오문은 정신이 번쩍 드는 것 같았다.

"……!"

"그래서 어쩌란 말이냐? 네가 지금 이런다고 네 어머니가 살 수 있을 것 같으냐? 지금 네가 보는 것이 사실이라 해도 이제 와서 어쩌란 말이냐?"

"하, 하지만, 제가 잘못했잖아요. 저는 저를 믿을 수가 없습니다. 어머니가 비참하게 돌아가시는 걸 보면서 남의 일인 양 저러고 있는 저를 용서할 수가 없습니다. 사람 같지도 않잖아요!"

"내 어머니가 어찌 돌아가셨는지 말했을 텐데. 나로 인해 어머니께서 돌아가셨다. 그래서 뭐? 난 어렸고, 그 나이의 사내아이들은 한시도 눈을 뗄 수 없는 종자들이지. 그리고 어머니는 아들인 날 살리고 싶어 하셨다. 목숨을 던져서라도 날 살리셨기에 웃으면서 돌아가셨다. 그래서 어쩌란 말이냐? 어른이 된 내가 어린 나를 탓해 본들 어쩌란 말이냐?"

무호는 자신의 사연에 빗대어 오문을 크게 꾸짖었고, 오문은 저만큼이나 무거운 그의 사연에 당황해 입을 벌린 채 아무 말도 못했다.

"방법이 없다. 네 어머니는 어쩔 수 없는 선택을 했고, 너도 어쩔 수 없었다."

"……!"

어쩔 수 없는 일들이 있다.

어머니가 했던 그 말을 무호의 입에서 다시 들으니, 오문은 기분이 묘하고 커다란 위로를 받은 듯했다.

"네 말이, 죄책감으로 얼룩진 네 추측이 전부 사실이라 치자. 그래서 뭐? 그게 뭐가 잘못됐단 말이냐? 어린아이가 겁이 나서 그런 걸 누가 탓한단 말이냐! 살았으면 됐다! 네 어머니와 너, 둘 다 죽어서 원한도 갚지 못하면 어쩔 뻔했느냐?"

오문은 입술을 깨물고 눈물을 주룩 흘렸다.

"네 어머니가 원했던 일이다. 네가 살아서 누구보다 기뻐하고 계실 것이다."

무호는 오문의 손에서 스르르 힘이 빠져가는 것을 느끼고 속으로 크게 안도했다. 뒤엉킨 기억 때문에 오문이 잘못되는 것은 아닌가, 사실 무척 초조해하고 있었기 때문이다.

"쯧. 이렇게 울 거면 손수건은 왜 다시 돌려준 건지."

오문은 무호에게서 손을 빼고 얼른 소매로 눈물을 쓱쓱 닦아냈다. 그러고는 빨개진 눈으로 기둥 하나를 바라보며 손가락으로 가리키면서 말했다.

"저깁니다. 저기서 어머니가 스스로 벽에 머리를 부딪쳐서 돌아가셨습니다."

무호도 오문이 가리키는 곳을 바라보았다.

"갑자기 그러신 이유가 역시 정신이 온전치 못하셨기 때문이었느냐?"

"문주가 찾아왔었습니다. 그전에도 종종 찾아왔었지만 오늘 어머니는 크게 각오를 하고 가셨습니다."

"아직도 문주의 얼굴이 잘 보이지 않느냐? 그 목소리가…… 어떤지 모르겠느냐?"

그러자 오문은 어금니를 꽉 깨물고 제 기억 속에서 어머니와 저를 보고 있는 그 자의 얼굴을 노려보며 말했다.

"잘 보입니다. 잘 들리고요."

"……!"

드디어 원하던 답을 들을 수 있게 된 무호의 눈이 커졌다.

"저자가 어머니와 아버지를 죽게 하고 저를 이렇게 살게 한 것보다 더 참을 수 없는 게 뭔지 아십니까?"

"……?"

"저희 모녀를 지옥 속에 살게 해놓고 조롱을 일삼았다는 겁니다."

눈물로 붉어졌던 오문의 눈동자에 붉은 핏줄이 터질 듯이 불거졌다.

"한데, 그 재수 없는 얼굴을 잊고 살았습니다. 그 비열한 목소리를 다시 듣고도 모르고 있었습니다."

「얼굴이 많이 상했구나.」

「…….」

「반반한 얼굴로 사내들을 홀리고 다니더니 꼴좋군.」

귀문의 문주는 종종 이렇게 오문 모녀를 찾아와 사람을 괴롭혔다.

「반반한 얼굴에 넘어가서 이런 짓까지 하고도 나 같은 것 하나를 얻지 못하셨으니, 참 꼴좋소.」

오문은 삼안의 도움으로 대부분의 기억이 흐려지고 조작되었으나 어머니에 대한 안타까움과 동경심만은 완전히 사라지지 않은 상태였다.

지금도 그녀가 조금도 주눅 들지 않고 속 시원한 소리를 해대니 속으로 뿌듯함을 느꼈다.

「이 정도 했으면 네 정절은 충분히 보이지 않았느냐? 미쳐서 추한 꼴을 보인다 들었다. 완전히 미쳐 버리기 전에 나를 받아들이는 게 좋을 텐데?」

「내가 당신을 받아들인다 하거든, 그때야말로 미친 것이니 좋아하지 마시오.」

「가엾은 것. 그리 악을 쓰고 바락바락 덤비면 네 자존심이 지켜질 것 같으냐?」

「이렇게 찾아와서 날 조롱한다고 해서 바닥으로 떨어진 사내의 자존감을 찾을 수 있을 것 같소?」

어머니의 매서운 반박과 빈정거림이 기분 나쁠 만한데도 문주의 표정에서 웃음이 사라지지 않았다.

하지만 오문은 느낄 수 있었다. 그의 가슴속에 검은 폭풍 같은 분노가 소용돌이치고 있음을.

꽉 쥐고 있는 손바닥에 땀이 고이고 있었다. 그의 살기를 느낀 것이다.

「주혜령. 우리가 어쩌다 이렇게 되었을까? 네가 내 구혼을 거절하지 않았다면 너는 내 왕비가 되었을 테고 우리는 만인이 우러러보는 화려하고 행복한 삶을 살았을 것이다.」

「만인이 당신을 우러러본다고 누가 그러던가? 당신은 단왕부를 다스리는 왕야가 아니라, 지하 굴 속에 웅크리고 사는 두더지밖에 못 돼. 두더지 신부로 살아가는 게 지금 이 꼴과 다를 게 뭐란 말인가?」

「하나만 알고 둘은 모르는군. 애초에 날 선택했다면 적어도 이런 비참한 꼴은 당하지 않았을 게 아니냐. 은도명을 잃고 네 자식이 두더지가 되진 않았겠지.」

「당신이야말로 하나만 알고 둘은 모르는군. 그 껍데기가 뭐든, 당신의 진짜 정체는 귀문의 살수, 인두겁을 쓴 짐승 같은 놈이지. 하니 내가 당신을 선택한 순간부터가 이보다 더 비참하고 비극적일 텐데, 무슨 후회를 하란 말인가!」

「고집도 적당히 부려야지. 내가 언제까지 기고만장한 너를 봐줄 것 같으냐?」

「하! 하하하하!」

갑자기 어머니가 웃기 시작했다. 별 헛소리를 다 듣는다는 듯 어이없다는 웃음이 터진 후로, 곱씹어볼수록 우습다는 듯이 큰소리로 깔깔 웃어댔다.

「…….」

문주는 더 이상 기분 나쁜 얼굴을 감추지 못하고 그런 그녀를 미간을 찌푸리고 바라보았다.

한참 웃어 젖힌 어머니의 눈에는 너무 웃어 그런 것인지, 눈물까지 고여 있었다.

웃음이 잦아들자 어머니는 눈물을 닦고 숨을 골랐다.

「……하아. 그래요. 생각해 보니 언제까지 이렇게 당하고 계실 분이 아니시지. 내 아까 한 말 바꿔야겠소.」

「……?」

「내가 당신을 받아들인다 하거든, 그때야말로 미친 것이다 한 말. 바꾸겠소.」

그러자 문주는 드디어 주혜령을 굴복시켰다 여겼는지 입술 끝을 말아 올리며 한껏 인자한 표정을 지었다.

「그래. 잘 생각했다.」

「당신과는 미쳐도 함께하고 싶지 않으니…….」

「……?」

말이 앞뒤가 맞지 않은 듯해 문주가 고개를 갸웃했다.

그리고 그 순간 어머니의 눈빛에 베일 것 같은 날 선 독기가 서렸다.

「더 미치기 전에 내가 죽어야겠소!」

듣는 사람을 섬뜩하게 만드는 외침이었다.

「……!」

문주가 말릴 틈이 없었다.

오문은 보았다. 어머니의 독기에 귀문의 문주나 되는 사람이 압도당하는 것을.

그는 흠칫 몸을 떨며 그 자리에서 굳어버렸다.

그 찰나의 순간 어머니가 냅다 앞으로 달려갔다. 마치 물소처럼. 온 힘을 다해 쏘아진 활처럼 달려 나갔다.

어머니!

오문은 어머니라는 말이 입 밖에 튀어나갈 뻔했다. 하지만 참으려고 애쓰지 않았는데 그 말이 도로 삼켜졌다.

빠아악—!

돌이 깨지는 듯한 소리가 들렸다. 공혈 안에 메아리치듯 그 소리가 울려 퍼졌다. 그리고 그녀의 몸이 튕기듯 뒤로 날아갔다.

퍼억—

연이어 끔찍한 소리가 들렸다.

아, 안 돼!

또다시 속에서만 울부짖었다.

뒤로 날아간 어머니는 울퉁불퉁하게 튀어나온 돌바닥 위로 떨어지면서 뒤통수가 돌부리에 박히고 말았다.

「…….」

오문도, 문주도, 곁에 있던 삼안도 다들 침묵했다.

어머니의 얼굴이 검붉은 피로 뒤덮였고, 그녀의 몸이 경기를 일으키듯 크게 들썩거렸다. 고통스러운 몸부림이었다. 목소리조차 나오지 않는 고통에 벌어진 입에서 연신 핏물이 꿀럭꿀럭 쏟아져 그녀의 몸을 적셨다. 바들바들 떠는 손끝이 바닥을 쳤다.

오문은 그 손의 떨림이 잦아드는 것을 보면서 울고 싶어졌다.

이제 더 이상 어머니를 볼 수 없게 된다.

이제 정말 세상에 혼자다.

울고 싶은데 갑자기 우는 법이 생각나지 않았다. 그러고 보니 자신이 울 줄 알았던가, 운 적이 있었던가, 기억을 되짚어보아도 떠오르는 게 없다. 그러는 동안 어머니의 손이 완전히 멈추고 창백하게 식어가기 시작했다.

생각해 보면 새삼스러운 일이 아니다.

어머니는 미쳐서 저를 돌봐주지도 못하고 저와 함께 있었던 적도 거의 없었다. 새삼 엄청 슬플 일이 아니다.

그런데 어째서 가슴 안에 뭔가가 울컥울컥 치밀어 오르는 것일까?

어머니가 자신에게 이렇게까지 존재감이 있었던가?

우리가 함께 모녀의 정을 나눈 적이 있었던가?

오문은 저도 모르게 고개를 갸웃하며 어머니의 시신으로 다가갔다.

뭐라도 하나 어머니와 자신을 이어줄 무언가를 갖고 있어야 할 것만 같았기 때문이다.

그래도 어머니니까.

그래서 그런 걸 거야.

가까이에서 본 어머니의 시신은 더 처참했다. 눈이 있던 자리도 코가 있던 자리도, 알아보지 못하게 안면이 함몰되고 깨지고 터졌다.

그런데도 오문은 아랑곳 않고 어머니의 품을 뒤졌고, 피에 물든 조그마한 옥패를 찾아 목에 걸었다.

그때 문주의 목소리가 들렸다.

「미친년. 곱게 죽을 것이지. 더럽게 끝을 내는군.」

그는 손등에 튄 어머니의 피를 닦아내며 불쾌하게 말을 내뱉었다.

왜인지, 제가 충성해야 할 문주가 죽은 어머니를 욕하는 게 마음에 들지 않았다.

아니, 그세 당연한 선가?

핏줄이니 어머니를 따르는 게 당연한 게 아닌가?

하지만, 문주는 거역할 수 없는 분, 절대적인 분이었다.

오문은 잠깐 혼란스러웠다. 어머니가 죽은 건 문주의 말을 거역하고 따르지 않았기 때문이다.

어라? 그러고 보니 어머니가 무슨 말을 따르지 않은 거지?

「사람이 죽여도 되는 건 인두겁을 쓴 짐승밖에 없단다.」

아. 그러고 보니 종종 그런 말을 했었지.

오문은 삼안에게 조종당하고 있던 그 순간의 심정까지도 전부 떠올렸다. 그리고 태자에게 들려주듯 나직이 읊조렸다.

"인두겁을 쓴 짐승."

"……?"

태자는 두서없는 말을 알아들을 수 없었다. 그러나 다시 이어지는 말은 확실히 알아들었다.

"귀문의 문주는 그런 자입니다. 인두겁을 쓴 짐승. 죽여도 무방한, 아니, 죽여야만 하는 그런 자입니다."

"인두겁을 쓴 짐승. 네가 말한 그 짐승이 저 위에서 한껏 거드름을 피우고 있는 그자가 맞나 보군."

무호의 말에 오문이 고개를 끄덕였다.

이제 오문은 울지도 않았고 괴롭지도 않았다. 가슴이 먹먹하긴 했지만 어머니의 죽음을 받아들일 수 있었다. 하지만 자신들을 그렇게 만든 자를 용서할 수는 없었다.

"죽일 겁니다. 죽여야 합니다. 복수 때문이 아니라, 그 짐승이 아직도 같은 짓을 일삼고 있으니 죽여야겠습니다."

오문이 각오를 다지듯 큰 소리로 말하자 공혈 안에 그 소리가 메아리쳤다. 그런데 메아리 소리 속에 뭔가 다른 소리가 섞여 있었다. 소리는 크지 않았지만 사람에게 두려움을 심어주는 기분 나쁜 소리였다.

"이게 무슨 소리일까요?"

장우도 심상치 않음을 느끼고 묻자, 귀가 밝지 못한 병사들은 서로를 마주 보며 무슨 소리가 들리나 어리둥절해했다.

하지만 나머지 사람들의 표정은 좋지 않았다.

장우의 질문을 받은 태자의 목소리도 가라앉았다.

"진짜 짐승이 나타난 모양이다."

그의 말을 듣고 나서야 병사들도 소리를 들을 수 있었다.

크르르르.

"드, 들려!"

"이, 이게 무슨 짐승입니까?"

그 소리가 점점 커질수록 병사들은 옴짝달싹할 수 없는 지경에 이르렀다. 오금이 저리고 발바닥이 땅에 박힌 듯 움직이지 않았다. 이것은 자신보다 강한 생물의 위협에 본능적으로 반응하게 되는 순수한 공포심이었다.

크르릉—

낮게 우는 맹수의 울음소리. 심지어 그것은 사방에서 들려왔다. 몇 마리나 되는지는 알 수 없지만 소리가 계속해서 메아리를 만드니, 수십 마리처럼 느껴졌다.

공혈의 가운데 모여 있던 일행은 자신들이 포위당했음을 깨달았지만 이미 늦어버렸다.

늘 여유로웠던 무호의 표정도 밝지 않았다.

그냥 맹수가 내뿜는 기도가 아니었기 때문이다. 혼자라면 또 모를까, 이렇게 여럿이 모여 있으니 피해를 감수해야 했다.

문제는 오문이었다. 다른 사람들에게는 미안한 일이지만 무호는 오문밖에 생각나지 않았다.

'어떻게든 길을 만들어야 해!'

무호는 오문이 의연한 태도로 서 있는 것을 보고 더욱 걱정이 되었다.

걱정을 끼칠까 봐 아무렇지 않은 척하는 것인지, 닥칠 위험을 잘 알지 못하는 것인지, 제 뒤로 숨을 생각조차 하지 않고 있었다.

"오문!"

무호가 오문을 부르는 직후, 사방에서 들리던 위협적인 으르렁거림이 갑자기 커졌다.

"헉!"

느리게 다가오던 맹수가 드디어 공혈에 모습을 드러냈다. 크고 날카로운 황금색 눈동자, 어린아이의 허리통만 한 앞발에 갈고리만 한 발톱이 튀어나왔다.

"호, 호랑이다!"

"허억!"

크르르릉―

으르렁거릴 때마다 파르르 떨리는 수염이 더욱 위협적으로 느껴졌다.

무호는 병사들이 벌벌 떨며 싸울 의지를 잃는 것을 탓할 수가 없었다. 예로부터 북천 땅에는 집채만 한 호랑이가 산다고 했었다. 사람들은 그런 호랑이를 신령으로 떠받들 정도였으니 집채만 한 것이 과장이라 해도 그 풍채와 사나움을 짐작할 만했다.

지금 자신들 눈앞에 보이는 호랑이 역시 보통 호랑이 크기의 두 배는 넘어 보였다. 시뻘건 잇몸 아래 보이는 날카롭고 두터운 이빨은 웬만한 흉기보다 더 위협적이었고, 어슬렁거리며 천천히 다가오는 모습은 감히 덤빌 수 없는 강자의 위엄이 느껴졌다. 또한 그게 다가 아니었다.

여섯 마리의 호랑이 가운데 한 마리는 백호였다. 설산의 차가운 눈을 닮은 털빛은 매우 신비로웠으나, 그렇다 해서 털색으로 강하고 약한 것을 좌우할 수는 없었다. 다만, 백호는 특이한 털색과 더불어 그 덩치가 다른 호랑이들보다 머리 하나가 더 컸다. 압도적인 풍채와 강렬한 눈빛 앞에서 일행 모두 나약한 미물처럼 작아졌다.

무호마저도 약간의 두려움을 느낄 정도였으니 다른 자들은 말할 필요조차 없었다.

크르르르릉.

발톱을 세우고 등을 낮춘 호랑이들은 금방이라도 달려들 것 같았다. 보통 사람이라면 서 있기도 힘들 테니, 사색이 된 병사들을 탓할 수가 없었다. 게다가 무호는 그런 병사들을 챙길 여력이 없었다. 불러도 오지 않는 오문이 호랑이에게 홀리기라도 한 것처럼 넋이 나가 있었기 때문이다.

"오문!"

백호의 눈이 오문을 응시하고 있었다.

오문의 작은 몸은 거대한 백호가 한입에 삼킬 수 있을 것 같았고, 무호는 살면서 처음으로 소름이 돋는다는 게 어떤 느낌인지 깨달았다.

먹잇감을 노리는 맹수의 눈빛은 살수들에 비할 바가 아니었다. 본능적인 악의의 힘 앞에서는 어지간한 강심장도 무너질 수밖에 없었다. 지금 오문이 그랬다. 백호의 눈빛에 사로잡혀 감히 도망칠 생각도 못 하는.

그래서 무호는 재빨리 오문의 앞을 막아섰다.

"……!"

크어엉—!

먹잇감이 움직이자 서성이던 호랑이들이 일제히 자신이 노리던 사냥감을 향해 포효하며 달려들었다.

"으아악!"

"헉!"

기가 약한 병사들이 주저앉거나 그대로 굳어버리자 막우담과 장우가 바빠졌다. 병사들은 감히 싸울 엄두조차 내지 못하니 두 사람이 다섯 마리의 호랑이를 상대하게 생겼다. 이 판국에 살수들이 암기라도 날렸다간 손쓸 겨를도 없이 몰살당할 것만 같았다.

'젠장. 여기서 죽겠구나.'

장우는 설마 호랑이에게 물어뜯겨 죽게 될 줄 몰랐기에 제 삶이 허무하게 느껴졌다.

'태자만 아니었어도 죽어도 서강에서 전사했을 게 아닌가!'

호랑이 밥이 되는 건 그다지 명예롭지 못한 듯했고, 괜히 서강에서 나와 명이 짧아진 듯했다.

퍼억—

호랑이의 앞발이 장우의 목덜미를 노리고 들어왔다. 재빨리 검을 들어 막았으나 앞발이 치는 힘은 어마어마했다.

"윽!"

검을 놓치지 않은 게 다행일 정도였다. 제대로 막지 못해 호랑이의 발톱 끝이 팔뚝을 긁고 지나갔다. 스치듯 지나갔을 뿐인데 갈고리 같은 발톱에 살점이 뜯겨 나갔다.

'하아……! 기적이 일어나지 않는 한, 두 번 다시 가족들을 볼 수 없겠구나.'

집에 두고 온 노모와 어린 아들이 눈에 밟혔다.

'왜 하필 나인가! 난 충심도 없고 신념도 없는데, 하루하루 적당히 열심히 평범하게 사는 게 목표였단 말이다!'

태자가 원망스러운 순간, 상의 새침한 얼굴이 떠올랐다.

'하! 그래도 태자 덕분에 짧지만 값진 경험도 해봤구나.'

상과 사랑을 나눈 건, 그가 살면서 느낀 가장 큰 여유로움과 설렘이었다. 상을 떠올리자 또 금방 욕설이 튀어나왔다.

'태자 덕은 무슨! 결국 울리게 될 사람이 하나 더 늘어버리지 않았나!!'

역시 태자를 만난 것은 제 인생 최고의 불운이었다.

장우가 그렇게 호랑이의 앞발을 막아내며 정신이 오락가락할 때 무호는 심장이 배 밑으로 툭 떨어지는 기분을 경험했다.

"오문!"

기껏 오문 앞을 막아섰는데 오문은 무슨 생각인지, 제 옆으로 비껴 나가 앞으로 튀어나왔고, 백호 역시 그런 오문을 향해 방향을 급전환했다.

백호는 새하얀 몸이 구름처럼 보일 만큼 형체가 보이지 않을 정도로 날렵하게 몸을 날려 오문을 덮쳤다. 오문의 작은 몸이 백호에게 짓눌려 보이지 않자, 무호는 사색이 돼서 검을 크게 들어 올렸다.

'아직! 아직 시간이 있다!'

부디 백호의 발톱이 오문의 목에 박히지 않았기를 바라며 더 늦지 않게 백호의 목에 검을 박아 넣으려는 순간이었다.

뒹굴.

"……!"

백호가 발라당 몸을 뒤집었다.

그리고 믿을 수 없는, 도저히 영문을 알 수 없는 광경이 펼쳐졌다. 오문이 백호의 목을 끌어안고 배 위에 올라타 있었던 것이다.

"……?"

한데 백호는 오문을 떨쳐 내긴커녕, 네 발을 뻗고 가르릉거리고 있었다. 호랑이가 배를 보이며 애교 짓을 하고 있는 것이다.

심지어 오문이 작은 손으로 백호의 콧등과 머리를 쓰다듬어 주자 백호가 제 얼굴을 오문의 손에 적극적으로 부비며 눈을 감는 게 아닌가.

"멍멍이 맞지! 난 너 잊어버렸었는데 넌 나 안 잊어버렸구나!"

"멍…… 멍이?"

무호는 오문이 무슨 소리를 하는가 멍하게 쳐다보다가, 막 제게 달려오는 호랑이 한 마리를 쳐다보지도 않고 주먹으로 쳤다.

크어어엉—!

콧등을 얻어맞은 호랑이가 처참하게 울어대며 엉덩방아를 찧자, 다른 호랑이와 일행이 일순 움찔하며 쳐다보았다.

거대한 몸집의 호랑이가 아파하는 모습은 조금 우스꽝스러웠고, 그 덕에 일행은 호랑이에 대한 두려움이 조금 사라지고 이것들 역시 칼과 힘으로 상대할 수 있다는 자신감이 들었다.

그런데…….

"세상에! 너 엄청 많이 컸다! 난 별로 안 컸는데!"

그들의 자신감을 완전히 무력하게 만드는 목소리가 들렸다. 생사를 넘나드는 이 순간에 웃음기가 느껴지는 목소리의 주인공은 오문이었다.

"역시 고기를 먹어야 해. 그래야 많이 크는데. 헤헷."

호랑이도, 사람도 싸움을 멈추고 그 요상한 꼴을 구경했다.

오문은 백호를 껴안고 함께 땅을 데굴데굴 굴러다녔다. 백호의 꼬리는 기분 좋은 흥분이 느껴졌고, 발톱은 발바닥 안에 숨긴 채 오문과 장난을 치고 있었다.

그건 누가 보아도 고양이와 장난치는 모습이었다. 다소 큰 고양이.

"오문?"

무호가 부르는 소리를 듣고 오문이 고개를 들었다. 그전에는 그렇게 크게 불러도 대답도 않더니 또 다른 기억을 찾으며 정신이 든 모양이었다.

"어? 전하!"

“어, 가 아니다. 그건 내가 해야 할 소리지. 그 호랑이는 뭐냐?”

“멍멍이입니다!”

“…….”

“제 어릴 적 친구입니다. 방금 기억이 났습니다! 제가 고기 주면서 키웠거든요.”

“왜 호랑이를 멍멍이라고 불렀는지 물어봐도 될까?”

“네 발 달린 건 다 개인 줄 알았습니다. 그리고 얘는 또 털도 하얗고, 또 그때는 작았어요.”

오문은 무지했던 어린 날이 부끄러웠는지 변명을 주절거렸다.

“…….”

일행의 침묵은 결코 그녀의 무지를 황당해한 것은 아니었으나, 오문은 그렇게 느끼고 괜히 말을 돌렸다.

“어우! 이 털 좀 봐. 전에는 복슬복슬 솜털 같았는데 엄청 보드라워졌네!”

이를 지켜본 무호가 크게 안도했다. 어쨌거나 오문은 어머니의 일을 전부 잊은 것처럼 백호를 만난 것이 즐거워 보였기 때문이다.

“아무래도 저놈이 대장인가 봅니다.”

막우담은 백호가 덤비지 않자 다른 호랑이들도 얌전히 앉아 털을 다듬거나 딴청을 부리는 것을 보며 추측했다.

산중의 왕 호랑이, 신령이라 불린다는 북천 땅의 영물은 영락없는 애완동물 신세였다. 다행스러우면서도 조금 허탈하고 어이가 없었다.

“젠장! 진짜 기적이 일어났네!”

장우는 찢어진 팔에서 뚝뚝 흘러내리는 피를 닦으며 억울해했다. 저 혼자만 너무 비장했던 게 하늘의 조롱을 받은 기분이었다.

“기적이라니?”

“후……. 기적이든 뭐든, 제발 미리 좀 알 수 있었으면 좋겠습니다.”

“팔만 다친 게 아니라 머리도 다친 것이냐? 쯧쯧.”

태자는 뭐 이런 것들을 상대하다 다쳤냐는 듯 한심하게 장우를 쳐다보았고, 장우는 잠시 태자라는 것을 잊고 울컥하고 말았다.

“다섯 마리가 다 이리로 몰려오지 않았습니까!”

하지만 지금은 싸우고 있을 때가 아니었다. 무호는 장우의 반박을 가볍게 무시하고 아직도 백호와 놀고 있는 오문에게 말했다.

“그래서 그 개 같은 호랑이가 네 친구면, 네 말도 잘 따르느냐?”

“그건 잘 모르겠습니다. 말귀를 알아듣는지는 저도 몰라서요.”

그러자 무호가 대뜸 칼을 들어 오문의 목에 겨누었다.

“……!”

오문이 깜짝 놀라 얼어붙는데, 백호가 크게 입을 벌려 ‘하악’ 하고 소리를 내며 앞발로 그 검을 턱 막았다.

그러자 무호는 싱긋 웃으며 재빨리 검을 거두었다.

“알아듣는군.”

“…….”

“잘됐다. 살수들을 처치하는 데 도움이 되겠구나. 이왕이면 미쳐 날뛰어주면 좋겠지.”

그러면서 무호가 주저앉아 있는 오문에게 손을 내밀었다.

“가자. 꽤 쓸 만한 아군을 얻었구나.”

오문이 고개를 끄덕이며 그 손을 잡으려고 손을 뻗는 순간이었다.

턱.

“……!”

백호가 무호의 손등에 앞발을 얹으며 손을 밀어냈다. 무호가 괘씸하다는 듯 백호를 노려보자, 백호가 이빨을 드러내며 또다시 '하악' 거렸다.

"못 알아듣는군."

태자가 단정하자 장우가 그 옆에서 깐죽거렸다.

"글쎄요. 잘 알아듣는 것 같습니다. 아까 보니 수컷인 모양입니다."

수컷이라면 질 수 없었기에 무호의 눈빛이 사나워졌다.

크르르릉.

무호는 백호의 커다란 금색 눈동자를 노려보았고, 백호 역시 목구멍 깊숙한 곳에서부터 기분 나쁜 울림을 끌어내며 무호와 눈싸움을 벌이기 시작했다.

보다못한 오문이 백호의 얼굴을 손으로 마구 부비며 달랬다.

"왜 그래, 멍멍아. 괜찮아. 겁내지 않아도 돼."

오문의 손길에 녹아 진정되고 있던 백호가 갑자기 가르릉거리던 것을 멈추고 벌떡 일어나 앉았다.

"……?"

크르르르…….

백호가 사납게 어딘가를 노려보며 공격적인 자세를 취하자 다른 호랑이들도 긴장하며 어딘가를 노려보았다.

"우리보다 낫군."

무호는 자신들도 채 눈치채지 못한 적의를 호랑이들이 먼저 알아차리자 야생의 감각을 놀라워했다. 그러고는 저 역시 다시 검을 고쳐 잡고 싸울 준비를 했다. 이제 천천히 다가오는 기운을 느낄 수 있었다.

'하나, 둘, 셋…… 아니…… 열? 아니다. 훨씬 더 많아.'

놀랍게도 인기척은 계속 늘어났다. 지금까지 싸워온 숫자보다 훨씬 더 많은 듯했다. 아니나 다를까, 곧 검은 옷을 입은 살수들이 사방에서 몰려

들기 시작했다.

"고맙게도 전부 다 나와 주는군요."

"적어도 본진만큼은 한번에 쓸어버릴 수 있겠습니다."

장우와 막우담은 이번에도 어떻게 될 것만 같았다.

지금까지 산 것을 보면 자신들이 쉽게 죽을 운명 같지는 않아 자신감이 붙었다. 그래서 압도적인 적의 숫자에도 애써 동요하지 않은 척했다. 하지만 새까맣게 모여든 살수들은 작은 부대라고 해도 될 정도로 많았고, 이번에야말로 기적이 필요할지도 몰랐다.

그들 모두를 한 번 스윽 훑어본 무호가 한 곳을 응시한 채 말했다.

"마굴인 줄 알았더니 개미굴이었군. 여왕개미만 잡으면 되는 건가?"

무호의 말이 끝남과 동시에, 그가 바라보던 곳에 길이 생겼다. 모여 있던 살수들이 양쪽으로 갈라졌기 때문이다.

그리고 그 속에서 낯익은 사람이 느긋하게 뒷짐을 진 채 걸어 나오자 무호가 인사를 건넸다.

"헤어진 지 얼마 되지 않았는데 여기서 이리 다시 보니 참으로 반갑소."

무호의 빈정거림에 단왕이 여유만만한 음성으로 답했다.

"무사하셨군요, 태자 전하. 내 딸, 비운의 공주, 오문도."

그러자 오문이 차갑게 말했다.

"제 이름을 그리 부르지 말아주십시오. 뻔히 서로 아는데, 가증 떨지 말란 말입니다."

단왕은 인자하고 부드럽게, 그러나 소름 끼치도록 잔인한 눈빛으로 말했다.

"은산호나 오문이나, 무슨 소용이냐? 어차피 이곳에 묻힐 것인데."

제 51 장

인두겁을 쓴 짐승

단왕에게 사람의 죽음은 해충의 죽음과 같았다. 앞을 가로막는 자는 귀찮은 파리라 여겼고, 제게 칼을 들이댄 자는 괘씸한 모기새끼라 여겼다.

파리와 모기.

그 둘 전부를 합친 듯한 인간도 있었다. 은도명이 바로 최악의 해충이었다.

권력도, 신분도 그저 그런 가소로운 놈이, 황제의 배경과 어쭙잖은 실력을 믿고 사사건건 저를 방해하고 위협해 왔다. 문무를 겸비해 감히 그 뒤를 따를 자가 없다던 은도명의 실력은 결코 어쭙잖지 않았다.

하나, 일개 은도명 한 사람의 힘이 아무리 뛰어난들, 자신의 귀문과 단왕부 앞에서는 파리와 모기보다 더 미미한 것이었다.

단왕은 그가 정의로운 말과 행동을 할 때마다 가소롭다 못해 구역질이 났다. 저는 그가 말하고 실현하고자 하는 것을 전부 들어줄 힘이 있었다.

하지만 하지 않았다. 그렇게 해야 할 이유가 없었다.

힘 있는 자가 지배하는 세상에서 나약한 자는 어쩔 수 없이 희생되어야 하는 존재였다. 그들의 희생이 더 크고 강한 세상을 만들어준다. 선한 자만 있는 세상은 발전이 없다. 귀문은 악인이라 손가락질받지만 그들이 세상을 만들어가고 유지시켜 간다는 것을 대부분의 사람은 모르고 있었다.

손을 더럽히지 않고 사람을 죽이고 싶은 자들. 이유는 많았다. 원한과 정적의 처리가 대부분이었고, 그들을 위해 귀문이 대신 일해 주었다. 원한관계로 대를 이어 죽고 죽이는 비극을 끝내준 것이다.

귀문은 아무도 몰래 적을 죽여준다. 귀문이 정적을 없애주면 정권은 안정적이었고 백성들은 평온할 수 있었다. 그뿐이 아니다. 귀문은 자격이 없는 황제들을 제거하거나 황제가 되기 전에 정적을 이용해 처단해 왔다.

현 귀문의 문주인 단왕. 그 역시 제화국의 황제를 도와 지금의 번영을 이루도록 했다. 하지만 그 과정에 은도명이 함께했다.

은도명은 사사건건 단왕과 부딪쳤다. 황제가 은도명의 말을 듣지만 않았어도 단왕은 귀찮은 파리를 그냥 내버려 둘까 했지만 황제는 은도명과 어울려 단왕을 버리려 했다. 그래서 황제 역시 버리기로 했다. 뜻이 맞지 않는 자를 황위에 올려둘 수는 없으니.

그런데 이번엔 은도명의 딸이 파리처럼 귀찮게 굴고 모기처럼 달려든다. 그것도 은도명과 황제가 그랬듯이, 태자와 함께.

단왕은 아들인 단유천을 크게 야단치지 못했다. 현재 일어난 이 모든 잘못된 일들이, 모두 제 실수로 인해 비롯되었기 때문이다.

'내 실수다. 오문 저 아이를 살려두는 게 아니었다.'

너무 신중했던 것이 잘못이었다. 그냥 가짜 산호를 이용해서 태자를 죽이는 데만 힘써야 했다. 만약을 대비해 태자를 먼저 죽여 버리려던 것이 오히려 일을 더 꼬이게 만든 것이다.

진짜 산호는 발견했을 때 죽였어야 했다.

무슨 미련이 남았을까. 왜 그 아이에게 태자를 죽이도록 했을까. 그 아이가 살아 있지만 않았어도 옥패고 뭐고 신경 쓰지 않았을지도 모른다.

'아니, 주혜령이 갖고 있던 옥패를 내가 가지고 있었을지도 모르지.'

단왕은 주혜령을 닮은, 그러나 은도명을 더 빼다 박은 꼴 보기 싫은 아이의 얼굴을 가만히 응시했다.

오문은 지지 않고 단왕의 눈을 똑바로 바라보다 맹랑하게 물었다.

"궁금한 게 있는데, 제 어머니를 사랑하긴 하셨습니까?"

"……."

"사랑하는 사람을 비참하게 만들고 그걸 지켜본다는 건 상상할 수조차 없으니까요."

"세상에는 많은 사랑이 있지. 내가 한 것도 사랑이다. 하나, 넌 이해 못할 테지. 네 어미는 평생 내 기억 속에 살아 있다. 나로 인해 죽었지. 나를 원망하고 저주하면서. 누군가에게 그만큼 지독한 미움을 받는다는 것도 그녀에게 내가 특별한 사람이라 할 수 있지 않겠느냐?"

아무래도 단왕은 정상이 아니거나, 정말 인두겁을 쓴 짐승이 맞는 듯했다.

"음침하시네요. 그러니까 이런 데 땅굴을 파고 사시는 겁니다. 그러니까 제 어머니가 짐승이라 욕을 했지요. 뭐 욕먹는 게 좋으시다니 어쩌겠습니까? 특별함이라는 단어를 잘 이해 못하시는 것 같습니다. 특별히 좋거나, 특별히 나쁘거나가 같은 뜻이 아닌데……. 아무튼 뭐 미움받는 것도 사랑이라 여기신다니 뭘 어쩌겠습니까? 평생 망상만 끌어안고 사시는 거죠."

자신이 좋을 대로만 해석하고 슬프고 우울하고, 패배감 같은 감정 따위는 알려고도 하지 않으니, 어찌 사람이라 할 수 있겠는가. 단왕이 그냥 삐뚤어진 불쌍한 사람이 아니었을까, 의심할 필요조차 없었던 것이다.

오문의 신랄한 비난에도 표정이 변하지 않은 단왕이 이번에는 제 차례라는 듯 물었다.

"궁금한 게 있는데, 너는 어찌 그리 잘 살아남았느냐?"

오문은 공손하게 답했다.

"감사하게도 귀문에서 배운 게 도움이 됐습니다."

"영특하구나. 그대로 잘 배워서 훌륭한 살수가 될 수도 있었을 것인데, 아깝게 됐어."

"세상에 훌륭한 살수란 없습니다. 왕야께서 왕야가 되셔서 하신 일은 훌륭했을지 모르나, 그것이 살수들의 도움을 받았다면 전부 더러운 일이 될 것입니다."

단왕은 억지로 웃고 있었다. 그는 왕야로서 자신이 한 일에 자부심이 있었다. 그것을 부정당한 지금, 그의 속은 화르륵 불타오르고 있었다.

자신의 땅에서, 태양 아래 해온 일은 전부 사람들에게 칭송받고자 한 일이었다. 하지만 이 땅굴 속에서 한 일은 전부 더럽고 추잡했다. 그 일이 아무리 대단한 일이라 해도 자랑할게 못 됐다.

그래서 그는 맘껏 자랑할 수 있는 왕야의 신분을 좋아했다. 그 신분을 위해서 귀문이 단왕부의 더러운 일을 전부 도맡아 했다. 사람들은 모두 저를 훌륭한 군주라 했다.

한데 왜?

그게 뭐가 잘못됐단 말인가?

단왕부의 왕야로서 할 수 없는 일. 그러나 꼭 해야만 하는 일. 그것들을 귀문이 대신 해주었다. 귀문은 그러려고 있는 것이다. 덕분에 단왕부는 평화롭고 부강하지 않은가.

"결과만 좋으면 아무 문제가 없는 법이다."

"글쎄요. 결과가 좋은지는 아직 결말이 나지 않아서 모르는 거 아닙니까?"

단왕의 눈썹이 꿈틀거렸다.

오문은 말로써 그의 표정을 망가트려 그를 이긴 것 같은 우쭐함을 느꼈다.

"나의 결말을 지금 논하기는 이르나, 너의 결말이 지금이라는 것은 확실하지."

이제 오문이 나설 때가 아니었다.

무호가 오문을 뒤로 물러나게 하고 단왕에게 맞섰다.

"애송이가 안 보이는군."

단왕은 무호가 말하는 애송이가 제 아들이라는 것을 알아들었다.

"날 도발하려 하지 말라. 내 아들 녀석이 애송이라는 것은 잘 안다. 하나, 너도 내게는 애송이에 지나지 않는다."

"이제 끝장을 보겠다고 아예 말을 놓기로 하셨나? 뭐 어른 대접을 받는 게 소원이라면 해줄 수는 있지. 한데, 누구더러 애송이라는 건지? 그럼 그대는 애송이 하나 감당 못하는 자가 되는 게 아닌가. 그런 자를 어른 대접 해드릴 수는 없지."

"태자야. 너무 그리 자만하지 마라. 네가 아무리 날뛰어도 단왕부는 아무 일도 없을 것이다. 늘 그렇듯 평화롭고 부강하지. 아니, 곧 태자가 동신조와 함께 전장에서 목숨을 잃게 될 것이고, 태자의 목을 황제께서 받아보시겠지. 그리되면 내 아들 단유천이 태자가 되는 것이 수순. 황실의 핏줄을 이었으며 전공을 세웠고, 문무와 덕을 갖춘 강하고 현명한 이라 칭송받으며 말이지."

무호는 그만 웃음을 터트렸다.

"꿈을 꾸는 건 좋은 일이지. 그러나 아무리 꿈이라 해도, 대체 누구 이야기를 하는지 모르겠군. 황실의 피를 이었다? 대체 그 피가 얼마나 남아 있는가?"

"무호야. 잘난 척하지 마라. 너는 그 잘난 척 때문에 목숨을 잃는 것이다."

"그 말을 그대로 돌려주지. 자만하지 마라, 단왕. 그대야말로 그대가 만들어놓은 이 지하 세상에서 왕 노릇을 하느라 한 치 앞도 내다보지 못하게 된 것이다."

"나를 도발하는 것은 소용없는 짓이다. 싸움을 입으로 하는가? 서강에서도 그랬다지. 사신이네 하는 건 죄다 헛소리겠지. 태자인 너를 누가 감당할 수 있겠느냐?"

그러자 가만있던 막우담이 버럭 소리를 질렀다.

"우리가 태자 전하인지 알고 있었단 말이냐! 알았으면 그리 열 받지도 않았다!"

막우담의 말대로였다. 차라리 태자라는 걸 알았다면 아무렇지 않았을 것이다. 태자니까. 태자라는데. 시키면 시키는 대로 했을 것이다. 그러다 결과가 좋으면 역시 태자 전하시다, 그리했을 것이다.

하지만 그 당시 태자는 그냥 무호라는 새파란 신입이었다. 그런 놈이 사고를 치고 다니는데 결과가 좋아서 크게 벌할 수도 없다면 속이 뒤집어질 노릇 아닌가. 하지만 그런 진심을 태자 앞에서 말할 필요는 없었다.

막우담은 새파래진 병사들 표정을 보고 아차 했지만 당장 죽게 생겼는데 대수로울 게 없었다.

"뭐 이것들아? 할 말은 하고 죽어야 할 게 아니냐! 단왕, 똑똑히 들어라. 우리는 태자 전하가 새파란 애송이일 때도 전하의 막무가내 망나니짓에 시달렸다. 아무도 전하를 말릴 수가 없었단 말이다. 이유가 뭔지 아느냐? 재수 없게도 그 애송이 놈이 정말 잘난 놈이었기 때문이다! 단유천과는 차원이 다른 능력 있는 개망나니, 그가 휩쓸고 가면 끝장을 본다 해서 사신이었다!"

막우담이 가슴을 펴고 당당하게 말하자 장우가 한숨을 쉬며 고개를 돌렸다.

하지만 다행히도 무호는 제가 듣고 싶은 말만 듣는 재주가 있었다. 게다가 어차피 막우담의 표정에서 늘 그러한 마음을 읽었기 때문에 별로 새삼스럽지 않기도 했다.

"들었는가? 나는 그대의 애송이 자식과는 차원이 다르다."

"……."

단왕은 이 기가 막힌 이야기에 헛웃음이 났다.

"한심한 놈. 일국의 태자라는 놈이 이리도 얼빠진 놈일 줄이야."

"왕부를 다스리는 왕야라는 자가, 이리도 멍청할 줄이야."

"말장난은 여기까지다. 그 호랑이 몇 마리를 얻었다고 기세등등하지 마라. 그 호랑이도 결국 우리가 키운 놈들이다. 누구를 따를 것 같으냐? 게다가 아무리 날고 기는 서강의 사신이라 해도 이 많은 살수들을 당해내진 못할 것이다."

"잘 들어라, 단왕. 그래서 그대가 멍청하다고 한 것이다. 내가 이곳에 오면서 아무 대책도 없이 들어왔다 여기다니. 나를 정말 단유천 같은 놈과 같다고 여긴 것이냐?"

"……!"

단왕은 그렇지 않아도 무호가 너무 당당한 것이 마음에 걸렸던 터라, 일순 표정이 굳어버렸다.

"날 죽이면 끝날 것 같은가? 그대 생각대로 단유천이 태자가 될 것 같은가?"

"허튼 수작 부리지 마라. 살려고 발버둥 치는 것은 좋은 자세다만, 어설픈 위협에 속지 않는다."

"주혜령의 그림은 잘 받아 보았는가?"

"……!"

"어떤가? 내가 그림을 좀 그리는 편인데?"

단왕은 무호가 이미 알고 있는 듯하니, 서찰을 도둑질한 것을 굳이 부정하지 않았다.

"안타깝게도 오문은 주혜령보다 은도명을 닮았지. 그따위 걸 그린 줄 알았다면 내가 그 서찰을 가지려고 애쓰지도 않았을 텐데 말이다."

"그러게 말일세. 장난으로 그려본 걸 전력을 다해 빼앗아갈 줄 누가 알았겠나?"

"뭐라?"

"지금쯤 황제께서 내 서찰을 받으셨을 걸세. 진짜 주혜령의 얼굴과, 가짜 옥패를."

"……!"

단왕은 이번만큼은 평정심을 유지할 수 없었다. 그의 낯빛이 창백해 보일 정도로 표정이 얼음처럼 굳어버렸다. 그리고 그의 주먹이 부들부들 떨리기 시작했다.

"주혜령이라는 여인, 아주 미인이더군."

"가짜 옥패라니! 오문이 주혜령의 목에서 옥패를 가져가는 것을 보았다! 그 옥패를 사용한 옥이 어떤 옥인 줄 아느냐! 함부로 헛소리를 지껄이지 말라!"

"잘 아는군. 그 옥패는 가짜이면서도 진짜다. 진짜 옥패이면서도 오문이 가진 게 아니라 내가 가진 옥패지. 즉, 그대가 가짜 산호에게 준 것은 오문의 옥패가 아니라 내 것이란 말이다. 한데, 그대들은 이를 알아보지 못했으니, 가짜 산호를 키워 무엇을 은폐하고, 무엇을 도모하려 했는지 낱낱이 밝혀낼 것이다."

"그, 그럴 리가 없다! 그런 일은 있을 수가 없어!"

"이제 본인이 멍청하다는 걸 인정해야 하지 않을까? 인정하면 다 내려놓게 되니 편해지지."

"……이…… 놈!"

단왕이 화를 참지 못하는 순간부터 무호는 더 이상 이죽거리지 않았다.

무호는 울리는 음성으로 태자의 위엄을 갖춰 말했다.

"듣거라. 너는 더 이상 단왕부를 다스리는 왕야가 아니다. 그저 귀문을 움직여 나라를 어지럽히고, 태사인 나를 시해하려 한 대역죄인일 뿐이다. 네 아들 단유천 역시 마찬가지. 두 사람은 극형에 처해질 것이고, 반항한다면 이 자리에서 처형할 것이다."

"하! 하하하하하!"

단왕은 충혈된 눈으로 소리 높여 웃었다. 그의 높고 날카로운 웃음소리는 사람의 목에서 나는 소리 같지 않았다.

귀문의 살수들마저 그런 문주의 모습을 소름 끼쳐 할 정도였으니, 오문은 팔에 소름이 돋는 것 같았다.

백호가 두려움에 몸을 낮추고 으르렁거리자 오문은 침착하게 백호의 목을 쓰다듬으며 괜찮다고 속삭였다. 마치 제 자신에게 말하듯이 숨죽이며 태자와 단왕의 대화에 귀를 기울였다.

"네놈이야말로 멍청한 실수를 했다! 내 어찌 그런 말을 듣고 순순히 물러날 수 있단 말인가! 황제가 모든 것을 알았다면 우리는 이제 더 이상 물러날 곳이 없다. 너를 죽이고 황제도 죽이고 내 스스로 제화국의 황제가 될 것이니라!"

그러자 무호가 얼굴을 활짝 펴고 말했다.

"물러설 곳이 없도록 하려 했지. 그래야 그대가 순순히 시인하고 본색을 드러낼 테니까."

"여기서 다 밝혀진들 무슨 소용이란 말이냐?"

단왕은 무호의 말을 가소롭게 여기고 비웃었다. 하지만 무호는 단왕의 약점을 잘 알고 있었다.

"내가 지금 이 자리에서 그대를 죽일 명분이 필요하니까. 죽고 나면 아무 말도 못할 테니, 내가 그대에게 무슨 죄를 갖다 붙여도 따지지 못하겠지."

무호는 단왕이 죽어야만 하는 이유를 수백 가지라도 만들어낼 수 있다는 데 크게 만족하고 있었다.

단왕은 아주 멍청이가 아니었다. 태자의 의도를 한 번에 알아들은 단왕은 지금까지와 달리 심하게 표정을 일그러트렸다. 더 이상 가면을 쓰고 있을 이유가 없었을뿐더러, 태자의 말에 심한 불쾌감, 아니, 그것을 넘어 두려움까지 느꼈다.

재물을 욕심낸 적은 없었다. 귀문을 움직여 재물을 모았으나, 그것은 권력의 도구였을 뿐이다. 그가 가진 전부, 그가 가져야 할 것들. 그 모든 권력과 명예가 태자로 인해 무너졌다. 이곳에서 태자를 죽여 입을 막아도 황제로 인해 대역죄인이 될 것이고, 제가 여기에서 죽으면 더 큰 죄인이 될 것이라니, 세상이 제 뜻대로 되지 않는 것만 같아 하늘을 원망하며 크게 분노했다.

"네가 나를 죽일 수 있을 것 같으냐!"

잠시 태자의 말에 휘둘렸던 단왕은 이내 마음을 다잡고 호기롭게 소리쳤다. 어차피 강한 자가 살아남아 권력을 갖게 된다. 태자도 황제도 다 죽이면 되는데, 세간의 평이 무에 두려울까.

태자의 대답은 간략했다.

"난 질 것 같은 싸움은 시작도 하지 않아."

"……!"

단왕이 소스라치게 놀란 것은 태자의 말 때문이 아니었다. 말이 끝나자마자 태자가 쏜살같이 제게로 달려들었기 때문이다.

'빠, 빠르다!'

태자와 단왕과의 거리는 순식간에 좁혀졌고, 태자가 휘두르는 검이 그의 눈앞에 불쑥 나타났다.

캉!

단왕은 간신히 검을 들어 아슬아슬하게 태자의 검을 막았다. 사실 그는 방심하고 있었다. 설마 태자가 죽고 못 사는 오문을 그냥 두고 제게 바로 덤벼올 줄은 몰랐기 때문이다. 검을 맞댄 두 사람이 서로를 노려보자 살수들이 태자의 등을 노리고 덤볐다.

"컥!"

그러나 가장 먼저 태자를 찌르려던 자가 누군가 던진 단검을 맞고 쓰러졌다.

"전하! 조심하십시오!"

오문이었다. 오문이 던진 단검이 태자를 구했고, 그 직후 장우와 막우담이 날아왔다.

"그런 건 또 어디서 배웠느냐?"

태자가 큰 소리로 묻자 오문이 답했다.

"상 언니랑 화가 연습하는 걸 종종 봤어요!"

"그놈의 기예단은 애들한테 뭘 가르치는 건가!"

무호는 죽어버린 광두에게 욕하듯 말했지만 사실은 감사했다. 덕분에 위기를 모면하긴 했지만 이제 오문의 주변에는 호랑이밖에 없었다.

"후훗. 여기서 이러고 있어도 되겠느냐? 오문을 혼자 두어도 괜찮겠냔 말이다."

"……."

무호는 혼자 남은 오문을 돌아볼 겨를이 없었다. 잠깐만 눈을 돌리면 순식간에 제 몸 여기저기에 칼이 박힐 테니 말이다.

"내가 말했을 텐데. 저 호랑이들에게 먹이를 주고 키운 게 누구였는지 생각해 보라고."

단왕의 말대로였다. 이미 호랑이를 키우고 훈련시킨 살수들이 호랑이와 오문을 포위하고 있었다.

"이놈들이 며칠 굶겼더니 아예 정신을 못 차리는군."

살수는 오문에게 안겨 있는 백호를 무섭게 노려보며 갈고리 같은 가시가 달린 채찍을 들었다.

아무리 두꺼운 호랑이 가죽도 갈고리가 달린 채찍에 맞으면 피부가 찢어질 것 같았다.

크르르르—

호랑이들은 채찍에 맞아본 적이 있는지, 두려움과 분노를 함께 느끼며 경계했다.

"백호! 네놈이 문제였구나!"

우두머리인 백호가 오문과 어울리고 있으니 다른 호랑이들이 혼란스러워하고 있었다. 살수는 백호의 눈을 똑바로 보면서 채찍으로 땅을 후려치며 외쳤다.

"물어! 먹잇감을 던져 줬으면 먹어야 할 게 아니냐!"

먹잇감 취급당한 오문이 인상을 찌푸리며 투덜거렸다.

"설마 얘들 굶겼어요? 나 잡아먹으라고? 너무한 거 아닙니까?"

살수의 입가에 잔인한 미소가 매달렸다.

"이미 인육 맛을 본 놈들이다. 최고의 한 끼지."

"아니, 그렇게 굶겨놓고 날 던지면, 어쩝니까? 먹을 게 있겠어요? 얘들 전부 배부르게 나눠 먹기에 난 너무 작잖아요!"

오문은 진지했지만 살수들은 놀림당한 기분이 들었다.

"미친년! 제 어미가 미쳤다고 따라 미친 모양이다!"

그 말에 오문도 발끈했다.

"어머니가 누구 때문에 미쳤는데! 당신들이야말로 전부 미쳤어! 호랑이는 배가 고파서 인육을 먹지, 당신들은 뭔데! 당신들 전부 금수만도 못한 것들이야!"

차라락! 타앙!

채찍이 날카로운 소리를 내며 바닥을 긁었다. 살수들의 눈빛은 더욱 기괴하고 짐승처럼 변해 있었다. 그들은 호랑이와 닮은 눈으로 마치 호랑이처럼 '크르릉' 소리를 내며 호랑이들을 조종하기 시작했다.

"별짓을 다 하네……."

말은 그렇게 했지만 오문은 사실 조금 두려웠다. 호랑이들이 혼란스러워하는 것이 느껴졌기 때문이다. 특히 백호는 다른 호랑이들이 오문에게 슬금슬금 다가오자 괴로워 보일 정도로 안절부절못하고 있었다.

"아이고……. 나 때문에 네가 힘들구나."

오문이 안쓰럽다는 듯 백호의 목을 쓰다듬었다.

"하아아악!"

"……!"

오문이 손을 대자마자 백호가 고개를 돌려 오문에게 이빨을 드러냈다.

놀란 오문이 벌렁벌렁한 심장을 손으로 누르며 넘어졌다.

그러나 다른 호랑이들이 오문에게 다가오자 또 고개를 돌리며 동료들을 향해 더욱 위협적으로 경계했다. 지금 백호는 어찌해야 할 바를 몰라 혼란스러워하고 있는듯했다.

"이놈이 뭘 망설이고 있어!"

그러자 살수 하나가 그 채찍을 백호에게 휘둘렀다.

순간 오문은 제 품에 쏙 들어오던 솜털 보송보송한 백호의 어린 시절이 떠올랐다.

이런 곳에 갇혀 맘껏 먹지도, 놀지도 못하고 불행한 삶을 살았던 백호의 모습에 자신의 삶이 투영되기 시작하자 견딜 수가 없었다.

"안 돼!"

오문은 방금 백호에게 거부당한 것도 잊고 백호의 등을 감쌌다.

차라락—!

채찍이 날아오는 것을 보고 백호가 재빨리 피했으나 다 피하지 못했고, 채찍에 달린 갈고리 몇 개가 오문의 등을 쓸고 갔다.

"흡!"

등이 뜨겁다고 느낀 직후 등에서 피가 튀어 올랐다.

오문을 돌아본 백호의 콧잔등에 그녀의 피가 묻었다.

"크르르르……."

피 냄새를 맡은 백호의 분위기가 심상치 않았다. 황금색 눈동자가 붉어진 듯한 느낌이 들 정도였다.

"멍멍아……."

오문은 아픈 등을 어쩌지도 못하고 주저앉은 채로 뒷걸음쳤다.

그러자 다른 호랑이들도 오문에게 어슬렁어슬렁 다가오기 시작했다.

오문은 이해할 수 있었다. 며칠을 굶었고, 피 냄새를 맡았으며, 그들의 주인이 명령하고 있다. 백호가 이 정도 버텨준 것만으로도 너무 고마운 일 아닌가. 저만치 앞에서 고전을 면치 못하고 있는 일행의 모습을 보니 어차피 다 틀린 게 아닌가 싶었다. 오문은 씁쓸하게 웃으며 백호에게 말했다.

"그래, 그래. 어쩔 수 없지 뭐. 전부 여기 들어온 내 잘못이다."

그런데 바로 그때였다. 백호가 갑자기 오문에게서 홱, 고개를 돌려 앞으로 달려 나갔다.

"……!"

"크으아— 흐응!"

호랑이 특유의 깊고 거대한 울음이 공혈 전체를 뒤흔들어 놓았다. 싸움에 열중하던 모두가 흠칫하고 멈출 정도로 오금을 저리게 만드는 소리였다. 덕분에 모두가 볼 수 있었다. 백호가 저를 조종하던 주인의 목을 물어뜯는 것을!

"으아아악!"

"아악!"

백호만이 아니었다. 호랑이들이 각기 제 주인의 몸에 올라타서 그들을 공격하자 끔찍한 비명이 울려 퍼졌다. 이를 본 단왕 역시 예상치 못한 일에 눈동자가 흔들리고 있었다.

"역시 괜찮은 것 같군."

"……!"

태자의 목소리에 흔들리던 단왕의 눈이 무호를 똑바로 노려보았다.

단왕이 답을 요구한 적은 없지만 무호는 시원하게 대답해 주었다.

"고양이는, 벗은 만들어도 주인을 만드는 법이 없으니까."

호랑이를, 그것도 과장을 보태 집채만 한 호랑이를 고양이라 칭하며 단정했다.

이를 들은 장우가 태자의 뻔뻔함에 질려 살수의 배를 발로 차며 외쳤다.

"저렇게 큰 고양이가 어디 있습니까!"

"멍멍이보다 낫지."

적어도 무호는 호랑이를 개로 보지는 않는다는 데 자부심을 느끼고 있었다. 그러면서 영물이라 불리는 호랑이를 길들일 수 있다고 자만한 귀문을 한껏 비웃어주었다. 폭력과 공포심으로 짐승을 길들이면 언젠가 돌려받게 되게 마련이다. 뒤를 돌아보지 않았지만 계속해서 들려오는 살수들의 비명 소리와 자신들을 옥죄어 오던 살기가 흩어진 것에 흐뭇해했다.

그 표정이 못마땅한 단왕이 부글부글 끓어오르는 속을 감추지 못하고 발끈했다.

"호랑이 몇 마리 얻었다고 기고만장하지 마라!"

챙—

서로 맞대고 있던 검이 떨어져 나갔다. 뒤로 검을 물렸던 무호가 다시 그것을 단왕의 어깨를 향해 휘두르며 말했다.

"없는 것보다 낫지."

사실 호랑이들은 없는 것보다 나은 정도가 아니라 일당백이었다. 그동안 억눌려 있던 호랑이들의 분노가 터지자 걷잡을 수 없었다. 호랑이들은 살수들의 병장기에 맞아 여기저기 베이고 찍혔지만 아픔을 모르는 듯 날뛰었다.

이제 오문은 아예 백호의 등에 올라타 신나게 싸우고 있었다.

무호는 오문이 너무 신나하는 게 아닌가 싶어 역시 시원시원한 녀석이라고 오히려 흐뭇해했지만, 막우담과 병사들은 그런 오문이 소름 끼쳤다.

'피를 보더니 맛이 갔구나!'

귀엽게 웃고 장난만 치던 오문이 저러고 있는 걸 보니 더 괴리감이 느껴진 터였다.

한편 단왕은 오문이 호랑이들을 이용해 분탕을 치는 데다가 무호의 실력이 생각보다 만만치 않다는 데 놀라 긴장하고 있었다. 겨우 검을 막고 떨쳐 내면 서너 명의 살수들이 각자만의 병기를 이용해 무호에게 달려들었다. 그러면 무호는 마치 흑풍을 일으키듯 호쾌하게 팔을 휘둘러 단번에 그들을 베고 또다시 제 눈앞에 나타났다.

흑풍.

무호가 휘두르는 칼은 소문대로 사신의 낫처럼 간결하게 사람의 목숨을 앗아갔다. 폭풍처럼 강하고 빠르게 휘몰아치는 검이었다. 무호는 마치 검과 하나가 된 것처럼 움직였다. 검은 그저 무호를 따라올 뿐이었고, 그것은 단왕이 한 번도 보지 못한 검술이었다.

그렇게 무호는 지긋지긋할 정도로 죽지 않고 그 잘난 얼굴을 단왕에게 들이밀며 빈정거렸다.

"살수들을 상대하기는 까다롭지. 그들과 처음 대면한다면. 한데, 고맙게도 그대가 어릴 때부터 나를 훈련시켜 준 덕에 살수들의 공격만큼 익숙한 것도 없지."

무호는 살수들과 싸울 때는 어떻게 상대하는 것이 좋은지 영춘과 함께 많은 훈련을 해왔었고, 전장에서 다양한 이국의 사람들과 검을 나눠 보았기에 변수에 당황하지 않았다.

단왕은 자신이 은도명과 황제보다 더 강하다 여기고 있었기 때문에 무호의 무위에 크게 당황하고 있었다. 무호의 젊음이 제 연륜을 짓밟는 기분이었다. 무호의 검을 막는 것만으로도 급급할 지경이었기에 일대일이라면 벌써 제 몸 어딘가 하나는 떨어져 나갔을 거라 생각했다. 때문에 자신의 나약함과 당황스러움을 숨기느라 괜히 말이 많아졌다.

"나를 죽이고 귀문의 본진이 무너진다 해서 귀문의 살수들이 사라질 것 같으냐? 내 아들 단유천은 더욱 강해질 것이다. 너에 대한 분노와 모든 것을 잃은 절망감이 그놈을 강하게 잡아줄 것이다. 제화국에 피바람이 불겠지. 물론, 여기서 나를 죽이고 난 후에야 그것도 가능할 테지만."

"단유천 따위는 내 알 바 아니다."

"뭐라!"

"그 잔챙이를 내가 신경 쓸 필요가 있나?"

"네 이놈! 네놈이 귀문 전체를 적으로 돌리고 그 원한을 어찌 감당할 작정이냐! 귀문을 없애면 또 다른 귀문이 일어난다! 그 이치를 모르느냐!"

"또 다른 게 일어나면 그것도 밟아주지. 계속 몸통을 불리게 두는 것보단 낫지 않나?"

“……!”

무호의 명쾌한 대답에 단왕은 할 말이 없어졌다.

그 말대로였다. 무호는 세상의 악을 전부 없애겠다고 이러는 게 아니었다. 저를 괴롭히는 악만 없애겠다는 뜻이었다.

“그나저나 싸움을 입으로 하냐, 나무라시던 분이 갑자기 말이 많아지셨군.”

“이, 이놈!”

단왕의 검이 있는 힘껏 무호의 목을 찔렀다. 그러자 무호는 단왕의 검을 비스듬히 비켜서 막아내며 왼쪽 주먹으로 단왕의 오른쪽 옆구리를 있는 힘껏 가격했다.

빠억.

“커흐윽!”

숨 막히는 신음 소리와 함께 단왕의 몸이 접혔다. 그 직후 살수들이 달려와 단왕의 앞을 막아 그를 보호했다.

무호는 입맛을 다시며 안타까워했다.

“쯧. 조금만 제대로 꽂았으면 갈비뼈가 부러졌을 것인데.”

갈비뼈는 아니라도 단왕의 뱃속은 거대한 쇠망치에 맞은 듯, 좀처럼 충격이 가시지 않고 있었다. 단왕의 핏발 선 눈에 무호의 검과 발길질에 속절없이 무너지는 살수들이 보였나. 장우와 박우남 역시 서상에서 이름 높은 장수들이었고 그들이 데려온 병사도 장수들의 도움을 받아 잘 버티고 있었다.

그리고 무엇보다 날뛰는 호랑이들이 가장 큰 문제였다. 무호의 실력이 아무리 강해도 이만한 살수들이라면 그 수로 압박해 이길 수 있었다. 그런데 호랑이를 신경 쓰느라 살수들이 사방으로 흩어진 것이 문제였다.

키워준 은혜도 모르는 짐승 새끼들이라며 속으로 욕을 뱉은 단왕이 한 사람의 부재를 아쉬워했다.

'삼안! 삼안 그놈만 있었어도!'

삼안이라면 짐승들을 홀리는 것 정도는 눈이 두 개라도 가능했다. 사람보다 짐승이 더 순수하고 단순한 사고를 가지고 있기 때문이었다. 그리고 삼안은 호랑이들과 달리 도망을 갈지언정, 주인을 물지는 않는다.

단왕은 곁눈질과 속삭임으로 부하에게 어딘가를 가리켰다.

'가서 삼안을 데려와.'

고개를 끄덕인 살수 하나가 도망치듯 공혈을 빠져나갔다.

단왕은 마음이 급해졌다. 눈을 잃은 삼안 따위 그냥 그렇게 죽게 내버려 두고 싶지만 지금은 절실했다.

'놈이 올 때까지 시간을 끌어야겠다.'

잠시 후 단왕의 손짓 하나에 숨어 있던 또 다른 살수들이 등장했다.

무호는 천장 쪽에서 끈적끈적하고 불쾌한 기분을 느꼈다. 천장에 거미처럼 달라붙은 서너 명의 살수들이 등장한 것이다.

"버러지라고 했더니, 진짜 버러지 같은 것들이 나타났군."

기회를 엿보고 있던 단왕은 무호가 한눈파는 순간을 놓치지 않고 주먹을 뻗었다. 그의 옷소매 쪽에서부터 손등을 스쳐 뾰족하고 얇은 칼날 네 개가 길게 튀어나왔다.

무호는 재빨리 피했지만 반대 손으로 찔러 오는 것까지는 다 막지 못했다. 결국 칼날 두 개가 무호의 옆구리에 상처를 냈다.

피와 살점이 튀는 것을 보고 단왕이 웃었다.

"겨우 똑같아졌군."

둘 다 서로의 옆구리에 상처를 입혔으니, 단왕은 비겼다고 생각하고 뿌듯해했다. 우습게 여겼던 무호에게 밀려 상처 입은 자존감을 겨우 회복시킨 것이다.

그러나 무호는 옆구리에서 흘러내리는 피를 대수롭지 않게 여기며 퉁명스럽게 말했다.

"좋겠소. 떼로 물어뜯고 겨우 똑같아져서."

"이……놈!"

"아, 그렇지, 참. 늙은이를 젊은 내가 조금 공경해 줘야지."

"네놈이 언제까지 그리 자신만만하게 짖을 수 있는지 보자!"

"얼마든지 짖어주지."

무호는 옆구리의 상처 따위는 아무것도 아니라는 것을 보여주고 싶었는지, 허리를 크게 휘둘러 검을 사선으로 그었다.

무호가 그린 호쾌한 검의 궤적에 한 명의 살수는 목이 날아가고 그 옆에 있던 살수는 오른팔을 잃었다. 그런데 몸을 너무 크게 휘두른 탓에 검을 회수하는 데 시간이 걸렸다.

그 빈틈을 노리고 단왕이 달려들었다.

무호의 옆구리에 상처를 냈던 칼날들이 이번에는 목을 노리고 찔러 오고 있었다. 피할 길도, 막을 길도 없어 보였다. 꼼짝없이 당할 것만 같은 순간이었다.

단왕이 승리에 도취한 표정으로 검을 찔러 넣으려던 찰나, 무호의 발이 그의 옆구리를 걷어찼다.

퍼억—!

"……!"

조금 전 주먹으로 얻어맞은 곳을 또다시 무쇠 같은 발로 걷어차이자 단왕은 비명조차 나오지 않았다.

털썩.

옆으로 날아 떨어진 단왕은 고통으로 일그러진 얼굴을 하고는 옆구리를 부여잡았다.

'말도 안 된다!'

단왕이 아무 생각 없이 무작정 무호에게 달려든 게 아니었다. 그렇게 무게 중심이 불안정한 상태에서 다리를 들어 올려 찰 수 있을 거라고 누가 생각하겠는가. 도대체 어떻게 그렇게 기이하게 기울어진 상태에서 몸을 틀 수 있는지 미지수였다.

무호는 경악과 고통으로 부들부들 떨고 있는 단왕에게 하찮다는 눈빛을 던지며 조롱했다.

"또 내 옆구리를 노려보시지. 그때는 아무리 노인네라도 갈비뼈를 부숴줄 테니까."

마치 늙어서 봐준다는 듯한 말투만으로도 단왕의 오장육부를 파르르 떨리게 했지만, 때린 데만 또 때리겠다는 조롱에, 단왕은 피가 거꾸로 솟는 기분이었다.

그는 저를 호위하는 살수들이 하나둘 죽어가는 동안 천천히 몸을 일으켰다.

"내가 죽는 한이 있더라도…… 네놈만큼은 지옥에 같이 끌고 갈 것이다."

이를 바득바득 가는 단왕의 음성을 무호도 들었다.

"내가 그대를 지옥으로 보낼 사자인데, 누굴 끌고 가겠다는 것인가."

무호는 말이 끝나기도 전에 검을 버리고 다른 살수가 쓰고 있던 봉을 빼앗았다. 전에도 이렇게 살수의 봉을 빼앗은 적이 있었는데, 귀문의 봉은 참으로 쓸 만했다.

본래 베는 것보다 패는 게 손맛이 느껴진다며 검보다 봉을 선호하던 무호였다. 그에게 좋은 봉을 쥐여 주는 것은 호랑이에게 날개를 달아주는 격이었다.

무호의 봉이 '붕붕' 벌의 날갯짓 같은 소리를 내며 지나가고 나면 마치 파도가 휩쓸고 간 것처럼 처참한 광경만 남았다.

'저 괴물 같은 놈이 음흉하게 여태 실력을 숨기고 있었구나!'

단왕의 생각과 달리 무호는 별로 실력을 숨긴 적이 없었다.

오히려 누구보다 뛰어나다고 자부하고 자만하고 다녔으나, 단왕은 그가 태자라는 이유로 사람들이 떠받들어 주었다 생각하고 그의 실력을 곧이곧대로 믿지 않았었다. 무호가 음흉한 것이 아니라, 단왕이야말로 자신의 위에 아무도 없다고 근거 없이 자만했던 게 문제였다.

'미친놈! 살육을 즐기는구나!'

단왕은 신나게 살수들을 때려잡는 무호가 천하의 악인이라 여겨졌다. 적어도 제가 키운 살수들은 재미로 사람을 죽이지는 않는다. 목적만 갖고 죽였을 뿐이다.

하지만 단왕이 하나 모르는 게 있었다. 무호는 지금 사람을 때려잡는 게 아니라, 해충 같은 버러지를 때려잡고 있다는 것을.

오문이 호랑이 등에 탄 채 호랑이가 사람을 찢어 죽이는 걸 보고 신이나 있는 것과 마찬가지 이유였다. 인두겁을 쓴 짐승과, 버러지를 죽이는데 망설일 이유가 없지 않나.

이제 단왕은 저보다 빠르고 강한 무호의 공격을 막아내기가 갈수록 힘에 부쳐 다급하고 짜증이 났다. 제가 키운 살수들은 어째서 이 모양인가. 어째서 태자 하나에게 이렇게 속수무책인가!

"뭣들 하고 있느냐!"

단왕의 그 외침은 제법 효과가 있었다. 살수들에게는 절대적인 단왕의 음성이었다. 무호 일행의 사람 같지 않은 움직임과, 호랑이들의 무시무시한 공격에 기가 눌려 좀처럼 진을 펼치지 못했던 살수들의 움직임이 조금 기민해졌다. 흩어져 있던 그들이 겨우 조직적으로 움직이기 시작했고, 완벽하지는 않지만 공격과 방어를 번갈아가며 신중하게 움직여 갔다.

무호는 인상을 찌푸렸다. 무작정 제게 달려들던 살수들이 뱅글뱅글 돌며 기회를 엿보는가 싶더니 어느새 진을 만들었고, 호랑이들과 장우 일행도 마찬가지로 원형 진에 둘러싸여 있었다.

원형 진은 서로 고리처럼 연결되어 누가 죽으면 돌고 돌아 그 자리를 채워 갔다. 치밀한 움직임과 처음 보는 진형에 일행이 조금 당황할 때였다.

"지금이다!"

단왕의 커다란 외침과 함께 천장을 타고 올라간 거미 같은 살수들이 손바닥을 펼쳤다. 그러자 빛이 나는 거미줄과 같은 것이 호랑이들을 덮쳤다.

크아아앙—

당황한 호랑이가 몸을 비틀며 그물 속에서 펄쩍펄쩍 뛰어다니자 거미줄 같은 그물이 위력을 발휘했다. 얇고 가는 은사로 만든 그물은 호랑이가 몸부림을 치면 칠수록 더 엉키는 데다가 호랑이 몸에 상처를 냈다.

"앗! 멍멍아! 괜찮아! 아얏! 괜찮다니까! 가만히 있어!"

오문은 백호를 달래기에 여념이 없었다. 백호가 몸부림칠 때마다 제 몸도 은사에 베이고 있었기 때문에 오문은 서둘러 또 다른 단검을 꺼내 은사를 끊어내기 시작했다. 다행히 그것은 날카롭긴 해도 그렇게 질기지는 않아서 칼로 충분히 끊어졌다.

"됐다! 됐어! 이제 진정해!"

백호는 간신히 그물 밖에 나갈 수 있었지만 다른 호랑이들의 사정은 좋지 못했다.

그물에 갇힌 호랑이는 그 큰 몸으로 펄쩍펄쩍 뛰어오르며 사방을 뛰어다녔고, 그 때문에 살수들이 흩어져 진형이 흐트러졌다. 그것은 오문 일행에게는 다행스러운 일이었으나 순간이었을 뿐, 상황이 그렇게 흘러가지만은 않았다. 호랑이들이 무언가를 본 후부터 갑자기 나른한 듯 털썩털썩 주저앉기 시작한 것이다.

"……!"

큰 힘이 되어주었던 호랑이들이 갑자기 힘을 잃고 쓰러지기 시작하니 모두 가슴이 철렁했다.

"멍멍아. 왜 그래?"

"크르르……."

크르릉거리는 백호의 짜증내는 소리가 점점 힘이 없어지고 있었다. 고개를 '탁탁' 치듯이 흔들며 혼란스러워하는 백호가 심상치 않았다. 호랑이들이 무엇을 본 것인가. 오문은 황급히 주변을 돌아보았다.

"……!"

그러다가 보았다.

저 멀리 삼안이 살수들의 검은 옷 사이로 얼굴을 내밀고 있는 것을. 얼굴을 피로 시뻘겋게 물들인 삼안이 충혈된 눈을 부릅뜨고 집중하느라 입술과 턱을 밑으로 떨어트린 채 눈 하나 깜빡하지 않고 응시하고 있는 것을.

"삼안!"

오문은 삼안이 하는 짓을 막으려고 뛰어갔다.

"오문!"

무호는 그 모습이 불안했다. 아무래도 단왕의 함정이라는 느낌이 들었다.

하지만 오문은 삼안을 막아야 한다는 생각만으로 질주하느라 아무 말도 들리지 않았다.

"삼안! 그만해!"

삼안이 오문의 말을 들은 것은 호랑이들이 전부 잠이 든 후였다.

그는 달려오는 오문에게로 천천히 고개를 돌려 그녀와 눈을 맞추었다.

달려오던 오문이 멈칫했다. 그녀는 삼안의 눈동자에서 안타까움과 혼돈을 느꼈다.

그리고 그 순간 기분이 이상해졌다. 갑자기 미친 듯이 눈물이 쏟아졌다.

"어? 어? 내가 왜 이러지?"

오문은 흐르는 눈물을 주체하지 못하고 그 자리에서 넋을 잃고 서 있었다. 이 난리 속에서 가만히 서서 울고 있는 오문은 금방이라도 목이 떨어져 나갈 것처럼 위태로워 보였다.

"젠장!"

무호는 이제 단왕을 신경 쓸 때가 아니었다. 그는 자신의 등을 적에게 훤히 내주고 오문을 향해 달려갔다.

한편 오문은 제 눈물의 의미를 깨닫기 시작했다.

삼안이 울고 있었다.

삼안이 어머니의 시신 앞에서 목 놓아 울고 있었다.

오문은 그가 왜 우는지 알 수가 없었다. 이미 어머니의 얼굴은 너무 망가져서 알아보지도 못하는데, 계속 그 얼굴을 붙잡고 서글프게 울어댔다.

「흐윽……. 흑. 으허어엉……!」

「왜 우는 거야?」

「나 때문이야!」

「왜 삼안 때문이야?」

「내가, 내가…… 내가 주혜령을…… 흐윽. 흑. 좀 더 잘…… 잘 살 수 있도록 했으면 됐는데……. 주혜령이 싫어해서……. 내가 술법을 걸면 너무 싫어해서……. 나를 사람이라고 잘해줬는데, 이렇게 죽지 않게 할 수 있었을 텐데…….」

오문은 삼안의 말을 잘 알아들을 수 없었지만 삼안이 뭘 잘못해서 주혜령이 죽었다고 자책하는구나, 정도는 알아들을 수 있었다.

하지만 오문이 보기에 어머니는 죽고 싶어서 죽은 거고, 삼안 덕분에 어머니가 살았다면 그녀는 더 괴로웠을지도 모른다.

「어머니는 스스로 목숨을 끊으셨어. 네 탓이 아니야.」

「흐으윽. 주혜령이 없으면 난 어쩌지? 난 어쩌면 좋지? 오문아. 나도 따라가고 싶어.」

「어니를?」

「네 어머니, 주혜령을 따라가고 싶어.」

어머니의 죽음에 가슴이 따끔따끔하고 조금 슬프고 두렵긴 했지만 어머니는 그냥 미친 여자였고, 이제 겨우 편해졌을 것이다. 그렇게 생각해서인지 오문은 눈물이 나오지 않았다.

「죽고 싶다는 얘기야?」

「어. 죽고 싶어. 나 좀 죽여줘.」

「죽고 싶으면 죽으면 되잖아.」

「안 돼. 난 내가 나를 못 죽여.」

「왜?」

「내 목숨은 주인 거라, 내가 죽일 수가 없어.」

「그게 무슨 말이야?」

오문은 지독한 세뇌로 길들여진 삼안의 말을 이해할 수 없었다.

「난 주혜령처럼 죽는 법을 몰라. 그러니까 네가 날 좀 죽여줘.」

「싫어.」

「왜? 왜? 너도 살수잖아. 사람 죽이는 살수잖아. 나도 죽여줘.」

「아니야. 난 못 죽여. 어머니가 그랬어. 사람은 죽이면 안 된다고.」

「……!」

삼안이 눈물이 그렁그렁한 눈을 크게 떴다.

「넌 사람이니까 죽이면 안 돼.」

「주혜령이 한 말이 기억이 나?」

「응. 왜?」

「흐어어어엉!」

삼안은 다시 목 놓아 울기 시작했다.

「왜 우는 건데?」

그러자 삼안이 탄식하듯 말했다.

「오문아. 오문아! 주혜령이 너를 남겼어. 너한테 자신을 남겼어! 그럼 나는 어쩌지? 나는 어쩌면 좋지?」

삼안은 계속 울었다. 이러다가는 주혜령을 잃은 것처럼 오문까지 잃게 될 것 같았다.

원래는 오문의 술법을 풀어야 했다. 하지만 오문은 주혜령의 죽음에도 울지 않을 만큼 태연해 보였고, 그것이 오문에게는 더 편안하고 좋은 일 같았다. 무엇보다 이대로라면 저와 함께 이곳에 남을 수 있다.

「오문아. 넌 날 안 떠날 거지?」

「난 죽고 싶지 않아.」

하지만 오문은 떠났다. 그것도 얼마 지나지 않아 가버렸다.

삼안은 괴물이 되어갔다. 아무도 저를 사람이라 생각하고 말을 걸어주지 않았다.

가끔 걷잡을 수 없는 분노가 느껴졌다.

주혜령을 위해서 술법을 풀어주었다. 오문을 위해서 기억을 바꿔 주었다. 그런데 그녀들은 자신을 이용하고 떠났다.

아니. 그게 아닐지도 모른다. 사람으로 대해준 건 진심이었을지도 모른다. 하지만 지금은 없다. 버림받았다. 자신은 버림받았다.

하지만 삼안은 그녀들을 원망했다가도 그녀들과 함께했던 시간들을 버릴 수가 없었다. 어둠 속에 웅크려서 주혜령과 오문을 떠올리는 시간만이 가장 행복한 때였다.

그렇게 점점 삼안의 세계는 세상과 단절되고 멈춰 버렸다.

오문은 삼안의 마음과 동화되어 있었다. 삼안이 알려주고자 하는 것이 무엇인지 알 수 있었다. 지독한 고독으로 텅 빈 가슴을 찢어버리고 싶었다. 그 가슴을 찢고 그 안에 다른 것을 넣을 수 있다면 죽음 따위는 아무것도 아니었다.

새로 태어나고 싶다.

사람처럼 살고 싶다.

오문은 제 손에 들린 단검을 치켜 올렸다.

"오문!"

무호의 애타는 목소리가 공혈에 메아리쳤다.

제 52 장
죽음의 사자

"오문 멈춰!"

무호는 오문이 자신의 가슴을 향해 단검을 겨눈 것을 보고 당장에 손을 뻗어 그것을 낚아채고 싶은 심정이었다. 하지만 서로의 거리는 너무 멀었다.

'같이 있어야 했다!'

잠깐은 괜찮을 줄 알았다. 잠깐 정도라면, 호랑이도 곁에 있으니 별일 없을 거라고 생각했다.

'어째서 잠깐도 떨어져선 안 된단 말이냐!'

오문과 떨어지면 꼭 나쁜 일이 생긴다. 하지만 그래도 늘 괜찮았다. 결국엔 괜찮았었다. 무호는 그것을 되뇌며 오문이 괜찮길 빌었다.

그 짧은 순간 수많은 생각이 오고 갔지만 오문을 구해줄 수 있는 자는 아무도 없을 것 같았다.

바로 그때.

"삼안!"

무호는 한 번도 불러본 적 없는 삼안의 이름을 불렀다.

그가 대뜸 달려들어 칼끝이 오문의 심장에 닿기 전에 그녀의 손목을 낚아챘다. 거기까지는 좋았다. 한데 무호가 안심하기도 전에 삼안이 오문을 안고 사라져 버렸다.

"삼— 안!"

무호는 미친 사람처럼 목이 찢어져라 삼안을 불렀다. 오문은 가까스로 목숨을 구했지만 오문을 그렇게까지 만든 건 보나 마나 삼안의 짓이 아닌가.

"젠장! 그 눈을 전부 다 없앴어야 했다!"

그게 아니면 그냥 죽여 버리거나.

오문의 앞이라 차마 그놈을 죽일 수가 없었는데, 그래도 그냥 죽였어야 했다. 단왕을 배신하지도, 스스로 죽지도 못하는 놈을 살려두지 말았어야 했다.

"삼안!"

무호는 몸을 돌보지 않고 제 앞을 가로막는 살수들만을 베어 넘어트리고 전진했다. 그의 몸에 생채기가 늘어나고, 간혹 대수롭게 넘길 만한 상처가 아닌 것도 있었지만 신경 쓰지 않았다.

"전하!"

"전하! 멈추십시오!"

장우와 막우담은 그런 태자가 불안했지만 원형 진으로 압박해 오는 살수들을 빠져나갈 수가 없어 소리만 질러야 했다.

"전하!"

장우는 오문이 사라진 통로 쪽으로 떠나는 무호를 보고 목이 터져라 외쳤다.

"내 걱정은 말라!"

무호는 장우를 안심시키고 결국 통로로 들어갔다.

"젠장! 우리더러 여길 다 어떻게 처리하라는 겁니까!"

장우는 태자를 걱정하는 게 아니라 자신들을 걱정했다.

호랑이도 그물 속에서 잠들었는데 이 많은 숫자를 언제 처리하란 말인가.

하지만 태자는 장우의 목소리를 못 들었는지, 듣고도 모르는 척한 건지 대답이 없었다.

"망할! 뒤처리는 항상 내 몫이지!"

"장우야. 말할 기운이 있거든 하나라도 더 썰어라."

막우담은 완전히 지쳐서 태자를 욕할 기운도 남아 있지 않았다.

그렇게 태자 일행이 뿔뿔이 흩어지고 발을 동동 구르는 동안 단왕은 비릿하게 웃으며 살수들을 이끌고 자리를 떠났다.

다시 살게 된 삼안이 오문이라는 제물을 가지고 저를 기다리고 있는 곳으로.

거침없이 통로로 들어선 무호가 주춤했다. 오는 길에도 보았지만 갈림길이 나올 때마다 함정이 있었고, 벽돌을 눌러 길을 찾아야 했다. 하지만 벽돌을 잘못 누르면 제가 서 있는 곳에서 함정이 튀어나온다고 했다. 함부로 아무 길로 갔다가는 아무리 잘난 무호라 해도 함정을 피하기란 어려울 것이다.

삼안은 벌써 꽤 갔는지 철컹철컹 문이 열리고 닫히는 소리가 저 멀리

서 들렸다.

"귀문의 것들은 하나같이 뜀박질부터 배우는 모양이다."

오문도 그랬지만 다들 뛰는 것 하나만큼은 날다람쥐처럼 빨랐다.

"젠장. 어디로 가야 하나."

무턱대고 하늘에 운을 맡기자니 너무 무책임한 것 같아 갈등하는데, 살수들이 따라붙었다.

'그렇지! 열쇠가 있었지!'

무호는 대뜸 통로로 들어오는 살수들의 멱살을 잡고 차례차례 갈라진 길 쪽으로 집어 던지기 시작했다.

"헉!"

쿠웅—!

"……!"

촤르륵.

"아—악!"

한 명씩 한 명씩 통로로 떨어진 살수들은 비참한 최후를 맞이했다. 왼쪽 통로로 던져진 자는 발밑이 꺼지는 것과 동시에 아래로 떨어졌다. 곧바로 뼈와 살이 꿰뚫리는 소리가 들렸으니 무슨 일이 일어났는가는 보지 않아도 알 수 있었다.

또, 오른쪽 통로로 던져진 자는 필사적으로 도망치려 했으나 위에서 떨어진 거대한 도끼날에 결국 허리가 잘리고 말았다.

마지막으로 가운데로 던져진 자는 동료들의 잔혹한 죽음을 목격하고는 귀신이라도 본 것 같은 얼굴이 되었다.

천하의 귀문의 살수를 겁먹게 만든 무호가 그를 보며 중얼거렸다.

"운이 좋은 놈이군."

그러자 살수는 후다닥 일어나 뛰기 시작했다.

"그 운이 언제까지 갈지는 모르겠지만, 뜀박질 하나는 확실히 빠르군."

그렇게 무호 역시 그를 쫓아 따라갔다. 순식간에 쫓고 쫓기는 입장이 뒤바뀌었다. 물론 또 뒤에서 달려오는 놈들이 있었으나 상관없었다. 열쇠는 많으면 많을수록 좋은 일이었다.

한편, 삼안은 오문을 안고 정신없이 미로 같은 통로를 돌고 돌았다. 얼마나 뛰었을까. 더 이상 통로는 보이지 않았다. 삼안은 빙글빙글 돌아서 올라가는 계단을 오르며 숨이 찬지 헉헉거렸다. 그 때문인지 삼안 품에서 정신을 잃었던 오문이 신음 소리를 냈다.

"흐음……."

"……!"

"음……. 삼…… 안?"

오문이 매우 여리고 힘없이 묻자 삼안은 크게 당황했다.

"아, 아, 안 되는데……. 안 되는데, 지금 눈 뜨면 안 되는데……."

"삼안……. 삼안이 왜 여기……. 날…… 어디로……. 삼안?"

오문은 아직 완전히 정신이 들지 않아서 반쯤 감긴 눈을 깜빡거리며 띄엄띄엄 말했다.

"더 자. 더 자. 아직 눈 뜨지 마. 눈 뜨면 안 돼."

"삼안? 삼안……. 전하는? 멍멍이는?"

오문은 삼한의 바람과 달리 조금씩 정신이 또렷해지고 있었다.

"있잖아. 우리 둘 다 함께 살 수 있어. 여기서 행복하게. 전처럼……. 그러니까…… 주혜령과 함께 했던 것처럼……. 우리 둘이 같이 있을 수 있어. 있을 수 있대! 그러니까 지금은 눈 뜨지 마."

"싫…… 어."

"……!"

"싫어……. 난 전하랑…… 같이……."

"닥치고 내가 시키는 대로 해!"

삼안은 평소와 다른 말투로 크게 화를 냈다. 그러고는 몹시 흥분하며 떼를 쓰듯 말했다.

"나빠! 주혜령도 너도! 둘 다 나빠! 날 친구라고 해놓고 나를 버렸어! 날 버리고 자기들끼리만 떠났어! 이제 내가 안 놔줄 거야!"

"삼안……."

"나한테는 너희들밖에 없었는데……. 나, 나는…… 평생 여기서……."

오문은 멀어져 가는 의식을 붙잡으려고 애썼지만 마치 가위라도 눌린 것처럼 몸도 마음도 뜻대로 되지 않았다. 하지만 삼안에게 꼭 해주고 싶은 이야기가 있었다.

"삼안……. 네 삶은…… 네 거야."

"……!"

이 말만큼은 해주고 싶었다.

비록 자신이 여기서 죽게 될지라도 불쌍한 삼안의 삶은 끝내주고 싶었다. 오문은 온 힘을 짜내 꺼져 가는 목소리로 말했다.

"문주는…… 네 주인이 아니야."

"……!"

삼안은 언젠가 이런 얘기를 들은 적이 있었다. 다시 눈을 감으려는 오문의 얼굴에서 주혜령의 얼굴이 겹쳐 보였다.

「삼안. 아무도 널 대신해서 살아줄 수 없고, 아무도 너를 개처럼 기를 수 없어. 자유롭고 싶으면 힘껏 도망쳐. 네 다리를 봐. 족쇄 같은 건 없어. 너를 묶고 있는 건 귀문이 아니야. 네가 스스로 너를 묶고 있는 거야.」

그때 주혜령과 함께 도망쳤다면 주혜령도 살리고 오문과 셋이서 어디선가 평화롭게 살고 있을지도 모른다.

갑자기 후회가 밀려왔다.

하지만…… 하지만 어떻게? 어떻게 문주를 배신하지? 어떻게 보내주지도 않는데 나갈 수 있지?

죽고 싶지만 죽을 수 없는 것과 똑같았다. 삼안이 스스로 생각하고 스스로 욕심을 내서 행한 일은 오직 주혜령과 대화를 나누고 싶어 그녀에게 걸었던 술법을 풀었을 때뿐이었다.

'안 돼. 난 안 돼. 나는 그럴 수 없어……. 나는…… 못 해.'

늦었다. 이미 많이, 돌이킬 수 없는 데까지 와버렸다.

결국 오문이 다시 눈을 감았고 삼안은 마지막 계단을 오른 후 힘껏 벽을 밀었다.

드르르륵. 덜컹.

놀랍게도 삼안이 벽을 밀고 들어온 곳은 단왕의 침전이었다. 그곳에서 먼저 도착한 단왕이 느긋하게 앉아 차를 마시고 있었다.

"늦었구나."

"무, 문주님……. 데, 데려왔습니다."

삼안은 단왕 앞에 서면 늘 고양이 앞의 쥐처럼 겁을 먹고 움츠러들었지만 지금은 그보다 더했다. 제가 그동안 문주 몰래 오문 모녀를 봐준 것이 들켰기 때문이다. 게다가 눈을 하나 잃은 지금 문주가 무슨 벌을 내릴지 겁이 나서 다리가 달달 떨렸다.

삼안은 죽는 건 두렵지 않았다. 오히려 늘 바라던 일이었다. 그렇지만 오랫동안 무시무시한 폭력에 길들여진 탓에 문주가 눈썹만 찌푸려도 바닥에 머리를 박고 용서를 빌곤 했다.

"수고했다."

의외로 단왕의 음성에는 화가 묻어 나오지 않았으나 삼안은 오랜 경험으로 느낄 수 있었다.

지금 문주는 어떤 때보다도 분노하고 흥분한 상태라는 것을.

본능이 더욱 납작 엎드리라고 시켰다. 그래서 삼안은 안고 있던 오문을 바닥에 눕혀놓고 이마를 바닥에 쿵 찧었다.

이미 눈 하나가 없어져 버릴 만큼 지독한 상처를 입었으나 그런 것을 계산할 만큼 삼안은 영악하지도 못했다.

"가, 가, 같이 있고 싶었습니다. 그렇게 하면 같이 있을 수 있을 줄 알았습니다."

주혜령에게 술법을 걸어 단왕의 여인이 되게 하는 건 삼안이 조금만 더 노력하면 되는 일이었다.

하지만 삼안은 술법에 걸리느니 미쳐 버리는 것을 선택한 주혜령에게 그럴 수가 없었다. 그러면 주혜령은 정말 미쳐 버려서 저를 몰라보거나 단왕의 여인이 되어 제게 싸늘해질 게 분명했기 때문이다.

그것은 주혜령이 저와 함께하지 못한다는 것과 같았다.

겁에 질린 삼안을 내려다보는 단왕의 눈빛은 더할 나위 없이 인자했다. 심지어 삼안을 안쓰럽게 보는 듯했다.

"가여운 놈."

"……."

삼암은 단왕의 인자한 음성에 속지 않았다. 그는 웃는 얼굴로 제 팔다리를 부러트리는 자였고, 아무리 순진한 삼안이라지만 그의 잔인함은 치가 떨리게 경험해 왔기 때문이다.

"네가 뭘 잘못했는지도 모르는군."

"……?"

삼안은 자신이 문주를 속여서 주혜령 모녀를 봐줬다는 것 말고는 잘못한 게 없었기 때문에 어리둥절하다는 듯 고개를 들었다.

"네가 감히 내 것을 탐내?"

"무, 문주님……."

"주혜령과 함께 있고 싶었다고?"

"저, 저는 그냥…… 그냥……."

"감히 네가 거둬준 내 은혜를 저버리고 주혜령과 함께하고 싶다는 욕심을 냈단 말이냐?"

삼안은 파랗게 질렸다. 문주에게서 핏빛 같은 시뻘건 기운이 느껴졌다.

"쓸모없는 놈."

"……!"

삼안은 가슴이 쿵쿵거렸다.

쓸모가 없다. 쓸모가 없다. 쓸모가 없다. 쓸모가 없다. 쓸모가 없다!

난왕의 그 발이 가슴을 쿵쿵 찧어 무언가를 깨부수는 것 같았다.

"그리 모자란 짓을 하니, 눈을 잃는 것이다."

"……."

눈 하나를 잃었으니 이제 삼안이 아니었다. 보통 사람처럼 눈이 두 개가 되었다. 그러나 아마도 그것이 문주는 마음에 들지 않을 거라고, 그래서 저는 더욱 쓸모없어졌을 거라 여겼다.

"너도 겪어봤겠지만 태자는 그런 자다. 잔인하게도 네 눈을 망가트렸지. 그래. 얼마나 아팠느냐?"

"예……?"

"비록 네가 눈 하나를 잃었지만 너는 내게 영원한 삼안이다. 그동안 너를 얼마나 소중히 여겼는데, 이제 와서 내가 어찌 너를 버리겠느냐? 지난날의 실수는 눈감아줄 수 있다. 눈을 잃은 것으로 너는 이미 치러야 할 대가를 전부 치렀으니, 이번 일만 잘해낸다면 너는 영원히 내 사람이다."

"……."

삼안은 문주의 화가 가라앉은 것에 크게 안도했으나, 어쩐지 실망스러웠다. 그게 무슨 기분인지는 저도 알 수 없어서 아무 말도 못 하고 있었다.

단왕은 삼안이 감사하다는 말조차 못하는 것은 그저 잔뜩 겁을 먹어서 그렇다고만 여겼다.

"오문과 함께 있고 싶으냐?"

"……."

조금 전 문주의 것을 탐냈다고 크게 혼이 난 삼안은 섣불리 대답하지 않았다.

"괜찮다. 오문은 주혜령이 아니다. 내 것이 아니야. 네가 오문을 갖고 싶다면 네게 줄 수도 있다."

"……!"

제가 오문을 갖는다?

삼안은 그런 것을 생각해 본 적이 없었다. 차라리 오문이 저를 가지는 거라면 모를까.

"예……. 가, 같이 있고 싶습니다."

그래서 삼안의 대답은 단왕이 원한 대답에서 조금 비껴갔다.

"그래. 내가 시키는 대로만 잘한다면 너는 오문을 가질 수도, 함께할 수도 있다."

삼안의 가슴이 다시 쿵쾅쿵쾅 뛰기 시작했다.

오문과 영원히 함께 있을 수 있다.

그렇다면 무슨 짓이든 할 수 있다. 무슨 짓이든…….

"으음……."

오문이 깨어나는 신음 소리가 들렸다.

삼안은 제 눈앞에 있는 오문에게로 다시 고개를 돌렸다.

오문은 흐릿한 시야가 갑갑한지 몇 번이나 눈살을 찌푸리며 몇 번이나 눈을 깜빡거렸다. 점점 또렷해져 가는 오문의 시야에 삼안의 얼굴이 들어왔다. 눈앞이 완전히 선명해진 직후, 또렷하게 보이는 삼안의 눈동자에서 금색 빛이 느껴졌다.

"삼안……. 하지 마……."

그게 무엇을 의미하는지 알기에 오문은 눈을 감고 싶었다.

하지만 눈 하나를 잃은 삼안은 오문의 의식이 아직 온전하지 못한 그 순간을 이용해 또다시 그녀를 사로잡아 버렸다.

오문은 눈을 감을 수 없었다.

삼안의 눈으로 보여지는 것.

삼안이 원하는 것.

삼안이 명령하는 것.

오문은 그것을 온전하게 받아들이며 모든 근심과 불안으로부터 자유로워지고 있었다.

그것이 더 무서운 구속이라는 것을 깨닫지 못하고…….

결국 오문은 눈동자뿐만 아니라 심장과 머리마저도 삼안에게 사로잡혔다.

단왕은 혹 이번에도 삼안이 수작을 부린 게 아닐까 의심하며 오문에게 다가갔다.

멍하게 눈을 깜빡거리던 오문이 단왕을 보고는 벌떡 일어나 고개를 숙였다. 마치 귀문의 살수들처럼.

"고개를 들어라."

오문은 일말의 망설임도 없이 고개를 들어 단왕의 눈을 똑바로 마주 보았다.

단왕은 그녀의 눈빛과 입술, 눈썹, 코, 귀, 손끝까지 샅샅이 살펴보았다. 거짓이 있다면 몸 어딘가 하나는 반응을 보일 수밖에 없다.

두 사람이 자신을 속이는지 아닌지를 제 눈으로 완벽하게 확인한 후에야 단왕은 오문에게서 눈을 뗐다.

"오문."

"예."

"네가 해야 할 일을 알고 있겠지?"

"예."

"네 주인이 누구인지도 잘 알 테고."

"예."

오문은 간결하고 정중하게, 망설임 없이 대답했고, 단왕은 고개를 끄덕이며 만족해했다.

"자, 그럼……."

촤르륵—!

"……!"

단왕의 옷소매에서 숨겨두었던 채찍이 뱀처럼 튀어나왔다. 그러더니 그것이 삼안의 목을 휘어 감았다.

"커윽!"

삼안의 눈은 튀어나올 것처럼 커졌다. 갑작스런 공격에 놀라고, 채찍이 목을 조여오는 고통에 괴로워했다. 심지어 목에서 피가 흐르고 있었다. 채찍은 그냥 가죽이 아니라 종이만큼 가는 철편을 이어 붙여 만든 것이었다.

"으…… 어……."

"왜? 그리도 죽고 싶어 하지 않았느냐? 오문과 같이 있을 수 있어서 이제는 죽고 싶지 않은 게냐?"

"끄으……."

삼안의 입에서는 더 이상 사람의 소리가 나오지 않았다. 그는 그 날카로운 채찍을 양손으로 붙들고 고통을 덜어내려고 애쓰며, 그 와중에도 오문을 바라보았다.

오문은 표정 하나 변하지 않고 있었다.

오문과 함께할 수 있지만 오문은 제가 좋아하던 그 주혜령의 딸 오문이 아니었다. 삼안은 오문을 이렇게 만들어 여기에 온 것을 후회하기 시작했다.

아니, 후회는 소용없었다. 어차피 다시 돌아가도 저는 그리했을 것이다. 문주의 명은 절대적이었다. 그가 하라고 하면 해야 했다. 그가 저를 필요로 하면 그렇게 해야 했다.

「쓸모없는 놈!」

문주는 지금 저를 쓸모없다 여기고 있는 것일까? 제가 필요가 없는 것일까?

고통과 혼돈 속에서 삼안은 미쳐 가고 있었다. 이미 오래전부터 미쳐 가고 있었지만 지금은 걷잡을 수 없게 되어버렸다. 누군가에게 현실과 구분되지 않는 환영과 기억을 보여줄 때마다 삼안의 기억과 현실도 조금씩 무너져 갔고, 피폐한 삼안의 마음은 걷잡을 수 없이 망가져 가고 있었다.

"삼안. 한번 금이 간 신뢰는 다시 돌이키기 어려운 법이다. 하나 나는 너를 용서해 줄 수밖에 없다."

그 말을 하고서야 단왕은 채찍을 풀어주었다.

"쿨럭! 켁! 케엑! 커윽……!"

피가 흐르는 목을 움켜쥐고 괴로워하는 삼안을 내려다보며 단왕은 차갑게 말했다.

"오문과 평생 붙어 다니도록 해주마. 하나, 만약 오문의 술법이 풀린다면 네 눈앞에서 오문부터 찢어 죽여주겠다."

삼안은 콜록거리며 고개를 끄덕이고, 단왕의 발밑에 엎드렸다.

단왕은 삼안의 목에서 뚝뚝 흘러내리는 피를 보며 코웃음을 치고는 오문을 쳐다보았다.

"참으로 재밌구나. 결국 태자비가 될 네가 태자를 죽이게 되었으니 재밌어. 돌고 돌아서 겨우 이렇게 됐어. 하하하하!"

오문은 단왕과 함께 웃지도, 단왕의 말에 불쾌함을 느끼지도 못했다.

그냥 기다렸다.

제가 만나야 할 사람.

제가 죽여야 할 사람.

그를 죽여야 한다.

그를 죽이지 않으면 안 된다. 이유는 모르겠다. 아니, 없다. 그냥 죽이라는 소리만 들렸다.

죽여. 죽여. 죽여!

그때 갑자기 드르륵 벽이 열리고, 웬 살수 하나가 숨 가쁘게 뛰어 들어왔다.

"헉. 헉. 헉……."

"뭐냐?"

단왕은 숨을 헐떡거리는 살수를 못마땅하게 쳐다보았다.

그 눈빛에 찔끔한 살수가 호흡을 다 가라앉히지도 못하고 허둥지둥 대답했다.

"허억……. 헉……. 태, 태자가……."

"과연! 침전에 통로가 있을 것 같더니만 이렇게 연결되는군."

그가 채 말을 끝내기 전에 누군가의 감탄하는 목소리가 들렸다. 모두의 눈이 아직 열려 있던 벽 사이로 향하자, 곧 태자가 나타났다.

오는 길에 무슨 일이 있었는지 머리부터 발끝까지 피로 뒤집어쓴 그의 몰골은 소름 돋을 정도로 귀기(鬼氣)스러웠다.

단왕이 무호를 씹어 먹을 듯 노려보자, 무호 역시 지지 않고 그를 노려보았다.

"전하!"

오문은 태자를 보사마사 반갑게 달려갔다.

"다친 데는 없느냐?"

무호 역시 오문이 아직 무사한 것을 보고 반가워했다.

오문의 몸 여기저기를 살펴보는데, 공혈에서 싸울 때 백호 대신 채찍을 맞아 등이 찢어진 것 외에는 무사한 듯했다. 무호는 그 상처가 마음에 들지 않아 인상을 찌푸리며 오문의 머리를 쓰다듬었다.

"조심하지 않고……."

"전하야말로 이게 뭡니까? 피범벅이지 않습니까. 아니, 것보다 함정이 많았을 텐데 어찌 오셨습니까? 혹, 그 때문에 어디 다치신 게 아닙니까?"

오문은 그제야 태자가 어딘가 크게 다친 건 아닌가 하고 걱정스럽게 몸을 살폈다. 여기저기 베이고 찔렸지만 옷을 시뻘겋게 물들일 정도는 아니었다.

오문이 의아해하자 태자가 별거 아니라는 듯 말했다.

"내 피는 아니니 걱정 마라."

"하아……. 다행입니다. 전 또…… 저한테 기회가 없는 줄 알았습니다."

"……?"

무호는 오문의 말에서 이상한 단어를 들었다.

'기회?'

그게 무슨 뜻인지 생각할 틈이 없었다. 이상하다고 생각한 순간 무호는 아랫배에 차갑고 뜨거운, 뭐라 형용할 수 없는 날카로우면서도 묵직한 격통을 느꼈다.

"오문?"

무호는 제 가슴에도 채 닿지 않는 오문의 머리를 내려다보았다.

그러자 오문이 고개를 들고 무호를 올려다보았다.

"……!"

오문의 표정을 보는 순간 무호는 아랫배에 느껴지는 격통보다 심장에서 더욱 극심한 통증을 느꼈다.

"오문……."

오문은 무심했다. 생기발랄한 표정은 온데간데없고 영혼이 빠져나간

인형 같았다. 머리가 아찔해졌다. 무엇이 잘못되었는지 깨닫는 순간 무호는 견딜 수 없이 아팠다. 오문의 어깨를 붙잡은 손이 바들바들 떨렸다. 무슨 말이든 해주고 싶은데 벌어진 입술이 말하는 법을 잊은 것처럼 아무 소리도 내지 못했다.

슬픈 얼굴. 무너질 것 같지 않던 무호의 단단한 표정이 슬픔으로 녹아내렸다.

오문은 그의 표정이 낯설었다. 그는 항상 냉정하고 자신만만한 표정만 짓지 않았던가?

그의 복부에 칼을 찔러 넣었다. 그는 분노해야 마땅했다. 사신이라는 별호에 걸맞게, 미쳐 날뛰어 제 목을 비틀어야 했다.

한데 그는 울 것 같은 표정을 짓고 있다. 너무 괴로워서 일그러진 얼굴로 저를 보고 있다. 그 눈에 비친 건 절망감과 분노가 아니라 안타까움과 처절한 슬픔이었다.

그래서일까? 오문의 칼이 더 깊이 들어가지 못하고 망설이고 있었다.

오문이 이해할 수 없다는 얼굴로 태자의 표정을 들여다보는데 단왕의 탄식하는 목소리가 들려왔다.

"아! 천하의 무호가 결국 이렇게 죽는구나. 고작 계집 하나 때문에 말이지."

무호는 단왕의 말을 무시했다.

제게 시간이 얼마 남지 않았다는 것을 직감했을까. 그는 그 시간을 단왕 따위와 나누고 싶지 않았다.

"오문."

"……!"

오문은 고통스러워야 할 태자의 목소리가 평온한 것에 흠칫 놀랐다.

"이 순간 후회되는 일이 하나 있다면……."

"……?"

"네가 사내아이였을 때도…… 안을걸……."

심지어 태자는 그 말을 하면서 웃고 있었다.

오문은 그런 그가 시리도록 아름답다고 느꼈다. 금방 스러져 버릴 웃음을 만질 수 있다면 만지고 싶을 정도로. 죽음에 의연할 수는 있으나, 죽음으로 몰아넣은 사람을 따뜻하게 바라보며 추억을 곱씹는 일은 도무지 이해할 수 없었다.

"그리고 안타까운 일이 하나 있다면…… 네가 만들어주는 소면을 더는 먹을 수가 없다는 것이다."

오문이 약간이지만 눈썹을 찌푸렸다. 소면이라는 단어를 들으니, 많은 사람들과 북적거리며 음식을 나눠 먹던 일이 떠올랐다.

그때의 기분, 그때의 분위기.

즐겁고 행복했던 감정들이라는 것은 알 수 있었다.

지금의 제 텅 빈 가슴에는 그런 것들이 없었다. 없기에 더욱 와 닿지가 않았다. 모호하게 겉도는 그것들을 잡아보려 했지만 잘 되지 않았다.

"하지만 다 괜찮다."

"……!"

무엇이? 무엇이 괜찮다는 것일까? 죽어서 소면을 먹을 수 없어도 괜찮다는 뜻일까? 오문의 눈동자가 심하게 흔들렸다.

"너는 무사하지 않느냐? 아무것도 모르고 살아가도 괜찮다. 만약 알게 된다 하더라도 괜찮다. 너는 이겨낼 수 있다. 오문이니까."

"……?"

오문은 무슨 뜻이냐고 묻고 싶지만 이상하게 말을 했다가는 큰일 날 것만 같았다. 입을 열면 뭔가 다 산산조각 날 것 같았다. 견딜 수 없는 지옥을 보게 될 것 만 같았다.

무호는 오문의 표정이 괴이하게 일그러지고 있는 것을 보았다.

이대로라면, 지금 오문이 깨어나 제 복부에 칼을 꽂은 걸 알게 된다면 오문은 정말 미쳐 버릴지도 모른다는 생각이 들었다.

알게 되더라도 좀 더 나중에…….

그리고 이것이 그녀의 잘못이 아니라고, 그것만큼은 알려주고 싶었다.

그래서…… 그래서 그는 오문을 꽉 끌어안았다.

괜찮다고, 다 괜찮아질 거라고. 그런 표정 하지 말라고.

오문이 찔러 넣은 칼과 함께…… 더욱 세게 자신의 품으로 끌어당겼다.

"……!"

"괜찮아. 괜찮다. 네 잘못이 아니야."

"……."

칼자루를 쥔 오문의 손이 떨렸다. 그가 힘을 줘서 더욱 세게 칼을 꽂아 넣으려 하고 있었다. 자진하려는 것이다. 왜?

오문은 그를 이해할 수 없어서 손에 힘을 줄 수가 없었다.

분명 제 머릿속에는 더 힘껏 찔러 넣으라고 하고 있었지만 상대가 이렇게 나오니 기분이 이상했다.

"내가 그런 게 아니야."

'아니. 내가 그랬어.'

칼을 찌른 것은 저였다. 제가 찔러 넣었는데 어째서 제가 그런 게 아니란 말인가.

"나는 너를 만난 것을 후회하지 않는다."

'이런 허무한 죽음을 맞이했는데 어째서 원흉인 나를 만난 걸 후회하지 않지?

죽음 앞에 선 사내의 부드러운 말에는 살아야 할 자신에 대한 근심밖에 없었다.

도대체 왜?

그가 걱정하는 것이 무엇인지조차 감이 오지 않았다.

그런데 그때, 오문의 귓가에 매우 작은 속삭임이 들려왔다. 지금까지보다 더욱 낮고 금방 흩어져 버릴 듯한 힘없는 음성이. 그럼에도 불구하고 그 속삭임은 오문의 가슴까지 깊이 파고들었다.

"산호. 나의 반려……."

"……."

태자의 몸이 스르르 쓰러져 오문의 어깨에 그 무거운 몸이 걸쳐졌다.

오문은 떨리는 손으로 칼자루를 놓았다.

산호. 산호……. 그리고 반려……. 산호…….

산호는 누굴까? 왜 저를 산호라고 부르는 것일까?

태자를 만나 동행하고 언제나 그를 죽일 기회를 엿보고 있었는데, 태자는 왜 저를 산호라고, 그의 반려라고 여기는 것일까.

「이렇게 든든하신 전하가 저 때문에 잘못되실까 봐 저는 그게 너무 겁이 납니다.」

그건 무슨 말이었을까?

제가 했던 말인데, 갑자기 그게 무슨 소리일까?

날카로운 무언가가 가슴을 후벼파는 듯한 기분이 들기 시작했다.

뭔가 잘못된 것 같은 느낌.

돌이킬 수 없는 실수를 한 것 같은데, 잘못된 건 없다. 저는 문주의 명을 따랐다. 그게 맞는 건데 태자가 쓰러지며 했던 얘기들이 자꾸 이상한 기억을 불러일으키고 있었다. 오문이 멍하게 서 있는 동안 태자는 땅으로 무너져 내렸다.

「아, 이제 네가 사랑도 할 줄 아는구나.」

사랑!

그가 그렇게 말했었다. 사랑? 사랑? 자신이 사랑을 할 줄 안다 했다.

언제부터? 누구를?

태자의 뜨거운 피가 뚝뚝 흘러내리는 그녀의 손끝이 미세하게 떨리고 있었다.

"확실히 숨통을 끊어놓았느냐?"

등 뒤에서 들려온 단왕의 목소리에 오문은 천천히 몸을 돌려 그를 바라보았다.

"예."

오문의 간결한 대답에 단왕은 매우 흡족한 듯 활짝 웃었다.

"잘했다. 잘했어. 네가 큰일을 했어!"

"……."

단왕의 칭찬에도 오문은 웃지 않았다. 하지만 조금 전처럼 혼란스러워하지도 않았다. 할 일을 했을 뿐이라는 듯, 담담하게 서 있을 뿐이었다.

"크크크크. 폐하께서 이 일을 아시면 어떤 표정을 지으실까? 태자의 목을 받아 보고 어찌 변하실지 궁금하지 않느냐?"

"……."

오문은 흔들림 없이 서서 아무 말도 하지 않고 단왕의 다음 명을 기다렸다.

"그토록 원하던 은도명의 여식에게 태자가 죽은 줄 알면 그 표정이 어떨지, 아주 가관이겠구나! 하하하하하하!"

"……."

은도명의 여식. 태자가 말한 산호가 은도명의 여식 아닌가.

"주혜령의 딸, 산호. 네가 은근히 사람을 홀리는 재주가 있는 모양이니, 앞으로도 귀문에서 요긴하게 쓸 수 있겠어. 내 주혜령을 갖지는 못했지만 그 여식은 갖게 되는군. 내가 너를 살리는 바람에 일이 여러모로 엉망진창이 되었다만, 결국 너를 갖게 되었으니, 우리의 인연이 본래 이런 모양이다."

오문은 그 말씀이 옳다는 듯 고개를 끄덕여 보였다.

"자, 이제 태자의 목을 자르면 되겠군. 오문 네가 직접 하거라."

"예."

단왕의 명령에 오문은 망설임 없이 쓰러진 태자의 목에 칼날을 들이댔다.

광기에 젖은 단왕과 다른 사람이 되어버린 오문.

그들을 바라보는 삼안이 바들바들 떨고 있었다. 잔인해진 오문을 보는 것은 너무 슬픈 일이었다. 삼안의 얼굴이 고통스럽게 일그러졌다. 단왕의 채찍에 몸이 감겼을 때보다 더욱.

"오, 오문……."

삼안은 제가 만들어놓은 오문의 냉정한 모습이 두려웠다.

오문이 사람을 죽였다. 그것도 그녀가 사랑하던 사람을. 그러고도 칼을 들어 그의 목을 자르려는 오문이 소름 끼쳤다.

오문은 삼안이 저를 부르는 소리를 들었는지 그를 힐끗 쳐다보았다.

무심한 눈동자가 그를 하찮게 보는 듯해서 저도 모르게 움찔 어깨를 움츠리자 오문은 다시 하려던 일을 서둘렀다.

"아니다. 잠깐."

태자의 목에 피가 약간 비치는 순간이었다. 단왕이 그녀를 멈추게 했다.

"태자의 목은 저기 저놈더러 준비해 놓으라 하고, 우리는 잔챙이들을 없애러 가야겠다."

태자와 함께 뛰어 들어온 살수가 오문에게로 다가왔다. 오문은 가지고 있던 칼을 그에게 건넸다.

살수도 검을 갖고 있었지만, 순간 오문이 내미는 것을 그냥 받았다.

단왕은 오문의 칼이 태자의 복부에 꽂혀 있는 데다가 명을 따르는 오문의 표정에서 망설임을 찾아볼 수 없자 완전히 그녀를 믿었다.

"네가 할 일은 잘 알고 있겠지? 그놈들도 방금 태자를 죽인 것처럼 다가가 죽이면 된다."

"예."

오문이 일어서자 단왕은 제 말에 고분고분한 오문을 기특하게 여겨 미소를 지었다. 주혜령에 대한 감정이 남아서일까? 그녀의 딸에게서 주혜령의 얼굴을 찾으며 승리감을 맛보고 있었다.

이제 고비를 전부 넘겼다. 뒷정리만 끝나면 세상이 전부 제 것이 되니, 그때는 진짜 승리를 거머쥘 것이다.

"단왕부가 어찌 되든, 이 단왕의 평판이 어찌 되든 상관없다. 이제 우리는 제화국 전부를 가질 것이다."

단왕은 제 눈으로 직접 본, 무서울 정도로 강한 태자를 해치웠다는 데 자신감을 얻었다. 때문에 벌써부터 세상을 다 가진 양 한껏 고무되어 있었다.

"자, 가자. 생각만 해도 흥분되는구나."

그러자 오문이 손을 잡아달라는 듯 손을 뻗었다.

어린아이가 손을 내밀듯이 자연스럽게 내민 작고 보드라운 손을 단왕 역시 무심결에 붙잡았다.

"……!"

단왕은 손바닥을 찌르는 따끔한 통증을 느끼고 멈칫, 오문을 내려다보았다. 오문은 여전히 무표정이었고, 왜 그렇게 보느냐는 듯 저를 쳐다보고 있었다.

아무것도 아닌가, 안도하면서도 제가 느낀 따가움이 심상치 않아 꺼림칙했다. 게다가 어째서인지 저를 똑바로 보는 오문과 눈이 마주치자 소름이 끼쳤다. 그래서 저도 모르게 손을 놓았다.

아니, 놓으려 했다! 한데 오문이 그 손을 놓지 않으려는 듯 더 꽉 붙잡았다.

"……!"

그리고 그 순간! 제 손바닥에서 느껴지는 따가움이 갑자기 손이 떨어져 나갈 것처럼 묵직한 아픔으로 번졌다. 너무 놀라 오문을 바닥으로 내팽개치고 제 손을 들여다보는 단왕의 눈동자가 벌어졌다.

"이, 이……!"

새빨갛게 부어오른 손에서 수십 수백 가닥의 실핏줄이 터질 듯이 부풀어 오르고 있었다. 핏줄들은 걷잡을 수 없이 빠른 속도로 온몸으로 번져갔다. 저도 모르게 고개를 돌려보니 오문에게 칼을 건네받은 놈은 이미 죽어 있었다.

"네, 네년이 감히!"

단왕의 분노에 찬 음성에 화들짝 놀란 살수들이 오문의 주위로 몰려들었다.

“무, 문주님!”

하지만 그들은 허둥거리기만 할 뿐 아무도 다가서지 못했다. 다른 지시가 없으니 오문을 죽여야 하는 건지 알 수 없는 데다, 단왕이 오문을 직접 상대하며 자신들의 부름을 무시했기 때문에 지금 끼어들었다가는 오히려 자신들이 단왕에게 죽임을 당할 수도 있었다.

사실 단왕은 그들에게 무언가 지시할 여력도 없었다. 단왕의 시야에 그들이 보이지도 않았다.

경악과 절망뿐이었다.

자신은 이미 손쓸 수 없는 지경이 되었다. 끝이었다. 이대로 죽는 것밖에 없었다.

죽음.

항상 남의 것이라 여겼던 그것이 저를 덮쳤다. 믿을 수 없었다. 그런 일은 일어나선 안 되는 것이다.

악몽 같았다. 말도 안 되는 악몽.

오문의 얼굴을 봐도, 그녀는 너무나 태연하지 않나. 정신이 들어 저를 죽일 만큼 멀쩡한 상태가 아니지 않나.

도대체 무잇이 잘못된 것인가? 삼안의 술법이 헝클어진 것인가?

단왕의 머릿속은 받아들일 수 없는 현실에 대한 부정으로 온갖 추측이 난무하고 있었다. 그의 눈동자가 어지럽게 흔들리던 와중, 바닥으로 쓰러졌던 오문이 천천히 일어났다.

그녀는 단왕의 앞에 서서 여전히 태연한 표정을 지으며 천천히, 분명한 음성으로 말했다.

"태자 전하께서는……."

"……!"

태자 전하라고 불렀다. 오문이 분명 그렇게 불렀다. 오문의 술법이 풀린 것인가?

단왕은 고개를 홱 돌려 삼안을 죽일 듯이 노려보았다.

그러자 삼안은 찔끔한 표정으로, 그러나 자신도 영문을 모르겠다는 듯 고개를 마구 저었다.

그 모습을 본 단왕은 눈 하나를 잃은 삼안의 술법이 이것밖에 안 되는 거였구나 화가 났다.

"삼안…… 이 쓸모없는 놈!"

"……!"

악에 받친 단왕의 호통 소리에 삼안의 눈이 크게 벌어졌다.

쓸모없는 놈. 쓸모없는 놈.

혼란스러워하는 삼안의 눈동자가 데굴데굴 구르는 것을 단왕은 미처 보지 못했다. 오문이 계속 말을 이어 갔기 때문이다.

"전하께서는 먼 길을 떠날 때는 항상 독 정도는 가지고 다녀야 한다고 말씀하셨습니다."

"이……!"

단왕은 눈으로 오문을 잡아먹을 수도 있을 것처럼 무시무시하게 그녀를 노려보았지만, 오문은 아랑곳 않고 제가 하고 싶은 말을 했다.

"역시 태자 전하께서는 늘 옳으십니다."

태연한 듯했지만 오문의 목소리에 물기가 묻어나왔다.

그녀의 눈에서 또르르 한 줄기 눈물이 흐르는 것을 보고, 단왕은 주체할 수 없는 분노와 죽음에 대한 공포 때문에 피가 거꾸로 솟았다.

그 때문에 단왕의 몸에 퍼진 독이 순식간에 얼굴까지 퍼져 그의 얼굴에 붉고 푸른 실핏줄이 불거져 나오기 시작했다. 마치 진짜 괴물처럼.

오문은 그 모습이야말로 단왕에게 가장 잘 어울리는 얼굴이라 생각했다. 자애롭고 현명했던 단왕부의 군주 단왕의 가면이 깨지고 귀문의 수장인 마물이라 부르기 딱 좋은 얼굴이었다.

그 모습을 보니 이제야 마음을 놓을 수 있었다.

이제야…… 원한을 갚고 편해질 수 있을 것 같았다.

오문의 얼굴이 일그러졌다. 더 많은 눈물이 쏟아지고 있었다.

태자에게 칼을 꽂아 넣었을 때 삼안의 술법이 깨지기 시작했었다. 그러다가 태자의 마지막 말을 듣는 순간 완전히 깨어났다.

그러나 제가 저지른 짓을 알았지만, 저를 이렇게 만든 자를 죽이고자, 오문은 줄곧 술법에 걸린 척하며 울음을 참아야 했다.

「산호, 나의 반려……. 아직 돌아갈 기회가 있다.」

돌아갈 기회가 있다고, 태자가 분명 꺼져 가는 목소리로 그리 말했다. 그러니 슬퍼하고 자책하고만 있을 수가 없었다. 오문은 태자가 쓰러지기 전에 제게 건넨 독을 손톱으로 터트렸다. 작은 양이지만 단왕을 죽이는 데는 충분했나.

"울어? 왜? 왜 네가 우는 것이냐! 어디서 그 순진한 얼굴로 울고 있어! 이 빌어먹을 영악한 계집 같으니! 주혜령과 똑같이 질기고 독한 년!"

단왕이 욕설을 퍼부으며 길길이 날뛰기 시작했다.

오문은 울면서 비웃어주었다.

"예. 그러니 제가 산호 아닙니까? 주혜령과 은도명의 딸, 은산호. 그게 저 아닙니까?"

"닥쳐라! 네가 나를 죽인다 해서 무사히 나갈 수 있을 성싶으냐! 나간다 해도 내 아들 단유천이 너를 찢어 죽이고 말 것이다! 처절하게 울부짖으며 비명을 지르게 만들어줄 것이다! 그때 가서 이미 죽어 나자빠진 태자를 목이 터져라 불러 보아라! 불에 타 죽은 은도명과 머리가 깨진 주혜령이 두 팔을 벌리고 너를 반길 것이다! 크크크크!"

그러자 오문이 말했다.

"아니면, 그 반대거나."

"네놈들이 잔머리를 좀 굴렸다고 해서 우리가 가만히 당하고만 있었을 것 같으냐!"

단왕은 자신이 이 작은 계집에게 진 것이 너무 원통하고 수치스러웠던 나머지 아들을 내세워 체면을 살려보려는 것 같았다.

그의 몸은 이미 독이 퍼져 보통 사람이라면 죽고도 남았을 것인데, 그는 고통스러운 내색도 없이 죽지 않고 떠들어 대었다. 그야말로 지긋지긋하고 징그러운 자였다.

오문의 눈에 핏발이 섰다. 반대로 그녀의 입가에 비웃음은 더욱 짙게 매달렸다.

"산 사람들의 일은 산 사람들이 알아서 할 것이니, 어서 죽으십시오."

"가, 감히……!"

오문은 입술을 까뒤집을 정도로 강한 어조로, 그러나 낮고 음울하게 외쳤다.

"그 더러운 면상을 그만 치우고 어서 죽으란 말입니다! 어서!"

"이, 이년이! 내가 죽기 전에 너부터 죽이고 말리라!"

놀랍도록 힘이 넘치고 빨랐다. 죽음을 앞둔, 아니, 이미 죽었어야 할 육신이 단왕의 집착으로 움직이고 있었다. 쏘아지듯 오문의 앞으로 다가온 단왕은 아직 무언가 거머쥘 수 있는 왼손으로 오문의 목을 붙잡았다.

"흡!"

오문은 단왕의 손아귀에 목뼈가 부러지는 것처럼 아프고 숨이 막혔다.

"내…… 내…… 너를…… 너를 죽이고 갈 것이다. 너만큼은 내 손으로 목을 부러트리고 갈 것이다!"

"으……읍……."

오문은 팔다리를 움직이며 살겠다고 버둥거렸다. 아직 죽을 수 없었다. 아직 할 일이 있었다. 태자가 말한 기회가 아직은 남아 있었다.

그녀는 그 작은 손으로 단왕의 손을 마구 긁었다.

그나마 멀쩡했던 단왕의 왼손은 오문이 묻혀둔 손톱 밑의 독 때문에 더욱 독이 빨리 번졌다. 그런데도 그는 괴력을 발휘해 오문의 저항에도 아랑곳 않고 온 힘을 짜내 오문의 목을 억세게 조여갔다.

'안 돼! 안 돼! 지금 죽으면 안 돼!'

오문은 잠시 후 부러져 버릴 제 목을 생각하니 초조했다.

'전하! 전하!'

제가 태자를 도와야 하는데, 아직 미약한 숨이 남아 있는 태자를 살려야 하는데, 제가 도움을 요청하고 있으니 부끄러운 일이었다.

'어머니! 아버지!'

얼굴도 모르는 아버지를 부를 만큼 오문은 절박했다. 곧 있으면 제 목뼈가 부러져 죽게 될 텐데, 제 눈에 아른거리는 것은, 제 가슴을 짓누르는 것은 죽어가는 태자밖에 없었다.

'아아……. 전하. 제가 정말 사랑이란 걸 했나 봅니다. 모르면 좋았을 그런 걸 했나 봅니다. 가슴이 너무 아픕니다. 단왕이 목을 조르는데, 목이

아니라 가슴이 아픕니다. 이렇게 끝날 거라면, 이렇게 비참하고 비극적이라면 사랑을…… 왜 했던 걸까요?'

오문은 속으로 울부짖었다. 역시 저는 재수가 없었다. 하늘이 저를 지독히 미워하는 것 같았다. 다 가진 태자 전하를 가지면 하늘의 운도 제 것일 줄 알았더니, 제 불운이 태자에게까지 미쳤다.

'포기할까.'

포기하면 편해질 수 있다. 외면하고 눈을 감고 싶었다.

바로 그때였다.

"커윽!"

오문은 감기던 눈을 다시 떴다. 단왕의 목에서 뾰족한 칼끝이 튀어나왔던 것이다.

"……!"

단왕의 뒤에서 삼안의 얼굴이 나타났다. 단왕은 오문을 쥐고 있던 손을 놓아버렸다.

"헉! 하아……. 콜록……!"

오문이 주저앉아 콜록거리는 동안 단왕이 뒤를 돌아보았다.

"커으으…… 사…… 아……. 쿨럭."

그는 제 목에 칼을 찔러 넣은 것이 삼안이라는 것을 알고 마치 능욕이라도 당한 것처럼 부들거렸으나 목에서는 쌕쌕거리는 쇳소리만 날 뿐, 욕설 한 번 지껄이지 못했다.

"편히 가십시오. 그동안 보살펴 준 은혜를 갚는 것입니다."

놀랍게도 삼안의 말투가 침착하고 어른스럽게 바뀌어 있었다.

단왕은 죽어가느라 아무 말도 못했지만 오문은 깜짝 놀라 그를 불렀다.

"쿨럭. 사, 삼안?"

하지만 삼안은 오문의 말에 대답해 줄 시간이 없었다.

지금까지 우왕좌왕하며 지켜보고 있던 살수들이 삼안의 배신과 문주의 죽음을 보고 나서는 다급하게 덤벼들기 시작했다. 문주는 죽었지만 아직 그들에게는 단유천이라는 주군이 있었기 때문에 원흉인 삼안과 오문을 처치해야 했다.

오문은 살수 하나가 제게 검을 들고 달려드는 것을 보고 정신이 번쩍 들었다.

'여기서 죽으면 안 돼! 여기까지 왔으니 죽으면 안 돼!'

오문은 단 한 자루 남아 있던 작은 단검 하나를 온 힘을 다해 던졌다.

쌔액.

"커억!"

미처 대비하지 못하고 달려들던 살수의 눈에 단검이 꽂혔다. 살수는 고통스러워하며 그 자리에 멈춰 섰으나 물러설 기미가 보이지 않았다.

"으으으으악!"

그는 괴성을 지르며 단검과 함께 제 눈알을 뽑아냈다.

"……!"

소름 끼치는 광경에 얼어붙은 오문은 얼굴에 피를 뒤집어쓰고 다가오는 살수를 보며 뒷걸음질 쳤다.

그러다가 도저히 그를 피할 수 없게 되자 무의식적으로 쓰러진 태자의 몸을 온몸으로 감싸며 등을 돌렸다.

'이제 정말 끝이구나. 태자 전하만큼은 살려야 하는데……. 친위대장님이 어서 오셔서 전하를 구하셔야 하는데…….'

오문은 속으로 간절히 빌며 제 등으로 태자의 몸을 가려 조금이라도 시간을 끌 수 있기만을 바랐다.

"……!"

그런데 놀랍게도 제 등으로 칼이 꽂히지 않았다. 갑자기 엎드려 있던 제 몸이 일으켜졌다.

오문은 꿈을 꾸는 줄 알았다. 아니면 제가 헛것을 보거나 이미 죽어서 제 몸이 붕 뜨는 건 줄 알았다.

아니면 어찌 된 일이란 말인가!

"전하!"

오문은 죽은 듯 쓰러져 있던 태자가 몸을 일으켜 앉아 있는 것을 보고 깜짝 놀라 외쳤다. 그뿐이 아니었다.

태자의 몸에 박혀 있던 단검이 다가오던 살수의 가슴에 박혀 있었다.

"저, 전하!"

칼을 뽑는 바람에 태자의 배에서 더 많은 피가 쏟아지고 있었다.

"정신이…… 들었느냐?"

태자는 창백해진 얼굴로 환하게 웃으며 물었다.

"전하! 그건 제가 할 말입니다! 괜찮으십니까?"

태자는 강한 사람이었다. 그러니까 이 정도 피는 괜찮을지도 모른다. 오문은 희망을 갖고 물었다.

"됐다. 그럼 됐어."

하지만 무호는 웃으면서 다시 눈을 감았다.

"되긴 뭐가 됐단 말입니까! 눈 감지 마십시오! 전하! 전하!"

오문이 아무리 그의 뺨을 때려도 그는 다시 눈을 뜨지 않았다.

"아, 안 돼! 안 돼!"

오문은 태자의 상처에서 쏟아지는 피를 두 손으로 막으며 절규했다.

제 53 장

사신의 부활

“전하! 전하! 제가 잘못했습니다! 눈 좀 떠보십시오! 제발요! 전하!”

세 명의 살수에게 에워싸여 있던 삼안은 애타는 오문의 절규를 듣고 마음이 다급해졌다.

“후욱……!”

맞대고 있던 살수의 검을 힘껏 밀어낸 삼안은 제 몸을 돌보지 않고 오문에게 달려왔다. 막 그녀의 등을 베려던 살수의 허리를 잘라 버린 삼안이 그녀에게 등을 맞대고 엄호하듯 섰다.

“오문!”

“전하. 전하! 죽으면 안 됩니다! 아직 기회가 있다 하지 않았습니까!”

“정신 차려라, 오문! 어서 도망가! 어서!”

삼안은 오문을 살리고 싶었다. 제가 죽는 것도 상관없다. 저는 제 주인을 죽였으니 죽는 게 당연했다. 그러니 그에게 태자가 어떻게 되든 그따위 건 중요할 리가 없지 않나.

"전하가 위험해! 전하를 살려줘! 살려줘, 삼안!"

"곧 죽을 놈이야! 너라도 살아야지! 백호한테 가! 어서!"

"안 죽어! 우리 태자 전하는 보통 사람이 아니야! 이 정도로 안 죽는단 말이야!"

"무슨 말 같지도 않은……! 윽!"

삼안은 점점 오문을 보호하며 싸우기가 힘들어졌다.

하지만 오문의 고집을 꺾긴 힘들 거고, 이대로 두면 오문도 죽는다.

"내가 찔렀잖아! 내가! 겨우 내가 태자 전하를 죽일 수 있을 리 없잖아!"

오문은 경기를 일으키듯 꿀럭거리는 태자의 피로 손을 적시며 울부짖었다.

"하아! 오문! 잘 들어! 단왕이 갖고 있는 비약이 꽤 있을 거야! 피를 멎게 하고 잠시 버틸 수 있게 해줄 거다!"

"어디에? 그런 게 어디에 있어! 빨리 말해!"

"잘은 모르지만, 금고 같은 게……. 아니야. 침상 근처를 찾아봐!"

오문이 침상으로 뛰어가자 살수가 그녀의 등을 노렸고, 삼안이 그 살수를 베었다.

서걱.

"윽!"

하지만 동시에 삼안 역시 다른 살수에게 제 왼쪽 어깨를 내주었다. 어깨가 너덜거리긴 했지만 완전히 잘려 나가지 않았다. 아마 떨어지기까지는 시간문제겠지만, 백호가 달려오는 게 느껴지는 걸 보면 오문은 살릴 수 있을 것 같았다.

'조금만 더 버티자.'

오문은 발을 동동 굴리며 침상 어디에 약이 있을까, 바닥과 벽 여기저기를 두드리고 잡아 뺐다.

'어딨지? 어디에 감췄지? 아니야. 단왕에게 약은 보물 같은 게 아니라 상비하는 거니까…….'

생각해 보니, 지금 저에게야 보물이지, 단왕은 제가 쓰려고 좋은 약을 구비하고 있던 것뿐이었다. 천천히 주변을 둘러보던 오문은 침상에 앉았을 때 가장 손이 잘 닿는 서랍장을 발견하고 문을 열었다.

"있어! 있어!"

오문은 너무 반가워서 소리를 지르고 약상자를 가지고 태자의 앞으로 달려왔다.

"뭐지, 뭘 발라야 하지? 먹여야 하는 건가?"

약이 너무 많은 것도 문제였다. 일단 이 중에서 먹거나 발라도 별문제 없는 것부터 추려야 했다. 혹시 모르지 않나. 이 중에 상처에는 독이 되는 약이 있을 지도. 그래서 오문은 바르는 약 중 일부는 제 몸에 난 상처에 발라 보았다. 다행히 독은 없었고, 피를 씻어 내는 신기한 가루약을 찾았다.

하얀 가루를 태자의 상처에 뿌리자, 금세 부글부글 끓어오르며 피가 씻겼다. 하지만 피를 완전히 멈추게 하지는 못했다.

오문은 천천히 기억을 되살려 어릴 때 배웠던 약의 특징을 하나하나 떠올렸다.

'이게 젤 비슷해.'

반투명에다 금색 빛이 도는 금창약이었다. 칼 등에 상처를 입었을 때 바르면 상처가 아무는 데 도움이 되고, 피를 멎게 하는 데도 좋았다.

오문은 그 금창약 한 통을 전부 태자의 상처에 발랐다.

끈적거리는 연고가 상처를 틀어막아서인지, 약의 효과 때문인지, 정말 피가 많이 멎은 듯했다.

"하아……."

한시름 놓은 오문이 울먹거리며 입술을 깨물었다.

'의원에게 갈 겁니다. 그동안 버티셔야 합니다. 아셨죠?'

한시름 놓긴 했지만 태자의 창백한 얼굴은 죽은 사람 같았고, 칼날이 장기를 상하게 했다면 매우 위독한 상황일 것이다.

"윽……!"

오문은 그 작은 몸으로 태자를 업으려고 애썼다. 하지만 아무리 해도 되지 않아 짜증이 났다.

"흐엉! 어떡해!"

결국 아이처럼 울음을 터트리고 말았다. 삼안도 오문의 울음소리를 들었지만 그의 상황은 더 급박해서 오문을 도와줄 수가 없었다.

"커으…… 윽."

"삼안!"

삼안의 옆구리에 장검이 깊이 박혀 등을 뚫고 나왔다.

"으……. 오, 오문……. 도, 도망……."

살수가 그의 몸에 박힌 장검을 뽑자 삼안이 피를 뿜어내며 뒤로 쓰러졌다.

"삼안!"

오문은 제 앞에 털썩 쓰러져 눕는 삼안을 안타깝게 불렀다.

"삼안……. 삼안……."

그가 살아온 삶도 안타깝고 이렇게 최후를 맞는 것도 너무 안쓰럽고 억울하고 슬픈 일이었다.

하지만 오문의 상심과 달리 삼안의 눈가에는 평온함이 깃들었다.

“오문……. 고맙다…….”

“삼안……. 미안…… 미안해.”

삼안은 씨익 웃어 보였다.

이것으로 저는 주혜령을 만나러 갈 수 있게 되었다.

과연 주혜령과 같은 곳에 가게 될지는 모르겠지만, 적어도 제가 저지른 죗값을 어느 정도는 갚은 듯해서 홀가분했다.

“버텨. 곧…… 올 거야.”

삼안이 눈을 감았다. 곧 온다는 게 무슨 뜻인지 생각할 겨를도, 그의 죽음을 슬퍼할 겨를도 없었다. 이제 살수들이 저를 죽이러 다가오지 않나.

“당신들! 그만 항복하는 게 좋을걸? 단유천이 살 수 있을 것 같아? 당신들이 살아서 여기서 나갈 수 있을 것 같아?”

그러자 누군가 말했다.

“문주가 죽었다고 귀문이 사라진 건 아니다. 우리 중 누구라도 귀문의 문주가 될 수 있다.”

“……!”

“지금은 단유천이 우리의 문주다.”

귀문이 살아 있는 이상 이들은 마지막 한 명이 귀문의 문주가 되어서라도 항복할 뜻이 없다는 것이었다.

“어째서? 어째서 다른 삶은 생각도 해보지 않지? 아무리 어릴 때부터 세뇌를 당했다지만, 어떻게 그럴 수 있지? 다르게 살아보고 싶지 않아? 남들처럼 사랑하고 웃으면서 살아보고 싶지 않냐고!”

오문은 처음으로 살수들을 설득해 보았다. 문주가 죽었으니, 그들도 달라지지 않을까, 기대했다.

"남들처럼 사랑하는 것보다 사람을 죽이는 게 더 행복하다면?"

"……!"

귀문의 사람들은 오문이 생각하는 것처럼 단순하지 않았다. 이미 너무 멀리 간 자들이다. 짐승이 고기를 찾아 사냥하듯, 이들은 살행을 위해 살아가는 것 같았다.

이를 악문 오문이 떨어져 있던 삼안의 검을 주워 들었다.

살수들은 그녀를 가소롭게 여기며 천천히 다가왔다.

그러나 오문은 태자의 품속에서 조그마한 약병을 꺼내 한 놈에게 던져 그들의 주의를 돌린 후, 또 다른 약병을 꺼내 그 안에 든 것을 검에 발랐다.

"한 걸음만 와봐! 이 검에 스치기만 해도 살이 썩을 테니까!"

"……!"

"으으악!"

그 말이 끝나기 무섭게 오문이 던진 병에 맞은 살수의 피부가 검게 변하기 시작했다.

피부를 태우는 독이라는 건 쉽게 구하기 힘든 극독이었다. 그런 것을 한 병이나 던졌으니 남은게 있을 리가 없었다.

"우리 태자 전하가 보통 사람이냐고! 이 검에 묻은 건 더한 독이니까 오기만 해봐!"

사실 오문이 검에 바른 독은 독이 아니라 오히려 해독약이었지만 그녀는 그렇게 으름장을 놓았다.

이미 무서운 독을 눈으로 본 살수들은 그녀의 말이 거짓인지 아닌지 따질 생각도 못 하고 주춤거렸다.

그때였다.

"전하! 태자 전하!"

쾅! 쾅!

반쯤 열린 숨겨진 문틈으로 장우의 목소리가 들렸다. 그러나 어찌 된 일인지 장우는 들어오지 않고 밖에서는 쿵쿵 벽을 찧는 소리만 들렸다.

"대장님! 친위대장님!"

오문이 간절한 목소리로 자신이 여기 있는 것을 알리는데 들어오지는 않고 벽을 부수고만 있었다.

쿵. 쿵.

"오문! 전하는! 전하는 무사하시냐!"

오문은 울 것 같은 목소리로 외쳤다.

"아니오! 무사하지 못하십니다! 흐윽."

"뭐! 무슨 일이냐, 도대체!"

장우의 다급한 외침과 함께 벽이 부서져 내렸다.

쿵— 와르르—

그러고 나서야 장우가 들어오지 못한 이유를 알 수 있었다. 그가 호랑이를 타고 왔기 때문이다. 좁은 문을 통과하지 못한 백호는 벽을 들이받고 들어와서인지, 몹시 심기가 불편해 보였다.

"전하!"

장우는 죽은 듯 쓰러져 있는 태자와 눈물과 피로 범벅이 된 오문을 보고 가슴이 철렁해서 외쳤다.

"전하! 이게 어찌 된 일입니까! 전하!"

막우담과 부하들도 비통하게 외쳤다.

백호도 오문을 발견하고 장우를 등에 태운 채 달려오니 살수들이 더 이상 버티지 못하고 뒤로 물러났다.

'크르르' 소리를 내며 펄쩍 뛰어오르는 백호는 단단히 화가 나 보였다.

백호의 화를 덜 수 있는 건 자신들의 죽음밖에 없겠다는 생각이 들 만큼 오금이 저려 왔다.

"멍멍아!"

그러나 오문이 백호를 부르자, 백호는 달라졌다. 백호가 으르렁거림을 멈추고 오문에게 반갑게 달려들었다.

오문은 그런 백호를 멈추게 했다.

"안 돼! 지금 그럴 때가 아니야!"

"전하! 전하께서 이게 도대체……!"

백호에서 내린 장우는 망연자실했다.

사실 그들의 몸도 엉망이었다. 수세에 몰려 목숨이 경각에 달렸을 때, 갑자기 호랑이들이 깨어나 살수들을 물어뜯지 않았다면 지금쯤 저희들은 살아서 오문을 만나지 못했을 것이다.

그렇게 힘겹게 살아왔더니 태자가 죽어가고 있지 않나. 아무리 죽여도 죽을 것 같지 않던 자가, 죽어가고 있다. 그의 복부에 깊은 자상을 보고 장우의 안색도 태자만큼이나 하얗게 질렸다.

"이게 어찌 된 일이냐!"

오문은 울먹거리며 말했다.

"제가요, 제가 그랬습니다. 제가……. 흑!"

"뭐?"

장우는 오문의 말을 곧이곧대로 믿을 수 없었다. 오문을 구하다가 태자가 당했겠지 생각하다가 죽어 나자빠진 삼안과 단왕이 보였다.

"저놈들 짓이구나. 저놈들이……. 너에게……."

죽은 단왕에 대한 분노를 풀 길이 없었으나, 온몸의 핏줄이 터지고 목에 칼까지 꽂고 죽은 것을 보니 원통함이 조금 가시긴 했다. 대충 상황을 파악한 장우가 오문의 어깨를 힘주어 잡았다.

"네 잘못이 아니다."

어쨌든 오문이 재빠르게 응급처치를 했고, 이만큼이나 버틴 것도 장하다 싶었다.

오문은 장우의 위로에도 울음을 멈출 수 없었다.

"흑……. 이제 어쩌죠?"

"괜찮다. 응급처치도 했으니, 전하는 살아나실 수 있다."

"의원……. 의원을 찾아야 합니다!"

장우는 고개를 끄덕이며 태자의 손목을 잡았다. 상태가 얼마나 위중한지부터 알아야 했기에.

"……!"

맥을 잡아보던 장우의 가슴이 또 한 번 철렁했다. 이건 거의 죽은 사람이었다. 죽어가는 사람의 저승길을 잠시 막은 정도밖에 되지 않았다.

천천히, 아주 천천히 숨이 멎어가고 있었다. 이렇게는 하루를 넘기지 못할 것이다. 물론 치료를 한다 해도.

'센장. 성날 여기까지 와서 죽으면 어쩌자는 겁니까!'

속으로는 그렇게 외쳤지만 내색할 수는 없었다.

"오문. 잘 들어라."

"예!"

워낙에 긴박한 상황이라 오문은 대답도 서둘렀다.

"지금 단왕부의 의원들로는 치료가 힘들지도 모른다."

“……!”

오문은 벌어진 입을 다물지 못하고 입술과 눈썹을 파르르 떨었다.

“정신 차려라, 오문! 네가 넋을 놓으면 어쩌자는 것이냐!”

“제가…… 제가 전하를 죽였…….”

“그 얘기는 그마— 안!”

“……!”

장우가 크게 버럭 소리를 질러 오문을 찔끔하게 만들었다.

“지금 그걸 따지자면 끝이 없다. 그럴 때가 아니야! 방법이 없지는 않으니 서둘러야 한다!”

“뭐, 뭐가 있나요? 뭐든 할게요. 제발. 전하를 살려주세요.”

오문이 눈물을 주르륵 흘리는 걸 보고 장우는 이 와중에도 그녀가 드디어 여인이 되었구나, 속으로 감탄했다. 어린애 같던 소녀가 어느새 이렇게 성숙한 여인이 되었다니, 두 사람이 정말 사랑을 하긴 한 모양이었다.

장우는 감탄은 나중에 하기로 하고 서두르면서도 진중하게 오문에게 당부했다.

“우리가 오는 길에 만났던 의원을 기억하느냐?”

“예! 예, 기억합니다!”

“그분이라면 전하를 살릴 수 있을지도 모른다.”

“하, 하지만 너무 멀리 있지 않습니까! 그러다가 전하께서 잘못되시면…….”

“단왕부 인근이니 그리 멀지 않다. 백호를 타고 가라. 저놈 덩치면 두 사람을 거뜬히 태우고도 한나절도 안 돼 도착할 것이다.”

“……!”

"내 말대로 해. 지금은 그것밖에 방법이 없다. 황후 마마만 해도 그분이 아니었으면 그만큼도 살아 계시지 못했을 것이다."

그때 그 사고 직후, 황후께서는 바로 그 자리에서 운명하셨다 해도 이상할 게 없었다. 돌아가신 것이 분명해 보였는데, 제화국 최고의 의원이라 불렸던 태의가 살렸다. 늘 의술에 정진하시는 분이니, 그때보다 더욱 의술의 경지가 높아졌다면 모를까, 절대 실력이 녹슬 분이 아니었다. 무엇보다 태자라면 그리 쉽게 죽지 않을 것이다.

오문이 백호를 쳐다보며 목을 쓰다듬었다.

"부탁한다."

과연 북천 땅의 백호는 신령이라 여겨질 만큼 영물이었다. 백호는 눈을 감고 오문의 손길을 느끼더니 알아듣는 것처럼 네발로 엎드린 채 상체를 낮추었다.

오문이 먼저 백호에 올라타자 장우가 태자를 태워 오문의 등에 기대놓았다. 오문은 태자를 떨어트리지 않으려고 저와 태자의 몸을 꽉 묶었다.

"함께 가고 싶지만 여길 정리해야 한다. 전하께서 무사하시면 범명성으로 오시라 전하거라."

"예! 꼭 그리하겠습니다."

장우는 만약 전하가 잘못되면, 이라고 말하려다가 관두었다.

전하가 잘못되면 오문은 돌아오지 않을 것 같았다. 아마 그와 운명을 함께하지 않을까 싶었다.

'그런 일은 없을 것이다.'

없을 테니까, 장우는 만약의 경우를 입 밖에 내지 않았다.

"멍멍아 가자! 이쪽으로 나가면 돼!"

곧 만날 사람들이기에 작별의 인사는 길지 않았다.

오문과 백호는 단왕의 침전 문을 박차고 밖으로 달려 나갔다.

'전하. 우리 살아서 다시 국수도 먹고 원 없이 안아보며 그렇게 사는 겁니다. 아시겠지요?'

어느새 긴 하룻밤이 지나고, 이제 새벽이 밝아 오고 있었다.

오문은 더 이상 울지 않았다.

"멍멍아! 빨리 가자. 더 빨리!"

백호를 재촉하고 있었지만, 오문은 새삼 백호가 대단하다는 것을 느꼈다. 백호의 등에 타고 달리니 모든 것이 휙휙 지나가 형체가 제대로 보이지 않았다.

기겁한 병사들을 뛰어넘어 거침없이 성문을 나서는데 마치 바람이 된 기분이라, 모든 근심과 걱정을 내려놓을 수 있었다.

'괜찮을 거야. 괜찮을 거야. 태자 전하니까. 보통 사람이 아니니까…….'

이날 백호를 타고 날 듯이 지나가는 오문의 모습을 많은 이들이 목격했다. 보는 사람마다 까무러치듯 놀라고 두려워했으나 아무도 그들을 잡을 수 없었다.

날 듯이 땅을 밟고 달려 나루터에 도착한 오문은 아무 배나 빌려 타고 강을 건넜다.

물론 오문이 배를 빌리는 데 백호의 활약이 크긴 했다. 호랑이를 보고 기겁한 뱃사공이 노를 던지고 도망쳤기 때문이다.

"의원님! 의원님!"

한밤중에 조그만 산골 마을이 발칵 뒤집혔다.

마을이 떠나가라 의원을 찾는 여인의 목소리에 밖을 내다보니, 눈이 휘둥그레지고 심장이 멎을 것만 같은 두려운 광경이 보이는 게 아닌가.

자다 깬 사람들은 악몽을 꾸는 기분이었다.

그렇지 않아도 조용한 마을에 집채만 한 백호가 난입한 것은 물론, 그 위에 죽어가는 사람과 어린 여인이 타고 있으니 사람들은 기겁을 하며 소리를 질러댔다.

비명을 지르고 우르르 도망치는 사람들 속에서 오문은 그들을 진정시킬 생각도 못 하고 목청이 터지도록 의원을 불러댔다.

엄청난 소란에 마 의원도 소리를 듣고 헐레벌떡 뛰쳐나왔다.

"이게 무슨……!"

"의원님!"

마 의원의 얼굴을 보는 순간 오문은 반갑게 달려들었다. 물론 백호를 탄 채로.

"흐억!"

마 의원은 제 주먹만 한 눈을 부라리는 백호의 눈빛에 압도당해 뒤로 넘어지며 주저앉고 말았다. 잡아먹히겠다 싶은 순간, 오문의 목소리가 위에서 들렸다.

"의원님! 도와주십시오! 저, 전하를 살려주십시오!"

"오, 오문?"

마 의원은 울고 있는 오문과 눈이 마주쳤다. 그리고 그녀의 뒤에 죽은 듯 매여 있는 태자의 얼굴을 보았다.

"이런……!"

축 처진 태자의 팔과 창백한 낯빛은 마 의원조차도 장담할 수 없는 위기감을 느끼게 했다.

❖

지원군이라기보다 본진에 가까운 대군이었다. 단유천이 끌고 온 군대는 흙먼지를 일으키며 범명성을 집어삼켰다. 범명성에 남아 있던 장졸들은 전갈을 받고 급히 성을 비우고 퇴각했다. 만약의 경우 불리하다 싶을 때는 무조건 퇴각하라는 태자의 명이 있었기 때문이었다.

더군다나 모두 태자의 편으로 돌아선 장졸들이었다.

단유천이 그들을 붙잡기라도 한다면 곱게 죽이지 않을 것은 물론, 그들을 벌함으로써 군사들의 사기를 높이고, 배신자들을 처단하는 명분에 힘을 실을 것이 분명했다.

그렇게 될 바에야 도망쳐서 섭낭과 동신조의 부대와 합치는 게 나았다.

그렇게 첫 승리는 단유천이 거머쥔 것처럼 보였다.

하지만 비어 있는 범명성에 진을 친 단왕부의 군사들은 떠나는 이들이 곳곳에 남기고 간 글귀들을 보고 큰 혼란을 느껴야 했다.

「제화국의 대역죄인 단씨 일가를 벌하라.

태자를 시해하고 제화국의 황위를 넘보려 한 단왕부는 더 이상 제화국의 일가가 아니니, 단왕부와 함께하는 자들은 황제의 명으로 처단할 것이다.

그대들의 주군은 대역죄인 단왕인가, 제화국의 황제인가?」

어떤 곳은 보란 듯이 크게, 또 어떤 곳은 굴러다니는 나무판자에, 글귀는 어디에든 쓰여 있다.

단유천은 미친 사람처럼 광분하며 이것이 다 동신조와 배신자들이 단왕부를 분열시키려는 비열한 계책이라 소리쳤다.

그것들을 전부 불태우라 했으나 글귀는 군사들의 숫자보다 많았고, 어디에 있는지 다 찾아낼 수도 없었다.

"섭낭도 그렇지만, 대부분의 장수들이 배신을 모르는 우직하고 충성스러운 자들이옵니다. 어째서 그들이 왕부를 배신하고 동신조를 도왔는지 조금은 살펴봐야 하지 않겠습니까?"

단유천과, 그의 충직한 장수와 신하들을 제외한 나머지 장졸들이 머리를 맞댔다. 그들 생각에 최근 단왕부와 동신조, 그리고 태자를 둘러싼 수많은 소문들은 단순히 단왕부를 모함한다 여기기에는 너무나 의심스러운 점이 많았다. 게다가 이번 출정만 해도 생사결단을 낼 것처럼 왕부를 비우고 사병들은 물론 싸울 수 있는 장정들은 전부 강제로 집결시키다니, 수상하기 짝이 없는 일이었다.

"하아……. 이럴 때 우장사께서 계시면 좋으련만."

"없는 우장사의 의견보다 우리의 의견을 모으는 것이 더 시급합니다. 이러다가 만약 동신조와 섭낭의 말이 맞다면 우리는 지금 반역을 일으키고 있는 것입니다."

"그렇습니다. 영문도 모르고 끌려왔는데, 같은 단왕부의 군사들을 치는 것도 그렇고, 반역이란 말이 오가는 이상 신중을 기해야 합니다."

"하면 어쩌자는 겁니까. 만약 반역이라면 멈추란다고 멈추실 세자가 아니지 않습니까."

"강제로라도 멈추게 해야지요."

"그러다가 이 전부가 동신조의 계략이면요!"

사안이 사안인만큼 다들 예민해져 있었다. 대책은 없고 추측만 난무하니 신경질적인 대화가 오고 가고 더 큰 혼란에 빠졌다.

"허허! 지금 돌아가는 꼴을 좀 보십시오. 사신들이 뭐라 했습니까? 태자 전하께서는 동신조와 함께 무사히 계신다 했습니다. 그들이 그때 했던 말을 생각하면 이것은 명백한 반역입니다."

나이 지긋한 대신 한 명이 단호하게 말하는 순간이었다.

쾅!

"……!"

벌컥 문이 열리고 좌장사를 비롯한 젊은 장수들과 단유천이 나타났다.

"누가 감히 반역을 입에 올리는가?"

"저, 저하……!"

단유천이 들어오자마자 윽박지르자 방금 말한 대신이 고개를 조아렸다.

"대체 이 비밀 회동은 무엇이며, 이곳에서 오고 가는 말들은 또 뭐란 말이오!"

"저하……. 신들은 그저, 이상한 점들이 있어 의논을 해보는 중이었사옵니다."

"이상한 점? 도대체 뭐가 그리 이상한지 들어나 봅시다!"

"……."

단유천의 큰소리에 모두들 입을 다물었다.

"왜요? 어째서 다들 아무 말씀 없으십니까? 조금 전까지 반역도 입에 올리던 분들이 이상한 점을 말해달라는데, 왜 그것조차 대답을 못하는가 말입니다!"

이 순간, 모두의 마음이 같았다. 범명성에 들어와 글귀를 본 순간부터 감정을 조절하지 못하고 사납게 변한 단유천이 가장 이상하다는 것을.

그는 늘 성인군자처럼, 대인배처럼 행동했고, 전장에서는 손속이 잔인하긴 했지만 이는 적군에게 공포를 불어넣으려는 전술의 일환이라 여겨져 왔다.

그런데 그가 크게 흥분하며 태자를 구하는 것은 뒷전에 두고 배신자들을 전부 쓸어버리라 명했다.

사리분별이 밝은 단유천이 일의 경위를 살펴보지도 않고 그리 말한 것부터가 한참 잘못되었다고, 다들 그렇게 생각하고 있었으나 아무도 입 밖에 내지 못했다.

그런데 방금 전 그 나이 지긋한 대신이 말했다.

"저하. 신의 생각으로는 단왕부와 태자 전하 사이에 큰 오해가 있는 듯하옵니다. 그러니 섭낭 등을 비롯한 장수들이 동신조와 함께하는 게 아니겠나이까. 부디 태자 전하를 직접 만나 동신조의 이간질에 넘어간 것인지, 아닌지, 말씀을 나눠 보시는 게 어떻겠사옵니까?"

그가 돌려 말하긴 했지만, 결국은 태자가 단왕부를 반역으로 보고 있다고 결론을 내린 것이었다. 그것이 오해가 아니라 사실이기에 단유천은 태자를 만나 이야기를 나눌 수 없었다.

"오해?"

"예. 저하. 전하께서 무언가……."

"이보게. 그대는 혹시 섭낭의 간자인가?"

"예? 예? 저하. 그게 무슨……?"

"그대는 지금, 태자 전하를 납치한 동신조 무리와 작당한 섭낭을 옹호하고 있다! 그뿐 아니라, 나를 그들과 만나게 한 뒤 무슨 일을 벌이려 한 것인가!"

"저하! 그 무슨 오해이시옵니까? 신은 그런 의도로 말씀드린 것이 아니오라…… 섭낭은 함부로 배신할 자가 아니오니, 이야기를 들어보자는……."

"닥치거라!"

"저하!"

"지금 같은 전시에 적의 계책에 휘둘려 아군을 교란시키려 하다니, 무능한 것인가, 아니면 적의 간자인가!"

"저하. 간자라니요? 섭낭은 불과 한 달 전까지만 해도 충직한 장수였나이다. 그런 그가 갑자기 적의 편에 선 이유를 알고자 하는 것이 어째서 아군을 교란시키는 일이란 말이옵니까!"

단유천에게 맞서는 대신의 목소리에 힘이 들어갔다. 그는 단유천이 전장이라는 특수한 상황을 이용해 억지를 부리는 것 같았다. 상명하복이 반드시 지켜져야 하는 전장이라지만, 역모까지 따라야 하는 것은 아니지 않나.

"몰라서 묻는가? 그대는 지금 나를 의심하고 있다. 반역의 죄를 지은 단씨 일가로 여기며 내 앞에서 목소리를 높였다. 아니라고 말할 수 있는가?"

단유천은 돌려 말하지 않고 굳이 사실을 지적했다.

대신 역시 그 말을 부정하지 않았다.

"예. 단왕부 역시 제화국의 나라입니다. 태자 전하의 목숨이 위중한 때에 단왕부가 범명성을 공격한 것과, 태자 전하께서 직접 단왕부의 장수들을 데려간 것만 놓고 생각해 보시옵소서. 어찌 신들이 의심하지 않을 수 있겠나이까. 지금 이 의심에서 벗어나시려면 태자 전하와 오해를 푸시는 것밖에 방법이 없다 여겨지옵니다!"

단유천은 부드럽게, 그러나 삐뚜름하게 미소 지었다.

"그러니까 지금 그대의 말씀은 이 단유천이 역적이니, 따를 수 없다는 것인가?"

"따를 수 없다는 게 아니라……!"

"또 누가 나를 따를 수 없는가! 내가 역적이라 의심되는 자들은 지금 나서시오!"

단유천의 음성은 부드러웠다가 높아졌다가 변덕스럽게 바뀌었고, 그것이 대신들로 하여금 두려움을 느끼도록 했다.

그리고 그 두려움은 정확했다.

며칠 후, 범명성에는 단유천에게 반기를 들었다 해서 배신자로 몰린 노신의 목이 걸렸다. 그와 함께 온 그의 첫째 아들과 식솔들 또한 함께 처형되었고, 그의 사병들은 옥사에 갇혀 처분을 기다리는 신세가 되었다.

단유천은 제게 쏟아진 의혹을 공포로 해결했다.

사람들은 아무도 단유천의 명에 반박할 수 없었다. 이렇다 보니 대신들은 그를 따르는 좌장사나 여러 젊은 장수들만 아니었다면 단유천을 붙잡아 태자에게 직접 갖다 바치고 싶은 심정이었다.

범명성의 분위기는 날이 갈수록 험악해져 갔다.

견디지 못하거나, 반역임을 확신한 군사들과 장수들이 때로 탈영을 시도하다 잡혀 성문에 목이 걸리곤 했다. 특히 섭낭을 비롯한 단왕부의 군사들과 맞닥뜨린 날에는 더 열심히 나아가 싸우지 않았다고 군사들을 벌하는 일이 허다했다.

때문에 독기를 품은 군사들은 싸우고 싶어 하지 않는 섭낭의 군대와 맞서 처절하게 싸워 이기는 횟수가 많아졌다.

그러던 어느 날, 단유천의 광기가 극에 달하게 되었다.

단왕부의 성문에 단왕의 목이 걸렸다는 소식을 전해 들었기 때문이다.

◈

"소식 들으셨습니까?"

섭낭이 동신조를 찾아왔다.

"들었소."

"하면 이제 곧 단유천이 미쳐 날뛸 것입니다."

"지금까지는 미쳐 날뛴 게 아니었소?"

동신조가 보기에는 단유천은 그냥 미친놈이었다. 그것도 비열한 미친 새끼. 제 군사들의 사기를 북돋아 싸우는 게 아니라 군사들을 공포로 몰아넣어 싸우는 장수라니!

지금 섭낭의 입장이 동신조와 같았다.

동신조는 부안국 왕이 보낸 군사들을 되도록 회유하고 싶었다. 군사들의 앳된 얼굴에 두려움이 가득한데, 그들 역시 부안국의 백성, 그것도 소년들인데, 어찌 칼을 들이댈 수 있겠는가.

그 때문에 전쟁이 소강상태에 이르러 짜증이 났는데, 범명성마저 단유천이 밀고 들어와 상황이 매우 나빠졌다.

"그대의 태자로부터는 아무 연락이 없는가? 어째 일만 크게 벌이시고 대책은 세우지 않으시는가 말일세!"

"태자 전하를 함부로 말씀하지 마십시오!"

"그렇지 않게 생겼는가!"

쾅.

동신조의 주먹이 탁자를 부서져라 내리쳤다.

태자의 말만 믿고 전쟁을 일으켰는데 정작 지휘장인 태자가 저희들에게 모두 떠넘기고 가더니 단왕의 목을 걸었다. 단유천이 미쳐 날뛰게 내보내 놓고 단왕만 죽이면 어쩌자는 것인가.

"생각이 있으실 겁니다. 잠깐만 버티고 있어 봅시다."

"저들이 전군을 이끌고 양쪽에서 우리를 친다면 우리는 버틸 방법이 없네!"

"산성으로 갑시다."

"산성? 정말 고립되고 싶은가!"

얼마 전 자신들이 산성에서 버티고 있다고 거짓 소문을 낸 적이 있었는데 정말 그리될 판이었다.

"버티기에는 그만한 장소가 없습니다. 장군님도 저도 백성들에게 칼을 겨누고 싶지는 않을 것 아닙니까. 제 군사들을 보십시오. 심지어 전장에서 벗을 만났다 합니다. 이러다가는 형제도 만나겠습니다. 이렇게 전쟁을 할 수는 없습니다. 수성으로 웅크리고 있는 것이 지금으로서는 최선입니다."

"으음……. 하지만 언제까지? 그러다 자칫 우리가 더 불리해질 수도 있네. 단유천과 부안의 왕이 산성 아래 집결하면 오히려 기회를 주는 꼴 아닌가."

"시간을 벌어야지요. 아마, 황제께서도 지원군을 보내셨을 겁니다. 이건 시간 싸움입니다. 단유천이 제 군사들을 닦달하는 것도 깊이 생각할 틈도 주지 않고 단시간에 몰아붙일 생각인 겁니다."

"거북이처럼 목을 숨기다니! 천하의 동신조가!"

"천하의 동신조는 목이 두세 개랍니까?"

죽으면 체면이 다 무슨 소용이냐 빈정거리는 젊은 장수를 보며 동신조가 얼굴을 일그러트렸다.

"이보게. 아무리 우리가 함께 머리를 맞댄 처지라지만 자네와 나는 그게 달라."

"뭐가 말입니까?"

"그러니까, 나이가 아니라도 말이지, 전장에서 굴러먹은 연수를 따져도 자네는 내 한참 발밑 아래란 말이지. 전하께서 지휘권을 주셨다고 너무 기고만장한 게 아닌가?"

"태자 전하께서 떠나기 전, 안 그래도 이런 말씀을 하셨습니다."

"……?"

"동신조가 선배랍시고 깔아뭉개려 들거든 이렇게 전하라고 하셨습니다."

"아니, 내가 언제 자네를 깔아뭉개려 들었는가? 난 그저 예의에 대한 말을 하려는 것이지!"

섭낭은 그 말을 무시하고 하던 말만 계속했다.

"부안에서나 선배지, 여기서는 새로 배워야 하니, 까불지 말고 섭낭이 하자는 대로 해."

태자의 목소리가 귓가에 들리는 것 같아서 동신조는 버럭 짜증을 냈다.

"태자의 말은 별로 듣고 싶지 않으니, 앞으로는 그리 전하지 마시게! 하라는 대로 하면 될 게 아닌가!"

결국 그날, 태자의 연합군은 산성으로 옮겨 갔다.

영춘은 서둘러 떠날 채비를 했다. 준비할 건 별로 없었다. 갑옷과, 검. 그것이면 충분했다. 단씨 일가를 끝장내는 데 무엇이 더 필요할까. 사실 단유천의 멱살을 잡고 맨 주먹으로 죽을 때까지 패도 속이 풀리지 않을 것 같았다.

'그 더러운 놈을 형님이라 부른 내가 진짜 죽어야 할 놈이지.'

태자가 매우 위중하다는 장우의 서찰이 당도하고 황제는 황군을 출정시키기로 결정했다.

아직 태자의 생사를 알 수 없으니 영춘은 일단 그부터 확인하고 싶어 했고, 황제를 찾아가 보내달라 생떼를 썼다. 아니, 생떼라기에는 거의 목숨을 내놓고 겁도 없이 설쳐 댔다 해야 맞을 것이다.

그래서 영춘은 허락이 떨어지자마자 황군보다 일찍 떠날 수 있게 되었다.

"저희도 같이 가요."

성문을 나서는데 이미 채비를 끝낸 기예단 일원이 성문 밖에서 기다리고 있었다.

"상이야 장우 형님 때문이라지만, 너희들은 왜?"

금이 사뭇 비장한 음성으로 대답했다.

"오문도 궁금하고, 단왕이 귀문의 문주라면서요? 광두를 죽게 한 건 귀문이 한 짓이나 다름없으니 복수를 해야겠습니다."

"광두를 죽인 자는 다른 놈 아닌가. 동신조의 부하라던데?"

"뭐, 그자는 나름 동료들의 복수를 한 거잖습니까? 방법이 비열하긴 했지만……. 어쨌거나 그리 만든 건 귀문이니까."

"광두가 아니었으면 우리가 이만큼 자라지도 못했는데, 그냥 모르는 척하긴 그렇고요."

첨이 말을 거들자 다들 고개를 끄덕였다.

하지만 영춘은 이들 전부를 데려가고 싶지 않았다. 떠나기 전 마지막으로 만난 산호의 표정이 마음에 걸렸기 때문이다.

「오래 못 보게 되겠죠?」

산호는 스스로 전쟁터로 간다는 영춘의 통보에 크게 놀라지도, 서운해하지도 않았다.

「그야 뭐…….」

오히려 영춘이 미안했다. 산호가 제게 서운할 필요가 어디 있겠나. 저희들이 뭐나 된다고 의논을 해야 한단 말인가. 제게는 태자 전하밖에 없으니, 전하를 찾아가는 게 잘못이 아닌데…….

괜히 이상하게 미안해서 그녀를 똑바로 볼 수가 없었다.

무엇 때문인지 생각해 보니 원래 제 임무가 그녀를 보호하는 것인데, 이렇게 팽개치고 가버리는 게 미안한 모양이었다.

「당연히 무사히 돌아오실 테지만 그래도 무사하시라 빌겠습니다.」

「예……. 뭐. 저기, 그런데…… 괜찮으십니까?」

「뭐가 말입니까?」

「단왕이 죽고, 또 제가 단유천을 죽이러 가는데 말입니다……. 그러니까, 아버지, 오라버니 같은 분들이셨잖습니까?」

산호는 조용한 미소를 지었다. 그리고 그 웃음이 걷힌 후에 싸늘하게 대답했다.

「자식의 손으로 태자를 시해하려는 아버지가 있답니까?」

「…….」

「아니면, 남의 인생을 송두리째 빼앗고 무력한 삶을 살게 한 것도 보살핌이라 말할 수 있습니까?」

영춘은 그녀에게서 처음으로 분노라는 감정을 느꼈다. 그녀 안에 이토록 많은 분함과 원망이 있으리라고는 생각조차 못 했기에 그는 크게 놀라고 있었다.

「다녀오십시오. 제가 주제넘게 바라는 게 있다면, 단유천 그 짐승보다 못한 놈은 꼭 호위님의 손으로 죽여주셨으면 합니다.」

놀랍게도 산호가 욕을 했다. 영춘은 속이 시원해지는 기분이었다. 그러면서 이상하게도 산호의 부탁에 의미를 부여하고 싶었다.

「왜 제가 죽여주길 바라십니까?」

「그래야 제가 무용담을 들을 수 있지 않겠습니까? 절 심심하게 방치해 두셨으니, 돌아오시면 즐겁게 해주십시오.」

환하게 웃으면서, 그러나 쓸쓸한 기색이 역력한 산호의 얼굴을 떠올리니 썩 개운치가 않았다.

영춘은 함께 가겠다는 상과 화를 쳐다보다 잠시 고민에 빠졌다.

"화야. 너는 어리니, 남아라."

"예? 제가 뭐가 어립니까? 저 오문이랑 동갑입니다!"

"그러니까 어리지. 남아."

남아서 산호의 곁에 있어달라고 말하면 될 것을, 영춘은 어쩐지 쑥스러워서 그 말을 자세히 못했다.

"왜요? 저도 가고 싶습니다! 왜 저만 쏙 빼놓으려고 하십니까!"

화는 같이 가고 싶어 발을 동동굴렀다.

그러자 곰곰이 생각해 보던 상이 영춘의 손을 들어주었다.

"호위님 말 들어. 내 생각에도 너는 남는 게 좋겠다. 위험한 길에 왜 따라나서."

"아, 왜!"

화는 한참이나 떼를 썼지만 금과 상까지 나서서 남으라고 하니, 어쩔 수 없이 울먹이며 산호의 곁에 남게 되었다.

◈

북천 땅의 겨울은 무척 빨랐다. 며칠 전, 진눈깨비가 먼지처럼 흩날리는가 싶더니 먼지가 눈꽃이 되고 이제는 눈송이가 되었다.

산맥 속에 들어앉은 조용한 산골 마을에는 인적이 드물어서인지, 눈이 더욱 청아하게 빛이 났다. 바람도 숨어버린 계곡에는 춤추듯 하늘하늘거리는 눈송이가 내려앉아 나무며 지붕이며 땅이며, 솜이불처럼 덮어주었다.

포근한 겨울의 정취.

하지만 오문은 그런 걸 감상할 시간이 없었다. 그녀의 눈에는 한 달 전이나, 지금이나 달라진 계절의 차이가 느껴지지 않았다.

태자의 상태는 매우 위중했다.

장우의 말이 옳았다. 다른 의원에게 보였다면 태자의 임종을 준비했을 것이다. 마 의원마저 장담할 수 없을 정도였다.

장기가 크게 상하지 않은 건 천운이었고, 오문이 제때 처치를 잘한 것도 다행이었지만, 이미 피를 너무 흘린 탓에 의식이 돌아올지 알 수 없는 지경이 되고 만 것이다.

'전하가 잘못되시면 저 역시 죽을 겁니다. 저는 괜찮을 거라 하셨지요? 잘못 보셨습니다. 저는 괜찮지 않습니다.'

죽을 것 같았다.

피가 마른다는 게 어떤 건지 알 것 같았다. 살수들이 저를 쫓아올 때보다 더 큰 공포와 초조함에 차라리 기절하고 싶을 정도였다.

하지만 기절할 수는 없다. 제가 기절한 동안 태자가 정말 멀리 가버릴까 봐, 한시라도 그의 손을 놓을 수가 없었다.

'전하. 제발요! 정말 제가 죽어야 깨어나실 작정이십니까?'

원망도 해보고 너무 힘들어서 차라리 제가 먼저 죽는 게 나을까 싶을 때도 있었다. 차마 태자가 죽는 것을 보고 죽을 수 없을 것 같아서 그렇게 다 포기할까 싶은 때가 한 두 번이 아니었다.

"의원님! 우리 전하 좀 살려주세요! 벌써 며칠째 이러고 계시잖아요! 제발 어떻게 좀 해주세요. 제발요!"

오문은 태자의 상태가 조금만 나빠졌다 싶으면 마을이 떠나가라 통곡하고 마 의원을 닦달했다. 태자가 위기를 넘기기까지 닷새 동안 오문은 정말 한숨도 자지 않고 그의 곁에 있었고, 그 때문에 마 의원 역시 제대로 자지 못했다.

꺼져 가는 불씨를 죽어라 부채질해 불을 피우고, 또 꺼져 가면 또 죽어라 바람을 불어넣었다. 안정적인 생명의 불꽃을 일으키기까지, 두 사람의 명줄도 함께 타들어 갔다.

하지만 결국 오문의 집요한 정성과 마 의원의 의술이 태자를 살렸다.

그가 살았다.

그가 드디어 평온한 숨을 쉬었다. 괴롭고 혼탁한, 듣기만 해도 고통스러운 그런 숨이라도 잠깐 잠깐 숨이 멎을 때면, 심장이 철렁했었다.

이제 되었다! 이제 고비를 넘겼다.

오문은 사람의 숨소리에 귀를 기울이고 그 숨소리에 깃든 생명력에 이토록 감격해 본 적이 없었다.

'전하! 전하께서 저를 살리신 겁니다. 전하께서 또 저를 살리신 겁니다!'

오문은 태자의 몸을 안고 목 놓아 울었다.

도저히 안 될 것 같았는데 살아주었다. 이것이 꿈일까 봐, 깨어나면 다시 죽어가는 태자를 보게 될까 봐, 미어질 듯 아픈 가슴이 좀처럼 진정되지 않았다.

'이제 된 거지요? 이제 정말 괜찮으신 거지요?'

좀처럼 안도가 되지 않다가도 그간의 마음고생이 서러워졌다. 눈물이 멎지 않아 '엉엉' 소리 내어 울다가 오문은 결국 혼절하고 말았다.

그렇게 해서 겨우 살린 목숨이었으나, 태자는 살았을 뿐이었다.

오문은 서걱서걱거리는 눈을 밟으며 약사발을 들고 종종 걸음으로 오두막에 들어섰다. 오두막 문을 열자 후끈한 열기와 함께 약 냄새가 진동했다. 꼭꼭 닫힌 창으로는 찬 공기가 들어설 틈도 없었고, 모닥불은 활활 타올라 방 안을 따뜻하게 만들어주었다.

침상 위에는 옷 대신 붕대를 감고 있는 무호가 잠자듯 누워 있었다. 한 달간 그는 매우 수척해져 있었지만 오문의 정성 때문인지 여전히 깔끔한 모습이었다.

오문은 뜨거운 탕약을 침상 옆에 놓고 자신도 그 앞에 앉았다.

"전하. 약 드실 시간이옵니다."

태자는 여전히 눈을 감고 입을 열지 않았다.

오문은 탕약을 한 숟가락 떠서 후후 불고는 태자의 입 앞으로 가져갔다.

"……!"

그런데 갑자기 태자가 눈을 번쩍 떴다.

"헉! 전하!"

그러더니 오만상을 찌푸리며 벌떡 몸을 일으키는 게 아닌가.

"전하! 안 됩니다! 누워 계셔야 합니다!"

"대체 언제까지!"

태자는 멀쩡했다.

멀쩡하게 살아 있었고 보름 전에 의식도 찾았다.

하지만 태자의 상처는 깊었고, 그것이 제대로 아물려면 되도록 움직이지 않아야 했다. 또한 내상을 입어 원기가 많이 상했으니 탕약으로 몸의 기를 보강하는 것도 중요했다.

물론 태자는 크게 반박하며 눈을 뜬 그날 움직이려 했다. 하지만 전쟁터로 갈 게 아닌가. 이대로 전장에서 무리했다가는 상처가 터지고 말 것이 뻔한지라, 마 의원은 절대 안정을 명했다.

그는 자신이 힘들게 살린 몸이니 제게 그 일부의 권한이 있다고 주장했다.

오문 역시 마찬가지였다.

그녀는 자신 때문에 태자가 죽을 뻔했으니 그 상처는 자신이 책임져야 한다고 말했고, 태자가 전부 나을 때까지는 문 밖을 나서는 것은 물론 몸을 일으키는 것도 금하고 있었다.

태자는 그런 마 의원과 오문의 마음이 갸륵하고 귀여워서 처음에는 그들의 뜻에 따라주기로 했다.

그러나 하루, 이틀, 사흘, 나흘…… 오늘로 보름이 지났다.

태자의 화가 지금 폭발한 것이 놀라울 정도로 그는 오래 참았다.

"언제까지인지 몰라서 물으십니까! 다 나으실 때까지요!"

"넌 내가 뭘 하던 중이었는지 잊었느냐?"

"음…… 식도락 유람요?"

잠깐의 정적이 흘렀다. 오문이 무안한 듯 귀 뒤로 머리카락을 넘기며 딴청을 피우자 무호가 눈을 가늘게 뜨고 물었다.

"……일부러 그러는 것이냐? 모르는 척 넘어가기에는 위중한 시국인 듯한데?"

"전하. 전하가 안 계시다고 뭐 그렇게 세상이 크게 위험하고 그렇지 않습니다. 그런 쓸데없는 책임감은 괜히 몸만 상하게 할 뿐이지요."

"전쟁 중이다. 지휘장인 나 없이 어찌 전쟁을 치르란 말이냐!"

"글쎄. 친위대장님도 계시고, 대장군님도 그렇고, 또 광견자도 보통이 넘는 인물인데, 태자 전하를 손꼽아 기다릴 사람은 없을 겁니다. 알아서 잘하고 계실 테니 걱정 마시라니까요. 지금 전하가 걱정해야 할 건 전하

자신입니다. 그 몸으로 어딜 가겠다는 겁니까! 그렇게 버럭버럭 화만 내고 있으니 상처가 빨리 아물지 않는 겁니다! 자, 어서 입 벌리십시오!"

오문의 잔소리에 울컥한 태자는 그녀의 손에서 사발을 빼앗아 들고 단숨에 벌컥벌컥 들이켰다.

"어휴. 잘 드시네요. 자, 여기 당과."

오문은 사발을 받아 들고 당과를 내밀었다.

태자는 지금 당과나 내밀 때냐, 내가 화난 것이 보이지 않느냐, 눈을 부라렸지만 오문은 전혀 모르겠다는 듯이 어리둥절한 표정을 지었다.

"왜요? 이제 당과가 지겨우세요? 그럼…… 엿으로 드릴까요?"

뭔가 할 말이 많았지만 무호는 씰룩거리던 입술을 꽉 다물고 당과도 빼앗아 한입에 넣었다.

양 볼이 볼록해져라 당과를 씹는 모습을 보고 오문은 자애로운 미소를 지으며 태자의 뺨을 쓰다듬었다.

"……!"

태자는 어린애 취급을 받았다는 것을 깨닫고 진심으로 오문을 노려보았다. 오문은 제가 너무 나갔구나 싶어, 슬그머니 손을 내리며 혀를 쏙 내밀었다.

"헤헤……. 너무 좋아서요."

전투적으로 당과를 씹어 삼킨 무호가 물었다.

"내가 살아서 좋은 것이냐? 네가 나를 죽이지 않아서 다행인 것이냐?"

"어휴. 그걸 말이라고 하십니까? 둘 다지요! 전 전하께서 잘못되시면 진짜 죽으려고 했습니다."

무호는 오문의 감동적인 말에도 심드렁했다.

"넌 원래 죽는 걸 두려워하지 않으니, 그 정도로 네 마음을 표현하기에는 부족하지 않나?"

오문은 망설임 없이 대답했다.

"예. 죽는 건 두렵지 않지요, 전하 없는 세상에서 혼자 살아갈 게 두려운 거죠. 그러니까 제대로 치료받으시고 움직이세요. 저는 세상이 무너진다 해도 전하는 살려야겠습니다."

전에 없이 진지한 표정이 그간 그녀의 고생을 말해주는 듯해서 무호는 그녀의 수척해진 뺨을 쓰다듬어 주었다.

그러자 오문이 그의 손을 잡으며 수줍은 듯 속삭였다.

"저기, 그리고…… 의원님 말씀이…… 나중에 힘쓰실 일이 생기면 자칫 부작용이 있을 수 있으니…… 반드시 완벽하게 나으신 후에 움직이라 하셨습니다."

무호는 뺨을 붉히는 오문의 모습이 귀여워 그만 그녀의 입술에 입을 맞추고 말았다.

"너도 그런 말을 하면서 수줍어할 줄 아는구나."

무호가 놀리듯이 말하자 멍하게 있던 오문이 발끈했다.

"무, 무슨 짓입니까! 갑자기!"

"싫은 척하기는. 뺨에 홍조라도 지우고 아닌 척하든가."

"아닙니다! 이건, 이건 그냥 고뿔이란 말입니다!"

"뭐?"

"어휴. 내가 못 살아! 그 몸에 고뿔까지 걸리면 어쩌려고 이러시는 겁니까!"

진짜인지 아닌지 알 수 없었다.

오문의 뺨은 더 붉어져 있었고 방 안의 후끈함이 더 강렬해진 것 같았지만, 그것이 모닥불 탓인지, 두 사람의 욕정 탓인지는 알 길이 없었다.

"……."

오문은 투덜투덜거리며 입을 삐죽거리고, 기가 막혔던 무호가 팔짱을 끼고 가만히 있는 동안 묘한 정적이 흘렀다.

막 태자가 그 어색한 분위기를 깨 보겠다고 입을 연 순간이었다.

콰앙!

"전하! 전하!"

애타는 부름과 함께, 휘잉— 찬바람이 문 안으로 밀려 들어왔다.

"전하! 이게 어찌 된 일입니까!"

눈물을 그렁그렁 매단 영춘이 어깨와 머리에 눈을 잔뜩 얹고 들어왔던 것이다.

태자는 영춘의 모습이 썩 반갑지 않았다.

"넌 또 왜 이럴 때 하필!"

"예?"

영춘이 영문을 모르겠다며 멍하니 서 있는데 오문이 앙칼진 목소리로 잔소리를 했다.

"어휴! 환자가 있는 방의 문을 그리 여시면 어쩝니까! 얼른 문 닫으십시오!"

"어? 어……. 문은 닫겠는데……. 근데, 두 분 뭐 안 좋은 일 있습니까?"

아무리 봐도 저를 반기는 분위기가 아닌지라 영춘은 뺨을 긁적이며 분위기를 파악하려고 애썼다.

"네가 왔는데 좋은 일이 있겠느냐?"

"제가 얼마나 걱정했는지 아십니까? 폐하께서 전하께 전해 드리라고 황궁에 있는 온갖 영약들을 챙겨 주셨습니다. 이걸 한시라도 빨리 전해 드리려고 밤낮으로 달려왔는데, 너무하십니다!"

태자는 갑자기 영춘이 반가워졌다.

"호오! 웬일로 그걸 다 털어주시더냐?"

"아드님께서 생사를 넘나든다 하시는데 그럼 가만있으시겠습니까?"

"며칠 후에 내가 깨어났다는 소식을 받으시면 아마 아까워하실 게다. 그러니까 일단 먹을 수 있을 만큼 먹어두자. 이리 내놓거라."

"아니, 왜 쓸데없이 이 귀한 약들을 다 드시겠다는 겁니까? 이제 멀쩡하신 것 같은데요?"

그러자 오문이 또 버럭했다.

"어딜 봐서 멀쩡하십니까! 전하 뺨이 수척해진 거 안 보이십니까? 없던 광대뼈가 보이지 않습니까! 원기를 보충해야 하니, 좋은 약이 있으면 얼른 내놓으십시오!"

"그래. 얼른 나아서 힘쓰러 가야 하니 전부 풀어놔!"

영춘은 두 사람이 왜 이렇게 흥분하는지, 잘은 이해가지 않았다.

하지만 전장으로 가서 단유천을 박살 내려면 힘을 내긴 해야 하니, 성미 급한 태자께서 안달나신 모양이다, 그렇게 넘겨 버리고 약 보따리를 풀어놓았다.

그날 태자는 하나만 먹어도 장수한다는 영약들을 배부르게 먹었다.

그렇게 약 사흘이 흘렀다.

태자가 자리를 털고 일어나자 오문이 갑주를 챙겨 주었다.

영춘이 이제 정말 괜찮으신 거냐, 걱정스레 묻자 태자가 대답했다.

"물론. 어젯밤 이미 괜찮다는 것을 충분히 확인했으니, 아무 염려할 거 없다."

자신 있는 태자의 대답에 영춘은 그가 어떻게 확인한 건지 궁금해졌다. 그러자 태자가 그의 어깨를 툭 치며 지나가면서 속삭이듯 말했다.

"너도 언젠가 알게 될 것이다."

태자보다 네 살이나 많은 영춘은 영문을 모른 채, 동시에 불쾌해졌지만 그 이유는 훨씬 나중에야 알 수 있었다.

문 밖을 나오니 사람들이 배웅하겠다고 나와 있었다. 이제 익숙해져서 마을의 고양이나 다름없어진 백호도 떠날 준비를 하고 기다리고 있었다.

마 의원이 감사를 전하는 태자에게 당부했다.

"기적이라는 것을 명심하십시오. 하늘이 새 생명을 불어넣어 주신 것이나 다름없습니다. 부디 그 몸을 아끼고 소중히 쓰셔야 합니다."

"그 잔소리가 듣기 싫어서라도 다시는 다쳐서 오지 않겠네."

그러면서 무호는 오문을 번쩍 안아 올려 백호의 등에 태우고 저는 그 뒤에 올라타 고삐를 잡았다.

오문은 이렇게 돌아가게 된 것이 꿈만 같아 크게 안도의 한숨을 쉬며 말했다.

"후. 정말 돌아가시는 줄 알았었는데, 이렇게 금방 털고 일어나시니 지금도 제가 꿈을 꾸나 싶습니다."

가끔 태자가 죽는 꿈을 꾸고 일어나 그것이 현실인지 악몽인지 헷갈려 했었다. 지금도 그때를 생각하면 가슴이 서늘했기에 태자가 너무 멀쩡해 보이는 것도 불안했다.

"이게 꿈이라면 즐기면 그만이다. 앞으로는 즐길 일만 남았으니 마음껏 꿈을 꾸면 된다."

태자의 말처럼 신이 난 백호가 마음껏 달리기 시작했다.

제 54 장

유유자적

"벌써 눈이 이렇게나……."

며칠 만에 문을 열고 나온 장우는 백색의 세상 앞에서 멈칫했다. 피로로 끈적거리는 눈동자가 순간이나마 시리도록 청명해지는 기분이었다.

"더 힘들어지겠군."

보기에 아름다운 이 풍경을 느긋하게 감상할 마음의 여유가 없었다.

서강에서부터 언제나 뒤처리는 제 몫이었고, 그때도 지금도 전시라는 것은 변함없었다. 다른 게 있다면 지금은 태자가 없었다.

지휘장이 없는 동안 어떻게든 버텨야 하는 길고 지루한 시간 싸움.

저돌적인 싸움만 해왔던 태자와는 어울리지 않는 전술이었다.

산성에서 버티고 있는 아군을 생각하면 한시라도 빨리 태자 전하를 부르고 싶었다. 그러나 오문이 보내온 마 의원의 소견으로는 되도록 오래 안정을 취해야 한다지 않나. 때문에 제가 뒷수습은 물론 군 전반의 지휘를 맡은 셈이었다.

대장군 막우담의 노련함 덕에 그나마 버틸 수 있었지만 며칠 전 그가 떠났다. 산성의 상황이 매우 나빠졌기 때문이다.

부안국의 왕이 다 이긴 전쟁이나 다름없다고 여겼는지, 며칠 전 군사를 이끌고 직접 출정했다. 그 때문에 제법 잘 버티던 산성이 더욱 위태로운 지경에 이르렀고, 결국 막우담이 부안국 진영의 왼쪽 날개를 치러 떠났다.

잠시나마 적군을 분산시키려는 의도인데, 막우담의 실력이라면 단 며칠은 버틸 수 있을 것이다. 하지만 산성에는 지금 식량을 비롯한 물자가 매우 부족한 상태일 것이다.

그렇다면 이제 방법은 하나밖에 없었다.

'단왕부를 버려야 한다.'

그동안 귀문에 대해 샅샅이 파헤치고 그들의 연락책 일부를 찾아 퇴로를 봉쇄했다. 죄다 잡아들이거나 죽였으나 세간에 알려진 귀문의 규모에 반의 반도 되지 않았다. 그러나 이 이상 찾을 길이 막힌 데다가 단왕부의 온갖 악행과 비리는 이미 충분히 밝혀냈으니 이제 이곳을 버려도 될 것 같았다.

그래서 장우는 막우담 쪽에 합류하기 위해 오늘 출정을 결심했다.

'조금만 더 버티면 우리 전부가 죽더라도 황군이 도착할 것이다. 그러면 적어도 피해는 클지언정 패하지는 않을 것이다.'

황궁에서 온 연락에 따르면 닷새 후 황군이 부안의 도성을 바로 칠 거라 했다. 그때까지 도성이 비어 있을 수 있도록 놈들을 범명성과 산성에 묶어두라는 것이 황명이었다.

태자가 없는 것이 아쉽지만 오래 잡아두지는 못하더라도 큰 피해를 남겨야 했으니, 장우는 서강에서도 마음먹은 적이 없는 비장한 각오로 눈을 밟아 나아갔다.

꾸욱. 꾹.

무거운 갑주 탓인지, 묵직하게 짓누르는 가슴 탓인지, 장우의 걸음마다 눈이 깊이 파였다. 그러나 그 걸음은 얼마 못 가 다시 멈추었다.

"무슨 표정이 그리도 비장하십니까?"

"……."

장우는 할 말을 잃었다. 제가 헛것을 보는가 싶기도 했다.

"이런 표정, 또 색다르네요. 더 멋있어 보이기도 하고."

"……."

상이 왜? 황궁에 있어야 할 상이 왜 여기 제 눈앞에 있을까?

그녀가 제 앞을 서성거릴 때마다 눈 위에 발자국이 남았다. 그렇다면 헛것은 아니다.

"어찌 온 것이냐?"

"와. 지금 엄청 정떨어지게 말씀하신 거 아세요? 걱정돼서 한달음에 왔더니 감격은 고사하고 반가운 척이라도 해줘야지요."

"그러니까 말이다. 반갑지 않다."

장우가 눈썹을 찌푸리며 노골적으로 싫은 기색을 보였으나 상은 기죽지 않았다.

"어라? 지원군이 한 명이라도 더 필요한 상황 아니었나요?"

"네 손을 빌려야 할 만큼 절박하지는 않다."

장우의 냉랭한 말에 상이 그의 어깨에 손을 툭 얹더니 짐짓 거드름을 피우며 말했다.

"야박하게 너무 그러지 마십시오. 우리도 사실 몇 달이나 함께 싸워온 전우애가 있지 않습니까?"

장우는 정말 화가 났는지 상의 손을 세게 잡아 끌어내렸다.

"아얏!"

아파하는 상을 보면서도 장우는 험악한 표정을 지으며 손의 힘을 풀지 않았다.

"돌아가라!"

"왜요!"

"네가 있을 곳이 아니다!"

"전쟁터는 사내들의 자리이니, 계집이 오면 부정이라도 타나 보지요? 저보다 약한 병사들도 나가 싸우는데 제가 안 된다는 거 보면 그런 건가 봅니다?"

상도 이제는 화가 난 표정이었다.

"네가 하던 싸움과 전쟁은 달라! 어서 돌아가!"

"못 갑니다."

"하면 여기 남든지!"

장우는 고집스런 상의 모습이 꼴 보기 싫다는 듯 그 손을 세게 뿌리치고 상의 앞으로 먼저 걸어나갔다.

"제가 안 되면 오문도 안 되겠네요!"

몇 걸음 걸어가던 장우가 돌아서서 버럭 외쳤다.

"있지도 않은 오문은 왜!"

장우의 목소리가 쩌렁쩌렁 울린 후였다.

"저 여기 있는데요?"

멀리서 들린 음성에 홱 하고 고개를 돌리는데 저쪽에서 오문의 작은 머리가 보였다.

그리고…… 오문이 타고 있는 백호와, 사라졌던 호랑이들과 그 위에 탄 사람들…….

무엇보다 장우를 놀랍게 한 것은 백호를 제외한 호랑이 중 가장 덩치 큰 놈이 태자를 태우고 있다는 것이었다.

"전하!"

장우는 오문과 백호도 놀랍지만 멀쩡하게 살아 돌아온 태자를 보고 반가워 저도 모르게 쏜살처럼 튀어 나갔다.

"하! 뭐야? 이렇게 반겨주는 게 달라? 이 사람이…… 날 뭘로 보고!"

상이 투덜거리는 소리는 들리지 않았다.

장우 눈에는 태자만 보였다. 드디어 이 모든 일을 떠넘길 수 있게 되었으니 반가울 수밖에 없지 않나!

"이제 괜찮으신 겁니까?"

장우가 환하게 웃으며 맞아주자 태자가 눈살을 찌푸리며 의심스러워했다.

"너무 반기는 걸 보니, 귀찮은 일이 많은 모양이지?"

정곡을 찔린 장우가 고개를 저었다.

"그럴 리가요. 지휘장이 오셨으니 든든해서 그렇지요."

"형님! 저도 왔습니다!"

영춘이 혹시 저를 못 봤나 싶어 장우에게 큰 소리로 존재를 알렸다.

"그래. 네가 상을 데려왔나 보군. 넌 나 좀 보자."

"에? 그냥 다음에 봅시다."

장우가 주먹을 쥐는 것을 보고 영춘은 본능적으로 제게 나쁜 일이 생길 거라는 걸 직감했다.

다행히 태자의 말이 이어져서 두 사람의 대화는 중단될 수 있었다.

"오는 길에 들었다. 상황이 긴박하다지?"

"예. 부안의 왕이 어린아이를 방패로 쓰는 바람에 동신조도 그렇고 군사들도 싸울 의지를 잃었다 합니다."

"그놈의 백성들은 자식들을 전쟁터로 보내고도 아무도 들고 일어나지 않나 보지?"

"뭐, 공포심 아니겠습니까? 덕분에 아이들을 죽이지 않고도 이길 수만 있다면 동신조 입장에서는 반역을 일으켜도 성군에 오를 명분이 생기겠지요."

"미친개가 성군이 된다니 지나가던 개가 웃을 일이지."

동신조를 비웃을 만한 지나가는 개라면 아마 태자밖에 없지 않을까, 장우는 속으로 생각했다.

"단유천 쪽은 살수들이 합세한 모양이던데?"

"예. 그 때문에 고전을 면치 못하고 있습니다. 산성이 언제 뚫릴지 하루하루 살얼음판이라 합니다."

"그래서 지금 대군을 이끌고 산성으로 가려는 것인가?"

"예. 대장군이 진영을 흩트려 놓는다 했습니다. 그쪽으로 합세하고 산성에서도 기습적으로 함께 공격을 하면 승산이 있습니다."

"틀렸다."

"예?"

"아이들을 죽이지 못해 여태 질질 끌었는데, 기습을 하면 죽일 수 있느냐? 보나마나 병사들은 아이인지 아닌지 확인하고 죽이고 있을 것이다."

"……."

태자의 말이 옳았다. 장우는 아무 말도 하지 못했다.

"그런 걸 기습이라고 하지 않아."

"하오면……."

"잊었느냐? 난 언제나 장군부터 잡고 본다."

"그거야 알지만……."

"단유천부터 잡아야지. 옛말에 악한 놈들은 호랑이가 물어간다지 않아."

◈

동신조와 섭낭의 연합군이 산성에 틀어박힌 지도 한 달이 지났다. 그동안 섭낭과 동신조가 어찌나 으르렁거리며 다투었는지 군영에는 두 사람이 전생에 부부라는 소문이 나돌 지경이었다. 원수처럼 싸워대지만 그래도 제법 합이 잘 맞아서 한 달이 넘도록 단유천의 공격을 잘 막아내고 있으니 참으로 부부 같긴 했다.

하지만 그것도 오늘로 끝이 날 듯했다. 으르렁거리는 것도 머리가 목에 붙어 있을 때나 하는 게 아닌가.

"더는 버티지 못할 것 같습니다. 성안에 이제 남은 거라고는 얼어 있는 우물밖에 없습니다."

섭낭의 씁쓸한 보고에 동신조는 헛웃음이 났다.

"어찌할까? 병사들이라도 살리려면 적어도 우리 둘은 나가서 목을 내줘야 하지 않을까?"

"……."

섭낭은 말이 없었다. 하지만 그는 주먹을 꽉 쥐고 있었다. 전쟁을 할 거라면 동정심도 인정도 품지 말았어야 했다. 동신조나 저나, 제대로 싸워보지도 못하고 패배하게 됐으니, 적의 무정하고 비열함만을 탓할 수는 없었다.

하지만 다시 생각해도 어린애들한테 검을 겨눌 수는 없었다. 진짜 적도 아닌, 따지고 보면 인질이나 다름없는 아군이었다.

이제 막 시작된 겨울이었으나 연합군에게는 혹독했다.

설마 태자가 이토록 오랫동안 오지 못할 줄이야!

단유천과 부안국의 왕. 그들의 길고 집요한 공격에 천의 요새라던 산성의 방어가 슬슬 무너지고 있었다. 단유천의 군사는 그들이 가진 병력의 세 배는 넘을 듯한 전력을 갖고 있었다. 처음에는 그 전력을 이해할 수 없었으나, 단왕이 귀문의 수장이라는 말이 퍼지면서는 이유를 확실히 알 수 있었다.

병사들 사이사이에 그들처럼 싸우고 있으나 그들과 전혀 다른 싸움을 하는 이들. 바로 귀문의 살수들이었다.

단유천의 병사들은 사실상 오합지졸이었다. 산성에서 수비를 해도 얼마든지 상대할 수 있다고 우습게 여겼었다. 단왕부의 정규군과 징집된 백성들, 그리고 귀족들의 사병들이 뭉쳤으니 덩치만 불렀지 제대로 손발이 맞을 리가 없었다. 싸우는 방법도 전술도 너무 달라 전열을 가다듬고 진법으로 전술을 펼치기에는 불리했다.

그러나 살수들이 가세하는 순간 전세는 달라졌다.

그들이 귀신처럼 날렵하게 성벽을 타고 올라 병사들 사이를 헤집고 가면, 성벽 위를 방어하던 순사들은 순식간에 속수무책으로 당했다. 살수 하나를 죽이는 데 수십 명의 병사가 달라붙어 제거하고 나면 이미 그쪽 방비가 무너지곤 했다.

귀문의 살수들로 인해 얼마 전 동신조가 보낸 간자들 역시 모두 목숨을 잃었다. 오랫동안 동신조의 눈과 귀가 되어준 계암마저 그때 죽었다. 때문에 동신조는 지금 정보력까지 잃어 적잖이 당황하고 있는 터였다.

간신히 죽을힘을 다해 막아냈으나 이제 한계가 보였다. 아마 며칠 전 막우담이 부안의 진영을 기습 공격해 주지 않았다면 지금까지 버티지도 못했을 것이다.

"이왕 이렇게 된 거 마지막으로 힘껏 싸워보고 싶습니다."

"이 많은 병사들을 죽음으로 몰아넣어도 상관없다는 뜻인가?"

"다른 자들은 몰라도 저 살수 놈들은 죽이고 죽어야겠습니다."

"단유천 그놈을 포함해서 말이지."

"그래서 말인데, 나갈 사람만 나가는 게 어떻겠습니까?"

"마지막이라고 너무 막 나가는 거 아닌가?"

"이 말도 안 되는 싸움이 시작된 것부터가 막 나가는 거였습니다."

"그래. 이게 다 그 태자 놈 때문이다!"

"아니라고는 말 못 하겠습니다. 원망은 좀 해야겠군요."

사실 두 사람 모두 이게 전부 사악한 단씨 부자 때문에 일어난 일이라는 걸 알았지만 괜히 태자를 욕했다.

죽기 전에 그동안 쌓였던 감정을 이렇게라도 풀어보고 싶었던지, 두 사람은 다투지 않고 의기투합했다.

잠시 후, 결단을 내린 동신조가 군사들을 집결시키고 단상에 올랐다. 그리고 오랜만에 광견자라는 별호답게 간결하고 속 시원한 연설을 했다.

"저놈들이 어린 아이며 노인이며 앞세워서 방패로 쓰고 있다만, 그놈들 말고 쳐 죽일 놈들만 죽이러 나갈 작정이다. 죽고 싶으면 나와 함께 성문을 열고 나가 한 놈이라도 더 죽이고, 개처럼 살고 싶거든 그냥 남아서 항복해라. 싫다는 놈 굳이 끌고 가고 싶지는 않으니."

병사들과 장수들은 잠시 술렁거렸다.

대부분 항복할 거라 여겼으나 의외로 성에 남은 이들은 얼마 없었다. 장수들은 항복한다 해도 살길이 없을 것 같았고, 병사들은 존경하고 따르던 동신조를 그냥 보낼 수가 없었다.

"이게 문제라니까. 남으라고 해도 따라와서 굳이 죽겠다 하니, 맘대로 움직일 수가 있어야지 원!"

섭낭은 투덜거리는 동신조를 보고 웃었다. 사실은 그가 꽤 감격한 듯 보였기 때문이다.

"문을 열어라!"

동신조의 외침에 굳게 닫혔던 성문이 열렸다.

두드려도 열리지 않던 문이 스스로 열리자 단유천의 진영이 발칵 뒤집혔다. 문이 열리자마자 쏟아지듯 튀어나오는 군사들을 보며 허둥지둥 전열을 가다듬고 있었다.

"기습에는 성공했군."

동신조는 꽤 흐뭇해하며 무조건 앞으로 달렸다.

차가운 바람이 코로 들어와 씩씩거리는 뜨거운 콧김을 식혀주는 듯했다. 흥분한 심장과 달리 머리는 차갑게 식어 갔다.

그의 목표는 자신의 왕이었다. 죽더라도 어린 백성을 방패로 삼는 몹쓸 왕은 죽이고 가야 할 것 같았다.

'이럴 것 같더라니.'

살기를 포기한 동신조는 제 등 뒤는 부하들에게 맡기고 전력 질주했다. 앞을 가로막는 것은 누구라도 짓밟았다.

그렇게 부왕이 머문 막사로 진격하자 어리고 겁에 질린 병사들은 본능적으로 몸을 피해 흩어졌다. 대신 왕의 충직한 개들이 제 앞을 가로막았다.

"네놈들이라면 얼마든지 환영이다!"

죽겠다고 설치는 동신조를 어찌 막겠나. 화살을 쏘는 이도 있었지만 빗나간 화살이 저희 아군에게만 피해를 주고 있었다.

섭낭은 아예 호기롭게 외치며 긴 창을 휘둘렀다.

"죽고 싶은 놈들만 내 앞을 막아라!"

동신조는 젊은 놈의 패기는 역시 다르다며 이까지 드러내고 껄껄 웃었다. 그러고 난 후에 동신조의 표정이 달라졌다.

그는 더욱 미친개처럼 날뛰었다. 원래 그가 싸우는 방식이 그랬다. 그저 눈앞에 보이는 건 닥치는 대로 베고 찔렀다. 죽든지 살든지 한번 검이 지나간 자리는 돌아보지 않았다. 누가 제 뒤에서 저를 찌르고 베는 것도 무시했다. 오로지 제 갈 길만 갔고 전투 후에는 늘 상처투성이였다.

물론 이번에는 상처로 끝날 것 같지는 않았지만.

'역시, 장수라면 이래야지! 이렇게 싸우다 죽어야지!'

동신조는 칼을 한 번 휘두를 때마다 속이 시원해졌다. 한 달 동안 묵혔던 체증이 사라지는 것 같았다.

비장하지 않은 자가 없었다. 한 달간 산성에 갇혀 작은 것도 나눠 먹으며 서로를 위하던 병사들이었다. 부안의 병사든, 단왕부의 병사든, 그런 건 중요하지 않았다. 전장에서는 종종 적으로 마주했던 양국의 병사들은 이미 인간적인 전우애로 돈독해졌고, 마지막 가는 길에 서로 길동무가 돼주기로 마음먹었다.

산성의 수성을 포기하고 해일처럼 쏟아져 나오니 승세를 잡아 사기가 올라 있던 적들은 그 기세에 눌려 허둥거렸다.

시간이 지나면 질 것이 뻔하지만 지금 당장은 자신들의 기세가 우세했다. 모두 한마음이었다.

한 사람이라도 더 죽이자.

광폭하게 날뛰던 동신조는 방금 제가 베어버린 사람이 누군지 알 것 같았다. 안면이 있는 사람을 베는 것은 쉽지 않았으나 그의 검은 이제 망설이지 않기로 했기에 거침없었다.

그 후로도 부안의 왕에게 다가갈수록 아는 얼굴이 늘어났다.

'이제 와서 어쩔 것인가.'

동신조는 후회하지 않기로 했다. 한데, 그런 동신조의 칼을 멈추게 한

이가 있었다.

"……!"

겁에 질려 울면서 콧물까지 흘리고 있는 열다섯 살쯤 된 듯한 소년의 목 앞에서 동신조는 흠칫 놀라 칼을 멈추었다. 전부 다 베어버리려고 했는데, 차마 그러지 못했다. 동신조가 처음 검을 잡을 때 여인과 아이는 해치지 않겠다는 맹세를 했었다. 그 맹세를 깨고라도 오늘만큼은 닥치는 대로 베려 했는데 도저히 할 수가 없었다.

"이런 빌어먹을!"

그 잠깐 사이에 동신조를 향해 여기저기서 검이 찔러 들어왔다.

다 막을 수는 없으리라.

동신조가 억울한 건 죽는 게 아니라, 저 앞에서 저를 비웃고 있는 비열한 왕의 못난 얼굴을 뭉개 버리지 못한 것이었다.

"윽!"

결국 동신조는 말에서 떨어지고 말았다. 땅으로 추락하는 순간 적들이 우르르 몰려들어 제 목을 칠 것 같았다.

"왕이라는 놈이 애들 뒤에 숨어서 잘하는 짓이다!"

떨어지는 찰나에 동신조는 왕에게 들리도록 큰소리로 외쳤다. 왕의 표정이 참으로 볼만하다 싶은 순간이었다.

"……!"

그 볼만한 머리가 갑자기 사라졌다.

아니, 그러니까 그건 사라졌다기보다 가려진 것이었다.

"헉! 저, 전하!"

"전하! 전하가 호, 호랑이한테……!"

"호랑이다! 으악!"

"전하께서 호랑이한테 잡아먹히셨다!"

"전하!"

"사, 사, 사람이!"

"호랑이 등에 사람이……!"

동신조는 눈을 의심했다. 왕의 머리를 한 입에 넣고 있는 거대한 호랑이와 그 위에 태연자약하게 앉아 있는 태자의 모습을 어찌 믿으란 말인가. 상상조차 못한 모습에 눈을 의심하는데, 주변 병사들이 비명을 지르며 주저앉으니 믿지 않을 수도 없었다.

"쏴, 쏴라! 저자를 쏴라! 저자가 전하를!"

"뭣들 하느냐! 저자에게 화살을 쏘지 않고! 호랑이를 죽여라! 어서!"

병사들이 허둥지둥 몰려오는데 호랑이 등에 있던 태자가 가소롭다는 듯이 말했다.

"쏴봐. 확 깨물어줄 테니까."

"……!"

그러고 보니 아직 왕의 손발이 바들바들 떠는 것이 보였다. 아직 살아 있긴 한 것이다. 언제 목이 뎅강 끊어질지 모를 일이지만.

"저, 저, 전하……!"

"전하를 놔드려라! 이놈!"

영문을 모르는 건 동신조도 마찬가지라 눈만 끔뻑거리고 멍하니 태자를 바라보았다.

그때였다.

사방에서 굉음 같은 울음소리가 들려오기 시작했다.

크어—흥!

어흐응!

모두들 그 소리를 들었다. 산을 뒤흔드는 거대한 울음이 여기저기서 들리며 심지어 가까워지고 있었다. 아직 호랑이가 왕을 물고 있는 상황을 모르는 다른 곳에서도 크게 동요가 일어나기 시작했다.

섭낭도 멈칫하고 주변을 돌아보았다. 마침 저 멀리 숲에서부터 하얗고 거대한 생명체가 모습을 드러냈다.

"배, 백호다!"

"헉! 백호! 백호가 나타났다!"

눈처럼 새하얀 백호가 눈밭을 달려오는 모습은 누가 보아도 두려움 이전에 경외감이 들었다.

그리고 더욱 놀라운 것은 백호의 등에 누군가 타고 있다는 것이었다.

"뭐, 뭐야, 저게! 사람 아니야?"

"사람 맞는 것 같은데? 저게 가능해?"

"가능이고 뭐고, 어리지 않나!"

아군이고, 적군이고 사람들은 다 함께 눈으로 보고도 믿기지 않는 광경에 얼이 빠져 버렸다.

여기뿐만 아니었다.

"호, 호랑이다!"

백호는 아니지만 거대한 호랑이들이 여기저기서 사람을 태우고 출몰하니 넓은 전장이 순식간에 대혼란에 빠졌다.

"으아악!"

이중에 그나마 멀쩡하게 서 있는 자들은 귀문의 살수들이었다. 그들은 호랑이 위에 타고 있는 자들을 대부분 알아보았다. 특히, 태자와 오문은 확실히 보였다.

"저것들부터 죽여!"

단유천이 호랑이처럼 으르렁거리며 명하자 살수들은 모두가 도망치는 호랑이에게 오히려 몰려들었다.

이를 본 태자가 큰 소리로 외쳤다.

"동신조! 이거나 받아!"

"……!"

그 말과 함께 호랑이가 물고 있던 왕을 동신조에게 던져 버리고 오문에게 달려갔다.

"헉!"

동신조는 간신히 그 몸을 받았다.

기절한 왕의 초라한 몸이 이제 동신조의 손아귀에 있는 것이다.

"저, 전하!"

사색이 된 부안의 장수들이 어찌할 바를 몰라 쩔쩔매는데 동신조는 웃음을 참을 수가 없었다.

"큭큭큭. 크하하하하!"

"도, 동신조! 전하를 어찌할 셈이냐!"

"동신조? 날 계속 그리 불러도 될까 모르겠군."

"……!"

"전하가 걱정되는가? 내 생각엔 그대들 걱정부터 해야 하지 않을까?"

"어, 어쩔 셈인가!"

"정녕 몰라서 묻는가?"

"……."

부안의 장수들이 서로를 바라보았다. 여러 가지 복잡한 눈빛들이 오고 갔다. 지금까지 충심으로 모시던 왕을 이렇게 배신한다는 게 마음이 좋지 않았다. 장수는 나라를 지키고 왕에게 충성해야 하는 게 아닌가.

한데 동신조는 왕을 배신하고 적국과 손을 잡고 내란을 일으켰다.

왕을 버리고 그런 자를 다시 왕으로 삼자니 장수의 자존심이 무너지는 것 같았다. 하지만 지금 저희를 둘러싼 분노한 병사들의 눈빛을 보면 마치 자신들이 반역자가 된 기분이었다.

사실 저희도 어린 백성들을 끌고 오면서 마음이 좋지 않았었다. 자식과 떨어지지 않으려는 어미의 애타는 울부짖음이 뒤통수를 때렸다.

왕은 인정이라고는 모르는 무자비하고 비열한 자였다. 적어도 한 나라의 군주라면 왕의 자리에 걸맞은 품위라도 있어야 했다. 아이들을 앞세우는 왕에게 무슨 품위를 따질 수 있겠나.

백성과 나라를 위해서라면 지금의 왕은 폐위되는 것이 옳았다. 그렇다면 이제 방법은 하나밖에 없었다.

"동신조. 병사들은 그대를 따를 것이다. 하나, 우리들은 그러지 못한다."

"……!"

장수들이 자결을 시도했다.

"헉! 장군!"

"아, 안 됩니다! 장군님!"

"장군님!

동신조가 막을 틈도 없었다. 스스로의 칼로 목을 베는 장수들을 어찌 다 막을 수 있겠나. 그러나 그중 몇몇은 부관이 칼을 빼앗아 간신히 목숨을 건졌다.

"이놈들, 어찌 나를 막는 것이냐! 나를 얼마나 더 치욕스럽게 만들 작정이냐!"

한 장수가 저를 살린 부하들을 꾸짖으며 날뛰자, 동신조가 노한 음성으로 말했다.

"무책임한 사람들 같으니! 대체 뭐가 더 치욕스러운지 모르는 모양이군! 귀문과 결탁해 양민을 학살하는 왕을 막지 못한 것이 부끄러운가! 아니면 그 왕을 배신하는 것이 부끄러운가!"

그렇게 일갈한 후 동신조는 대뜸 검을 크게 휘둘렀다.

서걱—!

"헉!"

아직 살아 있었던 부안의 왕은 비명 한 번 지르지 못하고 목이 잘리고 말았다.

"흥! 죽은 왕을 따라가려거든 그리하시게! 나는 저 귀문의 잡것들을 처리하는 것만도 골치가 아프니 더는 관여하지 않겠다!"

그러면서 동신조는 다시 말에 올랐다. 함께할 생각이 있으면 아무것도 묻지 않을 것이니, 살수들을 치라는 뜻이었다.

동신조는 호랑이들에게 몰려드는 살수들을 향해 달려갔고, 남은 자들은 숙연해진 분위기 속에서 굴러다니는 왕의 머리만 쳐다보고 있었다.

한편, 지금 누구보다도 간절히 단유천을 잡고 싶은 자가 있었으니, 바로 영춘이었다.

"이 잡것들아! 어딜 막아!"

영춘은 앞으로 더 나아가지 못해 안달이 났다.

단유천 저놈만큼은 제 손으로 죽이고 싶은데 제 차례가 돌아올지 미지수였나. 그에게 원한을 가진 자가 너무 많았기 때문이다.

특히 태자는 단왕 때문에 오문에 의해 죽임당할 뻔했으니 단유천에게 그 분풀이를 하고 싶어 했다.

"단유천!"

살수들을 처리하며 앞으로 나아가던 태자는 저만치 떨어진 단유천의 얼굴이 보이자 큰 소리로 그를 불렀다.

"끈질긴 놈. 아직 살아 있었군!"

단유천은 아직 여유가 있었다.

호랑이를 몰고 나타났다지만 제가 데려온 살수들은 그리 호락호락한 자들이 아니었고 그 숫자도 엄청났다. 저를 따르는 장수들도 마찬가지였다. 단왕부에서도 최고라 하는 실력자들이 제 편이었다.

"단유천. 나를 다시 보니 반갑지 않은가? 그대의 태자비가 되기로 한 내가 이렇게 돌아왔는데."

"……!"

단유천은 단왕부에서 일어난 일을 자세히 알지 못했다. 마라한의 미녀가 저를 속이고 태자와 함께 비밀통로로 들어갔다고만 여겼지, 미녀가 태자라는 것은 상상조차 못 했기 때문이다.

"태자비가 될 뻔했지만 아쉽게도 우리는 인연이 아닌가 보다!"

"……."

단유천은 말없이 이를 갈았다. 태자가 저를 조롱하고 있는데 저는 해줄 말이 없어 분했다. 무슨 말을 하겠는가. 제가 완벽하게 당했는데.

"왜 인연이 아닙니까? 악연도 인연입니다."

옆에서 오문이 얄밉게 거드는데 가만히 보니 그 통역한다던 곱사등이 소년과 닮은 데가 있었다.

"네 이놈들……."

"이걸 어쩌나? 태자비가 되려던 내가 태자가 되고, 태자가 되려던 너는 여기서 죽게 되겠구나. 우리 인연이 참으로 안타깝게도 이리 더러운 인연이구나."

탄식하듯 빈정대는 태자의 말에 결국 단유천은 폭발하고 말았다.

"내가 세상을 갖지 못한다 해도 너희 연놈들은 반드시 죽이고 말 것이다."

"네 아비도 그리 말했다만 결국 그렇게 죽었지. 그래도 귀문의 문주답게 꽤 오래 버티더구나. 많이 추잡스럽긴 했다만."

"이노— 옴!"

살수들의 엄호를 받으며 태자와 멀어져 가던 단유천이 돌연 앞으로 달려 나와 무호에게 칼을 휘둘렀다.

무호가 옆으로 몸을 돌려 칼을 피하는 순간 영춘의 외침이 들렸다.

"전하! 안 됩니다!"

영춘은 제 앞에 살수들을 겨우 처리하고 한발 늦게 당도하였다.

"이놈은 제가 처리할 것입니다! 제 의형제입니다!"

"그놈의 의형제 연 끊은 지가 언제인데 아직도 그 소리냐!"

태자가 화를 내며 단유천을 양보하려 하지 않자, 이번엔 오문이 나섰다.

"그렇게 따지자면 의남매인 제가 상대해야지요. 하마터면 진짜 오라버니가 될 뻔한 사이 아닙니까!"

"나야말로 그렇게 따지면 약혼한 사이다!"

단유천은 자신을 놓고 싸우는 세 사람의 말다툼에 자존심이 상하는 것은 물론, 번갈아가며 빈틈없이 몰아치는 공격을 막아내느라 버거워지고 있었다.

이제 보니 저를 도발해서 끌어내려는 수작이었던 것이다. 살수들이 저를 돕고는 있지만 계속해서 아슬아슬한 순간이 이어져 갔다.

"닥치지 못해! 나는 네놈들 따위와 의형제, 의남매를 맺은 적도 없으며, 태자비 따위를 네게 주고 싶은 마음은 추호도 없었다! 네놈들 하는 짓에 장단을 좀 맞춰준 걸 가지고 나불대지 말라!"

말장난에 휘말리고 싶지 않았지만 이들이 갈수록 저를 부끄럽게 만드니 더 이상 참을 수가 없었다.

"이런, 서운하군. 나 정도면 꽤 괜찮지 않았나?"

하지만 무호는 단유천이 계속 발끈하게 만들었다. 궁지에 몰린 단유천이 도망가지 못하게 하려는 의도였으나 이를 알지 못하는 단유천은 쐐기를 박듯 말했다.

"나는 반드시 제화국의 황위에 오를 것이며 내 황후는 산호가 될 것인데, 마라한의 미녀 따위를 갖고 싶을 리가 있겠느냐!"

"지금…… 뭐라고?"

영춘이 제대로 듣지 못했는지 묻자, 단유천은 두 번 말하기가 영 체면이 서지 않았지만 그래도 꾹 참고 제대로 알아듣게 외쳐 주었다.

"제화국의 황위에 올라……!"

"아니, 그거 말고!"

기껏 다시 말하는데 영춘이 말을 막았다.

입술을 깨문 단유천이 영춘을 향해 크게 검을 찌르며 외쳤다.

"산호! 산호와 함께 황위에 오를 것이다!"

영춘은 그 검을 피하며 진심으로 노한 듯 태자처럼 말했다.

"지랄! 산호가 왜 네 맘대로 황후야!"

"……!"

그리고 그 순간 영춘의 검이 단유천의 가슴을 푹, 아주 푹, 깊숙이 찌르고 말았다. 단유천도, 그리고 그 주변의 살수들도, 태자도 오문도, 눈이 휘둥그레졌다.

"이, 이…… 이……!"

단유천은 제 심장에 꽂힌 칼을 악몽이라 여기는 것 같았다.

영춘은 그 검을 씩씩히 뽑았다.

"……!"

"끄……어……으……!"

그의 심장에서 피가 분수처럼 밖으로 솟아올랐다.

오문은 그 피분수를 보며 속으로 생각했다.

'아— 허무해.'

악인의 말로가 너무 싱거웠다.

이런 걸 보면 단왕에게나 대단한 아들놈이지, 사실은 별거 아닌 놈이었나 하는 생각이 들었다.

죽은 단왕과 죽어가는 단유천이 들으면 매우 억울할 만한 생각이었다.

그리고 영춘은 제가 해냈다는 듯이 뿌듯한 얼굴로 모두를 바라보다가 흠칫 어깨가 튀어 올랐다.

"헉! 왜, 왜 그리 노려보십니까?"

태자가 무시무시한 눈으로, 살수들보다 더 살기를 풍기며 저를 노려보는 게 아닌가.

"이놈이…… 감히 내 먹잇감에 손을 대!"

"예? 머, 먹잇감이라니요?"

"이 망할 놈이, 도대체 너는 왜 온 것이냐!"

"제가 단유천을 죽였습니다! 그런데 칭찬은 못해 주실망정……."

"칭찬 같은 소리하고 자빠졌구나! 단왕은 오문이 죽이고! 단유천은 네 놈이 죽여 버리면 나는 어쩌란 말이냐!"

무호의 절규가 포효하는 맹수의 울음처럼 전장을 가득 메웠다.

영춘은 산호에게 들려줄 영웅담이 생겨서 좋았지만 다들 힘이 쭉 빠져 버렸다. 단유천이 이렇게 허망하게 영춘 따위에게 죽어버리다니 뒤늦게 합류한 장우도 단단히 화가 났다.

"눈치도 없는 놈!"

"아니, 저한테 다들 왜 이러시는 겁니까?"

"우리가 이놈 앞에서 얼마나 고개를 조아렸는지 아느냐! 이놈 목을 부러트려 영원히 고개를 숙이게 만들려 했거늘! 그걸 네가 건드려?"

"도대체 무슨 일이 있었는지는 모르겠습니다만 저야말로 단유천 저놈에게 배신당하고 농락당하지 않았습니까! 제가 죽이는 게 맞지요!"

"둘 다 그 입 다물라! 단유천은 내 먹잇감이었다! 그놈이 걸핏하면 내 자리를 넘보고 나를 죽이려 했는데 네놈들이 뭐나 된다고 나서!"

사내들의 다툼을 지켜보던 오문이 보다 못해 나섰다.

"어휴. 왜들 이러십니까. 누가 죽이든 죽였으면 됐죠! 그만들 다투시고 저놈들부터 잡죠?"

그제야 세 사람이 주변을 돌아보았다.

죽일 듯이 달려들던 살수들이 뿔뿔이 흩어지는 것이 보였다.

"저놈들이!"

단왕이 죽을 때 말했었다. 귀문의 머리를 자른다고 귀문이 사라지는 게 아니라고.

"와. 문주한테 그렇게 충성하더니 문주가 죽으면 충성심이 그냥 사라지나 봅니다."

"그게 저놈들이 살아가는 법이지. 귀문 전체를 위해서 사는 놈들이다. 문주에게 충성한 것도 그런 맥락이지. 어쨌거나 도망가게 둘 수야 없지."

다 죽이진 못해도, 꼬리 하나 정도는 남더라도 최대한 많이 밟아놔야 했다. 무호는 아직 상황을 잘 모르고 전투가 한창인 동신조와 섭낭에게 달려갔다.

"동신조! 섭낭! 단유천이 죽었으니 이제부터는 네놈들이 알아서 하라!"

"예? 단유천이 벌써 죽어버렸습니까? 왜요! 그놈은 제 손으로 죽이려 했단 말입니다!"

동신조는 지난 한 달간 비열한 수에 휘말려 고생한 걸 생각하면 이가 갈렸기 때문에 그가 죽어버렸다는 말에 발끈했다.

"그 얘기는 끝이 없을 것 같으니 그만해!"

이제 막 얘기를 꺼냈을 뿐인데 그만하라니, 동신조는 억울했다. 그리고 더 억울한 일이 남았다.

"아니, 단유천 죽었다고 내빼는 게 어디 있습니까! 마무리는 하고 가십시오!"

"난 처음부터 귀문과 싸우는 중이었으니, 그 마무리를 하러 갈 것이다. 그러니까 전쟁은 알아서 끝내."

제 하고 싶은 대로만 하고 살려는 무책임하고 고약한 심보였다.

❖

대전이라 불릴 만큼 거대했던 전쟁이었으나 그 끝은 허무할 정도로 간단히 끝났다. 전쟁에서 명분이란 게 얼마나 중요한지, 또, 민심을 잃은 나라와 주군이 어찌 되는지 잘 보여주는 전쟁이었다.

부안국은 대혼란을 맞이했다.

따지고 보면 남의 나라 내전을 부안의 땅에서 치른 것이다. 거기에 휘말린 동신조 때문에 부안국 역시 내전이 일어났고 수많은 백성들이 전쟁터로 끌려갔다.

그뿐인가. 제화국에서 보낸 대군이 도성을 점령했다. 백성들은 이제 부안국은 끝났다고 생각하고 절망했다. 음울한 기운이 감도는 와중 동신조가 징병된 대부분의 병사를 데리고 귀환했다.

비록 왕은 죽었지만 애초에 백성들은 누가 왕이 되는가가 그리 중요하지 않았다. 전장으로 떠나보낸 사내들이 무사히 돌아오기만을 빌었을 뿐이었다.

그러나 사람들은 멀쩡하게 살아 돌아온 대군을 보고 마냥 감격할 수가 없었다. 이제 도성에서 진짜 대격전이 일어날 테니 피난을 준비해야 했고, 또 가족을 잃을 준비를 해야 했다.

한데 기적 같은 일이 일어났다. 제화국의 대군은 동신조가 돌아와 태자가 무사하다는 말을 들려주자마자 동신조와 그의 병사들에게 고개 숙여 감사한 뒤에 그들의 나라로 돌아갔다. 아무 조건도 걸지 않고.

그로 인해 동신조는 적국과 손을 잡고 나라를 엎었다는 오명에서 자유로워질 수 있었고, 그저 시류를 잘 읽은 현명하고 대담한 영웅으로 추앙받을 수 있었다.

한편 제화국과 단왕부는 더욱 혼란에 빠졌다.

단왕부의 백성들은 왕족 일가가 사악한 귀문 집단의 수장 노릇을 하고 있었다는 데, 큰 충격을 받았다. 더군다나 제화국을 가지려 한 그들의 탐욕스러움에 치를 떨었다. 자칫 마물 같은 사악한 왕족에게 지배받을 뻔했던 제화국 백성들은 그들을 비난하며 태자 일행을 크게 칭송했다.

더불어 오문과 태자의 기이한 인연이 알려지면서 단왕은 은도명과 주혜령에게 벌을 받은 것이라는 소문이 돌았다. 그 때문에 잊혔던 은도명에 대한 영웅담이 다시 회자되면서 어떤 이들은 은도명을 신으로 모시기까지 했다.

이래저래 많은 일들이 마무리되고 있었다.

막우담도 고된 일정을 끝내고 서강으로 돌아갔다. 태자가 두 번 다시 저를 찾지 않기를 간절히 바라며, 도망치듯 떠났다.

단왕부는 없어졌지만 제화국의 북천 땅을 보살필 새로운 인물이 필요했다. 많은 이들의 추대로 하도연이 북천의 태수가 되었다.

그런데도 아직 제화국의 민심은 들끓었다. 호랑이를 타고 떠난 이 전쟁의 주인공들이 사라졌기 때문이다.

"아무리 그래도 이건 좀 아닌 것 같습니다."

오문은 요즘 태자가 하는 일에 별로 반박하지 않았다.

하도 이상한 짓을 많이 하는 분이라 웬만한 일은 적응이 된 데다가, 다퉈 봤자 그 고집을 모르는 것도 아니니, 괜히 시비 걸기가 귀찮았다.

하나, 지금은 안 된다고 말해주고 싶었다.

"뭐가 안 된단 말이냐?"

"아니, 전하께서 무슨 가출한 애들도 아니고, 왜 몰래 담을 넘겠다는 건지 도무지 이해가 안 갑니다."

"그럼 호랑이를 타고 도성을 가로질러 가자는 네 생각은 괜찮은 것 같으냐?"

"밤이니까 사람들이 많이 놀라진 않을 겁니다. 그리고 이미 소문이 많이 나지 않았을까요? 호랑이 타고 사라졌다고?"

"소문이 났다고 해서 사람들이 호랑이 타고 지나가는 우리를 발견하고, 아참, 전하께서 호랑이 타고 가셨지, 돌아오셨나 보다, 할 줄 아느냐?"

"누가 그렇답니까? 그러니까 밤에 사람들 없을 때 들어가자고요."

오문은 지금까지 함께 싸워준 호랑이 친구들을 산에 버리고 갈 수 없었다. 일단 그들이 살던 북천의 험준하고 깊은 산도 아니라 산에 그냥 뒀다가는 여러 사람을 잡을 것 같았다. 게다가 호랑이들이 같이 가고 싶어 했다. 태자가 자기 집이 꽤 넓다고 자랑했으니 호랑이를 키울 자리가 있지 않겠나.

무호와 일행은 처음엔 오문의 생각에 반대했으나, 오문 말만 듣는 이 호랑이들을 산에 풀었다간 큰일 날 것 같아 결국 오문의 뜻에 따라주기로 했다.

그러나 호랑이를 타고 가는 것은 도성으로 들어가는 것도 궁 안에 들어가는 것도 큰 난관이었다.

호랑이를 타고 지나가면 사람들이 졸도하고도 남을 일이었다.

그래서 오문은 밤에 산에서 내려가자고 했고, 태자는 이왕 그럴 거면 뒷산으로 해서 바로 성벽을 넘자 했다.

"저는 굳이 그렇게 성벽을 넘어야 할 이유를 모르겠습니다."

"그게 빠르니까."

"예?"

"뭐 하러 귀찮게 돌고 돈단 말이냐."

"갑자기 성벽 안으로 호랑이들이 넘어 들어온다고 생각해 보십시오. 병사들이 얼마나 놀라겠습니까. 차라리 정중하게 성문을 두드리는 게 덜 놀라지 않겠습니까?"

"그놈들이 놀라실까 봐 내가 가까운 길을 두고 돌아 가야 한단 말이냐?"

"성벽을 넘는 건 길이라고 하지 않습니다."

그 뒤로도 꽤 설전이 오고 갔지만 결국 궁에 대해서는 제가 더 많이 안다는 태자의 말에 승복할 수밖에 없었다.

이미 그렇게 결정이 난 후, 영춘이 겁을 상실했는지 빈정거리는 말투로 중얼거렸다.

"전하께서 궁을 그리 그리워하시는 줄 몰랐습니다. 떠나실 때는 천천히 일부러 돌아 가자시던 분이 그 잠깐을 돌아 가는 것도 못 참으시는 걸 보면요."

화를 낼 줄 알았던 태자가 영춘을 비웃었다.

"가짜 산호가 보고 싶어 안달난 놈이 할 말은 아니지."

그래서 일행은 결국 깊은 밤, 눈에 불을 켜고 어슬렁거리는 호랑이를 타고 산을 내려왔다.

산 아래 펼쳐진 황궁의 위용에 오문은 입이 다물어지지 않았다.

"와……!"

백성들에게는 입산이 금지된 황실 소유의 산이었다. 황궁의 병풍이 되어준 산 위에서 아래를 내려다보는 것은 아무나 경험할 수 없는 일이었다. 도성에 살 때 황궁의 문 앞에 가본 적도 있지만 궁 안이 이토록 웅장할 줄은 몰랐었다.

그것도 이 밤에 이렇게 보니, 그야말로 장관이었다. 불이 꺼진 암흑의 도성 안에서 금칠을 한 황궁의 지붕이 붉은 등불에 환하게 빛나고, 곳곳에 별빛이 내려앉은 듯 아름다운 야경이 펼쳐졌다.

"어떠냐? 네가 살 곳이 마음에 드느냐?"

태자의 물음에 오문은 아직도 궁에서 눈을 떼지 못하고 침을 꼴깍 삼키며 말했다.

"제가 살 수 있다는 보장이 어디 있습니까?"

"그게 무슨 소리냐? 당연히 살 수 있다."

"이렇게 보니 자신이 없습니다. 전하를 보면 그냥 철없는 대가 댁 아드님 같아서 친근했는데, 막상 궁을 보니 저 같은 게 태자 전하와 함께 산다는 게 말 같지도 않은 것 같습니다."

"욕인지 칭찬인지 모르겠군."

"칭찬입니다."

"아무튼 쓸데없는 걱정 할 필요 없다. 폐하께서는 너를 무척 기다리고 계신다."

오문은 묵직한 한숨을 내쉬었다.

"후— 압니다. 하지만 막상 보시면 크게 실망하시겠죠? 전 그게 더 겁난단 말입니다. 쫓아내시면 어쩌죠?"

"너를? 하! 날 쫓아내면 모를까 그럴 일은 없을 것이다."

태자가 너무 단호하게 단정하니, 오문은 매우 의아했다.

"전하를 왜 쫓아내요? 얼마나 기다리고 계셨겠어요. 지금쯤 걱정돼서 잠도 못 주무시고 계실 겁니다."

"폐하에 대해 잘 아는 내가 장담한다만, 그분은 그렇게 섬세한 분이 아니시다."

"하나밖에 없는 아드님의 생사가 불분명한데 걱정하지 않는 부모님이 어디 있습니까? 이건 섬세하고 말고의 문제가 아닙니다."

"걱정이야 하시겠지. 그리고 돌아온 나를 어떻게 잡아 잡술까를 고민하고 계시느라 밤잠을 설치시겠지."

"왜 그리 폐하에 대한 이야기만 나오면 부정적이십니까. 그리고 전하께서 세운 공이 얼만데요. 이번에 귀문까지 소탕하고 왔으니 더욱 자랑스러워하시고 감격하실 겁니다."

"글쎄다. 왜 이제야 왔냐고 발길질만 하지 않으셔도 다행이지."

무호가 계속 회의적인 반응을 보이자 오문이 겁먹은 표정으로 물었다.

"폐하께서 그렇게 무서운 분이셨습니까? 아니, 폐하는 원래 무서운 분이겠지만, 많이 이상하신 분인가 봅니다."

"많이 이상하시다. 내가 누구의 자식인지 보면 답이 나오지 않느냐?"

그 말에 오문은 더욱 겁에 질렸다.

“저…… 제가 전하를 찌르기도 했고, 귀문에 몸을 담았기도 하고, 이래저래 저는 궁에 안 가는 게 좋지 않을까요?”

무호는 씨익 웃으며 답했다.

“헛소리 말고 따라오너라.”

호랑이들은 자신들이 어디로 가야 하는지 잘 아는 것처럼 산 아래를 힘껏 달려갔다. 그러고는 그 높은 담을 가뿐히 뛰어넘었다.

휘익, 나르는 동안 오문의 눈에는 많은 것이 담겼다. 단왕부의 궁과는 많이 다른, 압도적인 위엄이 느껴지는 고풍스러운 궁이었다.

쿵—!

가벼운 몸놀림과 달리 꽤 무게 있는 울림에 땅이 흔들렸다.

“……!”

한 두 마리도 아니고, 몇 마리나 되는 집채만 한 호랑이들이 담을 넘어오자 번을 서던 병사들은 일순 목소리도 나오지 않았다.

“호…… 랑이?”

누군가 중얼거리듯이 말하고 나서야 병사들은 그 시뻘건 횃불 같은 커다란 눈동자의 정체를 분명히 알 수 있었다.

“허억! 으, 으악!”

“호, 호랑이다!”

“호랑이가 침입했다!”

기겁한 병사들은 호랑의 크기에 눌려 위에 타고 있는 사람은 보이지 않는지 연신 비명을 지르며 수선을 떨었다.

태자가 그 모습을 보며 큰 소리로 외쳤다.

“이 모자란 놈들! 네놈들 눈에 나는 보이지도 않느냐!”

“……?”

그제야 병사들이 호랑이 위에 탄 사람들을 확인했다.사실 얼굴이 잘 보이진 않았지만 호랑이를 타고 떠난 태자 일행에 대한 소문이 파다한지라 단번에 누군지 알 수 있었다.

"헉! 저, 전하!"

"태자 전하!"

"태자 전하께서 오셨다! 전하다!"

"전하께서 무사히 오셨다! 어서 폐하께 아뢰어라! 어서!"

오매불망 태자가 돌아오길 기다렸던 궁은 반가움에 발칵 뒤집혔다.

"젠장."

"왜 그러십니까? 병사들이 바로 몰라봐 줘서 화나신 겁니까?"

"자다 깨시면 더 까칠하시단 말이다."

"누가요? 폐하가요?"

"내일 인사 올리면 되지, 왜 꼭 폐하를 깨우겠다 난리들인지, 원."

"그게 그러면 안 되는 게 아닐까요? 그리고 폐하께서는 어차피 잘 못 주무시고 계셨을 겁니다."

"아니, 나에 대한 분노로 이를 갈면서 잠으로 체력을 비축해 두셨을 게다."

오문이 고개를 절레절레 저으며 영춘에게 동의를 구해볼까 하고 쳐다보다 흠칫했다.

영춘의 얼굴에 긴장한 모습이 역력했기 때문이다.

'아이씨! 이런 무서운 곳에 왜 날 데려온 거야!'

오문은 궁에 온 지 하루도 안 돼 도망치고 싶어졌다.

하지만 이미 병사들에게 이끌려 황제에게로 가고 있는 중이었다.

제 55 장
붉은 달의 비

황제는 꿈을 꾸고 있었다.

꿈속에서 주혜령과 은도명이 나타났다.

그들은 아직 젊고 아름다웠으며 강보에 싼 아기를 안고 있었다.

황제는 그들이 반가워서 인사를 건네다가 흠칫 놀라고 말았다.

그들은 환하게 웃고 있었지만 눈물을 흘리고 있었다.

황제가 어째서 우냐고 묻자 주혜령이 아무 말 않고 품에 안고 있던 아기를 건네주었다.

황제는 얼떨결에 아기를 받았다. 그리고 아기의 얼굴을 보는 순간 알아차렸다.

아, 이 아이가 산호구나!

그래서 두 사람이 죽은 사람이라는 것도 깨달았다.

황제는 두 사람에게 울지 말라고 했다.

산호처럼 고운 이 아이를 최고 여인으로 빛나게 해줄 거라고. 이 아이 위에 아무도 서지 않게 해줄 거라고.

허례허식에 얽매여 사는 삶을 거부했던 은도명처럼, 사내들에게도 주눅 들지 않고 당당했던 주혜령처럼, 누구도 함부로 할 수 없는 삶을 살게 해주겠다고.

그러니 울지 말라고 했다.

주혜령은 아기의 목에 반쪽짜리 옥패를 걸어주었다.

옥패가 주인을 알아보는지 반짝 빛이 났다.

황제는 그들이 진짜 떠날 때가 왔다는 걸 직감했다.

그동안 한 번도 찾아오지 않더니 이렇게 금방 왔다 가버린다고, 죽엽청 한 잔도 나누지 못한 황제는 무척 서운해했다.

그러자 은도명이 피식 웃으며 처음으로 입을 뗐다.

이왕이면 죽엽청보다 귀한 술을 달라고.

마시고 갈 것도 아니면서 그렇게 말했다.

한밤중에 잠에서 깬 황제가 제 양팔을 들어보았다. 조금 전까지 무게와 온기가 느껴졌던 팔에서 공허함이 느껴졌다.

'산호…….'

은도명과 주혜령이 산호를 제게 안겨 주고 간 걸 보면 곧 만날 수 있을 거라는 확신이 들었다. 하지만 그런 꿈을 꾸어서인지, 서운하고 그리운 마음에 다시 잠이 들 수가 없었다.

황제는 일어나 의관을 갖추었다.

"폐하, 이 밤에 주무시지 않고……."

번을 서던 금위대의 군관이 매우 놀라며 다가왔다. 한번 잠이 들고 나서 깨는 분이 아니기 때문이다.

"산호 그 아이가 있는 곳으로 가자."

"예? 산호라면……."

"가짜 산호말이다."

"아……. 예."

황제께서 여태 한 번도 찾지 않은 그 아가씨를 왜 이 야밤에 찾는지 영문을 알 수 없었지만 군관은 감히 그의 생각을 물을 수 없었다.

그래서 그는 먼저 그리로 사람을 보내 기별을 보냈다.

황제께서 한밤중에 여인을 찾으신다면 그 이유가 뭐든 간에 일단 여인은 채비를 갖추어야 하지 않나.

산호는 늦은 밤 이런 식으로 황제를 만나게 될 거라곤 생각하지 못했었다. 곱게 단장을 하고 황제와 마주 앉은 산호는 한동안 죄인인 양 고개를 들지 못했다.

그도 그럴게 실제로 그녀는 죄인이었다. 황제께서 마음만 먹으면 저를 차가운 돌바닥에 꿇어앉히고 고신으로 자백을 받아낼 수도 있었다. 아니, 실제로 많은 대신들이 저를 죽이라 한다는 걸 알고 있었다.

태자 전하의 시해를 포기하고 이실직고했으니, 목숨은 구할 수 있을지도 모르나, 최소한 노비가 된다 해도 이상할 게 없었다. 그런데도 저를 살려두신 이유가 그동안 궁금했었다.

"산호……."

산호는 그 이름에 뜨끔 놀랐다. 드디어 제게 이것저것 물으실 생각이실까.

"아니, 오문 그 아이 말이다."

"……."

황제가 저를 부른 것이 아니라 오문을 불렀다는 것을 알고 산호는 속으로 쓴웃음을 지었다.

황제께서는 저를 가짜 산호라고도 부르지 않으셨다. 저 같은 건 아예 안중에도 없다는 듯이 오문의 이야기를 꺼냈다. 아무래도 황제께서 저를 살리신 것은 벌을 할 가치도 없다 여긴 건지도 모른다는 생각이 들었다.

"너는 오문을 만난 적이 있다지?"

산호는 이왕 이렇게 된 거 확실히 해두고 싶었다.

"폐하. 산호라고 부르시옵소서. 오문의 진짜 이름을 불러 주시옵소서."

"……."

황제는 내색은 안 했으나 꽤 놀라고 있었다. 영춘이 요물 같은 계집에게 빠진 듯해 한심하다 했더니, 의외로 단정하고 차분한 여인이었다.

제가 먼저 말을 걸 때까지 섣불리 고개를 들고 빌지도 않고, 가여운 척 눈물짓지도 않았다.

단왕이 키운 계집이 얼마나 저급하고 사악할 것인가.

태자의 계책을 알아차리고 마지막에 살길을 마련한 영악한 계집이라 여기고 있었는데 전혀 반대의 분위기를 풍기고 있었다.

"가짜인 저 때문에 빼앗긴 이름이옵니다. 폐하께서 바로잡아 주시옵소서."

"네가 그래야 마음이 편하다면 그리하마."

그제야 산호가 처음 황제의 질문에 답했다.

"예. 저는 산호를 만난 적이 있사옵니다. 함께 식사도 했고 이야기도 나눴습니다."

"그래? 그땐 너도 아무것도 모를 때였는데 산호와 신경전을 벌였겠구나."

가짜 산호는 쓴웃음을, 그러나 즐거웠던 일을 회상하듯 설핏 웃으며 말했다.

"신경전을 벌일 틈이 없었사옵니다. 저는 만나자마자 싸움에서 졌나이다."

"그래? 어찌 그리된 것이냐?"

"저더러 대뜸 태자 전하를 달라 했나이다. 잔뜩 신경 쓰고 나온 저를 순식간에 무너트렸지 뭡니까."

황제는 자신이 생각하던 오문이란 아이가 가짜 산호가 본 것과는 많이 다르다는 것을 깨닫고 또다시 놀라고 있었다. 귀문에서 자랐고 평생을 도망 다니며 각박하게 살았으니 세상에 대한 원망도 많고 잔뜩 위축돼 있을 거라 생각했기 때문이다.

"호오! 그것참 물건이로구나! 과연 은도명과 주혜령의 여식이로다!"

"예. 어찌나 놀랐는지. 설마 하니 그렇게 저돌적으로, 그것도 전하의 앞에서 선전포고를 할 줄은 몰랐사옵니다."

"너는 꽤 심기가 상했겠구나."

"그럴 틈 역시 없었사옵니다."

"왜?"

"함께 식사를 하자고 해서 어쩔 수 없이 같이 먹고 떠들다 보니 휘말려 들고 만 것이지요."

"그 아이도 호방하다만 너 역시 보통이 넘는구나. 그렇다고 거기서 같이 식사를 하다니. 하하하!"

황제는 그녀의 이야기에 꽤 빠져들고 있었다. 어째서 진작 이야기를 들으러 오지 않았을까 후회할 정도로.

황제의 침전으로 가는 길은 꽤 멀었다. 오문은 궁 안이 넓어서 갑갑하지 않다던 태자의 말을 이해할 수 있었다. 단왕부의 궁도 오문에게는 입이 떡 벌어질 만큼 거대한 곳이었는데, 황제의 궁은 그것과 비교할 수가 없었다.

"이러니 단왕이 욕심을 부렸나 봅니다. 저는 가질 것 다 가진 단왕이 뭐가 그리 아쉽다고 황위를 노리나 했었거든요. 황제의 궁은 정말 다르네요. 여긴 신들이 사는 하늘나라 같습니다."

그 얘기를 들은 무호는 천진난만한 생각에 웃음을 터트리고 말았다.

"너 같은 백성들을 위해 일부러 이렇게 만든 것이다. 황제는 하늘이 내려 준다는 말을 믿게 하려면 이 정도는 돼야 하지 않겠느냐?"

"그러니까 이게 다 순진한 백성들을 현혹시키려고 한 거다, 이거군요."

듣고 있던 장우가 보다 못해 한마디 던졌다.

"왜 그럴듯한 이유는 다 빼버리고 나쁜 것만 가르치십니까?"

황제가 사는 궁이 거대한 가장 중요한 이유는 외부의 침입으로부터 방비하기 위해서 아닌가. 그리고 궁에 기거하는 사람들과 황군의 수가 얼만데, 궁을 작게 짓겠는가. 장우는 오문이 태자비가 될지도 모르는데 예전처럼 두루뭉술 넘어가선 안 된다고 생각했다.

"그럴듯한 이유는 입 아프게 왜 말하겠느냐? 저 녀석도 다 알고 있을 텐데."

그러자 오문이 뺨을 긁적이며 말했다.

"아뇨. 다는 아닌데요……."

저도 대략 그런 이유가 있겠지 짐작은 했었다. 다만 어둠 속에 떠 있는 빛나는 황궁의 모습이 신들이 사는 곳 같다 비유했을 뿐이었다.

하지만 장우는 마치 이 자리에 오문이 없는 것처럼 태자에게 말했다.

"전에부터 느꼈지만 오문이 가증스러운 데가 있으니 조심하십시오. 순진한 얼굴에 속으시면 안 됩니다."

"한두 번 속은 것도 아니니 걱정 마라."

오문이 뭐라 한소리를 하려는데 저 앞에서 군관 하나가 달려오다가 호랑이들을 보고 멀찍이 거리를 두고 멈춰 섰다.

"전하!"

"무슨 일이냐?"

"폐, 폐하께서는 여기 계시지 않사옵니다."

"뭐? 침전에 안 계셔?"

무호는 살짝 눈살을 찌푸렸다.

"예. 잠을 이루지 못하시고……."

군관의 말이 채 끝나기도 전에 오문이 손뼉을 '짝' 치며 말했다.

"보십시오! 폐하께서 잠을 못 이루고 계신 게 맞지 않습니까?"

하지만 무호는 오문의 말을 무시하고 군관에게 물었다.

"그래서 지금 어디 계신단 말이냐?"

"그, 그게……."

"왜? 월담이라도 하셨느냐?"

"아, 아니, 그게 아니오라……. 사, 산호……. 아니, 가짜 산호 아가씨와 함께 계시옵니다."

"……."

일행은 다 함께 약속이나 한 것처럼 침묵했다. 방금 들어선 안 될 것 같은 말을 들었기 때문이다.

"……뭐?"

무호가 귀를 후벼파며 다시 묻자, 군관이 쩔쩔매며 답했다.

"사, 산호 아가씨의 처소에 계시옵니다."

"하다 하다 망령이 드셨나?"

"저, 전하!"

태자의 막말에 화들짝 놀란 군관이 펄쩍 뛰며 주위를 두리번거렸다. 혹시라도 누가 들으면 어쩌냐는 듯이. 그러나 태자는 아랑곳하지 않고 비웃듯이 말했다.

"그렇지 않나, 아랫사람의 여인을 탐하다니, 그게 어디 황제가 할 짓인가?"

아랫사람이라는 말에 모두 영춘을 쳐다보았다.

그러자 영춘이 이 밤중에도 다 보이는 시뻘게진 얼굴을 하고는 시치미를 뗐다.

"왜, 왜 다들 저를 보십니까!"

사실 무호는 부황에 대해 잘 알고 있었다. 보나마나 그냥 물을 것이 있어 갔겠지만 속으로 쩔쩔매고 원통해하는 영춘을 보니 더 놀려주고 싶었다.

"이미 늦은 듯하니, 마음을 접어라."

"그러니까 뭐가요! 무슨 마음을 접으란 말입니까!"

"산호 같은 미모의 여인이 궁에 있는데 누가 마음이 동하지 않겠느냐?"

"저, 저는 동한 적 없습니다."

"그래. 그런 식으로 극복해 보거라."

"무슨 말씀이신지 모르겠습니다!"

영춘은 거의 울 것 같은 얼굴을 숨기고 씩씩댔지만 무호는 그를 계속 위로하며 속을 뒤집어놓았다.

그러게 단유천을 왜 제가 죽였단 말인가. 그냥 여기서 산호랑 있을 것이지, 뭐 하러 저를 찾아왔단 말인가.

무호는 아직도 그걸 생각하면 분하고 괘씸했기 때문에 어쩌면 평생 그것을 빌미로 영춘을 괴롭힐지도 몰랐다.

그러고 있는데 이번엔 저쪽에서 소란이 일었다. 사람들이 우르르 달려오는 걸 보고 무호가 회심의 미소를 지으며 영춘에게 물었다.

"저쪽에 산호의 거처가 있나 보지?"

"예……."

영춘은 분노를 꾹 참고 간신히 대답할 수 있었지만 다가오는 사람들을 무섭게 노려보고 있었다. 아버지처럼 여겼던 폐하를, 존경하던 폐하를.

한편 황제는 소식을 듣자마자 숨 가쁘게 달려왔다.

역시 괜히 그런 꿈을 꿨던 게 아니었던 모양이라며, 기대를 주체하지 못하고 쿵쾅거리는 가슴을 안은 채 달려왔다. 그런 그의 눈에 생전 본 적이 없는 거대한 호랑이들이 보였다. 특히, 이 밤에도 눈처럼 하얗게 빛나는 백호 위에 작은 체구의 소녀 같은 여인이 타고 있는 것은 신비로움을 자아냈다.

그리고 그 옆에 건장한 아들 녀석이 허리를 펴고 하나 상한 데 없이 돌아온 것도 보였다. 그 둘을 함께 놓고 보니 두고두고 벽에 걸어놓고 보고 싶은 그림 같은 광경이었다.

제가 너무 늙어버린 것일까?

꿈에서 본 벗들이 너무 그리웠던 것일까?

살아 돌아온 아들놈의 면상이 늘 그렇듯 뻔뻔한 모습 그대로여서일까?

아니면…… 이렇게 보니 꼭 젊은 제 시절이 떠올라서였을까?

황제의 눈동자에 눈물이 차오르고 있었다.

일행은 황제 앞에서 감히 더 높은 곳에 있을 수 없으니 호랑이들을 옆에 앉혀두고 내렸다.

백호에게서 내려오던 오문은 황제의 눈가에 반짝이는 것이 맺힌 것을 보고 무호에게 속삭였다.

"폐하께서 되게 반가우신가 봅니다. 정말 전하를 많이 걱정하셨나 봐요."

"……."

무호는 무표정한 얼굴로 황제를 바라보며 말했다.

"다녀왔습니다."

그러자 황제는 체통도 위엄도 벗어던지고 이 순간만큼은 한 사람의 아버지가 되어 한달음에 달려왔다.

그동안 어디서 뭘 하다가 이제 왔느냐, 다친 데는 없느냐, 잘했다, 수고했다, 그러나 너무 무모했다, 잘못되기라도 했으면 어쩔 뻔했느냐, 그 온갖 칭찬과 꾸지람을 담아 있는 힘껏 발로 차주었다.

퍼억—!

"윽!"

아직 자상의 흉터가 남아 있는 복부를 걷어차인 무호가 털썩 주저앉았다.

"……!"

오문은 너무 놀라서 입을 다물지 못하고 소리도 내지 못했다.

그런데 갑자기 그런 저를 황제가 와락 껴안는 게 아닌가.

"헉!"

"네가 은도명의 딸이구나! 산호구나! 한눈에 알아보았다! 정말 한눈에 알아보겠어! 어찌 이리도 쏙 빼닮았을까!"

"어……. 폐, 폐하?"

오문은 태자를 내팽개치는 홀대와 반대로 제게 베푸는 이런 환대를 상상조차 못했기 때문에 매우 당황했다.

"내 얼마나 보고 싶었는지 모른다. 살아 있을 거라고는 생각도 못했는데……. 네가 정말 살아 있을 줄이야! 하늘이 도왔다. 아니, 네 부모가 너를 죽어서도 보살폈겠지. 그래서 이제야 찾아와 너를 내게 맡기고 떠난 것이다."

희한하게도 오문은 황제의 횡설수설을 잘 알아들을 수 있었다. 코끝이 찡해질 만큼 황제의 진심이 느껴졌다. 그가 제 부모님을 얼마나 아꼈는지, 얼마나 그리워하는지, 그래서 그들을 닮은 저를 보고 이토록 반가워하시는구나, 가슴이 아파 왔다.

"저……. 제가 바삐 오느라 그, 옥패를 못 가지고 왔습니다. 그러니까 제가 아직 진짜 산호라는 건…… 아닐지도 모르니까요……."

혹시라도 제가 산호가 아니면 이토록 감격하시던 황제께서 얼마나 실망하시겠는가. 그래서 오문은 미리 그렇게 말해두었다.

"옥패? 하하하하! 그래! 옥패! 그것도 난 이미 받았느니라!"

"예?"

갑자기 웃으시는 것도 이상하지만 옥패를 어떻게 받았단 말인가.

태자의 말로는 유현에게 옥패를 맡겼는데, 오는 길에 찾으러 가지 못할 것 같다고 했었다.

"옥패 따위 무슨 소용일까? 네가 이렇게 은도명을 쏙 빼닮았는데, 무엇으로 더 너를 증명해야 한단 말이냐? 내 벗을 다시 만난 듯하다. 잘 왔다. 잘 버텼다. 과연 네가 은도명의 딸이로구나!"

황제의 말에는 그간 제 고된 삶에 대한 경외심과 위로가 담겨 있었다.

심지어 황제께서 눈물까지 흘리시니, 오문도 그만 덩달아 눈물이 주르륵 흘러내렸다. 마치 오랫동안 헤어졌던 가족을 찾은 것처럼 두 사람은 애틋하게 껴안고 서로의 아픔에 공감했다.

그러나 오문이 펑펑 울음을 터트리려던 찰나, 태자의 이죽거림이 산통을 깼다.

"쿨럭! 컥! 후……. 말씀하시는 걸 들어보니, 주혜령이 아니라 은도명을 은애하신 모양입니다."

"뭐가 어째?"

황제 역시 발끈해서 오문을 놓아주고 태자를 노려보았다.

옷을 털고 일어나던 태자가 퉁명스럽게 말했다.

"뭐, 전 다 이해합니다. 그렇게 꽉 막히지 않았습니다."

"이 썩을 놈이! 뚫린 입이라고 함부로 나불거리는구나! 어디 그 입을 더 크게 찢어줄 테니 맘껏 지껄여 보아라!"

챙—

황제가 검을 뽑고 태자에게 걸어가자 오문은 기겁해서 황제의 허리를 안았다.

"폐, 폐하!"

겁에 질린 오문의 목소리와 돌발 행동에 황제가 놀라서 주춤했다.

황제뿐만 아니라 주변에 있던 모든 사람들이 기겁한 듯 안색이 파리해졌다.

누구도 노한 황제에게 이토록 친근하게 다가간 적이 없었다.

황제를 아는 모든 사람이 그를 어려워하고 두려워한다.

변덕스럽고 까칠하고 성격이 불같은 황제 아닌가.

그런데 오문은 오늘 처음 본 황제의 허리를 껴안았다.

황제 역시 누군가 자신에게 이렇게 살갑게 구는 것을 경험한 적 없기에 노한 마음이 사르르 녹아버리는 듯했다.

"태자 전하이십니다! 한 번만 용서해 주십시오!"

황제는 그런 오문이 너무 귀여워서 그녀의 머리를 쓰다듬어 주며 다정하고 부드러운 목소리로 말했다.

"괜찮다. 너무 놀랄 것 없다. 죽이지는 않고 입만 찢을 것이다."

잠시 그 부드러운 음성에 안도했던 오문은 말을 곱씹어 보고는 더욱 펄쩍 뛰었다.

"아, 아니오! 그것도 그러시면 안 될 것 같습니다!"

"걱정 말래도, 다시 꿰매줄 것이다!"

"아니오! 정말 그것도 안 될 것 같습니다!"

오문은 정말로 태자의 입을 찢겠다고 날뛰는 황제를 말리느라 진땀을 빼야 했다.

그렇게 겨우 황제가 진정하는가 싶었는데 이번엔 영춘이 매를 벌었다.

"그런 분이 산호는 왜 품으신 겁니까!"

황제는 영춘이 어디서 감히 제게 목소리를 높이는지 어이없어 하다가, 그가 한 말이 무슨 뜻인지 알고는 더욱 황당해 순간 화도 내지 못했다.

"폐하를 믿었습니다! 처음부터 그럴 작정이셨다면 말씀해 주시지 그러셨습니까! 그랬다면 제가 폐하께 불충할 리도 없지 않았겠나이까!"

"이, 이놈이……!"

오문은 남몰래 한숨을 쉬었다.

이번엔 저도 감싸줄 수가 없을 것 같았다.

그래서 영춘은 태자를 더 패지 못한 황제의 분풀이를 겸해 밤늦도록 피터지게 얻어맞아야 했다.

◈

황제는 오늘 밤 잘 생각이 없는 듯했다.

태자는 불만이 가득한 얼굴로 연거푸 술을 들이켰고, 오문은 황제께서 권하는 요리와 술을 거절하지 않았다.

오문이 주는 대로 넙죽넙죽 기쁘게 받아먹으니 황제는 더욱 신이 나서 더 많은 요리와 술을 권했다.

생전 마셔본 적 없는 진귀한 술은 오문의 혀에 짝 달라붙었다. 향기에 취한 건지, 그저 술에 취한 건지, 긴장이 풀린 오문은 날아갈 듯 기분이 좋았다.

“궁에 오길 정말 잘한 것 같습니다!”

“암! 잘했고말고! 네가 오지 않겠다고 했으면 내가 잡으러 갔을 것이다!”

“헤헤. 사실 저는요 전하 말만 믿고 폐하가 엄청 무섭고 이상하신 분인 줄 알았습니다.”

“뭐? 저놈이 뭐라 했기에?”

말없이 술만 마시던 태자가 발끈했다.

“넌 그 말을 여기서 하면 어쩌자는 게냐!”

“어? 안 되는 겁니까? 전에 전하께서 그러셨잖습니까. 백성들은 황실을 욕할 권리가 있다고. 그래서 저는 나쁜 말을 해도 되는 줄 알았습니다.”

“일부러 그러는 걸 모르는 줄 아느냐?”

"설마요."

오문은 생글생글 웃는 낯으로 무호의 속을 뒤집어놓았다. 예상은 했지만 두 사람이 너무 사이가 좋아 가뜩이나 속이 부글부글했다.

"대체 네놈은 내 며느리에게 무슨 말로 나를 모함한 것이냐!"

"모함이라뇨? 저는 없는 말은 하지 않습니다. 쪼잔하고 폭력적이라는 말이 틀렸습니까?"

"이놈이!"

황제는 주먹을 들어 올렸다가 옆에서 저를 빤히 보는 오문을 보고 슬그머니 손을 내렸다. 폭력적이라는 말을 듣고도 오문의 앞에서 폭력을 휘두를 수는 없었다.

"폐하께서 쪼잔하실 리가 없습니다. 저한테도 이렇게 자꾸자꾸 귀한 술을 내주시는데 그럴 리가 없지 않습니까?"

"커흠! 그렇지! 네가 뭘 좀 아는구나. 이게 아주 귀한 술이다."

"그 귀한 술을 난 여태 한 방울도 먹어본 적 없는데, 어디서 난 술인지……."

"네놈……. 먼 길을 다녀왔는데 피곤하지 않느냐?"

"아주 피곤합니다."

"하면 그만 들어가 자지 그러냐?"

"저 아이가 여기 있는데 어딜 가란 말씀이십니까?"

"산호가 여기 있는 것과 무슨 상관이냐? 산호는 피곤해 보이지 않으니 너 혼자 가서 쉬거라."

황제는 마치 오늘밖에 날이 없는 것처럼 오문을 붙잡고 놔주지 않았다.

"왜 상관이 없습니까? 궁에 온 첫날입니다. 이런 날 어찌 각방을 쓴단 말입니까?"

"뭐, 뭐라?"

"저희는 오랜만에 회포를 풀어야겠으니 이만 자리를 파해 주십시오."

"오랜— 만에? 설마……?"

황제는 믿을 수 없다는 듯이 지금 자신이 제대로 추측한 게 맞냐는 듯 물었다.

"설마라니요? 당연한 게 아닙니까?"

"네 이놈……! 네놈이 벌써 산호를!"

"왜 이러십니까? 나가서 맘껏 회포를 풀고 오라 하신 것을 잊으셨습니까?"

뻔뻔한 태자의 태도에 황제는 뒷목을 잡고 부들부들 떨었다.

"어찌, 어찌 산호를! 혼인도 하지 않고 그런 식으로 품었단 말이냐!"

"그런 식이라니요? 어떤 식인지 알고 하시는 말씀이십니까?"

"이놈이……! 감히 내 허락도 없이 귀한 산호의 몸에 손을 대! 궁이 아닌 밖에서 산호를 그런 취급을 했단 말이냐!"

황제가 이를 바득바득 갈자 무호는 어이가 없었다.

"폐하. 산호는 폐하의 며느리가 될 여인이지, 딸자식이 아닙니다. 뭔가 오해하고 계신 것 같습니다."

"하, 하하……! 은도명이 저 후레자식에게 제 딸을 주고 싶을까! 미안해서 얼굴을 들 수 없다! 내 오늘 네놈을 딱 죽지 않을 만큼만 패주어야 잠이 올 것 같구나."

"잘 봐라. 오문, 아니, 산호. 이게 폐하의 본모습이다."

"이, 잇!"

오문은 한숨을 푹 쉬며 고개를 절레절레 저으며 말했다.

"제가 보기에는요, 전하께서 매를 부르십니다. 제가 폐하 같아도 몇 대 쥐어박아 주고 싶습니다."

황제는 매우 흡족해했다.

"네가 정말 사람을 볼 줄 아는구나."

그러면서 황제는 오문의 허락하에 드디어 무호를 팰 수 있었다.

그리고 그 덕에 태자 역시 오문의 동정을 사 함께 밤을 보낼 수 있었다.

영춘은 험난한 전쟁과 귀문의 잔당들과 치른 격전, 그때보다 더 큰 부상을 입고 제 처소에서 며칠이나 요양을 해야 했다. 몇 대만 더 맞았으면 늑골이 부러졌을지도 모를 정도로 호되게 얻어맞고 누운 김에 푹 쉬고 있었다.

"호위님. 누가 찾아오셨습니다."

낮잠을 자던 영춘이 병사의 목소리에 눈을 비비고 일어났다.

"누가? 태자 전하는 아니고?"

습관적으로 태자를 찾았으나 생각해 보니 병사가 태자를 못 알아볼 리 없었다.

"접니다."

"……!"

문 밖에서 들린 맑은 음성에 영춘의 눈동자가 크게 흔들렸다.

"내사 선하가 아니라서 서운하십니까? 그럼 다시 돌아갈까요?"

"아, 아닙니다! 들어오십시오!"

며칠간 누워서 지낸 영춘은 혹시 제 몸에서 냄새가 나는 건 아닐까 킁킁거리며 쩔쩔맸다.

딸깍.

문이 열리자 찬 공기와 함께 청아한 향기가 함께 들어왔다.

"몸은 좀 어떠십니까?"

영춘은 말문이 막히고 말았다. 어째서인지, 떠날 때보다 더 예뻐진 산호 때문에 넋이 나가 버렸기 때문이다.

"입도 다치셨다더니 말도 못할 정도입니까?"

산호는 엉망이 된 영춘의 얼굴을 보고 진심으로 물었다.

"아, 아니, 그게 아니라……. 조, 좋아 보이십니다. 무탈하셨나 봅니다."

영춘의 말에 산호가 맑고 조용한 웃음을 터트리며 말했다.

"제가 별 탈 있을 게 어디 있습니까? 제가 여쭤야 할 말이 아닙니까?"

"아……. 예. 뭐. 저야……."

"이야기는 들었습니다. 폐하께 엄한 소리를 하셨다고요."

그 부끄러운 이야기가 궁에 파다하게 퍼져 있었다. 영춘은 얼굴이 시뻘게져서 변명하기에 급급했다.

"오, 오해이십니다. 전 다만…… 산호 아가씨를 홀대하시더니, 너무 함부로 하신 게 아니냐는 뭐 그런……."

"이제 산호라고 부르지 마십시오."

"예?"

"폐하께서 새 이름을 지어주셨습니다."

"폐, 폐하께서요?"

놀랄 일이었다. 폐하께서 노골적으로 산호를 못마땅해하셨는데 새 이름을 지어줄 정도로 둘이 가까워졌단 말인가.

영문을 모르겠다는 영춘의 표정을 알아차린 산호가 묻지도 않은 것을 답했다.

"재밌는 이야기를 들려준 보답이라 했습니다."

사실은 그게 다가 아니었다. 산호가 진심으로 죽을 각오를 하고 자백해 준 데 대한 보답이었다.

산호도 이를 알고 있지만 영춘에게는 별일 아닌 것처럼 말했다.

"이제 저를 산호라 부르지 마십시오. 그 이름은 따로 주인이 있으니까요."

"그럼…… 이제 뭐라 부르면 됩니까?"

"진명입니다."

"설마…… 이게 진짜 이름이다, 뭐 그런 뜻입니까?"

산호가 고개를 끄덕였다.

영춘은 순간 욱해서 황제를 향해 쌍욕을 할 뻔했다. 이렇게 예쁜 아가씨에게 그따위 성의 없는 이름을 지어주다니!

하지만 산호는 그 이름을 꽤 마음에 들어 했다.

"정말 제 진짜 이름입니다."

그렇게 말하는 산호의 뺨에 분홍빛 생기가 퍼져서 영춘도 진명이라는 그 이름을 사랑하기로 했다.

"진명……."

저도 모르게 무심코 그 이름을 부르자 진명이 더욱 설레는 표정을 짓더니 평소보다 조금 크게 숨을 들이마셨다.

영춘은 그 표정이 너무 귀여웠다.

아닌 척 무심한 척하지만, 사실은 누구보다 삶의 욕망이 강한 여인이었다. 그 안에 너무나 뜨거운 열정이 숨어 있었는데 아무도 봐 주지 않았다. 본인 스스로조차도 모르고 있던 것을 찾아내고 기뻐하는 모습이 어찌 기특하지 않을 수 있을까?

"진명……. 좋은 이름입니다."

"아……. 그래요? 전 별로라고 생각했었는데……."

"……."

여전히 어딘가 이상한 아가씨임은 분명했다. 이상하다고 느꼈다면서 왜 기뻐하는 듯 보였단 말인가.

"그건 그렇고, 단유천을 죽였다면서요?"

"아……. 예."

그것 때문에 영춘은 여러 사람에게 시달려 왔기 때문에 그 이름을 들으니 저도 모르게 위축되었다.

"정말 잘하셨습니다."

"……."

단유천을 죽이고 칭찬을 받았다. 처음이었다. 말문이 막힌 건 놀람보다 감격 때문이었다. 그동안 영춘은 꽤나 마음고생을 했던 것이다.

"아, 죄송합니다. 기분 나쁘셨지요?"

잠시 침묵이 흐르자 산호가 '앗차' 하며 사과를 했다.

"예?"

"제가 뭐라고 주제넘게 잘하셨다고 칭찬을……."

"아, 아닙니다! 그게 왜 주제넘다 하십니까! 제가 누구 때문에 단유천을 죽였는데!"

"예? 누구 때문이라니요?"

"저더러 꼭 죽이고 와서 무용담을 들려주라 하지 않으셨습니까?"

"아……. 그냥 인사말이었는데……."

간단하고 허무한 대답이었다. 진명은 솔직했지만 그 솔직함이 시도 때도 없이 불쑥 튀어나오는 것이 문제였다.

영춘은 깨달았다. 이대로는 끝이 없다는 것을. 누구 하나는 밀어붙여야 매번 이 힘 빠지는 결말에서 벗어날 수 있다는 것을.

"저도 그냥 인사말로 한 말씀 드려도 되겠습니까?"

"뭔지 모르겠지만 하십시오."

"저와 혼인하시겠습니까?"

갑작스럽게 혼인을 거론하니, 어지간하면 놀라지 않는 진명이 잠시 멍한 눈으로 영춘을 바라보다 얼빠진 소리로 물었다.

"……예?"

"둘 다 혼기가 찼고, 저는 태어나서 여인과는 이토록 오래 많은 말을 해본 적이 없습니다."

"오문, 아니, 산호가 있지 않습니까?"

"아……. 그게……. 그건 좀 애매합니다. 오문을 여인으로 보기에는 좀……."

많이 무리가 있었다. 오문은 그냥 좋게 봐도 형제 같은 느낌 아니가.

"하긴, 저도 단유천과는 어릴 때부터 같이 자라 제법 많은 이야기를 나눴습니다만 사내로 보기에는 무리가 있지요."

"아니요. 그런 의미는 아닙니다만……. 아, 참! 그러고 보니 단유천이 아가씨에 대한 마음이 꽤 강렬하던데, 두 분이 그렇고 그런 사이었습니까?"

"그 개가 그렇게 짖던가요?"

"……."

한마디로 개소리라는 뜻이었다.

"그 개가 한 소리 때문에 방금 하신 인사말을 무효로 하실 생각이십니까?"

"예?"

"저는 그 혼인 나쁘지 않다고 생각합니다."

"저, 정말이십니까?"

"예. 제가 살면서 또 어떤 사내와 이야기를 나눌지 모르니, 채 가시려면 지금 채 가십시오."

"채 간다는 말은 어디서 배우셨습니까?"

"화가 그러던데요. 친위대장님이 상을 먼저 채 가는 바람에 금만 불쌍하게 됐다고요."

"그럼 저도 그 불쌍한 놈처럼 안 되려면 아가씨를 서둘러 채 가야겠군요."

그날 밤, 영춘의 상한 몸이 씻은 듯이 나은 것은 물론, 어째서인지, 진명의 배 속에 아이가 들어서고 말았다.

그러나 그것을 안 것은 조금 더 나중의 일이었다.

❖

황제는 쪼잔하다는 태자의 평과 달리 베풀 때는 베풀 줄 아는 사람이었다. 물론 쪼잔하다 여겨질 만큼 뒤끝도 길었다. 날마다 오문을 불러 그간의 이야기를 듣던 황제는 때로는 감격하고 때로는 분노했다.

그리고 반드시 그것에 대한 대가를 치르게 했다.

때문에 가장 먼저 오문을 거둬준 백골 기예단 식구들은 황제께서 직접 성을 내려주시어 금상첨화를 진짜 가족으로 만들어주셨다. 성을 내려 주신다는 것은 귀족이 되게 해준 것이라, 그들 모두 땅과 집과 노비를 얻게 되었다.

게다가 오문을 거둬주신 요릿집 숙수는 황실의 숙수가 되었고, 이미 돌아가신 소면집 할머니는 봉분을 양지바른 곳으로 옮겨 사당까지 만들어주었다.

그뿐이 아니었다.

사유보는 이미 엄벌을 받고 귀양살이를 하고 있었으나 황제께서는 그에게 태형까지 언도해 주셨다.

그런 일들이야 그렇다 쳐도, 작은 일에도 가차 없이 상과 벌을 내려 그녀를 당혹스럽게 만드셨다.

장목현 대인은 오문을 도둑으로 몰지 않고 돌려보내 주었다는 이유로 황제께서 직접 그의 손녀딸을 아주 훌륭한, 모두가 탐내는 공자와 짝을 맺어주었다.

오문을 불쌍하게 여겨 준 거지 소년은 거지로서의 자유를 빼앗기고 부유한 집에 양자로 들어가게 되었다.

그러나 요즘 오문은 그 모든 일을 합친 것보다 더 당혹스럽고 부담스러워하고 있었다. 황제께서 너무 성급하게 일을 추진하고 계셨기 때문이다.

황제는 세상에 널리 오문을, 아니, 산호를 태자비로 소개하고 싶어 했다.

"하지만 전 아직 준비가 안 됐사옵니다."

이제 겨우 황실의 경어체 정도를 익히기 시작한 산호는 귀부인들을 만나는 자리도, 황실의 어르신이나 주요 인사들과 만나는 것도 자신이 없었다.

오문이라 불릴 때는 솔직하게 사람을 대하고 상대를 잘 맞춰주었지만 지금의 산호는 그게 쉽지 않았다.

저를 찾아오는 사람들은 모두 저를 평가하려 하기 때문이었다. 아무도 솔직한 산호를 알려고 하지 않았다. 태자비 자리에 어울리는지 아닌지, 나중에 황후가 될 만한 인물인지, 그것으로만 그녀를 평가했다.

그리고 산호는 자신이 그들의 잣대에 턱없이 부족하다는 것을 알기에 지금은 나가고 싶지 않았다. 그건 그녀의 자신감 문제가 아니라 자존감 문제였다.

"준비랄 게 있나. 그들이 너를 무시하고 욕하거든 너도 똑같이 해주면 된다."

황제는 시원시원했다.

하지만 산호는 다른 것은 몰라도 부모님을 욕되게 하고 싶지는 않았다.

"은도명과 주혜령은 사람들이 칭송해 마지않는 훌륭한 분들인데 저는 그 발치에도 따라가지 못하지 않습니까."

"그게 무슨 소리냐? 은도명과 주혜령이 뛰어난 사람들이라고 해서 네가 부족한 것은 아니니라."

"저는 부모님들만큼 많이 배우지 못했습니다."

"하지만 그들보다 더 영리하지. 그들은 단왕의 계략에 당해 억울한 죽임을 당했지만 너는 어린아이였을 때도 스스로 귀문을 박차고 나왔을 뿐만 아니라, 끝내 살아남지 않았느냐? 그뿐인가? 네가 단왕을 죽였다. 너는 그것만으로도 세상 사람들이 칭송하고 남을 위인이니라. 저 모자란 무호 놈보다 낫다. 단유천 하나도 못 잡고 오다니! 망할 놈!"

"사람들이 영리하고 현명하고 태자 전하께서 한눈에 반한 산호를 기대합니다. 한데 저는 그들이 생각하는 것보다 대단한 사람이 아닙니다. 실망할 그들을 생각하면 불쾌해집니다. 하니, 조금만 더 시간을 주시면 완벽한 태자비가 되어보겠습니다."

산호는 혼인을 서두르는 황제를 완곡하게 말렸다. 모두의 앞에 설 때는 적어도 태자비로서 누구나 존경할 수 있는 사람이 된 후에 서고 싶었다.

결국 태자도 황제도 오문의 고집을 꺾지 못하고 그녀가 준비될 날만 애타게 기다려 주기로 했다.

그렇게 며칠이 지났다. 황궁에 뜻밖의 손님이 찾아왔다. 바로 기단군의 군수 유현이었다.

"군수님!"

황제의 부름을 받고 들어간 오문은 방 안에 혼자 서 있는 낯익은 손님을 반갑게 불렀다.

"무사하다는 소식은 들었지만 그래도 이렇게 얼굴이 좋아 보이니 다행이구나."

"예! 저야 아무렇지 않았습니다. 전하께서 좀 다치셨지요."

"그래. 이렇게 다시 보게 돼서 얼마나 다행인지 모른다. 하마터면 내 수양딸을 잃을 뻔하지 않았나."

"어휴! 수양딸이라니요! 전하께서 하신 말씀 너무 마음에 두지 마십시오."

오문은 매우 송구스러워했다. 그런데 의외로 군수의 반응은 달랐다.

"응? 내 수양딸이 되기에 내가 부족한 것이냐?"

"예?"

"그렇지 않으면 왜 거절하는 것이냐? 이제 태자비가 되겠다고 군수인 내가 하찮게 보이는 모양이구나."

"아, 아뇨! 그게 아니라……. 저 같은 걸 수양딸 삼고 싶으실 리가 없지 않습니까."

"너 같은 것이라니? 그게 무슨 말이냐? 설령 네가 부족하다 해도 세상에 누가 태자비가 될 여인을 우습게 여기겠느냐?"

"어……. 그래도 부족하면 우습게 여기지 않을까요?"

"잘도 그러겠다! 네게 그랬다가는 태자 전하부터 가만있지 않을 것인데! 혹 누가 그런 마음을 품으면 간단하게 권력을 이용하면 해결될 문제다. 아무도 너를 우습게 보지 못할 것이다."

어디서 많이 들어본 말이었다. 태자가 종종 황제의 권력을 등에 입고 설치고 다니던 그때 하던 말과 같았다.

그런데 제가 그래도 된단 말인가.

오문은 아직 산호라는 이름도 태자비라는 제 위치도 잘 실감나지 않아서인지, 유현의 말이 잘 와 닿지 않았다.

"그래도……."

"오문, 아니, 산호야. 나만 봐도 알 수 있지 않느냐? 내가 왜 여기까지 찾아온 것 같으냐?"

"글쎄요……. 아! 혹시 옥패를 돌려주러 오셨습니까?"

"그래. 하나 그것은 핑계다. 옥패를 핑계로 제 발로 찾아 온 것이다. 중요한 거라고 맡기고 가신 분이 찾으러 오지 않으시니, 나를 아주 잊은 것 같아 조급해서 온 것이다. 이래도 모르겠느냐? 나는 너를 내 수양딸로 삼고 싶어 안달이 났다. 네가 태자비가 될 것이기 때문이지."

고지식한 유현이 권력에 빌붙겠다고 말하니 오히려 그의 말이 더 가식 없이 진실되게 느껴졌다.

"그것이 권력의 힘이다. 모두 네게 잘 보이고 싶어 할 것이다. 아무도 너를 욕하지 못해. 누군가 너를 욕하면 다른 누군가가 네 앞에서 그를 깎아내리겠지."

"하, 하지만 속으로는……."

"그게 무슨 상관이냐? 내가 아는 오문은 남의 시선 따위 개의치 않았는데, 그 기개 높은 아이는 어디로 가고 이런 패배자가 되었을까. 산호일 때보다 오문일 때가 더 태자비 같구나."

"……."

오문이 잠시 생각에 잠기자 유현이 옥패를 꺼내 오문의 목에 걸어주었다.

"잘 어울리는구나. 누가 뭐래도 이 옥패의 주인은 바로 너 산호다."

"……진심으로 그리 생각하십니까?"

"물론이다. 그리고 사람은 쉽게 변하지 않아. 네가 아무리 위엄과 교양을 갖춘 태자비가 되고 싶다 해도 네 본성은 쉽게 변하지 않을 것이다. 그러니, 훌륭한 태자비가 되려거든 책에서 말하는 이상적인 태자비가 아니라, 네가 될 수 있는 훌륭한 태자비가 되도록 해라."

자신이 될 수 있는 훌륭한 태자비. 그 말이 산호에게 큰 감명을 주었다. 그래서 오문은 유현에게 크게 감사를 올렸다.

"좋은 말씀 정말 감사드립니다. 듣고 보니 제가 황궁이란 곳에 와서 너무 압도당했던 모양입니다. 예. 무슨 말씀이신지 잘 알겠습니다. 제가 뭘 해야 할지도 알 것 같습니다."

"다행이구나. 하면 앞으로 나를 보면 아버지라고 불러다오. 태자비가 되려면 네게도 태자 전하 외에 또 다른 배경이 필요할 것이니, 서로 상부상조하는 게 좋지 않겠느냐? 이래 봬도 내가 그리 이름 없고 별 볼일 없지는 않다."

그러자 오문이 생긋 웃으며 말했다.

"솔직하게 말씀해 주시면 생각해 보겠습니다."

"솔직하게라니?"

"누구 생각입니까?"

"응?"

"군수님 생각이 아니시지요?"

"……."

정곡을 찔린 유현은 굳은 얼굴로 입을 다물었다. 꼬장꼬장한 그는 드러난 일을 잡아뗄 만큼 거짓에 능숙하지 못했다.

"태자 전하이십니까? 폐하이십니까?"

"……."

오문이 집요하게 파고드니 눈도 마주칠 수 없었다.

"꽤 그럴 듯하셨습니다만 뒤로 갈수록 영 아니었습니다."

"어, 어느 부분이……?"

"군수님께서 제게 이 옥패를 걸어주시고 잘 어울린다고 하실 때 조금…… 어색했습니다."

"그, 그랬나? 크흠……."

"그래서 누가 시킨 겁니까?"

늦은 밤, 오문은 상궁들 몰래 허름한 소년의 옷으로 갈아입고 담을 넘었다. 오랜만에 담을 넘는데도 예전처럼 가볍게 훌쩍 뛰어넘었다. 몰래 나가는 오문을 보고 백호가 따라서 담을 넘었다.

"넌 또 왜 따라 나와?"

오문의 타박에도 백호는 그 커다란 머리를 오문에게 비벼대며 따라가겠다고 졸랐다.

"어휴. 몰래 가려고 했는데!"

하지만 사실 백호를 데려가면 병사들이 알아서 피해 줄 것이니 나쁠 게 없었다. 오문은 백호의 몸에 납작 엎드려 태자전으로 향했다.

예상대로 가는 길에 병사들을 만나면 기겁해서 달아났다. 아무래도 호랑이가 먹이 사냥을 나왔다 여기고 자신이 그 먹잇감이 되지 않으려는 것 같았다.

태자전에 당도하자 오문은 또 꾸벅꾸벅 졸고 있는 영춘에게 부탁했다.

"전하 좀 불러 주세요."

"복장이 그게 뭐냐? 너 설마! 너! 태자비 포기하고 나가 살려는 건 아니겠지?"

"저는 이제 도망 다니는 건 질색입니다. 전하께 그냥 이렇게 전해주십시오."

"뭐라고?"

"나랑 놀자고."

"……."

"지붕에서 술 한잔하자고 하면 알아들으실 겁니다."

오문은 얼마 전 황제께서 주신 귀한 술을 품에서 꺼내 보이며 눈을 찡긋했다.

"평범하게 술상을 봐서 곱게 차려입고 전하 방으로 들어가면 안 되겠느냐?"

"황궁의 지붕에서 술을 마셔본 적은 없단 말입니다!"

"그러니까 다들 그런 짓은 안 한단 말이다!"

잠깐 실랑이가 있었지만 결국 오문은 백호를 타고 훌쩍 지붕 위로 날아 올라갔다.

태자는 오문이 기다리고 있는 지붕으로 올라왔다.

"이 야밤에 겁도 없이 혈기왕성한 사내를 불러들이다니!"

나무라는 무호를 향해 오문이 톡 쏘아 붙였다.

"그래서 싫으십니까?"

"너무 좋아 그런다! 이게 얼마 만이냐!"

너스레를 떨며 오문의 옆에 앉자 백호가 이빨을 드러냈다.

"네 멍멍이는 언제까지 저럴 셈인지 모르겠구나. 이러다가 침상에서도 으르렁거리고 있겠다."

"걱정 마십시오. 그건 저도 싫으니까요. 자, 한잔 받으십시오."

무호는 오문이 따르는 술병을 보고는 아무 말 않고 잔을 받았다.

두 사람이 동시에 술잔에 입을 댔다가 동시에 입을 뗐다.

"캬! 이거 정말 술 맛이 끝내줍니다. 술에 금가루도 들어 있고, 앉아 있는 지붕도 금색이고, 저 하늘 위에 달도 금색이고, 제가 아주 귀한 사람이 된 것 같습니다."

무호는 피식 웃으며 이번엔 제가 술을 따라주었다.

"유현에게 옥패를 받았다지?"

"예. 옥패도 받고, 전하의 말씀도 잘 전해 들었습니다."

"역시. 들킬 것 같더라니. 영 쓸모없는 자란 말이지."

그러자 오문이 웃으며 말했다.

"전하께서 그렇게 귀여운 면이 있는 줄 이제야 알았습니다."

"칭찬으로 들으마. 그래. 다시 그것을 목에 거니 어떠냐?"

"뭐, 원래도 목에 걸진 않았지만, 그동안 뭔가 허전했던 이유를 알 것 같더라고요."

두 사람이 다시 술잔을 비우자 무호가 제 품에서 옥패를 꺼냈다.

이에, 오문도 제 것을 꺼내 약속이나 한 것처럼 둘이 그것을 끼워 맞춰 보았다.

"꼭 들어맞네요. 금도 보이지 않을 만큼 완벽해요."

하나가 된 옥패는 반쪽일 때보다 더 빛이 나는 것처럼 보였다. 마치 달빛처럼 은은하게 퍼지는 옥패를 보며 무호가 중얼거렸다.

"이것 하나를 맞추지 못해서 우리가 그동안 그렇게 오래 떨어져 지냈다니 허무하구나."

"뭐 그래도 즐거운 일이 더 많았습니다."

모든 일이 잘된 지금에 와서 돌아보니 힘든 일도 추억이 되었다. 언젠가 나이가 들어 그때를 생각하며 웃을 걸 생각하니 벌써부터 가슴이 설레었다.

무호도 같은 것을 생각했는지 잠시 먼 곳을 응시했다. 그러고는 눈을 한 번 깜빡인 후에 은근한 목소리로 말했다.

"하면 이제 옥패를 맞췄으니…… 우리도……."

"무슨 생각을 하시는지는 알겠습니다만, 안 됩니다. 폐하께서 절대 안 된다고 하셨습니다. 저를 세상에서 젤 아름다운 신부로 만들어주신다 하셨으니 그때까지 참으십시오."

"황당하군."

"폐하의 말씀이 옳다고 봅니다."

"아니, 너 말이다."

"예? 제가 왜요?"

"그런 차림으로 지붕 위로 불러내 이런 술을 권해놓고 싫다니, 무슨 개수작이냐?"

"개, 개수작이라니요! 옛날처럼 담담하게 술을 마셔보자 한 거죠!"

"그게 개수작이라는 게다. 더군다나 이런 술까지 마시게 하고 이야기나 하자 불렀단 말이냐?"

"이, 이런 술이 뭔데요?"

"뭐긴, 네가 예뻐 보이는 술이지."

"……!"

무호가 갑작스레 오문의 머리를 끌어당기며 그녀의 입술을 베어 물었다.

오문은 술에 젖은 촉촉한 무호의 입술에 취해서 그의 목을 감았다. 그 바람에 옥패가 떨어지고 술병도 넘어졌다.

쓰러진 술병이 데굴데굴 굴러가다 기와 끝에서 멈춰 맑은 금빛 물을 쏟아 냈다. 술병의 술이 전부 쏟아지는 동안 오문의 몸은 점점 기울어져 마침내 기와에 등을 대고 누웠다.

무호는 기와에 손을 대고 오문의 몸에 엎드린 채 계속해서 그녀의 입술을 탐했다. 오문이 힘이 풀려 그의 목에 감은 팔을 스르르 풀 때까지.

입술을 뗀 무호가 달빛에 물들고 술 향기에 취하고 입맞춤에 달뜬 그녀의 얼굴을 보고 감탄했다.

"그래. 이래야 진짜 명주지!"

"제가…… 그리도 예뻐 보이십니까?"

"사람을 미치게 만들 만큼."

"원래 전하는 조금 광기가 있으십니다. 제 핑계를 대지 마십시오."

"다른 사람은 몰라도 네가 그리 말하면 안 되지."

두 사람은 서로 마주 본 채, '쿡쿡' 웃음을 터트렸다.

그러다가 오문이 나긋나긋한 목소리로 부탁했다.

"전하. 제 이름을 한번 불러봐 주십시오."

오문은 태자에게 이름을 불러 달라 했지 어떤 이름을 불러 달라고는 하지 않았다. 하지만 무호는 망설임 없이 그녀의 이름을 불렀다.

"오문."

"전하께 저는 오문입니까?"

오문은 조금 실망한 기색으로 물었다.

그러자 태자가 짓궂게 말했다.

"아직 너는 확답을 하지 않았다."

"……."

"나의 비가 되어줄 은산호. 그 이름으로 살아갈 자신이 있는지, 답을 주어야지."

오문은 입을 삐죽거리며 무호를 흘겨보며 투덜거렸다.

"꼭 그렇게 조건을 걸어야 하십니까?"

"꼭 그렇게 날로 먹으려 드는 습관을 고쳐야 한다."

"한 번쯤 져주시면 어디 덧납니까?"

"다른 건 다 져줘도 이건 져줄 수 없다."

오문은 어쩔 수 없다는 듯 태자의 어깨에 양팔을 탁 걸치고는 말했다.

"하면, 오늘 밤 하시는 걸 봐서 답해 드리겠습니다."

"……?"

"뭐 하십니까? 안아주셔야지요. 명주가 보통 명주가 아닙니다. 전하께서 너무 아름다워 보이지 않습니까. 사람 미쳐 버리게."

무호조차 오문의 능청스러움을 당해낼 수 없었다.

"오냐. 오늘 밤 진짜 산호가 되어보자! 내가 너를 반드시 나의 산호로 만들고 말 것이다!"

무호가 오문을 안고 지붕 위에서 풀쩍 뛰어내렸다.

혼자 남은 백호는 그들을 따라가지 않고 배를 대고 지붕 위에 앉았다.

아직도 기와에 걸린 술병을 앞발로 굴려보다가 술에 젖은 앞발을 핥다가 달을 보았다. 미치도록 아름다운 달을 넋을 잃고 바라보던 백호는 목젖이 보이도록 하품을 하고는 이내 잠이 들었다.

이상한 밤이었다.

지붕 위의 백호에게는 미치도록 길고 서늘한 밤이, 지붕 밑의 연인들에게는 미치도록 짧고 뜨거웠다.

벗은 몸을 끌어안은 연인들은 서로의 몸에 자신의 흔적을 새기며 사랑을 속삭였다.

며칠, 혹은 더 길게 남을 낙인 같은 생채기를 볼 때마다 오늘 밤을 떠올리며, 또다시 서로를 안고 싶어질 것이다.

짧은 밤의 끝자락에서 오문은 아쉬움이 묻어나는 목소리로 물었다.

"전하, 이제 제가 산호가 된 것 같습니까?"

"정녕 몰라서 묻느냐? 너는 처음부터 나의 반려, 나의 산호였다."

나의 반려. 나의 산호.

무호의 말을 곱씹어보던 오문은 비로소 그 이름이 제 것이 된 것처럼 낯설지 않았다.

"산호……. 은산호. 전하, 저는 앞으로 영원히, 전하의 반려 은산호로 불리기를 소망합니다."

외전

1. 야생의 본능

2. 꽃 찾으러 왔다

1. 야생의 본능

"헉, 헉…… 읏!"

험준한 산길, 그것도 눈이 쌓인 숲을 헤치며 숨 가쁘게 뛰어가던 복면인이 다리가 풀렸는지, 얼어버린 눈을 밟은 탓인지, 주르륵 미끄러지고 말았다.

"헉!"

절벽 끝까지 그대로 미끄러져 내려간 복면인은 돌부리 하나를 붙잡고 간신히 매달릴 수 있었다.

"으으……."

이대로라면 죽음밖에 없었다. 돌부리를 놓고 절벽 아래로 떨어지는 게 나을지도 모른다는 생각에 힐끗 아래를 내려다보았다. 까마득한 아래로 떨어지면 한순간에 온몸이 산산조각 날 것이다.

'그게 낫겠군.'

천천히 온몸이 찢기는 것보다는 훨씬 나은 선택이었다. 복면인의 손이 돌부리를 놓으려고 움찔한 순간이었다.

쿵!

"으윽!"

묵직한 것이 쿵 떨어져 복면인의 손을 누르는 바람에 손이 돌부리에 짓이겨지고 있었다.

보통 사람이라면 처절하게 비명을 지르고도 남았으련만, 그의 입에서는 옅은 신음만 흘러나오고 있었다.

거대한 호랑이의 앞발이 그의 손을 꽉 누르고 있었다.

커다란 발톱을 뼈 사이까지 박아 넣고 절벽 아래로 떨어지지 못하게 하고 있는 것이다.

극심한 고통 속에서 그는 재빨리 품속을 뒤졌다.

평소처럼 어금니 사이에 넣어두던 독약을 깨물 수 있었다면 진작 그리 했을 것이다. 한데 살행을 나가던 것이 아니라 전쟁터로 나갔다.

하루 이틀 만에 끝날 전쟁이 아닌 데다가, 자결을 할 거면 적군의 칼로도 충분했기에 저뿐만 아니라 입안에 독을 숨겨 온 자는 없다고 봐야 했다.

"아악!"

품을 뒤적거리던 살수의 손목이 깨끗하게 잘려 나갔다.

갑작스레 당한지라 과묵하던 그의 입에서 비명이 터져 나왔다.

그는 고개를 쳐들고 제 손목을 자른 자를 노려보았다.

그러나 핏발 선 살수의 눈동자는 상대의 눈빛을 감당하지 못했다.

호랑이 위에 올라타 저를 내려다보는 무호의 눈빛은 흡사 사냥감을 붙잡은 맹수의 그것과 같았다.

그가 타고 있는 호랑이와 그의 눈빛이 다르지 않았다.

살수는 자신이 저들에게 한낱 먹잇감에 지나지 않는다는 사실에 절망감을 느꼈다.

이렇게 하찮은 취급을 받으며 고통스럽게 죽게 될 거라고는 생각지 못했었기 때문이다.

"혼자 죽긴 억울하지?"

"……."

"길동무 마련해 줄 테니까 네 동료들을 낚을 만한 정보를 내놔."

어이없게도 살려줄 테니 말하라고 하지 않았다.

"그런 말에 흔들릴 것 같소?"

이미 흔들린 것이다. 묻고 있지 않나. 비명 소리도 애써 삼킨 입술이 말을 하고 있다.

"어차피 망한 귀문이다. 나한테 복수하려고 귀문의 부흥을 바라는 건 아닐 테지? 너의 침묵으로 귀문이 다시 번창하면 다들 너를 영웅 취급 해 줄 것 같으냐?"

"……."

"함께 동문수학한 귀문의 동료들, 별로 끈끈하지도 않을 텐데 그놈들 잘되는 꼴을 내버려 두고 넌 지옥으로 가겠다고?"

울컥 뭔가 치밀어 오른다. 이렇게 죽기는 억울하다는 생각이 들기 시작했다.

귀문의 문주도, 차기 문주도 전부 죽은 마당에 살아남은 누군가가 그 자리에 오를 걸 생각하니 배알이 뒤틀리는 것 같았다.

이렇게 된 마당에 왜 제가 입을 다물어야 한단 말인가?

"대단히 의리 있는 살귀로군."

무호의 비아냥거림에 살수는 결심했다.

"내가 전부를 아는 것은 아니오."

"아는 만큼만 말하라. 그놈들은 전부 지옥 불구덩이에 처넣어주겠다."

그렇게 무호는 엮고 엮어서 귀문의 잔당들을 잡아 죽이고 있었다.

그 손속이 귀문의 살수들보다 잔인했고, 회유의 과정은 악랄하기 짝이 없었다.

"뭐랄까…… 악당은 악당의 심리를 잘 아는 모양입니다."

모닥불을 쬐던 오문이 그렇게 감탄했다.

전장에서 벗어난 지난 한 달간의 추격전은 매우 치열했다. 손에 피를 묻히지 않은 날이 없었던 것 같았다.

혹시라도 귀문의 잔당들이 먼저 눈치챌까 봐 사람들을 피해 다녔다.

괜히 호랑이를 타고 간 사람들을 봤다는 소문이 돌면 자신들이 움직인 경로를 알게 될 게 아닌가.

그 때문에 산으로만 다녔더니 일행의 피곤함은 말로 다 할 수 없었다.

비록 호랑이 등에 타고 있긴 하지만 이게 여간 지치는 일이 아닌 데다가, 먹는 것도 부실하고 씻는 것도, 잠자리도 어느 것 하나 맘 편하지 않았다.

"새삼스럽게 치켜세울 필요는 없다."

"아니오. 그런 적 없는데요."

또 듣고 싶은 것만, 아니, 듣고 싶은 대로 듣는 무호의 병증이 시작되었다.

"네가 하고 싶은 말이 뭔지 잘 모르겠군."

"왜 모르십니까? 이제 그만하고 돌아갔으면 하는 겁니다."

"아직 귀문의 잔당들이 남아 있지 않느냐?"

"단왕의 말대로 귀문 전부를 없앤다 해서 또 다른 귀문이 생기지 말라는 법은 없습니다. 이만하면 충분합니다. 어째서 고귀하신 폐하께서 직접 이렇게 손에 피를 묻히시는 겁니까?"

오문도 어지간하면 그의 말대로 하고 싶었다. 나라를 어지럽힌 악인들이 죗값을 받는 게 옳은 일 아닌가.

한데 태자는 보는 사람을 질리게 만들 정도로 집요하고 사악했다.

태자가 하는 짓을 보고 있자면 악을 악으로 벌하는 느낌이었다.

세상에 악인이 넘쳐 나는데 그들 모두를 죽여 세상을 정화하겠다는 각오가 전해질 정도로.

"내가 아니면 누가 한단 말이냐?"

"관원들에게 맡기십시오. 이제 지칠 때도 되지 않으셨습니까?"

"전혀 지치지 않았다. 단왕도, 단유천도 죽이지 못했는데 지칠 리가 있나!"

오문은 흠칫 놀라 어깨를 떠는 영춘을 가엽게 보면서 무호를 달랬다.

"그 얘기는 그만하시고요. 분명 마 의원님께서 무리하면 안 된다고 하셨습니다."

"무리하지 않았다. 힘이 남아돈다 하지 않았느냐."

오문은 태자를 향해 눈을 흘기고는 일행들의 눈치를 살폈다.

영춘은 풀이 죽어 모닥불을 휘적거리고 있었고, 장우와 상은 오문이 무슨 말로 태자를 상대할지 매우 흥미진진하게 지켜보고 있었다.

그래서 오문은 태자의 귓가로 다가가 그에게만 들리는 작은 목소리로 소곤거렸다.

"그러니까 그 힘을 저한테 쓸 수 있게 돌아가잔 말입니다."

"……."

무호는 대답하지 않고 오문을 지그시 바라보았다.

"왜, 왜 그렇게 보십니까?"

"넌 내가 발정 난 짐승새끼인 줄 아느냐?"

"헉! 무, 무슨 말씀을 그렇게 하십니까!"

오문이 화들짝 놀라 당황하자 장우와 상도 심상치 않은 기운을 느끼고 슬그머니 손을 잡고 일어났다.

그들을 따라 금과 첨까지 허둥지둥 일어나는데 영춘만 엉덩이를 떼지 못했다.

그런 영춘을 금과 첨이 다시 와서 끌고 갔다.

모두가 사라지고 둘만 남는 동안 무호는 단단히 화가 난 표정으로 오문을 노려보았다.

쩔쩔매며 아무 말도 못하고 있던 오문이 무거운 침묵을 이기지 못하고 슬그머니 용서를 빌었다.

"저는…… 전하를 농락하려던 것이 아니라요……."

오문이 중얼중얼거리며 말을 제대로 맺지 못하는데 무호가 단호하게 말했다.

"그렇게 알고 있다면 제대로 본 것이다."

"예?"

"네가 원할 때까지 기다리느라 숨넘어가는 줄 알았다."

"아니, 막 원한 건 아닌데요……."

"그럼 이제 막 원하게 될 것이다."

그 말이 끝나기도 전에 이미 오문의 입술은 그의 입술에 잡아먹힌 상태였다.

어째서 이렇게 되었는지, 그만하고 돌아가자는 말 한마디에 어째서 옷이 벗겨지고 있는지, 오문은 머릿속이 하얗게 돼서 제대로 생각할 수가 없었다.

그날 밤, 백호의 울음소리가 매우 처절했다.

덕분에 오문은 무호에게 안겨 마음껏 기쁨의 소리를 낼 수 있었다.

모닥불이 어찌나 활활 타올랐던지, 눈을 녹일 만큼 뜨거운 밤이었다.

그 후, 몇 달이 더 흘렀다. 제화국의 도성에 눈이 녹고 있었다.

짧은 겨울이 지나고 햇볕이 나른하게 길어지기 시작했다.

백호는 다른 호랑이들과 밖에 나와 앉아 햇볕을 쬐며 꾸벅꾸벅 졸았다.

그러다가 무호가 탔던 덩치 큰 호랑이가 때 이른 나비의 날갯짓에 고개를 들었다.

하필 나비가 백호의 콧잔등에 앉자, 앞발로 백호의 콧잔등을 퍽 내려치고 말았다.

화들짝 잠에서 깬 백호가 으르렁거리는데 커다란 고깃덩어리가 턱하니 하늘에서 떨어졌다.

덕분에 백호는 자신이 왜 화가 났었는지를 잊었다.

"마, 많이 먹어라……."

석 달이나 지났음에도 호랑이 무리가 두려운 병사가 담장 위에서 고깃덩어리를 던져 주고 갔다.

호랑이들은 평소보다 더 질이 좋고 양이 많은 고기를 뜯으며 꼬리를 살랑거렸다.

어째서 오늘은 특식을 주는지 알지도 못했고 알려고도 하지 않았지만, 오늘은 사실 매우 특별한 날이었다.

황제의 생신은 나라의 큰 명절이었다.

백성들은 황제께서 베풀어주신 곡식을 받을 수 있고 황실은 연회를 열어 즐거운 한때를 보낸다.

그런데 오늘은 다른 때보다 더욱 특별한 연회가 벌어졌다.

다름 아닌 태자비가 될 오문, 아니, 산호가 황제를 위해 특별히 준비한 그런 연회였다.

산호는 황실의 숙수 대신 자신이 직접 요리를 도맡았다. 특히 황제의 식탁에 올릴 것은 직접 만들기까지 했다.

처음에는 황제께서 극구 만류했으나 산호는 태자비가 되면 두 번 다시 해드릴 수 없는 것이니, 꼭 해드리고 싶다고 간청했다.

무뚝뚝하고 반항적인 태자만을 자식으로 두었던 황제는 산호의 그런 살가움에 넘어가 허락을 하고 말았던 것이다.

"오오! 이것 참 신묘하구나!"

"폐하, 즐거우십니까?"

"즐겁다마다! 이런 게 바깥 구경이지 뭐겠느냐?"

황제는 백골 기예단이 펼치는 줄타기 묘기를 보며 소년처럼 즐거워했다.

산호는 기쁘지만 서운한 듯이 말했다.

"사실은 제가 직접 보여 드리고 싶었는데……."

"네가? 어찌 네가 저런 것을 한단 말이냐?"

"저 잘 탑니다. 줄타기 덕분에 살수들을 물리치고 살아남은 적도 있는 걸요!"

산호가 절벽에서 있었던 이야기를 손에 땀이 날 정도로 실감나게 이야기하자 황제는 또 크게 노했다.

"어린 소녀 하나를 죽이겠다고 그것들이 그리도 집요하고 비열한 짓을 하다니, 죽어 마땅하다! 내 당장 그 절벽 아래 사람을 보내 시신을 찾아내라 해야겠다. 그런 놈들은 백골이 되었다 해도 세 번 네 번 죽이고 또 죽여야 하는 법이다."

"어휴. 폐하. 그게 무슨 의미가 있습니까. 산 사람만 귀찮은 일이지요. 오늘은 생신이시니 불쾌한 생각은 마시고 즐거운 생각만 하십시오. 통쾌한 이야기라고 들려 드렸는데 그리 화를 내시니 송구합니다."

"아니, 아니다. 송구해하지 말거라. 나는 화를 낸 것이 아니니라. 아주 통쾌한 이야기였다. 아주 즐거웠어!"

황제의 팔불출 같은 모습을 처음 본 대신들은 눈을 어디에 둬야 할지 난감해했고, 요즘 들어 산호를 황제에게 빼앗긴 태자는 불만이 가득한 모습으로 두 사람을 노려보고 있었다.

남들이 그러거나 말거나 두 사람은 사이좋은 친부녀지간처럼 다정했다.

"헤헤. 제가 그렇게 줄을 잘 타는데 전하께서 위험하다고 못 타게 하셨습니다. 제가 잘하는 게 별로 없어서 폐하께 한 번은 보여 드리고 싶었는데."

"아니다. 됐다. 나는 네가 줄을 잘 탄다고 믿고 있다. 세상에서 제일 줄을 잘 타는 여인일 게다. 보지 않아도 알 수 있다. 하나, 내 심장에 무리가 가니 내 앞에서 줄을 타지는 말거라. 네가 잘못될까 봐 마음을 졸여야 하는 것이 얼마나 괴롭겠느냐?"

"예. 폐하께서 걱정하시는 일은 절대 하지 않겠나이다."

"그래, 그래. 그게 아니어도 너는 잘하는 게 많지 않느냐? 이 요리도 너무 맛이 좋구나. 어찌 이리도 손이 야무질까?"

"실은 폐하, 제가 아무리 실력이 좋다 한들, 황궁의 숙수들만 하겠나이까? 그저 저는 폐하께서 오래오래 사셨으면 하는 마음에 제 정성과 바람을 담아 소면 한 그릇이라도 대접하고 싶었을 뿐입니다."

"오냐. 이 국수처럼 오래 오래 장수하겠다."

"가늘고 길게 사는 것만큼 괴로운 일도 없는데 말입니다."

듣고 있던 무호가 도저히 참지 못하고 톡 쏘아붙였다.

그 바람에 또 황제가 도끼눈을 하고 무호를 노려보았고 대신들은 두 사람 사이의 눈치를 보느라 가시방석이었다.

"쫓겨나고 싶지 않으면 입 다물고 먹거라."

"입을 다물고 어찌 먹으란 말입니까?"

황제의 입에서 쌍욕이 터져 나오려는 순간 오문이 대뜸 화제를 바꾸었다.

"폐하. 그러고 보니 제가 진짜 선물을 드린다는 게 깜빡했사옵니다."

"응? 진짜 선물이라니?"

산호는 씨익 웃으며 자랑스럽게 어깨를 펴고 말했다.

"폐하. 저, 회임했습니다!"

"……."

황제도 태자도 대신들도, 모두 다 일순 침묵했다.

특히 전혀 모르고 있던 무호의 놀람은 이루 말할 수가 없었다.

오문이 회임을 했다. 즉, 제가 아버지가 된다는 뜻이었다.

아버지라니?

무호에게 아버지란 언제나 넘어야 할 산 같은 존재였다. 기필코 황제의 저 잘난 콧대를 꺾고 저 자리에 오르고 말리라는, 정복의 대상.

물론 그렇다고 해서 황제에게 원한이 있는 것은 아니었다. 어떤 때는 사지로 몰아넣고, 또 어떤 때는 한없이 감싸주시는, 유일한 제 편이라는 것을 왜 모르겠는가. 하나, 제가 살아온 어린 시절을 돌이켜 보면 부자 사이가 원만하지 않은 것은 사실이었다.

'내가 할 수 있을까?'

무호는 제가 과연 제 아버지만큼이라도 할 수 있을까 마음이 무거워졌다.

분위기가 이상해지자 오문은 당황했다.

"어라? 이거…… 자랑하면 안 되는 거였습니까? 전 그냥 폐하께서 좋아하실 줄 알고……."

그러자 무호가 황당함이 묻어난 음성으로 되도록 차분하게 말했다.

"그래도 나한테는 먼저 말했어야지."

"전하보다는 폐하께서 더 기뻐하실 것 같아서요."

무호는 순간 불쾌해졌다. 제가 아버지가 되는 것을 두려워하고 있다는 것을 오문에게 들킨 것만 같았다. 하나, 분명 제 자식이다. 누구보다 제가 가장 기뻐해야 할 일 아닌가.

"내 자식을 왜 폐하께 먼저 아뢴단 말이냐?"

무호는 기쁨과 설렘을 이렇게 표현했다.

"이…… 이, 이, 이 미친놈이!"

"헉! 폐하!"

황제가 크게 노하여 태자에게 술병을 던지며 욕설을 퍼부었기 때문이다.

산호가 놀라서 비명처럼 황제를 부르자 그가 그것을 잽싸게 피하며 소리쳤다.

"왜 또 이러십니까! 황손을 빨리 보는 게 뭐가 나쁘다고 이러시는 겁니까!"

"이놈이! 몰라서 묻느냐! 산호를 위해 태자비가 될 때까지 기다리라 하지 않았느냐!"

"언제는 아무리 애써도 나 같은 놈 하나밖에 얻지 못했다고 한탄하지 않으셨나이까! 폐하와 똑같은 전철을 밟기 전에 더욱 노력하고 정진하려는 것뿐이옵니다!"

"뭐가 어쩌고 어째! 네놈이 정말 산호를 위한다면 정식으로 그 절차를 밟아야 할 게 아니냐! 아직 태자비가 되려면 한 달이 남았다! 한데, 회임부터 시켜! 이 짐승 같은 놈!"

"전에도 말씀드렸습니다만, 며느리와 딸자식을 구분하십시오!"

"하아! 모든 게 나의 불찰이다. 내 진작 저놈 입을 찢어서 꿰맸어야 했는데!"

챙.

황제는 긴 탄식 끝에 대뜸 금위대장의 허리에 있는 검을 뽑았다.

"폐하!"

"폐하, 고정하시옵소서!"

"고정하고 있다. 그러니 내가 저놈의 입만 찢어놓으려는 게 아니냐. 입이 좀 찢어져도 훗날 황제 업무를 보는 데는 큰 지장이 없을 것이다."

"폐하!"

대신들이 모두 앞으로 달려 나와 태자와 황제 사이를 가로막고 중재에 나섰으나 소용없는 짓이었다.

태자가 혼인할 여인을 회임시킨 것이 무슨 죄란 말인가.

다만 태자의 말본새가 문제였다.

"아무래도 폐하께서 분별력을 잃으신 것 같으니, 태의를 불러야겠습니다."

"이노옴!"

황제께 노망이 났다는 말을 돌려서 하고 있었다. 진짜 분별력을 잃은 게 누구인지 모를 일이었다.

보다 못한 산호가 양팔을 벌리고 그 두 사람 사이에 섰다.

"폐하. 제 배 속의 아이를 생각해서라도 한 번만 용서해 주십시오."

황제는 아이라는 말에 흠칫하는 것 같았지만 곧 별일 아니라는 듯 부드러운 음성으로 말했다.

"산호야. 아무 염려 마라. 태자의 목숨은 살려둘 것이다. 저놈의 입을 벌하지 않으면 영원히 저 더러운 말본새를 고치지 못할 것이니 내 눈 딱 감고 벌을 줄까 한다."

황제는 매우 너그럽게 산호를 타일렀으나 산호는 비키지 않고 당돌하게 말했다.

"폐하! 저는 태자 전하의 잘생긴 얼굴이 너무 좋습니다!"

"뭐, 뭐라?"

"저를 위해 전하의 얼굴은 망치지 말아주시옵소서!"

황제의 탄신연은 산호의 고백과 함께 끝이 났다.

❖

인간은 모름지기 자유롭게 살기를 희망한다. 그러나 또 누군가를 짓밟고 그 위에 서기를 희망하기도 한다.

이런 인간 세상에서 자유롭게 살아가는 방법은 두 가지가 있다.

첫째는 자신의 머리 위에 그 누구도 없게 하고, 세상 모두를 발아래 두는 것이다.

둘째는 자신의 모든 것을 내던지고 항상 땅에 붙은 듯 납작 엎드려 살아가는 것이다.

극과 극이지만 그리하면 자유로울 수 있다.

그 두 자유로운 영혼이 만났다.

그것도 남들이 다 잠든 시간에.

"헉! 형? 아, 아니, 산호 아가씨?"

거지 소년, 아니, 이제 장목현 대인의 양자가 되어 어엿한 성과 이름을 갖게 된 열 살 난 장학우가 밤샘 공부 중에 졸다가 헛것을 본 듯 소스라치게 놀랐다.

"쉿! 조용히 해."

"아, 아, 아가씨가 여긴 어쩐 일이십니까?"

"오랜만이다. 그지?"

누구 못지않게 야생의 자유로운 영혼을 가진 산호와 학우, 두 사람의 재회는 오늘이 처음이 아니었다.

학우가 산호를 마지막으로 본 것은 군사들이 다리 밑으로 들이닥쳐 저를 끌고 궁으로 간 그날이었다.

얼굴이 거지보다 엉망이었던 바보 형이 알고 보니 태자비가 되실 산호 아가씨라니, 세상 오래 살고 볼 일이라며 기가 막혀 했었다.

놀라움과 반가움도 잠시, 그는 갑자기 장목현 대인의 아들 장학우가 되고 말았다.

진짜라면 이런 늦둥이도 없을 것이다.

장목현 대인이 늦게 찾은 손녀께서 저보다 누님이신데, 저는 그 누님의 숙부가 되는 것이다.

아니, 그걸 다 떠나서 저 같은 거지새끼가 어찌 대가 댁의 공자가 될 수 있단 말인가.

비록 황제 앞이지만 저는 그것을 꼬집어 따졌다.
그러자 황제가 어디서 가져왔는지 긴 종이를 들고 읊기 시작했다.

「너는 그냥 거지새끼가 아니다. 이 보고서에 따르면 네 고조부께서는 장씨의 성을 가진 귀족으로…….」

황제께서는 학우의 고조부께서 몰락 귀족이 된 사연과 외증조부께서 산적을 잡아 나라의 작은 공을 세운 것 등을 읊어대며 학우가 장씨의 후손이라고 말했다.
그러나 어린 학우가 듣기에도 그것은 억지였다.
그렇게 윗대를 거슬러 올라가면 몰락한 귀족 하나쯤은 나오게 마련 아닌가. 그간 나라가 몇 번이 바뀌었는데.

「잘은 모르겠습니다만, 어쨌든 제가 그냥 거지새끼가 아니라는 것을 알게 돼서 감사드립니다.」

궁중의 예법을 모르는 학우는 떨떠름한 마음을 최대한 감추고 할 수 있는 한 최대한 공손하게 아뢰었다.

「너는 그보다 더 감사하게 될 것이다.」
「예?」
「네가 장씨의 후손이라니, 얼마 전 귀한 독자를 잃은 장목현이 너를 아들로 삼기로 했다는구나.」
「예?」

「못 알아듣느냐? 너도 이제 어엿한 장씨 가문의 소가주가 된 것이다. 장목현이 네게 학우라는 이름을 지어주었으니 밤낮으로 정진하여 아비에게 효도하고 누님을 공경하고 나라에 충성해서 큰 인물이 되어야 한다. 알아듣겠느냐?」

황제의 엄중한 당부 앞에 학우는 하마터면 귀를 후벼팔 뻔했다.

「그러니까 저더러 지금 장목현 대인의 아들이 되어서 밤낮없이 공부해서 나라의 일꾼이 되라는 말씀이십니까?」

공부와 일. 그것은 거지 세계에서 극도로 경멸하는 것이었다.

이 넓은 세상은 자존심과 물욕만 벗으면 자연을 벗 삼아 자유롭게 살아갈 수 있었다.

그런데 왜 제가 원치도 않은 따뜻하고 편안한 잠자리와 맛있는 음식과 깨끗한 옷을 얻기 위해, 공부와 일로 몸을 혹사시켜야 한단 말인가.

왜 제가 이런 벌을 받아야 하는 것인가 여쭈었던 것인데 황제께서는 잘 못 알아들으시는 것 같았다.

「감사는 내가 아니라 산호에게 하거라. 네가 산호에게 은혜를 베푼 데 대한 보답이니라.」

학우는 산호를 원망스러운 눈빛으로 바라보았다.

왜 은혜를 원수로 갚는지 알 수가 없었다.

산호는 학우의 속뜻을 알아들었는지 어색하고 난처한 미소를 지어 보였다.

황제의 은혜, 엄중한 황명, 그것들을 거절하고 거역할 수 없었던 어리고 자유로운 영혼이 그날 그렇게 속박되고 말았던 것이다.

그 뒤로 산호를 만난 것은 오늘이 처음이었다.

그러니까 벌써 석 달은 흐른 것 같았다.

"여긴 어쩐 일이십니까? 이 밤중에 사내 방에 들어오시다니 큰일 납니다. 아얏!"

오문, 아니, 산호는 학우의 머리에 딱밤을 먹였다.

"쪼끄만 게 어디서 어른 흉내야? 것도 나쁜 것만 배워가지고!"

"저 많이 컸습니다!"

그러면서 학우가 벌떡 일어나는데 서 있던 산호보다 키가 컸다.

"……!"

산호가 움찔 놀라 말을 입만 뻐끔거리자 학우가 팔짱을 끼고 으스대는 표정을 지었다.

"보십시오. 많이 컸지요?"

"이, 이놈이! 뭘 먹고 이렇게 컸어!"

"흥! 강제로 공부하게 생겼는데 억울해서 맘껏 먹기라도 해야지요. 저는 최근에 세상에는 그 집 마파두부보다 맛있는 음식이 훨씬 많다는 것을 알게 됐습니다. 닥치는 대로 먹고 있는 중이지요."

"그, 그래도 그렇지! 뭐 이렇게 금방 커! 아직 나이도 얼마 안 됐잖아!"

"나이는 중요하지 않습니다. 전 이제 어엿한 사내랍니다."

"놀고 있네! 키만 크다고 어른이냐! 여기, 여기를 키워야지!"

산호는 태자가 제게 했던 것처럼 학우의 머리를 툭툭 치며 말했다.

그러자 학우가 찌릿, 산호를 노려보며 말했다.

"제가 삼 개월간 얼마나 많은 걸 공부했는지 아십니까? 제가 아가씨보다 더 아는 게 많을 겁니다."

산호는 그런 학우를 비웃었다.

"훗. 내가 비록 십여 년 정도 학업을 게을리, 아니, 하지 않았다만 너보다는 많이 알 것이다. 게다가 최근 내 공부도 어마어마했거든?"

"제가 보기보다 머리가 좋더라고요."

"적응 못하는 줄 알았더니 잘 먹고 잘 살고 있구나. 공부도 재밌는 모양이지?"

산호는 실망스러운 기색이 역력했다.

"제가 너무 잘 지내서 불만이십니까?"

"하아……. 어린 너도 참고 지내는데 난 왜 이러는지 모르겠구나."

"왜요? 궁 생활이 많이 힘드십니까?"

"힘들지. 다들 나를 가만히 놔두질 않아."

"곧 태자비가 되신다면서요? 그래서 배울 게 많은가 보죠?"

"그게 문제가 아니다."

"무슨 다른 문제가 있습니까?"

"다들 나를 너무 사랑해!"

"……."

장학우는 산호가 머리카락을 귀 뒤로 넘기며 먼 곳을 응시하는 걸 보고 할 말을 잃었다.

"나한테 집착하는 거 너무 지쳐."

"……모두 잘해주시나 봅니다."

학우의 질투 어린 말에 산호가 몰라서 그런다는 듯 고개를 저으며 말했다.

"그게 너무…… 지나치다니까?"

산호는 오문이었던 시절이 가끔 그리웠다.

지금처럼 사람들이 제 뒤를 졸졸 쫓아다니며 이거 해라, 저건 안 된다, 그러지 않았다.

이건 뭐, 귀문한테 쫓길 때보다 더하다는 생각이 들었다.

"제가 형을, 아니, 아가씨를 처음 뵈었을 때는 거지도 이런 상거지가 없다 싶었는데 지금은 아주 번듯한 사람 같습니다. 그러니까 괜한 소리 하지 마시고 얼른 돌아가십시오."

"글쎄. 내 말 좀 들어보라니까?"

산호는 어린 학우를 붙잡고 그간의 일들을 소상히 하소연했다.

멍멍이가 제 뒤를 졸졸 따라다니는 건 귀엽기라도 하지만 태자가 제 일거수일투족을 감시하고 간섭하는 건 괴로운 일이었다.

물론 처음에는 좋았다. 수발을 받는 건 의외로 아주 편했다.

누군가 제 머리를 감겨준다거나 옷을 입혀준다거나 손가락 하나 까딱하지 않아도 된다는 점에서 산호는 십수 년간의 고생에 대한 보답을 받는 기분이었다.

잠자리는 부드럽고 푹신했으며 날마다 배가 터질 정도로 새롭고 맛있는 음식들을 먹었다.

저는 어쩌면 천성이 게으른 인간일지도 모른다는 생각이 들 만큼 늘어지게 자고 빈둥거리는 생활에 만족하고 있었다.

다만.

다만……!

회임을 한 후로는 폐하도, 태자도 병적으로 저를 못 살게 굴기 시작했다.

먹고 입고 자고 걷고, 그 모든 일에 보호를 빙자한 간섭을 해댔다.

그냥 감시하고 간섭하는 정도가 아니라 회임하는 순간 태자는 갑자기 엄한 스승처럼 굴기 시작했다.

그놈의 태교!

태어날 아이가 왜 배 속에서부터 공부를 해야 한단 말인가.

저도 꽤 머리가 좋은 편이라 자부했건만 태자가 던져 주는 공부는 제가 받아들일 수 있는 것 이상이었다. 공부만 하라고 하면 그래도 차라리 하겠다.

시간 맞춰서 요상한 체조까지 해야 하는데, 사실 이렇게 하지 않아도 웬만하면 건강하고 똑똑한 아이가 태어날 거라 믿고 있었기에 더욱 의미 없는 고생 같다고 느껴졌다.

평범한 아이가 아니라 황실의 아이이니 경건한 마음으로 태교를 해야 한단다.

황실의 법도가 그렇다는데 아무리 생각해도 황실의 법도 이상으로 아이와 저를 혹사시키는 기분이 들었다.

그것에 대해서는 폐하께서도 저를 감싸주시지 못했는데, 듣기로는 예전에 폐하께서 황후께 더 심하게 태교를 강요했다고 했다.

게다가 폐하께서는 태자보다 한술 더 떠 회임 중에 먹으면 좋다는 온갖 괴상한 음식들을 내리셨다.

먹지 않으면 서운하다 낙심하시니 아무리 비위가 강한 저라지만 점점 견디기 힘들었다.

얼마 전에는 비위가 상한 데다가 입덧까지 시작해서 음식을 거부했더니, 낙향한 마 의원을 다시 불러들여 저를 진맥하게 하셨다.

어찌나 유난이신지 마 의원 앞에 낯을 들 수가 없었다.

"너도 나와 처지가 비슷하니 내 맘을 알겠지? 남들은 신분을 찾고 태자비가 된다고 부러워하지만 난 정말 별로거든. 전하의 열 가지 단점 중에 젤 견디기 힘든 단점이 바로 태자라는 거야. 딱 그것만 아니면 참고 살 수 있겠는데."

학우는 저도 모르게 이런 소리가 튀어 나갔다.

"배부른 소리 하시네요."

"배신자! 네가 그렇게 말하면 안 되지!"

"왜요? 전 배부른 만큼 불평하지 않고 열심히 살고 있습니다. 보십시오. 오늘도 이렇게 늦게까지 공부하고 있지 않습니까?"

"너, 실은 공부가 즐겁지? 공자님 되니 좋지? 어? 다시 다리 밑으로 가라고 하면 끔찍하지?"

울컥한 산호는 괜히 학우를 물고 늘어졌다.

"흥! 누가 뭐 즐겁다고 했습니까? 상황이 이렇게 됐으니 받아들이는 거죠."

"다리 밑으로 가는 건 왜 대답 안 하는데."

"젊어서 고생은 사서도 한다니까, 열심히 살고 나이 들어서 장목현 대인처럼 편안하게 내 집에서 퍼질러 있는 것도 나쁘지 않겠다는 생각이 들더라고요."

"그러니까 다리 밑으로 다시 가긴 싫다는 거지?"

오문의 집요함에 학우는 두 손을 들었다.

"예. 예. 맛있는 음식과 비단 옷에 길들여져서 두 번 다시는 자갈밭을 구르며 잘 수 없을 것 같습니다."

"어린놈이 벌써부터 물욕에 눈을 떴구나!"

"뭐, 적어도 마파두부 하나 때문에 설움당할 일은 없을 테니 좋게 생각하기로 한 거죠. 아가씨도 이제 그만 현실을 받아들이는 게 어떻겠습니까? 태자비가 되시면 언젠가 황후도, 태후도 되실 거고, 여인이 오를 수 있는 최고의 자리 아닙니까. 즐기시죠, 그냥."

"나도 처음에는 즐겼다니까? 생각해 봐라. 내가 아이를 하나만 낳을 것도 아니고, 아무래도 계속 회임할 것 같은데, 이렇게 사는 건 지옥이다!"

흥분한 오문 앞에서 학우가 고개를 갸웃했다.

"계속 회임……? 그건 왜 그렇게 장담하시는 건데요?"

"아, 넌 아직 애기지. 미안하다. 그건 나중에 장목현 대인께 여쭈어봐."

"애기라니요! 이렇게 큰 애기가 있습니까?"

"아무튼 간에 지금은 그게 중요한 게 아니다. 나 좀 숨겨다오."

"……."

산호의 표정은 무척 다급해 보였지만 학우는 그녀를 한심하게 쳐다보았다.

"응? 내가 또 다리 밑으로 가서 숨을까 하다가 그건 왠지 뻔한 것 같아서 이리로 왔거든?"

"지금 도망치신 겁니까?"

산호는 학우에게 오해라는 듯이 단호하게 고개를 저었다.

"아니, 난 절대 도망 안 가. 이건 그냥 숨는 거야."

"그게 그거잖아요!"

"아니라니까. 도망친 게 아니라, 전하도 아신다고. 이건 전하와 내기를 한 거야."

"내기라니요? 무슨 내기를 하신 겁니까?"

"그런 게 있어! 이 내기에서만 이기면 나는 궁에서 나갈 수 있단 말이다!"

"궁에서 나가다니요? 태자비가 안 되겠단 말씀이십니까?"

"어휴. 애는! 내가 그 좋은 걸 왜 안 해!"

"……저, 화나려고 합니다."

학우는 산호가 무슨 얘길 하고 싶은지 알 수가 없었다.

태자비가 될 분만 아니면 얼굴을 꼬집어주고 싶을 정도였다.

태자비는 하고 싶은데 책임을 회피하겠다니, 이렇게 철이 없어서야!

"사정이 있어. 그러니까 이게 어떻게 된 거냐면……."

"됐습니다. 안 듣겠습니다."

"진짜 사정이 있다니까? 듣고 나서……."

"사정 들어봐야 화만 더 날 것 같으니까 아무 말도 하지 마세요. 그리고 제가 볼 때 전하께서 기를 쓰고 붙잡으실 것이니, 내기에서 질 게 뻔합니다. 그냥 포기하시죠."

"안 돼. 나 잡히면 끝이야. 나한테 더 이상의 기회는 없다고! 그러니까 나 좀 숨겨줘. 응? 오늘 밤만 넘기면 되거든. 나 멀리는 못 가."

"전하께서 못 찾으실 리가 없잖습니까! 연고도 없는 아가씨가 가긴 어딜 가겠습니까. 전하께서도 뻔히 알고 찾아오시겠지요!"

"등잔 밑이 어둡다잖아!"

"여기가 왜 등잔 밑입니까! 등잔불이 훤히 밝힌 곳이죠! 그리고 저는 그런 부탁 못 들어드리니까 괜히 저까지 난처하게 만들지 마시고 얼른 나가주십시오!"

산호는 생각보다 강경하고 옳은 말만 따박따박 해대는 학우가 얄미웠다.

"거 야박하네! 없을 때는 인정이 넘치더니, 좀 살 만하니까 인정머리가 없어진 것 좀 봐!"

산호의 타박에 학우는 속에서 뭔가 울컥 치밀어 올랐다. 좀 살 만해졌다고 배부른 소리 하는 게 누구란 말인가.

"염치 좀 있으십시오! 저는 그렇다 치고 장목현 대인께 피해가 가면 저 가만 안 있겠습니다!"

"호오! 요놈 보게. 너 장목현 대인 좋아하는구나? 양아버지라도 아버지 생기니까 좋은 거지?"

"조, 좋고 나쁘고가 어디 있습니까! 제가 누구 돈으로 편히 먹고 사는데, 당연히 그리 생각할 수밖에 없지요!"

그 말이 끝나기 무섭게 문 밖에서 인자한 노인의 음성이 들렸다.

"정말 그게 다냐?"

"……!"

둘 다 깜짝 놀라 문 쪽을 바라보는데, 장목현 대인이 문을 열고 들어왔다.

"오랜만이오. 산호 아가씨."

"대, 대인도 오랜만입니다."

"늦은 밤, 제 아들 녀석의 방에 어인 일로 들어오셨습니까? 전하께서 아시면 오해하기 딱 좋은 풍경입니다."

"그, 그러게요. 저도 학우가 이렇게 폭풍성장 했을 거라고는 예상 못해서 말입니다."

산호는 세상에서 가장 어려운 사람이 누구냐 물으면 주저 없이 장목현 대인이라고 말할 수 있었다.

그는 참으로 속을 알 수 없는 사람이었다.

인자한 듯하면서 엄격하고, 융통성이 있는 듯하다가도 고지식하고, 좀처럼 대하기가 힘든 데다가 은근히 사람의 기를 누르는 분위기가 있었다.

아마도 세상일을 달관한 듯 보이는 그의 풍모 때문일 것이다.

"그리고 학우 너."

"예, 예!"

학우 역시 산호와 똑같았다. 장목현 대인의 부름에 학우는 딸꾹질을 하지 않은 게 다행일 정도로 놀라며 황급히 대답했다.

"내가 누구라고?"

"……."

"다시 묻겠다. 내가 누구라고?"

"아, 아, 아…… 아버지."

"한 번만 더 네 입에서 장목현 대인이라는 말로 나를 부르는 것이 들린다면 크게 혼이 날 줄 알아라."

"예, 예! 조심하겠습니다!"

"그리고 아가씨와는 나눌 이야기가 많은 듯하니, 이만 나오시는 게 어떻겠습니까? 아들 녀석의 공부에 방해가 될 듯합니다."

"예, 예! 그래야지요."

그런 장목현 대인이 화가 난 듯 보여 산호는 쩔쩔매며 그의 뒤를 쫓아 나갔다.

산호의 사정을 모두 들은 장목현은 어이가 없어 화도 나지 않았다.

"그래서 지금 이게 숨바꼭질이라고요?"

"예. 사실은 전하와 제가 예전에도 술래잡기 같은 걸 좀 했었는데요, 제가 너무 괴로워하니 먼저 제안하셨습니다."

"회임 중이시다지요. 무리하시면 안 된다는 걸 모르지 않으실 텐데요?"

"그럼요, 그럼요. 그래서 뛰지 말라고 술래잡기 말고 숨바꼭질을 한 거니까요. 너무 편안한 생활을 하니까 오히려 긴장감이 없어서 속이 답답하고 더부룩한 것 같기도 했는데, 마 의원께서 이 정도 놀이는 해도 된다고 하셨습니다."

의원이 허락한 데다가 태자가 먼저 제안했다니 장목현의 화도 조금 누그러졌다.

"그렇다면 장소를 잘못 고르신 듯하오. 전하께서 정말 이곳을 못 찾을 것 같소?"

그러자 산호가 수줍은 듯 말했다.

"설마요. 제가 너무 멀리 숨어버렸다가 정말 절 못 찾으실까 봐 그러는 거죠."

"태자비가 되실 분이라 그런지 아주 현명하시오."

산호는 장 대인의 너스레에 기분이 좋아졌다.

"실은 숨바꼭질 핑계 대고 놀러 온 겁니다. 지난번에 대인께서 옥패의 사연을 알게 되면 꼭 알려달라 하지 않으셨습니까?"

"안 그래도 언제 오시나 기다렸소."

산호는 목에 걸고 있던 옥패를 다시 대인께 보이며 황제와 은도명 간의 우정이 담긴 이야기를 들려주었다.

세간에는 잘 알려지지 않은 옥패의 사연에 장목현이 고개를 끄덕이며 경청했다.

"어쩐지……. 내 세상에서 본 적이 없는 문양이다 싶었더니……."

"그래도 대인 덕에 북천 땅으로 갈 마음을 먹었고, 좀 고생스럽긴 했지만 귀문의 존재도 알게 되었습니다."

"젊을 때는 몰랐는데 이래서 사는 게 재미가 있소. 얽히고설킨 인연이 우연이 되고 필연이 되는 게 말이오."

"저는 아직 젊은데 제가 생각해도 재밌는 것 같습니다."

장목현은 산호의 건방진 말에 화내지 않았다. 오히려 이해한다는 듯 고개를 끄덕이며 말했다.

"워낙에 온갖 일을 겪었으니 그럴 만도 하오."

그러자 산호가 시무룩하게 말했다.

"실은 그게 문제입니다. 늘 평화롭게 살기를 희망했는데 평화롭고 보니 막상 즐겁지 않습니다. 배부른 소리라는 건 잘 압니다. 다시 죽을 고생하면서 쫓기고 싶은 생각은 요만큼도 없고요. 한데 궁은 제가 생각했던 것 이상으로 지루합니다."

"지금은 회임을 하셨고, 또 다음 달에는 정식으로 태자비가 되실 테니, 지루한 기간이긴 합니다."

산호는 저를 이해해 주는 장목현의 넓은 마음에 기대고 싶었는지, 깊은 속사정을 털어놓게 되었다.

"아이가 생긴 건 좋습니다. 저는 제가 어머니가 될 거라곤 상상도 못했으니까요. 그전에 죽을 거라 생각했었습니다. 해서 건강한 아이를 낳아 안아보고 싶은 마음은 어느 여인들 못지않게 강렬합니다. 다만 태자비가 된다는 게 걸립니다. 지금까지 제가 태자비가 되기 위해 궁에서 배운 것들은 지루하기 짝이 없는 일들뿐인데, 태자비가 된다 해서 달라질 것 같지 않습니다."

"그렇소. 아마 달라지지 않을게요."

"역시…… 그렇겠죠?"

"전하를 믿고 궁에 갔으나, 전하께서는 눈 코 뜰 새 없이 바쁘실 테고, 하루 종일 재미없는 일들과 씨름하셔야 할 게요. 그게 싫으시면 하는 수 없소. 제화국의 백성으로서 태자 전하를 빼앗기고 싶지 않으니, 태자비 자리를 물리시고, 아이도 궁에 남겨두고 홀로 떠나시오."

"후……. 그럼 어쩔 수 없네요. 적당히 하려고 했는데 정말 이 내기에서 이기는 수밖에요."

"응? 내기에서 이기면…… 태자비를 그만두고 나가는 것이오?"

"아니, 그런 건 아니고요……."

산호가 내기의 승패에 무엇을 걸었는지 말하려고 할 때였다.

"이제 와서 이기겠다 마음먹어 봤자 소용없는 짓이다."

"……!"

태자는 양해도 구하지 않고 드르륵 문을 열고 들어왔다.

"전하를 뵈옵니다."

장목현은 당황하지 않고 간소하게 예를 갖추었고 무호도 대강 화답했다.

"늦은 밤에 결례를 범했소. 금방 나갈 것이니 신경 쓰지 마시오."

"예. 신경 쓰지 않겠나이다."

무호의 성정을 잘 아는 장목현은 번거로운 인사치례를 전부 생략했다.

"시시하게 겨우 여기에 와 있는 게냐?"

산호는 뿌루퉁하게 입술을 내밀고 투덜거렸다.

"내기에서 지는 게 좋은지, 이기는 게 좋은지, 알 수가 없어 그런 거지요."

"내기는 무조건 이기고 보는 것이다."

그러더니 무호는 성큼성큼 다가가 엉덩이를 뗄 생각이 없어 보이는 산호를 양팔로 번쩍 들어 올렸다.

"엇! 부끄럽게 무슨 짓입니까!"

산호는 장 대인 앞에서 태자에게 안긴 것이 창피해서 무호를 타박했다.

"여기 누가 있다고 부끄럽다는 게냐?"

무호가 장 대인을 없는 사람 취급하자 장 대인이 슬그머니 고개를 다른 데로 돌리며 물었다.

"못 본 걸로 해드릴 수는 있사오나, 저는 궁금한 것은 못 견딥니다. 이 내기의 승패에 걸린 것이 무엇이었는지요?"

"별건 아니오."

무호는 대수롭지 않게 시원하게 대답했다.

"내 서강 입대를 두고 내기를 했소."

그러나 그 대답은 결코 대수롭지 않은 게 아니었다.

◈

대장군 막우담과 서강의 정예부대가 북천으로 간 뒤, 서강의 사정이 조금 힘들어졌다.

그들이 없을 때는 크게 문제될 게 없었으나, 그들이 없는 틈을 타 흩어진 소국들이 은밀하게 회동하며 연합을 꾀했다.

그리고 마침내 대군을 이끌고 와 시시각각 국경을 침범하여 약탈과 살인을 일삼고 있었다.

그들이 침범한 국경에 진영을 치고 전쟁을 시작한다면 차라리 이렇게 힘들지 않았다.

서강의 군대는 적의 군대에 맞서 싸울 준비가 되어 있었다.

문제는 그들이 치고 빠져 버린다는 것에 있었다.

그렇다고 서강이 대군을 이끌고 연합군을 치러 갈 수도 없었다.

국경에 걸쳐 있는 길고 울창한 숲을 지나면 황량한 서강의 진짜 모습이 드러나는데, 그 너른 곳에서 대군을 이끌고 갔다가는 포위당하기 십상이었다.

지형지물을 이용한 전술을 당해내기 힘들기에 대군을 이끌고 가는 것은 무리.

그렇다고 잦은 침략을 그냥 두고 본다면 그 땅은 아무도 살려고 하지 않을 것이고 결국 적에게 땅을 넘겨주게 될 것이다.

이에 서강의 태수는 결단을 내렸다.

지금 서강에 필요한 것은 적에게는 두려움을 주고 백성들에게는 용기를 줄 수 있는 그런 자였다.

적을 혼란에 빠트리는 신출귀몰한 전술과 강인함을 가진 자.

그래서 그는 폐하께 어려운 요청을 했다.

"해서 나는 태자와 중장대를 다시 서강으로 보내기로 했으니, 그대들도 그런 줄 알고 계시게."

황제의 통보에 대전이 크게 술렁거렸다.

서강에서 보내온 전령이 황제께 무엇을 전했는지, 황제는 보름 넘게 입을 다물어 대신들을 궁금하게 만들더니 이 같은 중대사를 혼자 결정 내린 것이다.

"폐하! 그것은 한 번 더 재고를 해주시옵소서!"

"예! 폐하! 태자비가 되실 산호 아가씨께서 회임 중이시옵니다. 지금은 황실의 대사를 앞두고 있으니, 태자 전하 대신 다른 이로 하여금 중장대를 이끌게 하소서!"

대신들이 여기저기서 목소리를 높이자 황제가 근엄하게 말했다.

"중장대는 태자 직속의 친위대나 마찬가지이거늘, 그들과 태자를 떼어놓을 수 없다. 이는 태자와 중장대 모두의 결정이기도 하다."

"폐하. 서강에는 태수 구자서와 대장군 막우담이라는 걸출한 장수들이 지키고 있사옵니다. 그들이 고작 몇 달을 더 버티지 못할 만큼 서강의 사정이 어려울 것 같지는 않사옵니다."

"서강이 무너지지는 않을 것이다. 하나, 서강 국경의 백성들이 고통받고 있다. 적은 기습적으로 백성들을 살육하고 약탈해 백성들의 삶이 매우 곤경에 처해 있네. 백성들 입장에서는 하루도 버티기가 힘든데, 나라가 이를 서둘러 보살펴 주지 않는다면 백성들은 누구를 믿고 따르겠는가?"

"하오나, 태자 전하께서는 환궁하신 지 얼마 되지 않았사옵니다. 자상을 입은 채 귀문을 소탕하러 다니지 않으셨나이까? 조금 더 쉬시고 원기를 회복하신 후에 가셔도……."

태자의 몸을 걱정하던 신하는 황제가 끼어들어 말을 다 끝내지 못했다.

"원기가 상한 놈이 회임을 시켜?"

"……."

신하들은 황제께서 그 일만 떠올리면 심기가 상하는 것을 본 터라 아무 소리도 하지 못했다.

이리되면 태자가 서강으로 가는 것은 이제 피할 수 없게 된 것이다.

더군다나 이미 태자와 중장대 모두 의견을 모았다니 대신들이 반대할 수 없었다.

"하, 하오면…… 국혼이라도 서두르셔야……."

그렇지 않아도 곧 국혼을 올리려던 참인데 좀 앞당긴다 해서 별문제는 없겠지.

"안 그래도 경들과 그 일을 의논하려 했다. 내일 당장 간소하게라도 국혼을 올릴까 한다."

"폐하! 그것은……!"

"아니 되옵니다, 그 소리는 불허한다."

"폐하! 나라의 큰 경사이온데, 어찌 이리 소홀하게 넘길 수 있사옵니까? 산호 아가씨 역시 한 번뿐인 혼인을, 그것도 태자비가 되는 날을 기대하고 있을 것인데, 한 번만 더 재고를……."

"산호의 뜻이다."

"……!"

"어차피 형식적인 의례일 뿐인데, 허튼 허례허식에 국고를 낭비하지 말고 차라리 백성들과 나누자는구나. 좋은 뜻이니 그리하기로 했다."

"조, 좋긴 하옵니다만……. 정말 아가씨께서 그리 제안하셨는지요?"

대신들이 생각하기에 산호는 그동안 평민보다 더 못한 처지로 살아왔고, 그렇기에 다른 귀족 가문들의 눈에 썩 탐탁한 태자비감은 아니었다.

그 때문에라도 산호는 자신의 권력과 위엄을 널리 보여야 하기에, 황제께서도 이를 알고 성대한 국혼을 열어주리라 마음먹지 않으셨던가.

한데 본인이 그것을 마다하다니 어리석은 짓이었다.

"유 군수 역시 서운할 것이옵니다. 산호 아가씨가 유 군수의 여식이 되었는데 부모께 허락받지 않고 이럴 수는 없지 않겠사옵니까?"

황성에서 멀리 떨어져 사는 유 군수가 아직 이 일을 모를 것이니, 한 신하가 산호가 마음대로 대사를 결정하는 것은 도리에 어긋난다고 은근히 야단을 쳤다.

"유 군수는 산호의 그러한 결정을 기특하다 여길 것이다. 가난한 백성들을 돌보고자 하는 태자비의 마음을 누가 나무랄 수 있겠는가?"

황제는 백성을 내세워 신하의 입을 막아버렸다. 졸지에 백성들을 외면한 간신처럼 되어버린 신하는 물론 다른 대신들도 더 이상 아무 말도 하지 못했다.

◈

제화국의 단 하나밖에 없는 황제의 아드님, 태자 무호의 국혼은 갑작스레 치러졌다.

백성들은 자신들에게 베풀어진 곡식이 태자와 태자비의 성대한 국혼 대신이었다는 것을 알고 감격해하면서, 한편으로는 안타까워했다.

고생만 해왔던 태자비가 한 번밖에 없는 혼례를 이렇게 포기한 것이 그녀의 뜻이 아니면 어쩌나 싶어서였다.

혹 궁에서 구박받고 있는 건 아닌가, 비록 동정과 의구심이지만 태자비에 대한 관심이 더욱 높아졌다.

그리고 그 관심을 한 몸에 받고 있는 주인공 산호는 막상 아무 생각이 없었다.

"어차피 회임 중이라 아무것도 못 하는데 첫날밤이 다 무슨 소용이랍니까."

혼례식에서 입고 있던 옷을 그대로 입은 채 침상에 대자로 누워 있던 산호가 투덜거렸다.

어차피 국혼도 대강 치렀으니, 황궁의 법도에 따르는 첫날밤의 복잡한 의식 역시 대충 해치우자며 게으름을 피우고 있었던 것이다.

무호도 그딴 귀찮은 예법은 딱 질색이었지만 산호의 말을 그냥 넘기지 않고 그 옆에 누우며 말했다.

"아무것도 못 해 아쉬운 모양이구나."

산호는 그의 목소리에서 저보다 더 진득한 아쉬움이 묻어 나오는 것 같아 발끈해서 말했다.

"무슨 생각 하시는지는 알겠습니다만, 전 그냥 입술만 적시고 뱉어야 하는 술이 아까워서 하는 소리거든요?"

"누가 뭐라 했느냐? 너야말로 무슨 생각을 하는지 모르겠군."

태자의 퉁명스러운 말에 약이 오른 산호가 옆으로 돌아누우며 잔소리를 했다.

"아무 소리 말고 그냥 주무십시오. 아침 일찍 떠나셔야 한다면서요."

"일찍 떠나야 하는데 너는 나를 그냥 재우고 싶으냐? 언제 다시 볼 수 있을지 알 수 없는데?"

무호가 서운한 듯 말했다.

"언제 다시 볼지 모른다는 건, 금방 다시 만날지도 모른다는 뜻이지요. 그리고 먼 길 가시는데 눈을 좀 붙이셔야 할 게 아닙니까?"

"잠은 언제든 잘 수 있다. 내일부터 너를 못 볼 것인데, 오늘 밤부터 눈을 감을 필요가 있겠느냐?"

"전 졸립니다."

산호는 무호와 작별 인사를 나누어야 하는 아까운 첫날밤조차 졸음이 몰려오는 것이 미안하고 무안하기도 했다.

하지만 회임을 한 이후로 잠이 쏟아지는 것을 참기 힘들었다.

"시시하게 잡혔다 싶더니 일부러 내기에서 진 모양이다."

"그게 무슨 말씀이십니까?"

"당분간 나와 떨어져 지낼 걸 생각하니 좋은 게지. 널 괴롭히는 사람이 하나 준 셈 아니냐."

"그건 그렇습니다만 전하 없이 혼자 낯선 궁에서 지내야 하는 제 심정을 먼저 헤아려 주십시오."

"낯선 궁? 이런 뻔뻔한……."

산호는 이미 궁 안 구석구석 안 다녀본 것이 없으며 무호보다 더욱 이 넓은 궁에 대해 잘 알았다.

궁에서 일하는 궁인들과 궁 안을 드나드는 대신들, 장수부터 병사들까지, 그녀를 만나보지 못한 이가 없을 정도로 궁 안을 헤집고 다니는데, 낯

섰다는 말이 그녀의 입에서 나와서는 안 되는 것이다.

"그러시는 전하야말로 봐주지도 않고 저를 붙잡으신 걸 보면 벌써부터 저한테 질리셔서 서강으로 떠나시려는 거 아닙니까?"

"목숨을 걸고 전장으로 떠나는 내 심정을 헤아려 주는 것이 어떻겠느냐?"

"하! 누가 사신의 목숨을 빼앗는단 말입니까? 전 하나도 걱정이 안 됩니다."

"하긴. 사신의 목숨을 앗아갈 수 있는 자는 너밖에 없지."

산호의 뺨이 붉어졌다. 그를 죽일 뻔한 일이 너무 부끄러워서였다.

"그건…… 저도 어쩔 수 없는 일이었습니다."

"뭐, 딱히 그 일만을 말하는 게 아니다."

"그럼 또 뭐가 있습니까?"

"안지도 못하는 네가 속살거릴 때마다 안달 나서 죽을 것 같으니 당분간 떨어져 지내는 게 낫겠다는 뜻이다."

산호는 씨익 웃으며 그의 가슴팍에 바짝 다가갔다.

"떨어져라."

무호는 둘이서 뒹굴어도 될 만큼 너른 침상을 되도록 넓게 쓰고 싶었다.

"안아주십시오."

"네가 말하는 안아달라는 의미가 내가 말한 것과는 의미가 다른 것 같구나."

"안아주십시오."

무호는 순진무구해 보이는 산호의 초롱초롱한 눈동자를 바라보며 그녀의 사악함에 치가 떨렸다.

"네가 정말 나를 죽일 작정이구나."

"안아주시지 않으면 전하의 말에 올라타 전하의 허리를 꼭 붙들고 따라갈 것입니다."

"폐하께서 잘도 그 꼴을 보시겠구나."

"저는 괜찮습니다. 어차피 폐하께서는 전하만 혼내실 테니까요."

"그러니까. 네가 나를 정말 죽일 작정인 게 확실하다."

"이래 죽으나, 저래 죽으나, 어차피 죽을 것 같으시면 저를 안아주시는 게 더 낫지 않습니까?"

무호는 산호의 귀여운 협박에 두 손을 들고 말았다.

그냥 항복이 아니라, 정말로 두 팔을 번쩍 들어 그녀가 제 품속에 쏙 들어오도록 했다.

산호가 그에게 안기자, 무호가 그녀의 등을 꼭 감싸 안으며 속삭였다.

"자라. 내가 재워줄 테니."

"저는 전하께서 재워주시지 않아도 금방 잠들 것 같습니다."

"안다. 그래도 내가 재워주마. 난 어차피 잠들긴 글렀으니까."

무호는 제 가슴에 닿는 산호의 웃음을 느꼈다.

"해도 해도 너무하구나. 이런 날 웃음이 나다니."

"왜요? 이런 날이 어때서요? 좋은 날 아닙니까? 저는 오늘 밤을 평생 기억할 겁니다. 줄타기를 하고 소면을 삶아 팔던 제가 태자비가 된 날이 아닙니까?"

"아. 그렇군!"

무호는 정말 잊고 있었는지 새삼스럽게 깨달았다.

언제부터인가 당연히 제 곁에 있던 산호였지만, 사실은 오늘에야 비로소 부부가 된 것이었다.

2. 꽃 찾으러 왔다

무호는 안 되는 일에 힘을 쓰지 않았다.

안 되는 일에 매달리는 것만큼 의미 없고 힘 빠지는 일이 없다고 생각하기 때문이다.

차라리 거기에 쓸 힘을 아껴서 될 일에 쏟아붓는 편이 이롭다는 게 무호의 수많은 남다른 신념 중 하나였다.

그래서 그는 지금도 쇠사슬에 묶여 있는 손발을 풀어보겠다고 애써 몸부림치지 않고 얌전히 의자에 앉아 있었다.

"꼴에 태자라고 자존심은 있어서 도도하게 버티고 앉았군. 어디 언제까지 버틸 수 있나 보자."

커다란 몽둥이를 든 사내의 도발에도 무호는 흔들리지 않고 그의 또 다른 신념을 지켰다.

"난 버틸 생각이 없다."

언제 어디서든 무호는 할 말은 해야 한다는 매를 버는 신념을 행했고, 지금같이 묶여 있는 경우에는 참혹한 결과를 낳았다.

퍼억—!

무호는 허벅지에 떨어지는 몽둥이의 위력에 눈살을 찌푸렸다.

"꽤 아프군."

짧고 솔직한 감상에 매를 든 상대가 흡족한 미소를 지었다. 제가 사신의 몸을 고통스럽게 만든 것이 제법 뿌듯한 듯했다.

이대로 조금만 더 하면 사신의 입에서도 고통스러운 비명이 터져 나올 것 같았다.

그래서 머뭇거리지 않고 다시 팔을 들어 올리는데, 무호가 차분한 음성으로 물었다.

"한데, 왜 때리는지 이유는 알아야 내가 버티든지 말든지 할 게 아니냐?"

"왜라니? 때리고 싶은 데 이유가 있나?"

"못된 녀석이군. 이유 없이 사람을 패다니."

빠악—!

무호의 말이 그의 심기를 꽤 상하게 한 모양이었다. 지금 건 처음보다 소리부터 깊고 강했고, 무호의 뼈 깊숙이 그 울림을 전달했다.

"닥쳐! 네놈 때문에 내 나라가 어찌 됐는지 아느냐! 누구 앞에서 그따위로 입을 놀려!"

퍽, 퍽……!

원한을 담아 휘두르는 연속된 매질에 무호는 잠시 머릿속이 까매져서 아무 생각도 할 수 없었다.

그러다가 매질이 잠깐 멈추고 나자 숨을 한 번 고르고 말했다.

"네 나라를 짓밟은 이 몸이 모든 것을 잃고 빌빌대는 네놈 앞에서 못할 말이 어디 있단 말이냐?"

잠깐 다시 부흥기를 맞이했던 마라한이 초토화되고, 백성들은 제화국의 백성으로 살게 되었으나 마라한의 왕족과 귀족들은 전부 개죽음을 당했다.

마라한의 다섯째 왕자는 소수의 부대를 이끌고 도망쳐 간신히 살아남았으나 왕국의 부활은 포기하고 복수에 미쳐 있었다.

"이, 이……! 오냐! 네놈이 다리를 잃고도 그 소리를 할 수 있나 보겠다! 두 번 다시 그 두 다리로 일어서지 못하게 해주마!"

"죽이겠다는 소리는 안 하는구나. 그럼 상관없다. 어차피 나는 태자라 수족을 잃어도 수발해 줄 사람은 많이 있으며 황좌에 앉아 있는 데는 별 무리가 없을 테니."

입만 열면 사람 속을 뒤집어놓는 통에 왕자는 오장육부에서 들들 끓어오른 분노의 소리를 뱉어냈다.

"이노옴! 네놈이 황좌에 앉을 수 있을 것 같으냐! 그토록 죽기를 원한다면 네놈의 사지를 전부 잘라 네놈이 타고 다니던 호랑이 먹이로 준 다음에 그 목은 네놈의 아비에게 보낼 것이다! 제화국이 어찌 되는지 내 이 두 눈으로 똑똑히 보고 말리라!"

"흐음……. 다른 건 모르겠다만 네 눈으로 보기 힘들 거란 건 장담하지."

"뭐라?"

"이미 늦었겠지만, 내가 한 가지 충고를 해주자면 말이다. 적을 잡으면 그 자리에서 죽여야 한다. 복수한답시고 매를 칠 시간에 칼을 꽂았으면 네놈의 복수가 성공했을지도 모르지 않았겠느냐?"

"무슨 소……!"

피— 익. 퍼, 퍽.

"끄으아아아악!"

피리 소리 같은 짧은 소리에 이어 왕자의 두 눈에 두 치가 될까 말까 한, 화살이라기보다 긴 바늘에 가까운 침이 벽에 뚫린 작은 창 사이로 날아와 박혔다.

"으으아악! 내 눈! 내 눈!"

왕자의 처절한 비명 소리가 허름한 오두막 창고를 무너트릴 것 같았다.

"그래. 네 눈으로 나와 제화국의 파멸을 볼 수 없게 되었으나 너무 안타까워하지 마라. 네가 눈을 뜨고 있다 해도 그것을 볼 일은 없었을 것이다."

"끄으으……. 주, 죽이고 말 것이다! 죽이고 말 것이야!"

그가 한 손으로는 두 눈을 부여잡고 나머지 한 손으로 검을 휘두르기 시작했다.

끔찍한 고통과 분노로 이성을 잃은 듯한 왕자의 칼질은 옴짝달싹 못하는 무호의 몸을 난도질할 것 같았다.

하지만 무호는 왕자가 몽둥이를 휘두를 때보다 더 여유롭게 앉아 있었다.

두 눈을 잃은 왕자의 눈에 보이지 않는 것이 무호의 눈에는 보였기 때문이다.

"커…… 으윽……."

눈을 뜰 수 없었던 왕자는 손을 더듬어 배를 뚫고 나온 칼날을 만져 보았다.

그러는 동안 무호는 저를 구하러 온 중장대 덕에 풀려났고, 손을 탁탁 털며 말했다.

"늦었다지 않았느냐? 복수를 하겠다는 놈이 말이 너무 많아. 쯧."

"지, 지, 지옥……."

왕자는 지옥에서 먼저 기다리겠다, 또는 지옥 불구덩이로 떨어져라 등등, 지옥이란 단어로 온갖 저주를 퍼부어주고 싶었겠지만 불행히도 그 말을 해줄 힘도 남아 있지 않았다.

서서히 숨이 끊어져 가는 마라한의 왕자 앞에서 무호는 기어이 얄미운 소리를 한마디 더했다.

"지옥에 갈 짓을 많이 했나 보군. 잘 가게. 우리는 죽어서도 만날 일이 없을 것 같으니."

마라한의 다섯째 왕자, 그의 죽음이 가장 비참했던 것은 숨이 끊어지기 직전까지 무호의 목소리가 들렸기 때문이었다.

그렇게 그가 쓰러지고 나자 장우가 왕자의 등으로 박아 넣은 검을 뽑으며 태연하게 말했다.

"전하. 다행히 괜찮아 보이십니다."

무호는 이제 중장대의 대장군이 된 장우에게 활짝 웃어 보이며 말했다.

"일부러 늦게 왔지?"

"늦게 오지 않았사옵니다. 일찍 와서 기회를 엿보고 있었습니다."

"글쎄. 내가 보기에는 저 빌어먹을 왕자 놈이 나를 묶고 있을 때라든가, 저놈이 나를 때리겠다고 몽둥이를 들어 올렸을 때라든가, 기회는 아주 여러 번 있었던 것 같은데?"

장우도 무호에게 기죽지 않고 환하게 웃으며 대답했다.

"글쎄요. 바깥 상황이 썩 좋지 않았나이다. 저놈의 부하들이 보통 끈질긴 게 아니라서 말이옵니다."

"많이 뻔뻔해졌군."

"제가 누구의 수족입니까? 전하의 팔이 되어드리려면 이 정도는 닮아야지요."

이제 겨우 서강에서 벗어나 어린 아들과 노모, 그리고 상과 함께 가정을 이루고 사는가 싶었더니, 태자 덕분에 서강으로 다시 왔다.

장우는 처음 이곳에 올 때만 해도 큰 불만이 없었다. 금방 돌아갈 수 있으리라 여겼기 때문이다.

산호, 아니, 태자비에 대한 집착이 강한 분이시니 금방 돌아갈 거라 믿어 의심치 않았다.

그러던 것이 삼 년 지났다.

삼 년 동안 황성에 한 번도 가보지 못한 것은 아니었다.

태자비가 황자를 생산했다는 전갈을 받고 한 번, 황자님이 첫 돌을 맞이했다고 한 번, 그렇게 두 번 황성으로 갔으나 정작 자신의 집 행사 때는 번번이 일이 생겨 가지 못했다.

이번에만 해도 그랬다.

원래 장우는 이제 여섯 살이 된 아들과 한 약조를 지키기 위해 황성에 다녀올 작정이었다.

태자의 허락까지 받았으나 마라한의 다섯 번째 황자가 사고를 쳤다.

아니, 그가 사고를 치도록 태자가 유도했다고 하는 게 옳을 것이다.

왜 하필, 제가 떠나려던 날 스스로 미끼가 되는 짓을 자처한단 말인가!

그것도 이런 허섭스레기들 몇 놈 잡겠다고 이렇게까지 해야 할 이유는 없지 않나!

"표정을 보니 불만이 가득하군. 이런 놈들 때문에 발이 묶인 것이 원통한 모양이지?"

"아니라고는 말 못 하겠습니다."

그때 영춘이 문을 박차고 안으로 들어와 상기된 목소리로 말했다.

"전하! 찾았습니다!"

"그래?"

"예! 전부 가지고 나와…… 헉! 전하! 다리를 다치셨습니까! 피가!"

영춘이 마치 유모처럼 걱정스럽게 태자의 상처를 살피자 무호가 말했다.

"이놈은 내 다리가 되어줄 테고, 너는 내 손이 되어준다니 든든하군."

무호가 말과는 달리 투덜거리듯이 말했다.

영춘은 영문을 모르는 표정으로 물었다.

"예? 제가 다리가 된다니요?"

"됐고, 내 적호는 어디 있느냐?"

무호는 진짜 자신의 다리가 되어줄 호랑이가 필요했다.

멀리서 제 이름을 들었는지 적호가 한달음에 달려와 밖에서 울음을 터트렸다.

절뚝거리며 밖으로 나간 무호가 적호의 등에 올라타며 장우에게 말했다.

"오왕자가 숨겨놓은 재물의 규모는 정확히 알려진 바가 없으니, 적당히 정리해서 보고한 후에 떠나거라."

"예?"

"적당히라고 했다. 너무 해먹지는 말고."

태자가 움직이자 영춘이 허둥지둥 그 뒤를 따랐다.

멍하게 서 있던 장우는 태자의 말이 무슨 뜻인지 깨달았다.

이제 보니 태자가 잡혀서 시간을 끄는 동안 영춘은 그들이 재물을 숨겨놓은 곳을 찾고 있었던 모양이었다.

"서두르면 아들 놈 생일에 늦지 않겠군."

그러나 장우는 서두르지 못했다.

하는 일에 비해 박봉인 중장대는 산더미처럼 쌓인 금은보화 앞에서 태자가 말한 '적당히'라는 게 얼마인지 알 수 없어 오랫동안 떠나지 못했다.

한편 태자와 함께 군영으로 복귀하던 영춘이 투덜거렸다.

"전하. 왜 저는 아무것도 없습니까?"

"이미 챙겨놓고 욕심을 부리느냐?"

"헉! 어찌 아셨습니까?"

"네가 그 보물들을 그냥 지나칠 리가 없지. 귀한 것만 보면 진명에게 주겠다고 호들갑을 떠는 녀석이."

오갈 데 없는 진명은 군영으로 영춘을 따라왔다.

회임을 한 몸으로 병사들을 따라오는 것은 힘들었기에 영춘은 진명의 속도에 맞춰 무호보다 늦게 서강에 도착했다.

그 뒤로도 영춘이 진명을 살뜰하게 챙기는 모습은 많은 이들의 공분을 샀다.

서강에도 일반 병사가 아닌 군관과 장수들은 가족과 함께 이주해 온 이들이 꽤 있었지만 영춘만큼 유별나게 사이가 좋지는 않았기 때문이다.

"가락지 하나밖에 안 가져왔습니다."

"젤 귀한 가락지를 가져왔겠군."

"크흠. 그나저나 전하께서는 태자비 마마께 아무것도 안 주셔도 괜찮으시겠습니까? 오랫동안 만나지도 못했는데, 전리품이라도 보내면 기뻐하실 겁니다."

말해 봐야 저만 점점 수세에 몰릴 것 같아 영춘은 얼른 화제를 태자비로 바꾸었다.

"산호가 좋아하는 전리품은 그런 게 아닐 게다."

"에이. 아무리 털털한 성품이라지만 그래도 장신구를 싫어하는 여인들은 없습니다."

"장신구는 내가 따로 챙겨 주지 않아도 귀한 것을 잔뜩 가질 수 있다. 지금 산호가 원하는 건 그런 게 아니야. 서강을 평정하고 내가 완전히 환궁하길 원하고 있다."

"몇 년이 더 걸릴지 모르는데요?"

"그러니까 지금 장신구 따위를 보내봐야 욕만 얻어먹을 게다."

얼마 전, 산호에게서 온 서찰은 사랑이 듬뿍 담겨 있었다.

『무강이 말을 제법 잘하고 잘 알아들어 보는 사람마다 황자께서 매우 영특하시다 칭찬이 자자합니다. 최근에 무강이 어째서 아버지는 서강의 사정이 좋아졌는데도 환궁하지 않으시냐 묻기에 저 역시 남다른 영특함에 놀라 솔직히 말해주었습니다. 아버지인 태자는 전쟁광이라 물 만난 물고기처럼 서강을 누비시는데, 어찌 물고기가 물을 떠나겠냐고 설명했습니다. 이에 무강이 '광'이 무슨 말이냐 묻기에 너무 좋아서 빠져든 것에 '광'자를 붙인다 했습니다. 전하, 우리 무강이 어찌나 똑똑한지, 글쎄, 이렇게 묻지 않겠습니까. '어마마마. 하면 아바마마께서는 무강광이라고는 불리지 않으시니, 전쟁을 저보다 더 사랑하시는 것입니까?'. 해서 저는 감히 제가 전하의 의중을 알 수 없어 전하께 여쭤보겠다 했나이다. 전하. 답을 알려주실 수 있겠사옵니까?』

그 서찰을 받은 무호는 오문의 섬뜩한 살기가 느껴졌다.

당장 돌아오지 않으면 제게 살수라도 붙일 것 같은 분위기였다. 더군다나 제 아들에게 아버지를 미친놈처럼 가르치고 있지 않나.

얼른 돌아가 그런 게 아니라고 말하고 싶지만 태자는 아들을 위해서라도 떠나고 싶지 않았다.

서강의 상황이 좋아진 것은 맞으나 서강 땅은 북천과 사정이 많이 달랐다.

호전적인 여러 민족들이 한데 어우러져 힘을 합치기도 하고 다시 흩어지기도 하고, 늘 혼란스러운 곳이 서강 땅이었다.

이들의 힘은 당장 누르면 수그러지나, 누르는 힘이 떠나는 즉시 어디선가 숨어 있던 세력들이 다시 모여든다.

그러니 몇 년이 걸리더라도 무호는 서강 곳곳을 헤집고 그 위험한 싹을 잘라 버리려 했다.

나중에 제 아들 녀석은 저처럼 전쟁터만 돌아다니지 말고 백성들의 어려움을 해결하는 데만 힘쓰게 하고 싶었기 때문이다.

물론 어린 아들에게도 전장의 혹독함을 가르칠 생각이지만 저처럼 인생의 대부분을 피바람 속에 있게 하고 싶지 않았다.

무강마저 피바람 속에 있다는 것은 아직도 제화국이 온전한 나라가 되지 못했다는 뜻일 테니, 더욱 제 선에서 제화국의 안녕을 이루고자 했다.

황제와 태자비는 제 뜻을 굳이 꺾으려 하지는 않았지만 찬성하는 것도 아니었다.

특히 태자비 산호는 보내줄 때는 쉽게 가라 하더니, 무강이 커갈수록 불만이 많아지는 것 같았다.

"장우가 돌아온 뒤에 내가 직접 궁을 한 번 다녀올 생각이다. 그게 장신구 몇 개 보내는 것보다는 나을 것이다."

"갔다가 못 오실 것 같습니다."

"그럴지도."

두 사람은 오랜만에 느긋하게 환담을 나누며 천천히 군영으로 복귀했다.

한데 군영의 분위기가 어딘가 이상했다.

병사들이 태자를 보고 웃는 것 같기도 하고 저희들끼리 뭐라 수군거리는 것 같았다.

"왜들 이러는 것 같으냐?"

"전하. 우리가 재물을 빼돌린 게 걸린 게 아닐까요?"

"흠……. 그런 것 같지는 않은데?"

병사들의 표정을 봐서는 뭔가 재미난 일이 벌어진 것 같았다. 그것도 저를 놀려 먹을 수 있는 어떤 그런…….

무호는 눈살을 찌푸렸다.

저와 관계된 일임은 분명한 것 같은데 감이 잡히지 않았기 때문이다.

그런데!

"태자 전하이십니까?"

제 뒤편에서 어린아이의 낭랑한 목소리가 들렸다.

"……!"

무호가 얼른 뒤를 돌아보니, 호랑이 다리보다 작은 키의 사내아이가 서 있는 게 아닌가.

더군다나 아이는 무호가 탄 호랑이, 적호의 바로 뒤에 붙어 서 있었다.

그 나이 때 아이는 큰 개만 봐도 겁에 질려 우는데 호랑이의 다리에 붙어서 생글생글 웃는 낯으로 천연덕스럽게 저를 바라보고 있다. 제가 태자라는 걸 알면서도.

"무…… 강?"

무호는 이곳에 있을 수 없는 이름을 뱉고 말았다. 아이의 얼굴이 저와 닮아 보이기까지 하니 절로 그 이름이 튀어나오고 말았다.

"와! 전쟁광이신 태자 전하께서 아들을 한눈에 알아보실 줄은 몰랐습니다!"

나이답지 않게 조숙한 말투로 감탄을 뱉는 아이를 보고 무호의 눈에 분노가 서리기 시작했다.

그 눈빛에 아이의 얼굴이 사색이 되어 뒷걸음질 치는데 무호는 겁에 질린 아이를 더욱 무섭게 다그쳤나.

"누가 너를 이리로 데려왔느냐?"

묵직하게 아이를 짓누르는 음성에 아이는 서 있기도 힘들 만큼 후들후들 다리를 떨었다.

그런데 화난 여인의 음성이 무호의 뒤통수를 가격하듯 뒤에서 커다랗게 들려왔다.

"접니다!"

무호는 천천히 고개를 돌렸다.

거기에는 도끼눈의 산호가 허리에 손을 얹고 저를 노려보고 있었다.

무호는 제 아들 녀석을 본 것보다 더 놀란 표정으로 태자비 산호를 쳐다보았다.

"왜 귀신이라도 본 것 같은 표정이시옵니까? 전혀 반가운 표정이 아니십니다. 아드님이 아버지를 찾아왔는데 소리를 지르시더니 저는 아예 대놓고 끔찍한 표정을 지으시옵니까."

산호는 잔뜩 화난 표정으로 이죽거렸다.

무호는 호랑이에서 내려 쩔뚝거리며 산호에게 걸어갔다.

"……!"

그러자 산호는 무호의 다리가 피로 물든 것을 보고 소스라치게 놀라 다가왔다.

"또 어디를 얼마나 다치신 겁니까!"

"그게 중요한 게 아니다. 네가 어찌 여기 와 있느냐?"

"그게 중요한 게 아니면 뭐가 중요합니까! 딱 보니 얻어맞으셨네요! 대체 어디서 이렇게 맞고 돌아다니시는 겁니까!"

지켜보던 병사들은 터져 나올 것 같은 웃음을 참느라 고개를 돌리거나 입을 틀어막았다.

태자비가 하는 양이, 꼭 개구쟁이 아들이 밖에 나가 얻어맞고 온 것이 속상해서 야단치는 것처럼 들렸기 때문이다.

세상에 누가 제멋대로인 태자를 저리 다룰 수 있단 말인가.

그것도 태자의 가슴팍에 겨우 닿을까 말까 한 작은 체구의 여인이 기세 좋게 태자를 나무라는데 태자는 그녀에게 화도 내지 못하고 야단맞고 있지 않은가.

"늘 이렇게 얻어맞고 다니지는 않는다."

"그걸 변명이라고 하십니까? 이럴 거면 뭐 하러 여기 계십니까? 적을 벌벌 떨게 만들고 맹수처럼 용맹하고 강하게 전장을 누비고 다니시는 줄 알았더니, 대체 이게 뭐란 말입니까!"

"이건…… 장우 때문이다."

장우가 제때 와서 그놈을 죽여주었다면 얻어맞을 리가 없었다. 그것은 사실이었다.

하지만 지금 그 말을 하는 건 비겁한 변명밖에 되지 않았다.

"없는 사람 핑계 대지 마십시오!"

무호가 생각해도 이건 치졸해 보여서 관두기로 했다.

"여긴 어떻게 왔느냐?"

"가마 타고 왔습니다."

아이 때문에 백호를 호위 삼아 가마를 타고 온 것은 사실이었다. 하지만 무호가 묻는 게 그것은 아니지 않나.

"두 번씩 말하게 하지 마라."

무호는 짐짓 위엄을 담아 말했으나 산호는 전혀 기죽지 않고 더욱 날카로운 눈빛으로 무호를 쏘아보며 따졌다.

"저는 전하께 언제 오실 생각이시냐 열 번은 넘게 여쭈었습니다. 고작 두 번 말하는 걸로 화내지 마시옵소서!"

"……."

무호는 순간 할 말을 잃었다. 이제 보니 저와 한바탕해 보겠다고 벼르고 온 모양이었다.

"무강, 이리 오렴."

산호는 그런 무호의 곁으로 한 발 비켜 다정한 목소리로 무강을 불렀다. 무호를 부를 때와는 사뭇 다른 음성이었다.

그런데도 무강은 선뜻 다가오지 못하고 머뭇거렸다.

"왜 그러니? 괜찮아. 이리 와."

"어마마마. 아바마마께서 소자가 온 것을 탐탁지 않아 하시니 궁으로 돌아가는 것이 좋겠습니다."

태어난 지 고작 삼 년 된 아이의 말솜씨가 또랑또랑했다.

무호는 산호가 서찰에 자랑하던 일이 정말이었구나, 속으로 매우 뿌듯해했다.

하지만 그런 내색 없이 대뜸 퉁명스럽게 말이 튀어 나갔다.

"갈 때 가더라도 인사는 올리고 가라. 황실의 예법을 배우지 못했느냐?"

"죄, 죄송합니다……."

황제께서 매우 귀여워해 주신 덕에 거친 질책을 받아본 적 없는, 아니, 보통은 이렇게 어린아이를 크게 나무라지 않기에, 무강은 금방 울 것 같은 얼굴로 빌기 시작했다.

"계집애처럼 울다니!"

무호가 이 많은 사람들 앞에서 크게 야단을 치니, 무강은 매우 서럽게 울음을 터트렸다.

"으아아앙!"

"쯧. 폐하께서 오냐오냐 키우신 모양이군."

그러면서 산호를 돌아본 무호는 그녀의 독사 같은 눈빛에 흠칫 놀라고 말았다.

"지…… 금…… 뭐 하신 겁니까?"

무호는 산호의 목소리가 떨리고 있었으나 잘못된 것이 없다 여기고 턱을 치켜들고 당당하게 말했다.

"훈육."

"훈육이라 하셨사옵니까? 오늘 처음 본 아드님께 말이지요? 아바마마를 뵐 생각에 저 작은 가슴에 설렘을 가득 담고 고된 여정을 이겨낸 아드님을 말이지요? 그렇게 힘겹게 만난 아바마마가 반겨주지 않아 절망하고 서러운 어린아이가 울음을 터트렸다 해서 훈육을 하셨단 말입니까?"

산호가 주먹을 파르르 떨며 원망과 분노를 담아 무호에게 물었다.

무호는 사내아이를 어떻게 대해야 하는지 몰랐다가 산호의 말을 듣고서야 제 실수를 깨달았다.

"내가 잘못했다."

사과는 빨랐다. 간결하지만 진심을 담아 사과하자 지켜보던 병사들도 매우 놀랐다. 누구에게도 굽힐 것 같지 않았던 태자 아닌가.

듣기로는 황제께도 함부로 덤빈다던데, 태자비에게는 져주는 듯한 모습이었다. 신기하게도 그런 모습이 또 같은 사내가 보기에도 멋져 보였다.

"정말 뭘 잘못했는지 알긴 하시는 겁니까?"

"네가 다 설명해 주지 않았느냐? 충분히 알아들었다."

"저희 모자가 보고 싶을까 봐 기껏 이렇게 찾아왔더니 이리도 박대하실 줄 몰랐습니다."

"박대한 것은 아니다. 반갑지 않을 뿐이다."

"……!"

산호는 가슴이 철렁했다.

몸이 멀어지면 마음도 멀어진다더니, 태자가 더는 저를 사랑하지 않는 것 같았다.

"전에도 내게 고분고분하지는 않더니, 무강을 가지고는 더욱 드세진 듯해."

"……다, 당연한 게 아닙니까? 아이를 가진 여인은 두려울 게 없는 법입니다."

두려운 게 없으니, 전하께서 자신을 더 이상 사랑하지 않는다 해도 상처 받지 않을 거라고, 산호는 고개를 빳빳이 들었다.

"하면 두려움을 조금 가지도록 해주겠다. 여기가 어디라고 아이를 데리고 온 것이냐?"

그렇게 말하던 무호가 갑자기 그녀의 귓가에 스윽 스쳐 가듯 작게 속삭였다.

"오늘 밤, 내가 너에게 어떤 존재인지 다시 한 번 새겨 주마."

산호는 눈살을 찌푸렸다.

반갑지 않다더니, 이건 또 무슨 소리인가.

"마음에도 없는 여인에게 존재감을 심어주실 필요는 없나이다."

산호가 냉랭하게 고개를 돌리자 무호가 씨익 웃으며 다시 속삭였다.

"네가 온 것이 반갑지는 않지만, 충분히 감동했다. 날 감동케 한 대가를 치러야지."

"……!"

철렁했던 산호의 가슴에 이번엔 태자의 말이 쿵 하고 들어와 박혔다.

산호의 입술이 삐죽삐죽거리고 그녀의 눈동자가 흔들렸다.

지켜보던 병사들은 태자가 무슨 말을 했기에 태자비의 표정이 풀리고 있는지 매우 궁금했다.

무호는 시시각각 얼굴이 변하는 산호가 귀여웠기에 아주 오랜만에 그녀의 머리에 제 커다란 손바닥을 얹어 쓰다듬어 주었다.

산호의 낯빛이 더 붉어졌음은 물론이다.

수줍어서 몸 둘 바를 모르는 산호를 내버려 두고 무호는 예의 그 거만한 얼굴과 위엄 어린 자태로 뚜벅뚜벅 무강의 앞으로 걸어나갔다.

아무리 영특한 아이라지만 남녀의 일에 어두운 무강은 제 어머니가 태자의 몇 마디에 금방 온순해지는 것을 보고 더욱 겁을 먹고 안색이 새파랗게 질려 갔다.

이를 본 무호는 더 나아가지 않고 멈춰 섰다. 그러고는 다친 다리를 아랑곳 않고 한쪽 무릎을 꿇고 아이와 눈높이를 맞춘 뒤, 무강을 불렀다.

"이리 가까이 오너라."

"……!"

"괜찮다. 네게 화를 낸 건 나의 실수였다."

"……."

아무리 부드러운 음성으로 달래도 무강은 우물쭈물거릴 뿐, 움직이지 않았다.

산호는 무강이 답답하게 군다고 또 태자가 버럭할까 봐 걱정스럽게 두 사람을 지켜보고 있었다.

하지만 다행히 태자는 서두르지 않았다.

"내가 화를 낸 것은 네 어머니가 너를 이런 험한 곳에 데려온 것에 화가 난 것이다. 어린 네가 올 곳이 아니기 때문이지."

무강은 태자가 제게 화난 것이 아니라는 건 알아들었지만 표정의 두려움은 가시지 않았다.

"그, 그럼 어마마마를 혼내실 것입니까?"

무호는 피식 옅게 웃으며 대답했다.

"물론이다. 아주 크게 혼이 날 것이다."

"……!"

바들바들 떠는 무강의 눈동자에 눈물이 그렁그렁 차오르는 것을 보고 서강의 모래바람에 메말라 가던 병사들의 얼굴에 촉촉한 부정이 흘러넘쳤다.

얼마나 귀엽고 사랑스러운 아이인가. 누구라도 껴안아주고 싶지 않은가.

그것도 무호를 꼭 닮은 어여쁜 이목구비와 산호의 보석 같은 눈동자를 빼다 박아, 하늘에서 학을 타고 내려온 이야기 속의 동자 같은 아이였다.

"어, 어마마마는 제가 전하를 보고 싶다고 졸라서…… 저 때문에……."

"너는 어려서 그렇다지만 네 어미는 알면서도 너를 이리 데려왔으니 혼이 나야 하지 않겠느냐?"

아이는 제가 울면 태자가 더 화를 낼까 봐 끅끅 울음을 참으며 힘겹게 말했다.

"저, 전하……. 어마마마를 하, 한 번만 용서해 주십시오."

그래서 무호는 짓궂게도 아이를 더 울리고 싶어졌다.

"당장 이리 와서 내게 안기지 않으면 네 어미를 크게 벌할 것이다."

"……!"

무강은 더 머뭇거릴 틈도 없이 '으앙' 울음을 터트리고 무호에게 달려가 안겼다.

무섭지만 안기지 않으면 혼낸다니 별수 없지 않나.

무호는 아이를 안아 들고 뿌듯한 얼굴로 산호에게 다가가며 말했다.

"흠. 날 닮아 그런지 근골이 튼튼하군."

산호는 그런 무호가 한심하다는 듯 말했다.

"누가 자기 자식을 처음 안아보고 종마 고르듯이 품평을 한답니까."

"원래 황손은 종마나 다름없다."

"예, 예. 왜 아니겠나이까?"

겨우 애틋하고 다정해지던 분위기가 또 이렇게 태자의 말 한마디에 산산조각 났지만 아까와 같은 살벌함은 사라졌다.

"자, 그럼 이제 들어가서 어찌 된 일인지, 차근차근 들어봤으면 하는데?"

무호가 손을 내밀자 산호가 그 손을 덥석 잡고 태자의 처소 쪽으로 걸어가기 시작했다.

병사들은 멀어져 가는 그들의 뒷모습을 한참이나 바라보았다.

가정이 있는 자들은 집에 두고 온 가족들이 그리워 코끝이 시큰거리고, 아직 혼자인 이들은 그 모습이 부러워 눈을 떼지 못했다.

하지만 영춘은 태자와 태자비 뒤를 따라가며 무언가 예감한 듯 투덜거렸다.

'왠지 앞으로 이 꼴을 계속 보게 될 것 같은데…….'

영춘의 짐작이 옳았다. 산호는 태수 구자서와 대장군 막우담까지 모인 연회 자리에서 모두의 입맛을 떨어트리게 만들었다.

"폐하께서 부부가 너무 오래 떨어져 지내면 화목함을 회복하기 어렵고, 황손 무강이 이제 견문을 넓힐 나이가 되었으니 서강에서 태자 전하를 보필하라는 명을 내리셨습니다."

태자비의 말에 일순 서늘한 정적이 감돌았다.

비록 장기간 서강에 머무르는 장졸들은 가족 모두를 이주시켜 살고 있다지만 태자는 경우가 다르다.

태자비가 이곳에 머문다면 태자비와 황손의 시중을 들어야 한다.

태자비가 데려온 궁녀들과 병사들만으로는 부족하다. 그들은 태자비의 손발이 되어줄 수는 있지만, 태자비의 위엄을 위해 태수의 부인뿐만 아니라 서강의 여인들은 하루에도 몇 번씩 태자비를 찾아와 문안을 드리고 그녀가 부족하다 여기는 것을 눈치껏 살피고 채워 드려야 한다.

그리고 그것은 비단 여인들만의 문제가 아니었다.

만약 이들이 병이 난다거나 작은 변고라도 생기면 황실이 발칵 뒤집힐 것이고, 그 책임은 서강의 누군가가 져야 한다.

한마디로, 전쟁하기도 바쁜데 애물단지가 들어온 것이다.

태수는 환영 인사도, 거절도 할 수 없었다. 예의상이나마 환영 인사를 하려 해도 말이 나오지 않았던 데다가, 거절하는 것은 황명을 거역하는 것이니 더욱 있을 수 없는 일이었다.

"폐, 폐하께서…… 태자 전하가 많이 그리우신 모양입니다. 정…… 그러시다면 이제 그만 태자 전하를 붙잡고 있지 않고 보내 드리는 것이……."

태수가 어렵게 꺼낸 말이건만 태자비는 단호하게 고개를 저었다.

"나라의 대사를 정으로 그르칠 수는 없는 일입니다. 폐하께서는 태자 전하가 모든 일을 잘 끝낸 뒤에 오라 하셨습니다."

"하, 하오나…… 이곳은 전장이옵니다. 이 거친 땅에서 두 분 마마를 잘 뫼실 수 있을지가 걱정입니다. 모든 것이 부족한 곳 아니겠습니까."

태수는 이제 본심을 숨기지 않았다. 그만큼 태자가 서강에서 살림을 차리는 꼴은 보고 싶지 않았기 때문이다.

"걱정 마십시오. 저야 뭐 평생을 부족하게 살아와서 괜찮고, 또, 황손이 너무 유복하게 자란 것을 폐하께서 심려하시어 검소하게 부족하게 키우라 하셨습니다."

그러자 태자가 고개를 끄덕이며 말했다.

"내 생각에도 그렇다. 폐하께서 무강을 오냐오냐 귀여워해 주시니 아이를 망쳐 놓으실 게 뻔하다."

태자는 아이가 눈물이 많은 것이 폐하 탓이라고 생각했다. 저는 어릴 때 그러지 않았던 것 같은데, 분명 산호의 아이라며 물고 빨고 했을 거라 짐작했다.

산호는 태자의 말을 부정했다.

"망치다니요? 우리 무강이는 지금도 훌륭한 아이입니다. 아무튼 뭐 제 생각에는 폐하께서 귀여워해 주신 만큼 우리 무강이 착하게 잘 크고 있는 것 같았습니다만, 폐하께서는 무강을 강하게 키우고 싶다 하셨지요. 그래서 또 특별히 당부하신 것이 있습니다."

특별히 당부한 일이라니, 태수는 말을 듣기도 전에 불길함이 스멀거려 흠칫했다.

"황궁에서는 폐하의 눈치를 보느라 황손을 잘 가르칠 스승이 없으니, 태수께서 황손의 스승이 되어달라 하셨습니다."

"……!"

태수는 머리가 아찔해짐을 느꼈다.

"자, 무강아. 어서 스승님께 절을 해야지."

"예. 어마마마."

태자비가 틈을 주지 않고 무강을 일으켜 세우니 구자서가 화들짝 놀라 자리에서 일어났다.

"자, 자, 잠깐만!"

"왜 그러십니까? 부담 가지실 필요 없습니다. 우리 무강을 잘 부탁드립니다."

"제, 제, 제가 어찌 황손 마마의 스승이 될 수 있단 말이옵니까!"

"폐하께서는 태수가 연륜이 깊어 현명하고, 오랜 시간 병영의 살림을 맡아 검소한 데다가, 이제 쉴 때가 되었으니 황손이나 가르치며 여유를 즐기라 하셨습니다."

"뭐, 뭐, 뭐라고……!"

즉, 늙었으니 그만 쉬라는 말이었다. 태수가 붉으락푸르락하며 반박하려는데 태자가 그의 말을 막았다.

"그래. 쉬실 때도 되었지. 전장의 일은 대장군과 내가 도맡을 테니, 아무 염려 말고 보고나 받으면서 이제 좀 쉬시게."

"저는 아직 멀쩡하옵니다!"

"알고 있네. 멀쩡하니 스승을 맡기지. 아직 쓸 만할 때 우리 무강이를 부탁하네. 나중에 귀가 어두워지면 스승 노릇도 힘들 게 아닌가."

"왜요? 아예 노망들면 못할 것이다 하시지요!"

태수는 태자고 황제고 이판사판 할 것처럼 노기 어린 음성으로 외쳤다.

이대로는 식탁을 엎을 것 같았다.

막우담이 진정하시라 말려도 소용없었다.

그런데 이 난리에도 겁먹지 않고 의연하게 서 있던 어린 무강이 말했다.

"태수께서 저를 가르치기 싫으신 연유가 저보다 전장이 좋기 때문입니까?"

"……!"

태수는 무강의 우문이 어쩐지 뼈가 있는 듯 느껴졌다. 그래서 바로 대답을 하지 못하고 있는데 무강이 그 초롱초롱한 눈으로 태수를 보며 다시 물었다.

"아바마마도 저보다 전장이 좋은 듯했습니다. 태수께서 전장을 떠나기 싫으신 이유를 저는 알고 싶습니다. 가르쳐 주실 수 있으신지요?"

"……."

또래의 아이, 아니, 웬만한 어른들보다 더 뛰어난 아이의 말솜씨와 영특함을 알아본 태수가 결국 한숨을 쉬고 말았다.

"후……. 예. 마마. 천천히 가르쳐 드리지요."

서강에도 봄은 찾아왔다.

온통 돌과 흙이 뒹구는 메마른 땅이지만 그래도 저쪽 국경은 울창한 숲이 있었고, 이주한 사람들이 애써 일군 밭과 과실나무들도 있었다.

숲에서부터 땅을 파서 물길을 내고 어렵게 만든 밭이었다.

그나마 이것도 몇 년 전만 해도 무용지물이었다. 걸핏하면 적들이 물길을 막았고, 밭을 짓밟고 수확물을 약탈해 갔다.

일 년간 힘겹게 일한 것을 빼앗기고 처음부터 다시 해야 하는 상황이 반복되자 사람들은 밭을 일구고 싶어 하지 않았다.

하지만 이제 제화국의 국경은 숲 너머에 있었다.

서강 땅의 젖줄이나 다름없던 숲을 차지한 덕에 국경 너머의 많은 타국의 백성들이 제화국으로 넘어오기 시작했다.

태자는 그들을 따뜻하게 맞이해 주었고 제화국의 백성으로 사는 데 어려움이 없게 했다.

그 때문에 지금 봄을 맞은 서강은 어느 때보다 푸르고 따뜻했다.

그러나 봄바람이 부는 것을 느끼며 근심하는 사람도 있었다.

“음……. 입맛이 없을 때군. 오늘은 또 뭘 해 먹나.”

한때는 원조미각의 숙수로 명성을 날렸고, 제화국 황실의 숙수가 되는 영광을 얻었고, 지금은 서강의 태수부터 장수와 병졸들 모두의 식사를 총괄하는 대숙수장이 된 손곽이 고민스럽게 중얼거렸다.

사실 손곽이 해주는 음식은 모두가 만족했다.

그가 무엇을 해주든지 계절에 상관없이 모두 맛있게 먹어주었지만, 그는 태자와 태자비를 위해 항시 음식에 정성을 다했다.

제 재능을 알아봐 주어서가 아니었다. 그분들은 저를 구해주신 은인이기 때문이었다.

몇 해 전 봄. 원조미각은 마지막 영업에 마지막 손님을 위한 요리를 준비했다.

마지막으로 들어온 손님들은 손이 커서 어마어마한 요리를 시켰지만 손곽은 그리 기쁘지 않았다.

이제 더 이상 객잔의 문을 열 수 없었고 저는 남의 집 노비살이를 하게 될 지경에 이르렀으니, 혼신을 다해 마지막 요리를 준비했지만 마음은 무거웠다.

억울했다. 제가 노름에 빠지거나 큰 욕심을 부려 빚을 진 것도 아니었다.

그저 병든 아들을 살리겠다고 백방으로 뛰다가 질 나쁜 고리대금업자에게 걸린 것뿐이었다.

다행히 아들은 온갖 비싼 영약들을 먹고 병이 크게 호전되었으나, 저는 눈덩이처럼 늘어난 빚을 갚지 못해 전전긍긍하다가 결국 고리대금업자들에게 객잔은 물론 제 몸까지 넘겨주게 된 것이다.

깊은 한숨을 쉬며 어째서 문을 닫냐는 손님의 질문에 답을 해주었건만 손님의 대답이 가관이었다.

"그거 잘됐군."

젊은 공자의 무례하고 못된 심보에 손곽은 울컥했다.

"이 썩을 놈의 종자야! 뭣이 어쩌고 어째! 사람이 죽을 판국인데 잘됐다니! 신분이 높으면 다냐! 네놈들한테는 내 요리를 안 판다! 당장 꺼져! 이 개자식들아!"

살면서 그렇게 많은 욕을 퍼부어본 적도 없지만 그만큼 욕을 퍼붓고도 손곽은 분이 다 풀리지 않아 씩씩거렸다.

잘나갈 때는 저런 젊은 공자 댁에서 연회를 준비해 달라고 아우성이었다. 몸이 열 개라도 모자랐다. 귀족들이 서로 저를 모셔 가겠다고 다툴 정도였으니 그 위세가 대단했었다.

황성 근방에서는 손곽의 요리가 아니면 별 볼 일 없는 연회인 것처럼 인식되기도 했었다.

그때를 생각하니 오늘의 이 괄시에 서러움이 밀려왔다.

핏발 선 눈동자에 눈물이 차올랐지만 주르륵 흐르는 눈물을 닦을 생각도 않고 공자 일행을 내쫓겠다고 날뛸 때였다.

"나가! 썩 꺼지란 말이다! 왜? 아니꼬우냐! 그리 아니꼬우면 날 죽여보든가! 아니면 썩 꺼지란 말이다! 이 새끼들아!"

"저…… 숙수님. 잠시만 진정하시고요……."

젊은 공자의 옆에 있던 앳된 여인이 조심스레 말을 걸어 왔다.

"네년은 또 뭐냐! 꺼지라는 데 왜 이러는 것이냐!"

"년?"

젊은 공자가 눈썹을 꿈틀하며 일어섰다.

지금까지 쌍욕을 들어도 가만있더니, 앳된 여인이 제 여인이었는지 '년' 이란 말은 참지 못하는 것 같았다.

"……!"

그가 일어서서 손곽을 내려다보는데 그 중압감을 이루 말할 수가 없었다.

얼어붙은 손곽은 침을 꿀꺽 삼키며 후들거리는 다리를 간신히 지탱하고 서 있었다.

"어휴! 전하! 전하께서 먼저 말실수하지 않으셨습니까!"

"……!"

전하라니! 손곽은 제가 뭔가 잘못 들었나 싶어 눈을 크게 뜨고 공자를 바라보았다.

"내가 무슨 실수를 했단 말이냐? 저자가 객잔을 접게 된 것은 잘된 일이 아니냐."

"설명을 제대로 해주시고 그런 말씀을 하셔야지요. 전하는 전하가 아니셨다면 어디 가서 딱 칼 맞고 단명할 분이십니다."

"모르는 소리. 내가 태자가 아니면 이렇게 살지도 않는다."

"예, 예. 전하께서 다 옳으십니다."

두 사람의 대화를 듣고 있던 손곽은 대혼란과 짙은 의심에 사로잡혔다.

다행히 그를 본 산호가 재빨리 그를 구원해 주었다.

"숙수님. 저 기억 안 나세요? 저, 오문입니다."

"……?"

손곽은 상황이 상황인만큼 갑자기 들려온 오문이란 이름이 쉽게 떠오르지 않았다.

"왜, 예전에 여기서 잡일을 하던 사내아이 말입니다. 어느 날 갑자기 사라지지 않았습니까? 제가 바로 그때 그 사내아이, 오문입니다."

"아아! 그 오문! 그래, 그 오문……! 오, 오문? 사내…… 아이…… 오문?"

산호는 손곽을 혼란 속에서 쉽게 구원해 주지 못하고 오히려 더 혼란에 빠트렸다.

그녀는 오문이라는 말만 되풀이하는 손곽에게 씁쓸하게 웃어 보이며 말했다.

"예. 믿기 어려우시겠지만 제가 그때는 사정이 있어 남장을 하고 있었답니다. 이제야 제 본모습과 이름을 찾게 되었는데 아마 숙수님도 들어보셨을 겁니다. 산호라고……."

"……!"

산호! 산호라는 이름을 손곽이 모를 리가 없었다. 객잔에 오는 손님마다 입이 마르도록 산호와 태자의 무용담과 칭찬을 늘어놓지 않았던가.

"그, 그, 그럴 리가……. 누, 누구를 놀리려고! 아니지, 또 나를 속이려 들어! 당장 꺼져! 내 그런 말을 믿을 성싶으냐!"

산호는 지금 무슨 말을 해도 그가 들으려 하지 않는다는 걸 잘 알기에 더는 믿어달라 하지 않고 할 말만 했다.

"숙수님. 제가 여기서 어깨 너머로 배운 요리들을 태자 전하께서 매우 좋아하십니다. 숙수님만 괜찮으시다면 궁에 가서 태자 전하의 숙수가 되시는 건 어떨까요? 그리하시면 이 객잔은 문을 닫아야겠지만 빚은 전부 청산될 겁니다."

"나, 나, 나를 속이려 하지 마라! 이미 나는 더 무너질 것도 없다! 썩 꺼져!"

손곽은 흔들리는 자신을 붙잡으려고 애썼다.

너무 솔깃한 제안 아닌가. 하나, 제가 뭐라고 제 생애에 이런 복이 생긴단 말인가.

"더 무너질 것도 없으니 또 속아도 상관없겠군."

"헉!"

갑자기 태자가 손곽의 멱살을 잡고 끌고 나가기 시작했다.

"전하! 또 왜 이러십니까!"

"왜 이러긴. 노비로 끌려가기 전에 내가 먼저 끌고 가려는 게다."

그렇게 강제로 궁으로 끌려가 황궁의 숙수가 되는 영광을 맛보았으니, 손곽에게 태자와 태자비는 보통 은인이 아닌 것이다.

까다로운 태자 전하의 입맛을 맞추려면 무엇보다 정성이 깃들어야 하는데, 손곽은 매끼마다 심혈을 기울여 요리를 했다.

"흠. 서강은 나물이 귀한 것이 아쉽단 말이지. 좋은 나물을 구해야 하는데……."

손곽은 봄 입맛을 돋우어줄 나물 요리를 하기로 결정했다.

다른 사람들 건 몰라도 태자의 식탁에 오를 재료만큼은 제가 직접 구해오기 때문에 호미를 찾으러 가는 손곽의 걸음이 바빠졌다.

"이보게. 나 좀 보세."

"……?"

그런 손곽을 누군가 불러 세웠다. 누군가 했더니, 태자의 호위인 영춘이었다.

"웬일로 저를 찾으십니까?"

"자네에게 긴히 할 말이 있네."

주변을 둘러본 영춘이 손곽을 데리고 으슥한 곳으로 갔다.

이야기를 전부 들은 손곽은 크게 놀라더니 곧 흥분한 표정이 되었다.

산호와 무강이 서강으로 온 지도 이제 오 년이나 지났다.

무강은 하루가 다르게 성장하여 키도 훌쩍 커버려 산호를 서운하게 만들었다.

그러나 영춘은 무강이 자라는 걸 볼 때마다 태자의 어릴 적이 생각난다며 귀여워서 어쩔 줄 몰라 했고, 무호와 달리 정이 많은 무강은 그런 영춘을 매우 좋아하고 의지했다.

아마도 무강이 어려워하는 사람은 자신의 아버지인 태자밖에 없을 것이다.

어찌하면 아바마마의 마음에 드는 훌륭한 황손으로 자랄 수 있을까, 무강은 늘 아버지를 동경하며 그보다 뛰어난 사람이 되고자 노력해 왔다.

그래서인지, 아니면 첫인상 때문인지, 무강은 아버지를 좋아하면서도 그를 어려워했다.

"다녀오셨사옵니까, 아바마마."

장우가 이끄는 중장대와 태자가 함께 출정을 다녀왔다. 이레 만에 돌아왔으나 모두 큰 부상 없이 돌아왔고 제법 성과도 컸다.

전령이 미리 전해준 덕에 모두 밖으로 나와 태자를 맞이했다.

군례를 받으며 성안으로 들어온 후, 가장 먼저 태자에게 인사를 올린

이는 그의 아들 무강이었다.

태자를 어려워한다곤 하나, 무강은 늘 가장 먼저 인사를 올렸다.

"공부는 진전이 있느냐?"

그리고 태자의 인사 방식도 한결 같았다.

"스승님께서 앞으로는 과제를 따로 내주지 않고 제가 스스로 공부한 것을 여쭈라 하셨습니다."

"무예는?"

"어제는 활을 더 큰 것으로 바꾸었나이다."

"알았다."

태자가 칭찬에 인색하긴 했지만 무강은 그가 화를 내지 않는 것만으로도 칭찬을 받은 것과 다름없다 여겼기에 얼굴이 활짝 펴졌다.

산호는 대체 오자마자 아이의 공부를 묻는 이유가 무엇인지 알 수 없으나 부자의 인사에 끼어들지는 않았다.

"전하. 다치신 곳은 없사옵니까?"

산호도 보는 사람들이 많으니 최대한 정숙하게 인사를 올렸다.

물론 소용없는 짓이었다.

황실에는 체통 따위가 없다고 주장하는 태자는 산호의 인사를 받자마자, 한 손으로 그녀의 허리를 휘감고 입을 맞추기 시작하니 말이다.

이제는 놀랍지도 않은 광경이었으나 다들 볼 때마다 눈을 어디다 둬야 할지 당황했다.

"후우. 오늘은 유독 인사가 긴 것 같습니다."

아직도 태자의 품에 안겨 있는 산호가 숨을 내쉬며 투덜거렸다.

"이레 만에 왔으니 이레 치의 인사다."

산호는 무호의 너스레에 눈을 흘기며 그의 가슴을 살짝 밀어냈다.

"왜?"

평소라면 이대로 처소로 돌아갈 텐데, 어째서 내외하듯 밀어내냐는 뜻이었다.

"전하. 부안국에서 섭낭이 찾아왔나이다."

"섭낭?"

태자가 인상을 찌푸리는 것을 보고 산호는 '그럼 그렇지' 라는 표정으로 말해주었다.

"왜, 전에 그, 줄타기로 홀린 장수 말입니다."

"아, 그 귀신놀음에 속은 어리석은 놈 말이냐?"

까마득히 잊고 있었다는 듯, 아니, 애초에 안중에도 없었다는 투로 어렵사리 기억해 내는데, 하필 섭낭이 이를 듣고 있었다.

"그 어리석은 자를 잊어버리는 데는 팔 년이면 족하겠지요."

저 앞에서 섭낭이 다가왔다.

"단왕부에 있을 때보다 더 신수가 훤해졌군."

"이제 기억이 나시나 봅니다."

섭낭은 엄연히 제화국의 장수였으나 황명으로 부안국에서 지내게 되었다.

부안국과 제화국 사이의 평화를 위해 서로 교류할 수 있도록 각각 역관청을 설치했는데, 섭낭이 부안국의 관장직을 맡게 된 것이었다.

"동신조가 보냈나 보군. 무슨 일인가?"

"우선은 들어가서 말씀드리겠사옵니다."

무호가 산호를 힐끗 쳐다보자, 산호가 괜찮다는 듯 웃으며 그를 보냈다.

하지만 그들이 돌아서고 나자 굳은 얼굴로 무강을 찾았다.

"우리는 이만 돌아가자."

"예. 어마마마."

산호는 무강 앞에서 어두운 얼굴을 한 적이 없으나 동신조가 이 먼 곳까지 사람을 보내 태자를 찾는 것이 너무 불안해서 억지로라도 웃어야 하는 것을 잊었다.

'아니야. 별일 없을 거야.'

그렇게 애써 위안을 해보는데 그날 밤 태자가 보낸 서찰에 더욱 가슴이 쿵쾅거려 잠을 이룰 수 없었다.

『회의가 길어질 듯하니, 먼저 자거라.』

먼저 잘 수가 있을 리가 만무하지 않나.

그렇게 뜬 눈으로 밤을 새웠다가 새벽녘에 겨우 스르륵 잠이 들었는데 궁녀가 황급히 달려와 그녀를 깨웠다.

그 잠깐 사이에도 태자가 먼 곳으로 가버리고 평생 만나지 못하는 괴이한 꿈을 꾼 산호가 눈을 번쩍 떴다.

"무슨 일이냐?"

"마마, 황급히 대회장으로 가보셔야겠사옵니다."

"글쎄, 무슨 일이기에 이리 급한 것이냐?"

"전하께서 와보시면 아실 거라시며……. 황손 마마도 벌써 가계시옵니다."

무강도 가 있다니 산호는 정신이 번쩍 들었다.

"알았다. 서두르자."

산호는 당장에라도 뛰어가고 싶었으나, 궁녀들이 저를 붙잡고 이대로 갈 수 없다며 단장을 시작했다.

마음이 급해서 이럴 때가 아니라고 호통 쳤더니 한 궁녀가 엄히 말했다.

"마마, 여인은 언제 어디서든 흐트러진 모습을 보여선 아니 되옵니다. 그것은 곧 흐트러진 마음을 보이는 것과 같사옵니다."

그 말이 맞다 여겨진 산호가 불안한 가슴을 억누르며 단장을 끝냈다. 그렇게 다급해 보이지 않도록, 되도록 침착하게 걸어 대의회장 앞에 섰다.

굳게 닫힌 거대한 문 앞에서 산호는 크게 심호흡을 했다.

대의회장이라는 걸 보면 많은 장졸들이 모여 있을 것이고, 그만큼 중요한 사안임이 분명하니 무슨 말을 듣게 될까 더럭 겁이 났다.

"태자비 마마 드셨사옵니다."

그런 제 마음을 모르는지, 궁녀가 야속하게도 재빨리 제가 온 것을 알려 버렸다.

천천히 문이 열리고, 산호는 예상한 대로 많은 이들이 모인 것을 보고 잔뜩 긴장했다.

그러나 문이 완전히 열리자 눈앞에 펼쳐진 광경에 경악할 정도로 놀라 그 자리에 얼어붙고 말았다.

"태자비 마마, 기다리고 있었나이다!"

많은 이들이 일어나 고개를 숙이며 그녀를 맞이했다.

그들 중, 놀랍게도 제 양어머니인 유현의 부인도 있었다. 또한 많은 것을 알려준 태수의 부인과, 제화국에 있어야 할 상, 그리고 이곳에서 벗이 되어준 진명까지 모여 있었다.

"마마. 뭐 하고 계시옵니까? 어서 들어가시지 않고요."

궁녀가 웃으며 산호를 재촉해도 산호는 눈만 깜빡거렸다.

모인 사람들도 그렇지만 거대한 식탁에 화려하고 귀한 요리가 가득했기 때문이다.

"아, 아니……. 이게 무슨……."

상석에 앉은 태자가 보다 못해 무강에게 말했다.

"무강. 네 어미가 정신을 못 차리는 것 같으니 가서 뫼시고 오너라."

"예! 아바마마!"

무강은 생글생글 웃으며 달려와 산호의 손을 잡아 안으로 이끌었다.

"강아. 너는 이게 무슨 일인지 아느냐?"

"예. 어마마마. 오늘은 바로 어마마마의 탄신일 아니옵니까!"

"탄신일? 아……!"

산호는 늘 제가 태어난 날을 잊어버리곤 했다.

한 번도 챙겨본 적이 없는 일을 궁에 와서 챙기기 시작하니 적응이 안 됐기 때문이다.

하지만 탄신일 전에 누군가 귀띔을 해주었고 이렇게 성대하게 치르지도 않았다.

늘 부족한 서강이 아닌가. 이곳에서 이 많은 사람들이 한자리에 모인 것만으로도 성대한 것이었다.

"전하. 이것이 어찌 된 일이옵니까?"

멍한 얼굴로 겨우겨우 태자의 옆자리에 앉게 된 산호가 얼이 빠진 듯 물었다.

"폐하께서 나 몰래 준비하셨다는군."

"폐하께서요?"

"서강에서의 마지막 탄신연을 보내게 된 태자비의 송별회를 겸해서 정성을 다해 연회를 열어주라며 대대적으로 알린 모양이다. 아직도 태자비가 공주인 줄 아는 모양이니, 큰 병증이다."

무호는 황제의 이러한 뜻이 불쾌하다는 듯 심술 맞은 소리를 했지만 표정이나 말투는 그렇지 않았다.

누가 봐도 그냥 농이었다. 한데 산호의 표정은 어두워졌다.

“전하. 마지막 탄신연이라니요? 설마 저는 이제 가야 하는 것입니까?”

“가야지. 계속 예서 보낼 생각이었느냐?”

“싫습니다! 저는 가고 싶지 않습니다. 전하와 함께 여기 있겠사옵니다.”

“저런. 폐하께서 서운해하시겠군.”

“전하…….”

“하면 어쩔 수 없지. 함께 환궁하도록 하지.”

“예?”

“뭘 그리 놀라나? 나도 이제 내 집에 돌아갈 때가 된 듯해. 안 그렇습니까?”

태자의 질문을 받은 태수가 환한 얼굴로 대답했다.

“부탁이니 제발 돌아가 주시옵소서.”

그러자 무강이 풀이 죽은 목소리로 말했다.

“스승님. 저와 헤어지는 것이 서운하지 않으십니까?”

“황손 마마. 마지막 수업은 회자정리의 이치에 대해 알려 드리겠나이다.”

태수와 무강이 이야기를 나누는 동안 유현의 부인이 다가왔다.

“마마. 오랜만에 뵙습니다.”

산호가 벌떡 일어나 부인의 손을 잡고 반가워했다.

“이 먼 길을 오시게 하다니, 송구합니다.”

“어휴. 무슨 말씀이시옵니까. 마마 덕분에 제가 이렇게 산수 유람을 다녀 보지 않았겠나이까.”

산호는 차례차례 사람들의 축하를 받으며 웃고 울었다.

특히 오랜만에 만난 상과는 부둥켜안고 한동안 떨어질 줄 몰랐다. 그녀들을 떨어트려 놓은 것은 다름 아닌 섭낭이었다.

"부안의 왕께서 태자비의 탄신 선물을 직접 지시하여 보내셨사옵니다."

섭낭의 뒤로 시종들이 화려하고 커다란 함을 가지고 왔다.

궁금함을 참지 못한 산호는 지금 당장 열어 보고 싶어 했다.

"얼마든지 열어 보셔도 괜찮사옵니다."

산호는 보자기를 풀어 커다란 함을 열었다.

"와!"

그녀는 함을 열어 보자마자 진심으로 기뻐했다.

그 안에는 산호가 마음에 들어 했던, 그 가슴이 강조되는 부안의 옷이 가득했기 때문이다.

"부안에서도 아무나 입을 수 없는 귀한 비단과 최고 품질의 옷이라 하옵니다."

"정말 감사하다고 전해주십시오! 정말이지, 부안의 왕께서는 여인의 맘을 어찌 이리도 잘 아신단 말입니까."

그러자 태자가 함 뚜껑을 쾅 닫아버리고는 시종들에게 옮겨놓으라 지시했다.

"왜 또 이러십니까?"

산호는 제가 동신조를 좀 칭찬했다고 이러는가 싶어 입을 삐죽거렸다.

"설마 이 옷들을 진짜 입고 다닐 생각은 아니겠지?"

"그럼 옷을 입고 다니지, 벗고 다니겠사옵니까?"

"저 옷들은 입고 다니지 마라."

"왜요?"

"풍기문란이다. 정 입고 싶다면 내 앞에서만 허락하겠다."

"전하와 단둘이 있을 때만 저 옷을 입으라는 것입니까?"

산호가 기가 막힌다는 듯 묻자 태자가 고개를 끄덕였다.

"물론이다."

"그건 말이 안 됩니다. 그럼 이 옷을 입을 일이 얼마나 있겠습니까?"

"그래. 내 말이 그 말이다. 아예 입지 않으면 더 좋겠지."

두 사람의 목소리가 갈수록 작아지고, 어느새 서로를 마주 보며 서로에게만 들릴 만큼 작은 목소리로 속삭였다.

"너무하십니다. 단둘이 있을 때 옷을 입을 일이 있어야 말이지요."

"평생 저 옷을 입을 일은 없다는 뜻이다."

산호의 입꼬리가 부드럽게 위로 올라갔다.

"전하. 이를 어쩌지요? 당분간은 저 옷을 입게 될 것 같습니다."

"……?"

"아무래도 제가 둘째를 회임한 것 같아서 말입니다."

"……!"

놀란 무호가 그대로 얼어붙었다.

"이를 어쩝니까? 저 옷을 입고 전하 앞에 서면 더욱 괴로우실 텐데……."

"하! 웃어야 할지, 울어야 할지……."

"웃으십시오, 전하. 이 얼마나 좋은 날입니까?"

산호의 재촉에 무호는 미소가 아닌, 큰 웃음을 터트리고 말았다.

『大尾』

맺음말

안녕하세요. 마지막으로 출간된 글이 2015년 1월이었습니다.

그동안 두 편의 연재를 했는데, 모두 장편이라 이렇게 책으로 뵙기까지 시간이 걸렸습니다.

오랜만에 종이책 출간이라 많이 떨리고 설렙니다.

한편으로는 『붉은 달의 비』가 지금까지와는 많이 다른 글이라, 많은 분들이 실망하시지는 않을까 걱정도 됩니다.

그래도 유쾌하게 쓰고자 애썼습니다.

부디 이 글이 읽는 분들에게 웃음을 드릴 수 있었으면 하고, 조심스럽게 바라봅니다.

추워지는 날씨에 건강 조심하시고, 이 글을 읽어주신 분들 모두 행복하시길 빌겠습니다.

마지막으로 응원해 주신 서재 작가님들과, 이 책이 나올 수 있게 해주신 예원 식구들, 연재 때 즐겁게 읽어주신 독자님들 모두 감사드립니다.